INTERNATIONAL GUY

MILAN - SAN FRANCISCO - MONTRÉAL

Ce livre est une fiction. Toute référence à des évènements historiques, des personnages ou des lieux réels serait utilisée de façon fictive. Les autres noms, personnages, lieux et évènements sont issus de l'imagination de l'auteur, et toute ressemblance avec des personnages vivants ou ayant existé serait totalement fortuite.

Première publication Montlake Romance, Seattle

www.apub.com

Collection New Romance® créée par Hugues de Saint Vincent
et dirigée par Arthur de Saint Vincent
Ouvrage dirigé par Bénita Rolland
Traduit par Robyn Stella Bligh
Photo de couverture © GettyImages
Couverture : Raphaëlle Faguer

collection dirigée par Franck Spengler
34-36, rue La Pérouse
75116 – Paris
www.hugoetcie.fr

ISBN : 9782755647112
Dépot légal : février 2020
Imprimé en Espagne par Black Print

AUDREY CARLAN

INTERNATIONAL GUY

MILAN – SAN FRANCISCO – MONTRÉAL

Roman

Hugo Poche

NEW ROMANCE®

INTERNATIONAL GUY

#4 MILAN

À mes éditeurs de Libri Mondadori.
Merci d'avoir cru à mes histoires,
d'avoir cru à moi en tant qu'auteur,
et d'avoir traduit mon texte
dans votre superbe langue...
Merci.

Je suis fière de mon héritage italien
et j'ai hâte de me promener un jour
dans les rues de Milan.

CHAPITRE 1

– Mec, rallume ton téléphone. Wendy vient de m'appeler et c'est la panique. Je ne sais pas pourquoi, elle a dit qu'elle devait te parler en premier, dit Bo en attrapant sa valise sur le tapis roulant.

Bien évidemment, la sienne est arrivée la première. Après neuf heures de vol, nous sommes de retour à Boston. Je devrais être content d'être enfin chez moi, mais ce n'est pas le cas. Je ne cesse de repenser la façon dont Skyler et moi nous sommes quittés. Elle a disparu sous la douche durant la visite surprise de Sophie, puis elle s'est dépêchée de s'échapper pour ne pas rater son vol. Je savais qu'elle décollait tôt et j'avais prévu de la déposer à l'aéroport, mais elle a refusé en me donnant une excuse bidon.

– Attends, y a pas le feu ! je m'exclame en essayant d'attraper Skyler par le bras quand elle me passe devant.

– Faut que je prenne l'avion, que je rentre à New York.

Elle dit ça comme si je n'étais pas au courant, mais je savais qu'elle prenait le premier vol du jour. Toutefois, il n'est que cinq heures trente à ma montre et son vol n'est qu'à neuf heures. Elle a largement le temps d'y aller.

– Ma pêche, détends-toi. (Je la saisis par la taille pour la ramener dos contre moi.) Tu ne seras pas en retard. Je ne te laisserai pas rater ton vol.

Je dépose une série de baisers derrière son oreille puis dans son cou jusqu'à son épaule, et je la sens se raidir contre moi. Elle m'échappe et se met à jeter ses affaires dans sa valise sans les plier.

– Non, je dois partir maintenant. Je veux répéter mon texte. Tu sais ce que c'est.

Je me redresse et croise les bras en m'adossant à la commode.

– Quelque chose ne va pas ? Je te trouve bizarre.

– Non, tout va bien. Je suis juste préoccupée. La fête est finie, il est temps de revenir à la réalité, dit-elle en fourrant ses dernières affaires dans son sac. J'ai déjà demandé à Nate d'appeler une voiture.

– Sky, bébé... je voulais t'emmener moi-même à l'aéroport.

– C'est pas une bonne idée, répond-elle en secouant la tête. Les paparazzis sont partout et ils meurent d'envie de nous voler encore des photos après le mariage. C'est sans doute mieux si on prend un peu nos distances.

Je fronce les sourcils en me disant que la dernière chose dont j'ai envie est de prendre mes distances avec Skyler. Toutefois, c'est sa vie, aussi, et je n'ai aucun droit sur elle, même si on a décidé d'être exclusifs, en tout cas c'est ce que j'ai compris hier soir.

– D'accord, je comprends. Viens par ici. Laisse-moi au moins te dire adieu comme il se doit. Je ne sais pas quand je vais te revoir et je veux profiter de toi jusqu'à la dernière minute, je dis avec un sourire diabolique.

Elle ferme les yeux et hoche la tête, ce n'est pas vraiment la réaction que j'attendais. Elle vient néanmoins dans mes bras et appuie son front contre mon torse. Je la sens respirer mon odeur, puis elle me serre si fort que je peine à respirer.

– Eh, ce n'est qu'un au revoir, pas un adieu. On s'appellera quand j'arriverai à Boston. On regardera nos emplois du temps respectifs et on décidera de notre prochain rendez-vous.

– Ah oui, un rendez-vous. Pour du sexe, dit-elle froidement.

Je pose ma main sur sa joue, mon pouce sur son menton, et je lève sa tête vers moi.

– Oui, du sexe incroyable. Comme toujours. Toi, moi, des parties de jambes en l'air spectaculaires, de bons repas, de bons moments. Du fun.

– Du fun, acquiesce-t-elle.

– Qu'est-ce qui ne va pas, bébé ? je demande en posant mon front contre le sien.

– Rien. Je suis fatiguée, dit-elle en secouant la tête. On s'est couchés tard hier soir.

Je souris en repensant à tout ce qu'on a fait la veille et que je voudrais recommencer bientôt. Très bientôt. Dès que possible.

– D'accord. Tâche de dormir dans l'avion, repose-toi. Je penserai à toi.

J'ai soudain la gorge nouée, mais je m'efforce de ravaler mes sentiments et d'avoir l'air cool. Je vais la revoir bientôt. Ce n'est pas un adieu. Apparemment, j'ai autant besoin de me le rappeler qu'elle.

– Mm… hmmm, répond-elle simplement.

C'est bizarre. Sky se referme sur elle-même, derrière ces barricades que j'ai enfoncées dès notre première semaine ensemble. Est-ce parce qu'elle est triste qu'on se sépare ? Ce doit être ça. Mais, après tout, je n'en sais rien. Depuis Kayla, je ne suis pas sorti avec une femme assez longtemps pour qu'elle me manque.

– Je dois y aller, Park, chuchote-t-elle contre ma bouche.

Je me penche alors pour l'embrasser. Elle fond contre moi, écrasant ses seins sur mon torse, puis elle ouvre la bouche. C'est l'invitation que j'attendais. J'y plonge la langue et… waouh ! C'est comme la première fois qu'on goûte au plaisir du sexe. Ce n'est pas assez. Ce ne sera jamais assez.

Nous passons de longs moments à nous embrasser, à nous tenir dans les bras aussi fort que possible. Des frissons de plaisir se précipitent dans ma verge, me rappelant que la bête aimerait dire au revoir à Skyler, aussi. Elle doit sentir mon excitation, car elle gémit contre mes lèvres et frotte son bassin au mien.

Je plonge ma main dans ses cheveux et les tire pour lui arracher un cri. Elle empoigne mes fesses avec cette force qui me dit qu'elle ne se retient pas. Elle s'est montrée libre et sûre d'elle dès le premier jour. Sa libido rivalise avec la mienne, or je n'ai jamais connu ça chez une femme.

– Oh, gémit-elle en penchant la tête en arrière tandis que je me frotte à elle.

– T'es sûre que tu n'as pas le temps... je grogne en avançant le bassin.

Elle glisse sa main entre nous pour empoigner mon érection par-dessus mon pantalon.

– Mmm... J'aurais adoré, mais...

– Mais tu dois y aller, je râle, sincèrement agacé. Je sais, je sais. Juste un dernier baiser.

Je l'embrasse si fort et si longtemps que j'en ai mal à la langue et que nos lèvres sont enflées.

– Je n'ai pas envie que tu partes, j'admets en appuyant mon front contre le sien.

Pour la première fois depuis très longtemps, j'accepte de me montrer faible devant une femme.

– Alors, retiens-moi, chuchote-t-elle.

Je ne sais expliquer le sentiment qui m'envahit. J'ai la sensation qu'il se passe quelque chose d'important, mais je ne sais pas quoi.

– Tu dois retrouver ta vie à New York et moi la mienne, je dis en la serrant contre moi.

Elle inspire longuement et ses épaules retombent tandis qu'elle hoche la tête et fait un pas en arrière.

– C'était super, Parker.

– Super-fun, je réponds sans réfléchir.

Elle semble soudain vexée, mais elle se dépêche de le cacher avec un de ses faux sourires, ceux qu'elle dégaine pour les paparazzis et les gens à qui elle n'a pas envie de parler mais qu'elle ne peut éviter.

– Ouaip.

C'est tout ce qu'elle dit avant de tourner les talons et de prendre ses sacs. Je la suis dans le salon où l'attendent Rachel et Nate Van Dyken, ses gardes du corps. Ils sont habillés tout en noir et des lunettes de soleil aviateur dépassent des poches de leurs polos. Avec son treillis noir et ses rangers, Nate semble prêt à partir en guerre. Ce type est une véritable armoire à glace, mais il vénère sa femme et traite Skyler comme une princesse, même quand ils sont en privé. Ils sont parfaits pour elle.

– Prête ? demande Nate à Sky, qui répond par un hochement de tête.

Elle est si triste, comme si elle venait d'apprendre une mauvaise nouvelle.

Nate prend ses deux sacs dans une main et me tend l'autre.

– Content de t'avoir rencontré, Ellis, dit-il, refusant d'employer mon prénom comme je le lui ai demandé.

– Moi aussi, mec. Prends soin de ma nana.

Sky lève brusquement la tête alors qu'elle fouillait dans son sac à main, et cette fois je suis sûr d'y voir une expression vexée, mais encore une fois, elle s'empresse de la cacher.

J'ai revu cette expression durant toute la durée du vol, comme une publicité qui passe en boucle. Même quand elle a fini par partir et que je l'ai embrassée une dernière fois, elle est restée sur sa réserve au lieu de fondre contre moi comme elle a l'habitude de le faire. Je ne sais pas si j'ai dit quelque chose qu'il ne fallait pas durant la nuit ou la matinée, mais j'ai l'impression qu'elle a la trouille, que quelque chose lui a fait peur. Il faut que je comprenne.

Je sors mon téléphone de ma poche et l'allume. L'écran s'est à peine illuminé qu'une symphonie de sonneries retentit.

– Bon sang, tu ne plaisantais pas, je dis en ignorant les messages du bureau, préférant appeler Wendy directement.

– Parker… je suis super, super-désolée. Tu ne peux pas savoir à quel point. Je n'ai pas fait exprès. Je n'avais pas vu. J'ai transféré le dossier, et maintenant elles sont partout. Partout ! s'exclame Wendy.

– Wendy, calme-toi. Je ne sais pas de quoi tu parles, je réponds en plaquant le téléphone contre mon oreille pour effacer le brouhaha de l'aéroport.

– Comment ça ? Merde, t'étais dans l'avion. Parker, je suis désolée. Le dossier que Bo m'a envoyé avec les photos de Skyler Paige…

– Oui… Tu les as envoyées à *People*, non ?

– Oui, mais je n'ai pas ouvert tout le dossier, et il en contenait un autre intitulé « *Parker, Confidentiel* ». Bon sang, je suis tellement bête ! Les photos de toi et de Skyler Paige sont partout. Celles où vous êtes ensemble dans la piscine, dans son salon…

– Quoi ?

– Il y en a une où tu la portes pour sortir de la piscine et tu l'embrasses sauvagement. Elles sont tellement sexy que tout le monde en parle. Il y en a une autre où vous vous embrassez dans la baignoire…

– Bon sang ! Merde ! Dis-moi que ce n'est pas vrai, je gronde en me massant les tempes.

– Qu'est-ce qui se passe, frangin ? demande Bo.

– Les photos que t'as envoyées à Wendy pour *People*…

– Ouais ?

– Apparemment, tu y avais joint un dossier confidentiel avec les photos de Sky et moi ?

– Ouais… Oh non ! s'exclame-t-il en écarquillant les yeux.

Je hoche la tête.

– Merde !

– Exactement.

J'inspire lentement et gonfle mes poumons, essayant de me calmer.

– Je suis désolée, Parker, dit Wendy. Je suis tellement désolée. J'aurais dû... peu importe. Je vais remballer mes affaires, dit-elle en ravalant un sanglot.

– Surtout pas. On arrive. Il faut qu'on évalue l'étendue des dégâts...

– D'accord, d'accord. Je vous attends, dit-elle en raccrochant.

Je me masse de nouveau les tempes en prenant conscience de l'ampleur du désastre.

– Il faut vite qu'on voie les journaux, je dis en désignant le kiosque.

– J'y vais, mec, dit Bo en s'éloignant alors que j'attends toujours ma valise.

J'ouvre l'application Internet et je tape le nom de Skyler dans la barre de recherche. Un déluge de photos d'elle et moi jaillit aussitôt. Je les parcours rapidement et je me sens rougir. Heureusement, les photos sont assez sages. À part celle du bain dans laquelle on devine les seins de Skyler écrasés contre mon torse, les clichés montrent un couple normal et heureux. On nous voit blottis sur le canapé, en train de parler, ou occupés à boire un café dans sa cuisine. Plus loin, Skyler essaie de m'apprendre une position de yoga et j'échoue lamentablement. Je ris en me rappelant combien on s'est amusés quand je découvre la photo de nous dans la piscine.

– Mon Dieu...

Je frotte ma mâchoire en zoomant sur l'image. Elle est hypersexy. Je me souviens parfaitement de ce moment. Je la tiens contre moi et ses jambes entourent ma taille. Elle est vêtue d'un minuscule bikini qui ne laisse pas beaucoup de place à l'imagination. Elle agrippe mon biceps tandis que mes mains sont sur ses fesses. Bo m'avait dit de lui chuchoter des cochonneries, mais j'ai fait mieux que ça. Je lui ai dit toutes les choses que je comptais lui faire quand le shooting serait fini. À l'évidence, ça lui a plu, et Bo a immortalisé le moment où son regard s'embrase. La seconde d'après, je la portais hors de l'eau pour la faire grimper aux rideaux dans sa chambre.

Merde. J'enregistre la photo dans mon téléphone, décidé à la faire agrandir et encadrer pour l'accrocher au mur de ma chambre, pour mes nuits solitaires sans Skyler.

Skyler. Merde. Elle doit péter un plomb. Je regarde mon téléphone et vois plusieurs appels manqués de son agent, Tracey, mais aucun d'elle.

Ma valise arrive enfin et je la saisis, empoignant aussi celle de Bo avant de le rejoindre tandis qu'il sort du marchand de journaux, une pile de magazines dans les bras.

– Donc… à propos de ce dossier confidentiel… commence-t-il.

Je secoue la tête, prends les revues et fourre tout ce que je peux dans mon attaché-case, rangeant le reste dans la poche avant de ma valise.

– T'embête pas. Il faut qu'on rentre au bureau et qu'on limite les dégâts.

Je le vois contracter sa mâchoire comme s'il grinçait des dents.

– Ok, mais faut que tu saches… ces photos étaient pour toi, dit-il. C'était un cadeau.

– Je sais, frangin. Et dans d'autres circonstances, je te remercierais. D'ailleurs, un jour, c'est ce que je ferai. Mais pour l'instant, on gère ce cauchemar, d'accord ?

Il hoche la tête, mais je sens que cette histoire l'affecte. Bo a beau jouer le mec macho, il n'en est pas moins sensible. Sa relation avec Royce et moi est aussi importante pour lui que celle qu'il entretient avec sa mère et ses sœurs. On forme une famille, et dans une famille, on ne se fait pas de sales coups. Bo n'a pas fait exprès et les photos sont géniales. C'est juste dommage qu'elles soient tombées entre les mauvaises mains.

Nous nous dirigeons vers la sortie pour rejoindre la voiture que Wendy nous a réservée, mais nous avons à peine mis un pied dehors que nous sommes éblouis par des flashs et assourdis par les cris des paparazzis.

– Parker, où est Skyler ?

– Ça fait quoi de se taper la nana la plus canon d'Hollywood ?

– Est-ce que Skyler attend un bébé ?

– C'est quand le mariage ?

– Est-ce que Skyler te trompe avec son ex sur le tournage de leur film ?

La dernière question m'agace tout particulièrement, mais je m'efforce de l'ignorer en me frayant un passage à travers la foule pour rejoindre le chauffeur qui tient la pancarte « *International Guy* ».

– Qui est le mec avec toi ? C'est ton garde du corps ?

– Ouais, et si tu le touches, t'auras affaire à moi. Dégage ! s'écrie Bo en empoignant mon bras pour m'escorter à la voiture, laissant nos valises derrière nous.

Je suis aveuglé par les flashs, mais Bo me sert de guide. Il me met dans la voiture, claque la portière et fait demi-tour, affrontant de nouveau la marée humaine. Il revient quelques minutes plus tard avec nos valises, qu'il donne au chauffeur. Il ouvre la portière, et les paparazzis se précipitent pour prendre toutes les photos qu'ils peuvent.

– Putain, mec. C'est ce que Skyler vit au quotidien ? demande-t-il en se laissant tomber sur le siège.

– Ouais, mais c'est encore pire pour elle. Ce n'est rien à côté de ce que je l'ai vue endurer.

– Bon sang, la pauvre, dit-il en se passant la main dans les cheveux. Tu vas l'appeler ?

– Oui, mais seul, au bureau.

– Est-ce qu'elle t'a appelé ?

Je fais non de la tête.

– Comment ça se fait ?

– Je ne sais pas ce qui se passe. C'était bizarre à Copenhague, après que Sophie m'a réveillé…

– Attends, Sophie est venue dans ta chambre avant que Skyler soit partie ?

– Ouais. Elle voulait me dire au revoir, étant donné que je ne vais pas la voir pendant un moment.

– Et c'est après ça que Skyler est devenue bizarre ?

– Je crois, ouais.

– Mec, tu ne peux pas être bête à ce point, si ?

J'écarquille les yeux.

– Je te demande pardon ?

– Sophie est une femme canon et sûre d'elle. On s'en est assurés nous-mêmes.

– Et alors ?

– Et t'as couché avec elle, soupire Bo.

– Tu ne m'apprends rien, mec.

– Et tu couches avec Skyler.

– Au risque de me répéter…

– Elle est intimidée par ta relation avec Sophie ! Bon sang, ce que tu peux être idiot, parfois ! déclare Bo en secouant la tête.

– Mais non, on a parlé de Sophie, justement.

– Quand ?

– Après le mariage. Tout va bien. Elle sait que Sophie n'est qu'une amie.

– Une amie avec qui tu couchais il n'y a pas si longtemps que ça, se moque mon pote.

– Tu crois qu'elle s'inquiète à propos de Sophie même après qu'on en a parlé ? je demande en me massant la nuque.

– Ben… ouais. Je pense qu'elle est flippée et que le fait que Sophie te réveille pour te dire au revoir n'a rien arrangé à la situation. Elle a sans doute écouté votre conversation, d'ailleurs. En tout cas, c'est ce que j'aurais fait à sa place.

– Euh, ouais… je suppose que t'as raison. Et maintenant il y a ces photos… bon sang, elle ne va plus jamais me parler.

– Pourquoi, t'es nul à ce point au pieu ? se moque-t-il.

Mon instinct prend le dessus et je le frappe sur le bras.

– Va te faire foutre !

– Aïe… râle-t-il en se massant.

– Je sais prendre soin de ma nana, je grogne.

– Est-ce que Skyler sait qu'elle est ta nana ou est-ce qu'elle pense qu'elle n'est qu'un plan cul amélioré ?

– On s'éclate, mec. On est tous les deux d'accord pour dire que ce n'est pas sérieux.

Bo écarte les cuisses et recule dans le siège pour se mettre plus à l'aise.

– Je n'ai jamais rencontré de femme qui parle à un mec tous les jours au téléphone, qui passe trois semaines entières avec lui, traverse l'Atlantique pour l'accompagner à un mariage, qui ne voit plus que lui… et qui pense que ce n'est pas sérieux avec le type en question.

Merde. Il n'a pas tort.

– Mec, pourquoi tu t'obstines à dire que cette histoire avec Skyler n'est que pour le fun ? Si c'était le cas, tu te taperais d'autres meufs. Et comme je sais que ce n'est pas le cas et que tu penses tout le temps à ton actrice méga-sexy et à son cul de rêve…

– Fais gaffe, mec.

– Ce que je veux dire, poursuit-il en souriant, c'est que votre relation a tout d'une relation sérieuse. Maintenant que le monde entier vous observe, il va falloir que vous décidiez comment vous allez gérer la situation. Tu me suis ?

Merde. Je suis dans une relation sérieuse avec Skyler Paige.

Il faut que je lui parle. Tout de suite.

Cela dit… qu'est-ce que je vais bien pouvoir lui dire pour arranger ça ?

CHAPITRE 2

Quand nous passons la porte du bureau, Wendy se précipite vers nous.

– Parker, je suis tellement désolée. Je n'arrive pas à croire que je n'ai pas ouvert le dossier avant de le transférer. Je… je… je ne sais pas quoi dire.

Ses yeux bleus sont brillants, son nez rouge, mais elle ravale sa culpabilité et se tient droite, faisant de son mieux pour ne pas craquer. J'ouvre grand les bras et elle se jette sur moi sans attendre. Je la serre fort et la sens trembler contre moi.

– Park… j'ai merdé, chuchote-t-elle en levant les yeux vers moi. Ça ne se reproduira plus.

– J'y compte bien, petite chipie, je dis en tapotant sa joue.

Elle appuie son front contre mon torse et soupire avant de se racler la gorge et de faire un pas en arrière.

– Bon. J'imagine que la première chose à faire est de limiter les dégâts ?

– Ouais. D'abord, j'ai un coup de fil très important à passer, je ne veux pas être dérangé.

– Compris. Ah, au fait, j'ai déjà eu plusieurs coups de fil avec l'agent de Skyler, Tracey. Elle a un plan d'attaque plutôt solide, mais c'est à toi de voir. Je ne sais pas trop où vous en êtes, ça fait un moment que tu n'es pas venu au bureau, et même le cyber-espionnage a ses limites…

– Quoi ? Tu m'espionnes ?

– Ben, ouais. Je serais une piètre hackeuse si je ne me mêlais pas de vos vies respectives. Cela dit, je dois admettre que celui-ci me donne le vertige avec tous les contacts de femmes qu'il enregistre dans son téléphone, sans parler de celles avec qui il couche. Le truc, c'est qu'après, c'est à moi de les calmer quand elles appellent, passent au bureau ou s'amusent à le suivre dans la rue. C'est ce qui arrive quand on couche avec tout ce qui bouge.

– T'es jalouse, chipie ? ricane Bo.

– Pfff. Je suis tellement hors de ta portée, mec. Tu n'es qu'un gamin à côté de Sir Mick.

– Un jour… tu verras. Tu finiras dans mon lit, taquine Bo.

– Seulement si je suis morte et que c'est ton délire, rétorque-t-elle.

Je secoue la tête et les laisse se chamailler. Je sais que c'est bon enfant, mais j'aimerais qu'ils fassent une pause, de temps en temps.

J'entre dans mon bureau et trouve Royce en train d'y déposer un dossier.

– Yo ! Ça fait un bail, frangin ! dit Roy en me prenant dans ses bras et en me frappant dans le dos. Ta sale gueule m'a manqué, tu sais. Mais, à moins de me refiler la prochaine mission, tu ne vas pas rester au bercail longtemps.

Je fais le tour du bureau et m'assois dans mon fauteuil moelleux.

– C'est qui le client ?

– Un styliste, à Milan. Il veut que Bo et toi utilisiez vos super-pouvoirs avec ses mannequins. Apparemment, il a embauché des femmes qui n'ont jamais défilé parce que leur look était parfait pour sa campagne.

– Il veut qu'on apprenne à des femmes comment défiler ? je m'étonne en m'accoudant sur le bureau. Ce n'est pas vraiment dans nos cordes…

– C'est ce que j'ai répondu, dit-il en souriant, mais il m'a expliqué que c'était pour une ligne de lingerie érotique. Les fringues changent de couleur dans le noir, elles sont fluorescentes ou clignotent. Bref. Ils cherchent quelqu'un pour leur apprendre à être sexy et à mettre leurs atouts en avant. Apparemment, il y a des femmes de toutes les tailles.

– C'est pour quand ?

– Dans deux semaines. Dix jours, si possible.

Dix jours.

Je rentre tout juste de trois semaines à Copenhague. Avant ça, c'était New York. Et maintenant, il semblerait que je me rende à Milan. Bon sang, il va vite me falloir des vacances.

– Personne ne veut de nous aux États-Unis, c'est ça ?

Royce éclate de rire.

– J'ai peut-être une mission à San Francisco.

– Mec, c'est à cinq mille bornes d'ici. Autant retourner à Paris !

– Les affaires sont les affaires, non ? dit-il en haussant les épaules. On est hyper-demandés en ce moment. Je ne prends que les clients les plus riches qui sont prêts à payer tous nos frais ou ceux qu'on peut gérer depuis ici.

– D'accord, on en reparlera plus tard. Je vais d'abord appeler Sky. Elle doit péter un plomb avec cette histoire de photos.

– Ouais, mec, j'ai vu ça. Elles sont canon. Je suis content que tu sois avec elle. La vache, qui aurait cru que tu te taperais l'actrice la plus prisée d'Hollywood ?

– Pas moi, c'est clair, je dis en prenant le combiné du téléphone fixe, faisant signe à Royce qu'il doit partir.

– Ne gâche pas tout, prévient-il.

– Qu'est-ce que ça veut dire ?

– Je te connais depuis longtemps, répond-il en haussant les épaules. Tu es doué pour te saboter toi-même. Si elle est bien, et qu'elle mérite toute ton attention, alors donne-la-lui. On ne rajeunit pas, mec.

– Tu cherches à te caser ? je demande, surpris.

– Si la bonne personne arrive… une femme intelligente, drôle, qui s'habille bien, qui aime sa famille, qui est fidèle, qui mange sainement, qui sait s'occuper d'un homme et qui a un cul de rêve… je la demande tout de suite en mariage.

– T'es sérieux ? je m'exclame en écarquillant les yeux.

– Absolument.

– D'accord. Respect, mec.

– Allez, je te laisse.

Il tourne les talons, mais je l'appelle quand il ouvre la porte.

– Ta tronche m'a manqué aussi, tu sais.

– Tu m'étonnes. Pas facile de se passer de moi, répond-il en souriant avant de refermer la porte derrière lui.

Ce type est tellement sûr de lui, heureusement je le connais depuis toujours et je l'aime comme un frère. La jalousie n'est pas vraiment un problème entre mes frères de cœur et moi.

Prêt à me faire crier dessus, mais surtout à entendre sa voix, je prends le téléphone pour appeler Skyler, qui décroche après la première sonnerie.

– Sois honnête avec moi… Est-ce que j'ai compté pour toi ? Ne serait-ce qu'un tout petit peu ? s'écrie-t-elle d'une voix tremblante qui me brise le cœur.

– Sky… C'était un accident. Wendy ne savait pas…

– Je t'ai posé une question très simple, Parker. Réponds-moi, gronde-t-elle sèchement.

– Skyler, tu comptes plus pour moi que toutes les femmes que j'ai connues ces dix dernières années. Ces photos n'auraient jamais dû être révélées. Bébé, tu dois me croire.

– Pourquoi ? Après tout, tous les hommes à qui j'ai fait confiance m'ont détruite. Je me suis mise à nu pour toi…

– Et je ne prends pas ça à la légère, je réponds aussitôt.

Je suis sincère. Je sais ce que ça lui a coûté de s'ouvrir à moi.

Je l'entends pleurer, chacun de ses sanglots me fend un peu plus le cœur. Ma poitrine se soulève, mais je ne suis pas certain de respirer.

– Ma pêche, tu me connais…

J'espère lui rappeler la complicité qu'on a découverte entre nous dès les premières minutes de notre rencontre, mais ce n'est pas facile au téléphone.

– Ah bon ? Qu'est-ce que j'en sais ? Tu es resté chez moi pendant trois semaines, puis tu es parti. Et, bien sûr, il ne faut pas oublier Sophie, l'autre cliente avec qui tu as couché. Qu'est-ce que je suis censée croire ? Est-ce que ça fait partie de vos services de vous taper vos clientes ? siffle-t-elle.

– C'est injuste, Sky.

– Ah bon ? Tu as avoué avoir couché avec Sophie. Combien y en a-t-il eu, au total ?

– Seulement deux, j'admets en grinçant des dents.

Je n'ai aucune envie d'avoir cette conversation, mais je sais que si je refuse, je pourrai la perdre à jamais.

– Et Sophie est une amie, je lui rappelle.

– Ah ! Et moi alors, je suis quoi ?

– Sky, tu es tellement plus…

– D'accord, alors si c'est vrai, explique-moi. Je suis quoi, pour toi, Parker ? Dis-moi, ô grand *Dream Maker* !

Je serre les dents et compte jusqu'à dix avant de répondre.

– Tu es la femme dont le sourire occupe mes pensées jour et nuit. Je meurs d'envie d'être avec toi et de dormir à tes côtés. J'imagine tes lèvres et je lèche les miennes dans l'espoir de te goûter. Je pense à la prochaine fois que je te verrai et aux nouvelles aventures qu'on va entreprendre ensemble. Il n'y a personne avec qui je préférerais me perdre. On pourrait nous envoyer n'importe où dans le monde et ce serait génial. Le souvenir de ton parfum me met l'eau à la bouche, et je ne parle même pas de ton corps diabolique. J'ai constamment envie de toi, de ton esprit, de ton corps, de ton âme. Ça te suffit ou tu veux que je continue ? je grogne, agacé qu'elle m'oblige à me livrer ainsi à elle.

Aucun de nous ne dit quoi que ce soit pendant une bonne minute.

– Je suis désolée de t'avoir crié dessus, chuchote-t-elle.

Je ferme les yeux et vide tout l'air de mes poumons, soulagé de ne pas l'avoir perdue.

– Skyler… bon sang… j'aimerais être avec toi.

– Moi aussi. Pourquoi faut-il que les choses soient si compliquées ?

– Eh bien, ma pêche, tu as un talent incroyable et le monde entier se bat pour toi. En même temps, je les comprends, parce que moi aussi je te veux.

Skyler glousse et, soudain, tout va mieux.

– Ce que j'aime quand tu glousses !

Je recule dans mon fauteuil et me tourne vers la fenêtre, profitant de la vue familière sur les immeubles et la rivière. Ça fait du bien d'être chez soi.

– Je ne glousse pas !

– Bien sûr que si, et c'est adorable.

– Si tu le dis, répond-elle en faisant mine d'être vexée.

– Ma pêche, je suis désolé de revenir aux sujets qui fâchent, mais est-ce que tu sais ce que tu veux faire à propos des photos ?

– Ouais, Tracey me prend la tête avec ça.

– Qu'est-ce qu'elle pense qu'on doit faire ?

– Elle veut qu'on fasse une déclaration commune dans la presse.

– Pour dire quoi ?

– Qu'on est en couple. Que notre relation est sérieuse et qu'on est heureux comme jamais.

– Et… ?

J'ai besoin de savoir ce qu'elle pense de ce plan avant de répondre. J'apprends vite qu'un seul mot de travers peut tout foutre en l'air et je ne veux pas prendre ce risque.

– J'arrive dans une minute, dit-elle à quelqu'un lorsque j'entends une porte s'ouvrir.

– Ok, ma belle, je t'attends sur le canapé, dit une voix d'homme.

Sur le canapé.

Ma belle.

– C'est qui ?

– Hmmm ? Ah, c'est Rick, dit-elle d'un ton distrait. On doit retourner sur le plateau et la directrice l'a envoyé me chercher.

Rick l'abruti. *Tu tombes mal, mon pote.*

Poussé par ma jalousie à l'idée que Rick l'abruti est avec ma nana et pas moi, je me décide.

– Fais-le.

– Hein ? Quoi ? Faire quoi ? répète-t-elle.

– Dis à la presse qu'on est en couple.

Mon cœur bat la chamade et je tiens si fort mon téléphone que j'ai une crampe à la main.

– Parker… tu as dit que tu voulais que les choses restent simples. Fun.

Je me lèche les lèvres, regrettant de ne pas pouvoir la tenir contre moi durant cette conversation. C'est une énorme étape à franchir au téléphone. Hélas, cela devra suffire, pour l'instant.

– Je sais ce que j'ai dit, ma pêche. Je le pensais sur le moment. Mais après la façon dont on s'est quittés, après neuf heures de vol et maintenant que notre vie intime est étalée dans les journaux du monde entier… je ne sais pas. Peut-être que ça m'a fait ouvrir les yeux. Tout ce que je sais, c'est que je veux être avec toi. Vraiment.

– Moi aussi, je veux être avec toi, chuchote-t-elle d'un ton joyeux.

– Bon sang, si seulement je pouvais t'embrasser. Les premières fois devraient toujours être scellées par un baiser.

Elle éclate de rire.

– Chéri…

– Ah, voilà le *chéri* que j'attendais.

Je souris tandis que mon cœur ralentit, et je me détends en entendant ce surnom que j'aime tant. Tout va bien se passer. Sky et moi allons trouver un moyen d'arranger tout ça.

– Alors, c'est décidé. Toi et moi. En couple. C'est sérieux.

– On se lance, ma belle !

– Et tu veux que je l'annonce au monde entier…

– Je n'ai pas honte que la plus belle femme du monde profite de mon succès, je ricane.

– Alors comme ça, je profite de ton succès ?

– Eh… je suis un beau parti.

– Ah bon ?

– Oui.

– D'après qui ? se moque-t-elle.

– Ma mère. D'ailleurs elle doit être hystérique de voir ces photos. Je l'appellerai dès que j'aurai raccroché.

– Ça promet ! dit-elle d'une voix que je trouve nostalgique.

On n'a pas encore parlé de ses parents et ce n'est pas le moment non plus, mais je compte bien tout savoir à propos de Skyler Paige Lumpkin.

– Oui, c'est clair. Tu sais, elle va vouloir te rencontrer.

– Ce serait chouette ! s'exclame-t-elle.

– C'est rien, tu sais. Mes parents sont cool. Ce sont deux ouvriers terre à terre dont la priorité est leur famille. Tu vas les adorer et je sais déjà que ce sera réciproque.

– Dis à ta mère que j'ai hâte de la rencontrer.

– Et moi, j'ai hâte de te revoir. J'ai l'impression qu'il faut qu'on se rabiboche.

– Tu parles. J'imagine que tu veux faire ça sur l'oreiller ? accuse-t-elle en riant.

– Toi non ?

– Bon, d'accord, je l'admets. Chéri, je suis désolée, mais il faut que j'aille sur le plateau. Je vais dire à Tracey de t'envoyer le communiqué pour que tu donnes ton aval.

– Je suis sûr que ce sera parfait, mais oui, dis-lui de l'envoyer à Wendy.

– D'accord. On s'appelle plus tard ?

– J'y compte bien.

– Est-ce que c'est bête de dire que je suis excitée ? demande-t-elle.

– Non, ce n'est pas bête, je réponds en riant. J'ai hâte de franchir cette étape avec toi, moi aussi.

Le plus dingue, c'est que je suis sincère. Cette histoire avec Skyler est toute nouvelle, mais c'est un changement rafraîchissant et je me sens prêt.

– Moi aussi. Je t'appelle plus tard, joli cœur.

– Ça marche, ma belle.

Elle m'envoie un baiser avant de raccrocher et je me surprends à trouver ça adorable.

Je secoue la tête, raccroche le téléphone et me lève. Je m'étire longuement et réalise soudain combien je suis fatigué. Je n'ai pas beaucoup dormi dans l'avion, je n'ai cessé de penser à la tension entre Skyler et moi au moment de son départ. Quand je suis rentré, j'ai affronté les médias, la colère de ma nana et j'ai pris un engagement émotionnel que je m'étais juré ne plus jamais prendre.

Lorsque j'ai fini de m'étirer, je sors de mon bureau et trouve Wendy, Bo et Royce devant l'écran d'ordinateur de ma secrétaire. Ils lèvent la tête et affichent un air coupable lorsqu'ils me voient.

– Qu'est-ce que vous regardez, bande de chacals ? je demande en haussant un sourcil. Hein ? Allez, crachez le morceau.

Wendy tourne son écran vers moi pour me montrer une photo de Skyler et moi.

– Bon sang, frangin… marmonne Royce.

– Espèce de veinard. Skyler Paige ! ajoute Bo en secouant la tête, comme s'il n'arrivait toujours pas à y croire.

– Vous êtes super-canon ensemble. Ce site te compare à son ex-copain, Johan Karr, dit Wendy. Regarde, tu l'emportes à soixante pour cent.

– Comment ça ? Qu'est-ce que je gagne ?

– Le concours pour savoir qui est le plus beau, bien sûr !

– Et ce n'est que le début, les gars, je réponds en soupirant.

– Pourquoi ça ? demande Wendy en souriant d'un air narquois.

– Skyler et moi avons décidé que c'était sérieux entre nous. On ne fait pas que s'amuser. On est officiellement en couple.

– Mec, t'es en train de dire que tu n'es plus sur le marché ? s'étonne Roy.

Je hoche la tête.

– Merci mon Dieu ! Alléluia ! Ça fait plus de poulettes pour moi, s'exclame Bo en ouvrant les bras, paumes tournées vers le ciel.

Roy fait le tour du bureau et vient vers moi pour me mettre une tape dans le dos.

– Tant mieux pour toi, mec. Elle est superbe, c'est clair. J'espère juste qu'elle ne te fera pas de mal. J'ai hâte de la rencontrer. Quand est-ce qu'elle vient à Boston ? demande-t-il, comme s'il était évident qu'elle allait venir.

Mes frères de cœur veulent rencontrer ma nana. Ça fait longtemps qu'ils n'ont pas eu à approuver une femme, trop longtemps. Cela dit, après la conversation que j'ai eue avec Roy tout à l'heure, il se pourrait que l'occasion se présente dans peu de temps. S'il est à la recherche d'une femme avec qui se caser, les mecs de Boston peuvent rentrer chez eux. Si Royce sort le grand jeu, les autres n'ont aucune chance.

– Je ne sais pas encore, je réponds. Elle est sur un tournage, pour l'instant. Je vais rentrer chez moi, dormir et lui parler ce soir. Je vous tiens au courant.

– Cool, cool, dit Royce. On gère la situation ici.

– Laissez-moi quelques heures avant de m'appeler, d'accord ? je demande à Wendy en prenant ma valise.

– Pas de problème, boss. En revanche, n'oublie pas d'appeler ta mère. Je déjeune avec elle tous les mercredis et elle s'inquiète que tu ne dormes pas assez. Elle dit que tu travailles trop. Et bien sûr, il y a Skyler, elle a hâte que tu lui parles d'elle.

Je hoche bêtement la tête avant de réaliser ce qu'elle vient de dire.

– Tu déjeunes avec ma mère tous les mercredis ?

– Ben, ouais. Et avec celle de Royce, le mardi. Et parfois avec ses sœurs, ça dépend de leurs disponibilités.

– Tu t'es fait ta petite place dans la famille, à ce que je vois, je dis en souriant.

– Ouaip ! Je n'ai pas de famille en dehors de Sir Mick. Comme vous vous dites frangins, j'ai pensé que je pouvais être votre sœur.

– C'est dégueu, je ne peux pas coucher avec ma sœur ! marmonne Bo.

– Ça tombe bien, puisque tu ne coucheras jamais avec moi. Bref. Trêve de plaisanteries. Bo, trouve-toi une poule et va te reposer toi aussi. Il faut que vous reveniez en forme, il y a beaucoup à faire.

– Bye, Wendy, je dis en lui faisant un signe de la main.

– Bye, boss.

– Salut, Chipie, murmure Bo de sa voix de séducteur.

– Ciao, petite bite.

Les portes de l'ascenseur s'ouvrent et Bo et moi montons dedans.

– Elle est géniale, non ? dit Bo en ajustant sa veste en cuir.

– Ouais.

Je sors dans le parking et suis ravi de retrouver ma Tesla couleur cerise.

– Salut ma belle, je lance en approchant.

J'ouvre la portière arrière et dépose ma valise, surpris de voir Bo m'imiter.

– Hé… je commence en fronçant les sourcils.

– Je suis à moto, mec. Je vais faire un tour au bar en bas de chez moi et voir si je ne peux pas me trouver une nana pour ce soir, histoire de me fatiguer un peu. Je suis encore trop à fond.

– Tu m'impressionnes, mec.

– C'est ce que disent toutes les femmes, répond Bo en souriant.

– Allez, à demain, je dis en riant.

Bo enfourche sa moto, la fait vrombir et me regarde en hochant la tête avant de sortir du parking souterrain.

Je n'ose même pas imaginer ce qui se passera le jour où ce type rencontrera une femme dont il ne pourra pas se passer.

CHAPITRE 3

J'ai dormi comme une marmotte, hier soir, à tel point que j'ai tout juste réussi à marmonner un « coucou » à Skyler quand elle a appelé, et je me suis rendormi jusqu'à ce matin. De retour au bureau, j'ai enfin le temps de découvrir l'article dans *People*. Je ne suis guère impressionné. Le dossier devait s'appeler « Dévoile-moi » comme le roman que Skyler adore, mais apparemment c'était trop leur demander. Ils ont intitulé la double page « Skyler Paige se met à nu », décrivant ses débuts en tant qu'actrice et son enfance heureuse, avec bien trop de détails sur la mort de ses parents.

Tout ce qu'on avait convenu de dire a été changé. Ils n'ont publié que des photos de nous en train de nous embrasser. Elles sont toutes de bon goût, puisque c'est Bo qui en est l'auteur et qu'il est doué. Si les clichés avaient été pris pour nous, je le remercierais d'avoir fait un superbe travail. Mais je n'aime pas voir ma relation avec Skyler étalée dans les pages d'un magazine.

Honnêtement, je suis surpris de constater combien ils insistent sur notre relation et j'en informe mon avocat, pour Skyler comme pour moi. Il me répond qu'étant donné que c'est nous qui avons envoyé le dossier et que nous n'avons pas fixé le contenu de l'article, le magazine a le droit d'écrire ce qu'il veut. Hélas, tout ce qu'ils disent est vrai. Or, cela n'empêche pas de trahir la véritable nature de Skyler et le message qu'elle voulait faire passer à ses fans, et c'est cela qui me gêne.

Je jette le magazine sur le bureau et prends mon téléphone pour entendre sa voix.

– Salut, toi… dit-elle d'une voix endormie.

Mmm, j'adore quand elle est comme ça. Elle me laisse lui faire ce que je veux, le matin. Je peux la dévorer, la mordiller, la lécher et titiller ses seins jusqu'à ce qu'elle me supplie de la prendre. Une fois, j'ai même été jusqu'à la réveiller suffisamment pour qu'elle me suce, et elle s'est exécutée comme une championne tout en se réveillant lentement.

– Bonjour. T'as bien dormi ?

– Plutôt, oui. J'étais épuisée. On a fini super tard, avec Rick. On a passé commande chez le traiteur chinois à minuit et j'ai failli m'endormir dans mon poulet aux champignons noirs, dit-elle en bâillant.

Rick l'abruti dîne avec ma nana. Je fronce les sourcils, mais je me tais pour ne pas l'agacer après notre dispute d'hier.

Je regarde l'heure et vois qu'il est huit heures. Ce n'est pas si tôt que ça, mais Skyler a l'air crevée.

– Tu dois y retourner à quelle heure ?

– Midi. Apparemment, ils ont un problème technique…

– Ah ! c'est bien. Ça te laisse le temps pour te détendre avant de reprendre.

– Ouais.

Elle soupire en gémissant et je repense aux nombreuses fois où elle s'est réveillée à mes côtés. Ça me manque plus que je veux bien l'admettre.

– Je viens de lire l'article de *People*.

Silence.

– J'ai déjà appelé mon avocat…

– Ils ne peuvent rien faire, chéri, dit Skyler en bâillant. On appelle ça la liberté de la presse. Et puis, tout ce qu'ils disent est vrai.

– Je sais, mais ce n'est pas ce qu'on avait conclu.

– T'apprendras vite que les médias ne publient jamais ce qu'ils ont promis. En fin de compte, ils font ce qu'ils veulent. Ç'aurait pu être pire, au moins on est mis en valeur.

– Tout ce que je sais, c'est que c'est la dernière fois que je fais appel à la presse, je râle.

– Je comprends, répond Sky en riant. Ah ! J'ai une bonne nouvelle, poursuit-elle d'une voix douce.

– Ah bon ? Dis-moi vite, s'il te plaît. J'ai besoin d'un remontant.

– Je suis en congé tout le week-end à partir de jeudi soir. Je me disais que je pouvais venir à Boston, rencontrer tes parents, passer le week-end avec toi…

Elle n'est même pas là et je souris déjà jusqu'aux oreilles. Depuis quand je suis aussi excité à l'idée de voir une femme ? Jamais. Voilà la réponse.

C'est Skyler. Elle a tout changé.

– Sky, bébé, tu viens de me remonter le moral.

Je suis déjà en train de penser à toutes les choses que je veux lui faire, dans ma chambre mais aussi en dehors. Bien évidemment, les mecs et Wendy vont vouloir la rencontrer.

– Je veux que tu voies Wendy et Royce. Il meurt d'envie de t'interroger. Il veut s'assurer que tes intentions sont bonnes.

Elle éclate de rire au bout du fil.

– Super. Je me disais que je pouvais peut-être venir toute seule…

– Hors de question ! Je sais que tu aimes être libre, mais bébé, c'est impossible pour toi. Rachel et Nate doivent t'escorter. Je suis désolé, mais ta sécurité compte plus que ta vie privée. Après cet article, les paparazzis vont être plus affamés que jamais.

– Pour une fois dans ma vie, j'aimerais être une personne lambda, grogne-t-elle. Qu'on soit d'accord, j'adore mon travail et grâce à toi j'ai retrouvé ma motivation, mais le manque de vie privée est…

– Merdique. Effrayant. Stressant.

Une dizaine de mots me viennent à la bouche pour décrire la situation, et pourtant je n'ai vécu ça que quelques heures. Les paparazzis étaient devant chez moi quand je suis parti au travail ce matin, et ils m'attendaient au pied de l'immeuble à mon arrivée au bureau, tout ça pour des photos. Je les ai ignorés et j'ai tracé ma route, mais je sais que c'est mille fois pire pour Skyler.

– J'aurais été moins polie que toi, dit-elle.

– Je sais, ma belle. Il faut que tu penses à ta sécurité. Le monde est plein de tarés. Promets-moi que tu emmèneras tes gardes avec toi ?

– D'accord, rouspète-t-elle.

– Un jour, on trouvera un meilleur système, mais pour l'instant, ils doivent aller partout où tu vas. Promis ?

– Promis, soupire-t-elle.

– Bien. Maintenant, dis-moi ce que tu portes ?

Je retiens mon souffle, suspendu à mon téléphone, attendant qu'elle me décrive sa tenue en détail.

***

Mon cœur bat la chamade lorsque j'entends frapper à la porte. J'ai attendu ce moment tout l'après-midi. Je me suis assuré que mon appartement était rangé, que le linge sale était dans la corbeille et la vaisselle dans la machine, et la femme de ménage est venue hier pour dépoussiérer l'appartement de fond en comble après mon absence prolongée.

Je me dirige vers la porte d'un pas déterminé et je l'ouvre avec un immense sourire sur les lèvres.

La voilà. La nana de mes rêves, en chair et en os. Elle est vêtue d'une robe noire dont les bretelles se croisent dans le dos et dont la jupe s'évase sur les hanches, révélant ses longues jambes nues. Elle porte des sandales à talons dorées, et ses cheveux sont lâchés et tombent en cascade sur ses épaules.

– Nom de nom ! je m'exclame.

Elle écarquille les yeux et sourit en coin en étudiant mon pantalon noir et mon pull en cachemire gris clair.

– Vous n'avez qu'à aller à l'hôtel, les mecs. Je ne pense pas qu'on sorte ce soir, dit Skyler.

Nate apparaît alors dans mon champ de vision et dépose la valise de Skyler à ses pieds. Il sourit et prend sa femme par la taille.

– Appelez-nous si vous changez d'avis.

– Ça roule, répond Skyler sans me quitter des yeux.

J'ouvre la porte en grand, et elle entre en se déhanchant de façon sensuelle, faisant rebondir ses fesses sous le tissu soyeux de sa robe, j'en ai l'eau à la bouche. Je ferme la porte d'un coup de pied et la verrouille sans quitter cette déesse des yeux. Elle jette sa veste sur le canapé et balaie la pièce du regard.

– C'est sympa, chez toi, déclare-t-elle en joignant ses mains sur sa nuque.

La suite semble se dérouler au ralenti. Elle défait le nœud de sa robe, qui tombe et révèle son soutien-gorge bandeau Wonderbra avant de glisser sur son ventre puis sur ses cuisses pour atterrir par terre, la laissant en string noir.

– Tu vas rester bouche bée toute la soirée ou tu vas dire bonjour à ta petite amie ?

Je cligne plusieurs fois des yeux, regardant ses seins divins, sa silhouette en huit, sa taille fine.

– Ma petite amie ? je dis en souriant.

C'est la première fois que l'un de nous emploie ce terme.

– Mm… hmmm. J'ai lu ça dans la presse, ce matin.

– La presse ? je demande en faisant un pas vers elle. Ça doit être vrai alors. Les journaux ne publient jamais de mensonges.

Je saisis mon pull et mon t-shirt et les enlève d'un coup pour les jeter par terre.

Skyler se lèche les lèvres et, sans quitter mon torse des yeux, elle passe ses mains dans son dos pour dégrafer son soutien-gorge, qui rejoint sa robe et mon pull.

Je durcis en voyant que ses tétons pointent déjà vers moi et je déglutis pour essayer de me calmer. Mon sang s'embrase et je frissonne en anticipant déjà le moment où nos corps vont se toucher.

– Ma pêche… Tu es la plus belle femme que j'ai jamais vue. Je suis l'homme le plus chanceux du monde.

Elle saisit alors les côtés de son string pour le baisser sur ses cuisses, gigotant pour l'enlever complètement. Son entrejambe mouillé m'appelle et je ne maîtrise plus rien. Tout en moi se débat pour la toucher, ma verge, mes mains, mon corps tout entier.

En deux enjambées, je saisis son visage pour l'embrasser. Elle ouvre aussitôt la bouche et sa langue retrouve la mienne. Je suce sa lèvre inférieure et me laisse aller dans un baiser plus violent que d'habitude, je ne peux pas m'en empêcher. J'ai besoin de la sentir et qu'elle me sente. Grandie par ses talons aiguilles, elle plonge une main dans mes cheveux et tient ma tête contre la sienne tandis que son autre main empoigne mon épaule.

Je penche sa tête en arrière et la dévore, renouant ce lien qui nous unit.

Notre passion.

Notre désir.

Nos besoins.

C'est aussi intense qu'au début, sauf que nous nous connaissons, à présent. On sait ce qu'aime l'autre et chaque baiser, chaque contact de nos corps est un peu plus intense que le précédent.

Maintenant que sa poitrine est plaquée contre la mienne, je peux enfin respirer. Le poids qui pesait sur mes épaules depuis notre dernier jour à Copenhague disparaît enfin.

– Bon sang, ta bouche m'a tellement manqué, chuchote-t-elle en haletant lorsque je me force à rompre le baiser.

Je souris d'un air diabolique et l'embrasse sauvagement avant de me mettre à genoux devant elle. Elle vacille un peu et j'empoigne ses cuisses tandis qu'elle s'agrippe à mes épaules pour se stabiliser.

– Alors, rattrapons le temps perdu !

J'approche mon visage de son sexe et je respire son odeur. Je me lèche les lèvres et lève les yeux vers la nana de mes rêves. Elle plante ses ongles dans mes épaules et écarte les jambes, s'ouvrant à moi, vulnérable comme elle ne l'a jamais été avec aucun homme, et j'ai l'intention de lui montrer ma gratitude en lui offrant une dizaine d'orgasmes au cours du week-end.

Je caresse ses hanches et ses fesses et je la sens frissonner. Elle semble anticiper autant que moi ce que je vais lui faire.

– Chéri… susurre-t-elle d'un ton désespéré.

Je me penche et écarte ses lèvres avec mon pouce avant d'aplatir ma langue sur elle. Je l'ai à peine touchée qu'elle se cambre en criant et lève la tête vers le plafond.

Elle est douce et délicieuse, c'est paradisiaque.

Son goût réveille mes papilles et mon bassin avance de son propre gré. Je lèche sa fente de haut en bas, puis je l'ouvre davantage pour pouvoir la baiser avec ma langue.

– Parker, gémit-elle en serrant plus fort mes épaules tout en dessinant des cercles avec ses hanches.

Je plonge deux doigts en elle, et elle se crispe des pieds à la tête tandis qu'un grognement rauque lui échappe, me faisant bander si fort que je dois ouvrir mon pantalon pour laisser plus de place à la bête.

Je prends mon temps pour titiller son clitoris avec la pointe de ma langue alors que mes doigts adoptent un rythme lent et régulier.

– S'il te plaît... il faut que je jouisse.

Elle empoigne mes cheveux et les tire pour me forcer à lever la tête vers elle. Son désir luit sur mes lèvres, mais j'en veux plus encore. J'ai encore besoin de la sentir.

– Chéri, fais-moi jouir, supplie-t-elle en se mordant la lèvre inférieure.

Je prends le temps d'admirer son superbe corps tandis que je suis à genoux à ses pieds. Je réalise soudain qu'il n'y a nulle part sur terre où je préférerais être. Je crochète mes doigts pour la tenir en place et je couvre son clitoris de ma bouche alors qu'elle accélère les mouvements de son bassin. Elle tressaille contre moi et maintient ma tête entre ses jambes.

Je sens une goutte de désir au sommet de ma verge et je baisse mon boxer pour l'empoigner et me retenir de jouir en même temps qu'elle. Ses bruits, son goût et son odeur me rendent dingue.

Je suce son clitoris aussi fort que possible jusqu'à ce qu'une série de « oui » et de jurons lui échappe. Elle tressaute encore sous l'effet de son orgasme quand je me lève et la pousse pour qu'elle s'assoie sur le dossier du canapé. J'enlève mon pantalon et mon boxer et je m'installe entre ses cuisses, m'enfonçant en elle sans plus attendre.

– Putain ! je m'écrie en me retirant pour mieux m'enfouir.

C'est divin. Des étoiles remplissent mon champ de vision et un profond soulagement m'envahit tandis que sa chatte se contracte sur ma verge.

– Prends-moi fort, chéri, dit-elle en passant sa main dans mon dos. On en a tous les deux besoin.

Elle mordille le lobe de mon oreille avant de sucer mon cou. Mon corps se couvre de chair de poule, mais mon sang s'embrase, me poussant à la prendre plus fort, plus vite et plus profond. Chaque aller-retour est meilleur encore que le précédent.

– T'es vraiment… je grogne.

Plus fort.

– La femme…

Plus profond.

– Parfaite !

Je ne lui laisse pas le temps de répondre. Je me retire, empoigne ses hanches et la retourne pour qu'elle soit dos à moi, les fesses dirigées sur ma verge. Elle s'accroche au dossier du canapé et écarte les jambes, m'offrant une vue imprenable sur son sexe luisant.

J'empoigne ses fesses et les écarte. Sa rosette m'appelle, et même si on n'a pas encore parlé de jeux anaux, j'ai envie de la goûter partout. Aucune partie du corps de Skyler Paige n'échappera à mes caresses. Je me penche sur elle et dépose une série de baisers depuis sa nuque jusqu'à la raie de ses fesses. Elle frissonne et gémit quand j'effleure son entrée interdite, me laissant croire que l'idée ne lui déplaît pas.

J'ai envie de tester ses limites, alors j'aplatis ma langue sur son sexe avant de remonter entre ses fesses. Je titille sa rosette du bout de la langue et son parfum de pêche envahit mes sens. Je pousse un grognement et continue de la taquiner jusqu'à ce qu'elle remue les fesses et me supplie de lui donner plus encore.

Or, qui suis-je pour refuser les désirs d'une femme ? Pour l'instant, je veux bien les assouvir en partie, jusqu'au jour où je pourrai la préparer à prendre toute ma queue en elle. Je mouille mon pouce et j'en profite pour la doigter de nouveau, puis je me lève et ma verge remplace mes doigts. Je fais quelques allers-retours en elle et lorsque je suis sûr qu'il n'y a plus la moindre gêne, je titille son anus avec mon pouce.

– Ça te plaît, ma pêche ? T'aimes que je te baise pendant que je joue avec ton petit cul ?

– Hmmm, c'est tellement bon…

Elle recule contre moi pour que ma queue s'enfouisse encore plus en elle.

– Putain !

Je la pénètre avec plus de force pour la punir et elle aime tellement ça qu'elle plonge une main entre ses jambes.

– Tu te touches, bébé ? Baisse ta main pour me sentir te pénétrer pendant que j'enfonce mon pouce dans ton cul.

– Oh mon Dieu…

Elle m'obéit aussitôt, mais ses doigts ont à peine effleuré ma verge que je me sens perdre le contrôle. Chacune de ses caresses me rapproche un peu plus du nirvana, mais je me force à rester sur terre aussi longtemps que possible car je veux qu'elle s'envole avec moi.

– Jouis avec moi…

Je plonge mon pouce en elle en amplifiant mes allers-retours jusqu'à ce que son corps tout entier se crispe.

– Oui ! s'écrie-t-elle.

Je redouble d'efforts et l'attire contre moi chaque fois que j'avance mon bassin. Son corps est bientôt comme une poupée de chiffon alors que je poursuis mes va-et-vient, mais elle me surprend en jouissant de nouveau. C'est moins intense que la première fois, mais cela suffit à me faire décoller pour de bon.

Mes testicules se contractent et je ne vois plus qu'elle. Je ne sens plus qu'elle. Skyler. Elle m'enveloppe tandis que je m'allonge sur son dos et me vide en elle, oubliant mes doutes, mon stress, la tension qui s'est emparée de moi au fil de cette semaine. C'est bientôt un profond sentiment de paix qui m'anime, et quand je reprends mes esprits, quelques secondes plus tard, je suis étendu sur ma femme, repu et épuisé.

Je me redresse, me retire et je la prends dans mes bras pour la porter jusqu'au lit. Je l'allonge sur le matelas et je pars chercher un gant d'eau chaude dans la salle de bains. Lorsque je reviens, j'écarte ses jambes et elle me laisse faire. Je lui ai soutiré trois orgasmes et elle est exténuée, elle aussi. Je m'occupe de la nettoyer et lorsque j'ai mis le gant au linge sale, je m'installe à ses côtés.

Sous la couette, je prends Skyler contre moi et me colle à elle, ravi lorsqu'elle blottit ses fesses contre ma verge, prend mon bras pour poser ma main entre ses seins et embrasse mes doigts avant de coucher sa tête sur mon bras.

Elle soupire et s'endort.

Je ris doucement et enfouis mon nez dans ses cheveux, respirant son parfum de pêche à la crème. Cependant, je mets plusieurs minutes à m'endormir. Je ne peux m'empêcher d'admirer la superbe femme qui dort dans mes bras.

Skyler Paige n'est pas seulement superbe, son âme est pure. Elle aurait pu me détester après ce fiasco médiatique, mais ce n'est pas le cas. Lorsqu'elle a compris que c'était un malentendu, elle a tourné la page, sans rancune. Lorsqu'un problème surgit, on en discute, et c'est fini. Il n'y a ni mélodrame ni mensonges. Rien à voir avec ce que j'ai vécu avec Kayla. Cette nana m'en a fait voir de toutes les couleurs. Maintenant que je suis avec une femme comme Skyler, qui est tout l'opposé de Kayla, je me rappelle pourquoi c'est si agréable d'être en couple, et ce n'est pas seulement pour la baise. Certes, Skyler et moi sommes particulièrement bien assortis en la matière, mais c'est plus que ça.

J'aime avoir quelqu'un à qui parler à la fin de la journée, même au téléphone. J'aime savoir que Skyler pense à moi autant que je pense à elle. J'aime penser à toutes les choses qui pourraient la rendre heureuse. Je vois même l'intérêt de parler d'un avenir commun, même si Sky et moi sommes loin d'en être là.

Par le passé, je ne me voyais même pas avoir d'enfants, surtout pas avec Kayla. Plus j'y pense, plus je réalise combien j'étais aveuglé par sa beauté. C'était une véritable garce avec mes amis et avec moi. Même ma mère m'avait fait part de ses craintes, ce qui est inhabituel chez Catherine Ellis. Quand mon frère et moi étions adolescents, elle ne se mêlait jamais de nos histoires d'amour, mais elle était toujours là pour nous si on avait besoin de parler. J'aurais dû voir les signes plus tôt, et je crois que c'est pour ça que j'ai refusé de m'investir de nouveau avec une femme. Je n'étais pas sûr de pouvoir faire confiance. Mais avec Skyler, je suis prêt à essayer, à prendre un risque pour obtenir la récompense.

Et Skyler est une sacrée récompense.

CHAPITRE 4

Depuis que nous sommes partis, c'est la dixième fois que Skyler se regarde dans le miroir du pare-soleil. En dix minutes, c'est la deuxième fois qu'elle donne du volume à ses cheveux et qu'elle se met du gloss, et c'est la millième fois qu'elle soupire d'un air frustré.

– Qu'est-ce qui se passe, ma pêche ? je demande en prenant sa main.

Sa paume est chaude et rassurante. Voilà encore une chose que je ne m'attendais pas à apprécier avec une femme, se tenir la main. Ça fait des années que ça ne m'était pas arrivé. Par le passé, si les femmes avec qui j'étais me prenaient la main, je les laissais faire quelques secondes pour ne pas les vexer. Toutefois, dès que l'occasion se présentait, je les lâchais. Avec Skyler, j'ai constamment besoin de la toucher et qu'elle me touche.

– Et s'ils ne m'aiment pas ?

Je m'étouffe en me retenant de rire et elle me fusille du regard.

– Je suis sérieuse ! gronde-t-elle en rougissant.

– C'est pour ça que c'est si drôle !

Elle râle en essayant, en vain, de reprendre sa main.

– Tu ne m'aides pas !

– Ils vont t'adorer, ma pêche. Le monde entier t'adore.

– Le monde entier ne me connaît pas ! Or, je veux que tes parents me connaissent. La vraie moi, pas l'actrice qu'ils ont vue dans leur film préféré. Juste Skyler.

Je lève sa main pour l'embrasser sans quitter la route des yeux.

– Crois-moi, bébé, ils vont t'adorer, je le sais. Ma mère est sans doute déjà en train de préparer notre mariage et de choisir le prénom de notre premier enfant.

Je la regarde en souriant et suis surpris de ne pas la voir rire. Elle est abasourdie.

– Détends-toi, ma belle. Je plaisante. Enfin, je crois, j'ajoute avec un clin d'œil.

Elle gonfle ses poumons et soupire en reculant dans le siège, plus détendue.

– Je n'ai jamais rencontré de beaux-parents. Tu ne me croiras peut-être pas, mais quand j'étais jeune, j'étais trop prise par ma carrière pour sortir avec des mecs. À vingt ans, j'ai eu quelques histoires, mais ce n'était pas sérieux. Mon premier véritable copain était Johan, et il ne m'a jamais présentée à ses parents.

– Pourquoi ? Vous n'êtes pas restés ensemble pendant un an ?

Elle soupire en regardant les voitures passer. Nate et Rachel nous suivent dans le Range Rover noir qu'ils ont loué pour le week-end. Pour l'instant, on ne semble pas avoir été suivis, du moins, je n'ai rien remarqué, mais je suppose que les paparazzis savent quelle voiture je conduis et une Tesla rouge cerise n'est pas difficile à remarquer.

– Ouais, un an et demi.

Elle n'en dit pas plus et, si je ne veux pas insister et risquer de gâcher la journée, j'ai envie d'en savoir plus sur elle.

– C'était ton premier amour ?

– Ouais, mais j'étais la seule à être amoureuse. Au début, je pensais qu'il m'aimait, à sa façon. Il était aussi préoccupé par sa carrière que moi. Mais quand je regarde en arrière, à présent, je me rends compte que j'étais la seule à faire des compromis. J'ai emménagé avec lui, je le retrouvais sur ses lieux de tournage dès que j'avais un moment de libre. Il ne venait presque jamais à moi.

– Ah bon ? Ça semble à sens unique, en effet.

– Je crois que je me suis accrochée à lui parce qu'il était là quand j'ai perdu mes parents, il y a trois ans. On venait de commencer à sortir ensemble et j'étais anéantie.

Cet enfoiré a sans doute profité d'elle. Il y a trois ans, elle n'avait que vingt-deux ans.

– C'était ta seule famille ?

Skyler retient son souffle, puis elle vide ses poumons et je la vois se battre contre sa tristesse. Ses yeux se voilent et son nez rougit.

– Eh, tu n'es pas obligée d'en parler si tu n'en as pas envie ou si c'est trop douloureux. J'essaie juste de mieux te connaître, je dis en serrant sa cuisse.

– Je sais, répond-elle en souriant. Ça ne me dérange pas de parler d'eux. C'était des parents géniaux. Les meilleurs dont on puisse rêver. Je n'avais pas de frères et sœurs, mais ils m'offraient tant d'amour et d'attention que je ne me suis jamais sentie seule. Jusqu'à ce qu'ils meurent.

Je hoche la tête et caresse sa main pour qu'elle sache que je suis là pour elle.

– Qu'est-ce qui leur est arrivé ?

– Tu as lu l'article de *People*, dit-elle en fronçant les sourcils, et je suis sûre que Wendy t'a dit tout ce qu'elle avait trouvé sur moi.

– C'est vrai, mais je veux l'entendre de ta bouche. Je veux la vérité, pas la version publiée dans la presse.

Elle prend quelques secondes avant de se lancer.

– Ils avaient toujours rêvé de faire le tour du monde et, grâce à moi, leur rêve devenait réalité. Ils ont tout lâché pour ma carrière et moi quand j'étais jeune, alors j'ai fait en sorte qu'ils aient l'argent nécessaire pour qu'ils réalisent leur rêve.

Je souris et porte sa main à ma bouche pour l'embrasser.

– C'est très généreux de ta part.

– Non, c'est normal, c'étaient les meilleurs parents au monde. Bref. Ils voulaient louer un yacht pour faire un tour d'Europe, ils en parlaient depuis que j'étais petite.

– Et…

– J'ai loué un bateau et l'équipage qui allait avec. Ils n'étaient même pas parvenus à leur première destination quand ils ont rencontré une tempête. Le bateau a chaviré. Tout l'équipage est décédé, et mes parents aussi.

– Bon sang, bébé, je suis désolé.

– Ouais, moi aussi, soupire-t-elle. Si je n'avais pas tout organisé, ils seraient encore là.

Merde. Non. Je lui interdis de faire ça.

– Sky…

– Bon, ça suffit. On peut changer de sujet ? demande-t-elle froidement en secouant la tête.

– Oui, bien sûr. De toute façon, on est arrivés.

Skyler regarde le pub de mon père avec son store vert qui détonne contre la façade en brique.

– C'est ici ? Ils vivent là ?

Je ris et pose une main sur sa nuque pour qu'elle me regarde.

– Ouais, si on veut. C'est ici qu'on se retrouve entre amis et en famille. C'est le bar de mon père. Le *Lucky's* est mon endroit préféré sur terre. C'est ici que j'ai grandi. Ma mère voulait que tu viennes à la maison, mais c'est petit et je voulais que tout le monde se sente à l'aise.

Skyler pose une main sur ma joue et m'embrasse tendrement.

– J'adore. C'est parfait.

– Alors on y va, ma pêche, je dis en souriant. Il faut que tu goûtes les célèbres sandwichs au porc effiloché du chef.

– Ça a l'air délicieux, dit-elle avec un gémissement qui résonne jusque dans ma verge.

Quand je fais le tour de la voiture, Rachel et Nate sont déjà en train de scanner les environs.

Skyler sort, vêtue d'un jean, de bottes en daim beige qui lui arrivent aux genoux et d'un pull ample en cachemire. Ses bracelets habituels tintent à ses poignets et des créoles dorées attirent l'attention sur ses beaux cheveux blonds. J'adore plonger ma main dans ses cheveux lâchés et j'ai comme l'impression qu'elle aime ça autant que moi.

Je lui ouvre la porte du bar et j'entends tout de suite les rires de Royce et de ma mère. Mon père a fermé le bar pour l'après-midi et la soirée. Je sais que ça lui fait perdre beaucoup d'argent, mais il est ravi de le faire quand la famille veut se réunir. Hélas, Paul, mon frère, est encore en mission secrète pour le gouvernement.

Ma mère se dépêche de se lever et de venir vers nous, les bras ouverts.

– Parker…

Je lâche Sky assez longtemps pour prendre ma mère dans mes bras et respirer ce parfum si familier.

– Je suis tellement contente que tu sois de retour sain et sauf, dit-elle avant de reculer. Maintenant, présente-moi ton amie.

Je prends Skyler par la taille et elle me serre contre elle.

– Maman, voici Skyler. Skyler, je te présente ma mère, Cathy.

– Je suis ravie de te rencontrer, Skyler.

– Moi de même, Cathy, répond Skyler en lui tendant la main.

Ma mère repousse doucement sa main et avance vers Skyler, m'obligeant à la lâcher.

– Bah, pas de ça ici. Ici, on se prend dans les bras. Viens ici, ma puce, dit-elle.

Skyler sourit aux anges et mon cœur fond en les voyant.

– Tu es rayonnante, dit ma mère en posant une main sur la joue de Skyler. Tu sais, tu es encore plus belle en vrai.

Ma mère tapote la joue de Skyler, qui pose sa main sur celle de ma mère.

– Merci, dit-elle d'un ton émerveillé qui ravit ma mère.

Ma mère a cet effet sur les gens. Tout le monde l'adore, et elle adore tout le monde, sauf si quelqu'un se montre indigne de sa gentillesse, auquel cas elle sait être sacrément rancunière, mais c'est rare d'en arriver là.

– Et qui sont ces gens ? demande ma mère en désignant Nate et Rachel.

– Maman, voici les gardes du corps de Skyler. Rachel et Nate Van Dyken.

– Wouah, tu as ta propre escorte, la classe, dit ma mère en souriant jusqu'aux oreilles. Eh bien entrez, détendez-vous. Randy va prendre votre commande.

– Merci de nous accueillir, Madame Ellis, dit Nate.

– Dis donc, quelles bonnes manières ! remarque ma mère avant de tourner les talons.

Toute l'équipe d'*IG* est là et nous fait signe, sauf Wendy qui manque à l'appel. Royce se lève, vient vers nous et fait un baisemain à Skyler.

– Je suis ravie de te rencontrer, ma p'tite dame, dit-il de sa grosse voix.

Skyler sourit et fait mine de s'éventer.

– Wouah. Est-ce que tous tes amis sont aussi beaux ?

– Non, il n'y a que moi, répond Roy en riant.

– Hé, j'ai entendu, s'exclame Bo depuis sa chaise.

Il se lève et prend Sky dans ses bras.

– Salut, ma belle.

Sky le serre contre elle, ce qui me titille un peu.

– Tu t'es remis du décalage horaire ? demande-t-elle.

– Ouais, quelques nuits aux côtés d'une poulette et c'est reparti, répond-il en jouant des sourcils.

– Une poulette ? s'exclame Skyler d'un ton choqué.

– Ne fais pas attention à lui, ma pêche.

– Ma pêche ? s'écrie ma mère. C'est tellement mignon, ajoute-t-elle d'un air ravi.

Je lève les yeux au ciel et entraîne Sky vers mon père qui est occupé à préparer les boissons de tout le monde. Il s'essuie les mains avec le torchon posé sur son épaule et en tend une par-dessus le bar.

– Skyler, je suis ravi de t'accueillir au *Lucky's*. Merci d'être venue jusqu'à nous.

– Avec plaisir ! Merci de m'avoir invitée. J'avais hâte de rencontrer la famille et les amis de Parker.

– Qu'est-ce que tu bois ? demande mon père.

– Vous avez du cidre ?

– Bien sûr. Du *Angry Orchard*, ça te va ?

– C'est parfait, merci.

– Je t'apporte ça tout de suite. Allez vous asseoir, mettez-vous à l'aise.

Nous nous asseyons en face de Royce et Bo tandis que Rachel et Nate s'installent à côté de Skyler et que mes parents restent debout à chaque bout de la table.

La porte s'ouvre alors que mon père apporte nos verres et Rachel et Nate se lèvent d'un bond. Nate fait le tour de la table, Rachel se place devant Skyler, tous les deux prêts à passer à l'attaque.

–Hé, tout doux les gars, je dis en empoignant l'épaule de Nate. C'est Wendy.

Il se détend un peu, mais il ne se rassoit pas.

– Salut, boss ! s'écrie Wendy.

Son mec est vêtu d'un pantalon de costume, d'une chemise, mais sans cravate, et d'un pull cintré. Cheveux blond platine, yeux clairs. Il a tout de l'homme d'affaires en week-end alors que la femme dont il tient la main est tout l'inverse. Wendy porte des collants rouges, une minijupe noire et blanche à motifs pied-de-poule, et une chemise d'homme blanche qu'elle a nouée sur sa taille et dont les premiers boutons sont défaits pour laisser voir son soutien-gorge en dentelle rouge. Elle a assorti le tout de rangers noires. Ses cheveux rouges sont retenus sur le côté par un nœud en plastique qu'on imaginerait plutôt voir sur une enfant. On ne sait jamais à quoi s'attendre avec elle, mais c'est toujours intéressant et, quelle que soit sa tenue, elle la porte toujours avec une confiance énorme.

– Wendy, je suis content que tu sois venue, je dis en avançant vers eux. Parker Ellis, je suis le boss, je déclare en tendant la main à son homme.

– Michael Pritchard, le fiancé, répond-il.

– Wendy… je commence en souriant tandis qu'elle lève la main pour me montrer une bague énorme.

– Il m'a demandée en mariage ! Je n'arrive pas à y croire. Moi ! s'exclame-t-elle.

Je ris et elle se jette dans mes bras en sautant de joie. Derrière elle, je vois que Michael n'aime pas que d'autres la touchent. Sa mâchoire se contracte et il me fusille du regard, mais il ne me fait pas peur. J'aurais largement le dessus si on en venait aux mains.

– Tu ne devrais pas être surprise, petite souris. Tu le mérites.

– Merci, boss. Maintenant présente-moi à ta copine. Et gifle-moi si je me comporte comme une fan débile.

– Je te déconseille de le faire si tu ne veux pas avoir affaire à moi, gronde Michael en prenant Wendy par la taille pour la ramener contre lui.

– Oh, il plaisante, ricane-t-elle en tapant sa main.

– Absolument pas, répond Michael.

– Roh, arrête, gronde-t-elle.

Elle l'embrasse sur la joue et il semble aussitôt se calmer.

– Aller, je veux voir Skyler !

– Venez rencontrer le reste de la famille, Michael.

Nous passons plusieurs minutes à présenter Wendy et Michael au groupe et à les féliciter pour leurs fiançailles tandis que papa sert à boire aux nouveaux arrivants. Tout le monde est d'accord pour goûter la spécialité du chef, un sandwich au porc effiloché et des frites. Rachel et Nate refusent de boire de l'alcool et j'ai encore plus de respect pour eux. Skyler a beau leur dire de profiter de la journée, ils ne baissent pas leur garde.

Ce n'est que quand la nourriture est servie et que maman et papa sont enfin assis que la conversation commence pour de bon.

– Skyler, je meurs d'envie de savoir ce que ça fait d'être célèbre. Est-ce que c'est génial ? demande Wendy en mangeant une frite.

Skyler boit une gorgée de cidre et se lèche les lèvres. Je rêve de le faire à sa place, mais je me contente de caresser sa cuisse sous la table.

– Il y a des avantages et des inconvénients, je suppose, comme dans tous les boulots.

– Ouais, comme rencontrer des gens géniaux et aller dans des endroits de rêve ! dit Wendy d'un air émerveillé.

– C'est vrai, c'est un des avantages, même si le manque de vie privée est un défi quotidien.

– Est-ce qu'on te harcèle beaucoup pour avoir des autographes ? demande ma mère en fronçant les sourcils.

– Oui. Mais ça ne me dérange pas lorsque ce sont des fans. En général, ils sont très respectueux, ils ont juste envie de me dire quel est leur film préféré ou de ce genre de chose. Le vrai problème, ce sont les paparazzis.

– Des charognards, gronde Nate à voix basse.

– Tu travailles sur quoi, en ce moment ? demande mon père.

– Sur le dernier film de la série *Sauvage*.

– J'adore ces films ! Tu es une vraie dure à cuire, dedans, s'exclame Wendy.

– Merci. Je m'amuse beaucoup en tournant les scènes d'action. J'essaie de faire la plupart des cascades moi-même.

– Cool… soupire joyeusement Wendy.

Elle recule dans sa chaise et appuie sa joue dans sa main, coude sur la table, concentrée sur Skyler.

Mon assistante est en admiration devant ma nana, mais elle fait de son mieux pour le cacher. J'imagine que peu à peu, elle cessera de voir Sky comme une célébrité et la considérera plutôt comme une amie. En tout cas, je l'espère. Skyler aurait bien besoin de nouveaux amis. J'ai l'impression qu'elle n'a personne en dehors de Tracey.

– Ouais, c'est vrai que c'est cool.

– Et puis, ça ne doit pas être désagréable de travailler avec le beau Rick Pettington, ajoute Wendy en s'éventant avec sa main. Il est vraiment canon !

La main de Michael se resserre sur l'épaule de Wendy et la mienne sur la cuisse de Skyler.

– Regardez comme ils sont jaloux ! s'exclame Royce.

– Il est très beau, oui. Mais c'est surtout un bon ami, dit Skyler.

– Un ami ? je m'écrie, surpris. Depuis quand est-il ton ami ?

– Depuis toujours, chéri, répond Skyler en tapotant ma poitrine. Mais il l'est encore plus maintenant. On ne peut pas travailler seize heures par jour avec quelqu'un et ne pas se rapprocher.

– Se rapprocher comment ? je grogne, faisant rire toute la table.

– Calme-toi, fiston, dit mon père. Ton amie doit travailler avec beaucoup de jolis garçons, dans son métier.

– Merci, Monsieur Ellis, répond Skyler en souriant.

– Appelle-moi Randy, ma belle.

– Je pense que je vais faire un tour sur le plateau, histoire de me montrer à l'équipe, je conclus en embrassant Sky sur la tempe.

– Bonne idée, déclare Michael. Il faut protéger ce qui est à toi.

Wendy lève les yeux au ciel, mais elle se blottit contre son homme qui l'embrasse sur la tête et effleure le cadenas à son cou.

– Vraiment ? Tu viendras sur le tournage ? demande Skyler d'un air joyeux.

– Si ma venue te fait sourire comme ça, je ne raterai ça pour rien au monde.

– Génial, répond-elle en souriant de plus belle.

Je l'embrasse sur la bouche, arrachant des soupirs admiratifs à ma mère, Wendy et Rachel, tandis que Royce et Bo font mine d'être dégoûtés.

– Roh, c'est pas parce que vous ne vous êtes pas encore trouvé de femme que vous devez vous moquer de moi.

– Bien sûr que si, rétorque Royce alors que Bo éclate de rire.

– Tu vois ce que je dois endurer ? je dis en mangeant une frite.

– Mon pauvre, ça a l'air terrible ! Des parents géniaux, une assistante de rêve, des meilleurs amis pour collègues…

– Tu es dans leur camp ! je m'exclame en l'attirant contre moi.

– Mais non, joli cœur. Je suis toujours de ton côté. Sauf si tu te comportes comme un abruti. Dans ce cas, je suis avec tes frères.

Je suis sur le point de répondre quand Royce me coupe la parole.

– Épouse-la, mec. Elle est parfaite.

– C'est clair, ajoute Bo.

J'enfouis mon nez dans ses cheveux pour l'embrasser dans le cou.

– C'est vrai que tu es parfaite… pour moi.

Elle prend mon visage dans sa main et plonge son regard dans le mien. Ses yeux sont perçants et portent la promesse de tout ce que nous ferons plus tard, quand nous serons seuls.

– Surtout ne l'oublie pas.

Je masse son épaule et bois une gorgée de bière.

– Ça ne risque pas, je dis en regardant au loin.

CHAPITRE 5

– Ensuite, je veux que les mannequins se déhanchent et mettent un coup de bassin, comme ça…

Le styliste appuie ses paroles d'un geste si obscène que Bo et moi grimaçons.

– Mec… ce n'est pas sexy. Pour personne, dit mon ami en secouant la tête.

Nous sommes arrivés à Milan il y a deux jours et, depuis, notre patience n'a jamais été autant mise à l'épreuve. Le styliste, T-Bone, comme le steak[1] (et c'est exactement comme ça qu'il s'est présenté) n'est pas simple à gérer.

– Monsieur T-Bone. Vous voulez vendre votre ligne aux femmes du monde entier, des femmes qui travaillent, des femmes au foyer, des femmes de vingt ans…

– De toutes les tailles et de toutes les formes. Oui. Il faut célébrer les femmes !

1. Entrecôte. (NdT, ainsi que pour les notes suivantes)

Sa voix est très aiguë pour un homme aussi gros. Il est aussi petit que large, il a la peau pâle, un double menton et le front dégarni.

Sa lingerie plaît aux femmes et il est un des stylistes les plus prisés de l'année. Je dois avouer que ses modèles sont très novateurs et font attention aux formes des femmes. Il y a des nœuds et des froufrous partout où il faut pour mettre leurs courbes en valeur.

Le problème, c'est ce qu'il veut faire faire à ses mannequins.

– Je suis d'accord. Toutes les femmes devraient aimer leurs corps. Surtout lorsqu'elles sont dans leur chambre avec leur homme. Cependant, aucune femme ne va vouloir s'arrêter au bout du podium, tourner le dos à la salle, se pencher en avant et montrer ses parties intimes au public.

– Et pourquoi pas ! s'exclame T-Bone en agitant les bras.

Je fais de mon mieux pour ne pas lever les yeux au ciel et lui dire combien ses exigences sont idiotes. Bo me voit lutter pour ne pas perdre mon sang-froid, alors il intervient pour me sauver. Il prend le styliste par les épaules et l'accompagne auprès de Marta, une mère de trois enfants, qui cache ses seins à peine couverts.

– Marta, comment te sens-tu dans cet ensemble ?

Elle hausse une épaule et regarde ses pieds.

– Un peu mal à l'aise. Je me sens très exposée sous cette lumière.

– Tu ne te sens pas belle ? Pourtant t'es tout à fait baisable, intervient T-Bone en fronçant les sourcils.

Marta semble encore plus gênée et Bo soupire.

– Est-ce que tu te sentirais mieux si les lumières étaient tamisées ou si tu étais éclairée par des bougies ?

Son regard s'illumine et elle hoche vigoureusement la tête.

– Et que dirais-tu d'une robe de chambre sexy ? Un peignoir en soie que tu pourrais enlever au bout du podium, peut-être avec des spots qui clignotent plutôt qu'un projecteur qui te suit du début jusqu'à la fin ?

– Oh, ce serait génial. Dans ces conditions, je n'aurais aucun mal à défiler.

Bo sourit et avance vers la femme suivante. Elle est vêtue d'un caraco transparent sur les seins mais qui couvre le ventre et ses imperfections potentielles sous un tissu de toutes les couleurs. Elle porte un shorty assorti, opaque à l'avant et transparent sur les fesses. En gros, l'ensemble montre les parties qu'une femme a tendance à aimer et cache celles qui peuvent être problématiques – surtout si elles ont eu des enfants et ont le ventre moins ferme.

– C'est Bianca, c'est ça ?

Elle hoche la tête sans enlever son bras de ses seins. Elle se mord tellement la lèvre qu'elle en est rougie et enflée. À l'évidence, elle est morte de trouille.

– Comment tu te sens dans cet ensemble ?

– J'ai l'impression d'être à poil.

– Et comment tu trouves tes fesses et tes seins dedans ?

– Je ne sais pas, répond-elle en haussant les épaules.

– Tu es canon, mais je suppose que tu es habituée à porter ce genre de tenue pour ton mari, et seulement pour lui ?

Elle hoche la tête tandis qu'une larme coule sur sa joue.

– Pourquoi est-ce que tu fais ça, ma belle ? demande Bo d'une voix douce.

Il a vraiment un don pour apaiser les femmes. C'est sans doute pour ça qu'il n'a aucun mal à les attirer.

– Parce qu'on a besoin d'argent et que ça paie bien, admet-elle timidement.

– Tu ne fais pas ça parce que tu te sens plus forte en tant que femme ? s'exclame T-Bone.

Apparemment, il commence à comprendre qu'il fait tout l'inverse de ce qu'il voulait. Il rabaisse les femmes plutôt que de les valoriser.

Bianca fait non de la tête, mais elle ne répond rien.

– Et si ton mari t'accompagnait sur le podium, vêtu d'un pyjama assorti ?

– Ce serait super ! s'exclame-t-elle. On défilerait ensemble !

– Des pyjamas pour homme assortis ! C'est du génie ! s'écrie T-Bone.

D'un air pensif, il regarde ses mannequins alignées contre le mur.

– Combien d'entre vous aimeraient défiler avec leur partenaire ? je demande.

Presque toutes lèvent la main.

– Et combien d'entre vous aimeraient que les lumières soient tamisées ?

Cette fois, elles lèvent toutes la main.

T-Bone marche devant elles en étudiant les ensembles et les mannequins qu'il a choisis. Aucune n'a défilé jusque-là, c'est la raison pour laquelle Bo et moi avons été appelés à la rescousse. Ce sont de vraies femmes : maigres, fines, rondes ou même très larges, mères, professeures, étudiantes, serveuses. Toutes ont été choisies par des amis ou des membres de la famille du styliste ou par le bouche-à-oreille. Or, maintenant qu'elles sont regroupées ici, il est évident que l'artiste doit encore peaufiner son concept. Après avoir parlé à chacune d'entre elles, nous avons compris que si elles avaient peur de défiler, aucune ne voulait faire une croix sur le salaire.

– J'ai quelques idées pour mettre en valeur votre lingerie et votre volonté de valoriser les femmes, si vous êtes prêt à m'écouter.

– Si ça colle à ma vision, carrément, répond le styliste en se frottant le menton.

– Super. Comme beaucoup de vos modèles sont phosphorescents, que diriez-vous que les lumières s'allument et s'éteignent durant le spectacle ? Chaque fois que les spots s'allumeraient, les mannequins seraient un peu plus dévêtues. On verrait d'abord leurs jambes nues et leur culotte, puis elles avanceraient dans le noir jusqu'à la prochaine pose, où on découvrirait leur buste, et ainsi de suite.

– Mmm oui, je vois où vous voulez en venir, répond T-Bone en hochant la tête.

– Celles avec les tenues les plus osées pourraient être accompagnées de leurs partenaires avec des pyjamas, des boxers ou des peignoirs assortis. Croyez-moi, les femmes aiment être assorties à leurs hommes quand elles en ont l'occasion. Et puis, ça plairait à celles qui vont se marier ou qui fêtent leur anniversaire de mariage.

– Oui, oui, je le visualise très bien. Ce sera fait. Je peux créer quelques articles pour hommes en un rien de temps.

Sur ce, il tourne les talons et se dirige à son bureau où il se met à dessiner des croquis.

– Je pense que ça suffit pour l'instant, je dis. J'ai d'autres idées, mais commençons avec ça et laissons-le travailler. Mesdames, est-ce que vous êtes prêtes à remettre vos vêtements et à apprendre l'art de défiler ?

Elles éclatent de rire, comme si l'idée était absurde.

– Allez vous changer et retrouvez-nous à l'arrière du bâtiment. On va s'entraîner dehors.

Elles retournent dans le vestiaire. Je suis content de voir qu'elles semblent plus heureuses que lorsque nous sommes arrivés. Je regarde T-Bone, mais il est perdu dans son travail.

– Allez, frangin. Les défilés sont ton domaine d'expertise.

– Ce n'est pas parce que ma mère est styliste que je suis expert en la matière.

– Ne mens pas, je te connais. Tu marchais sur un podium avant d'avoir appris à courir. En plus, tu t'es tapé assez de mannequins pour que ça fasse du toi un professeur aguerri.

– C'est pas faux, répond-il avec un sourire diabolique.

– Allons-y, on a du pain sur la planche.

***

– Tu plaisantes ! s'exclame Skyler. Il voulait qu'elles déambulent à moitié à poil et qu'elles fassent des gestes obscènes ? Est-ce que tu lui as rappelé que ce n'étaient pas des actrices de porno ?

– Je sais, je réponds en riant. C'était plutôt dégoûtant. Mais il pensait sincèrement les valoriser en les laissant libres d'exprimer leur sexualité.

– Ah ! C'est complètement dégradant, il les voit comme des objets. Beurk.

– Je sais, mais Bo et moi l'avons remis sur le droit chemin. Son équipe est déjà en train de créer des ensembles pour les partenaires des nanas, en plus de peignoirs et d'accessoires qui les mettront plus à l'aise.

– Tant mieux.

– J'hésite à lui proposer de mettre des miroirs sur la scène, aussi.

– Ah bon ? Pourquoi ?

– Eh bien, il me semble que quand une femme aime son look, elle se regarde dans la glace. Elle s'assure qu'elle est bien sous tous les angles. Et quand on aime ce qu'on voit, on a davantage confiance et on se sent plus sexy.

– C'est vrai. Je me regarde toujours une dizaine de fois dans le miroir avant de décider de ma tenue.

– Et j'imagine que tu fais pareil avec ta lingerie Wonderbra ?

Ma question est lourde de sous-entendus et j'ai hâte d'entendre sa réponse.

– Tiens donc, on parle toujours de ton travail ? susurre-t-elle d'une voix moqueuse.

– J'aurais essayé. Mais, sans rire, les femmes font ça, non ?

– Oui chéri, on fait ça. On veut toujours se sentir au top, donc bien sûr, on se regarde dans la glace, surtout quand on est en sous-vêtements.

– Super. Alors, je crois que je vais ajouter les miroirs. Non seulement ça offrira différents angles au public et aux photographes, mais ça aidera les mannequins à voir combien elles sont belles dans la lumière tamisée.

– C'est une super-idée, Parker. Je regrette de ne pas être là pour voir le résultat final.

– Alors viens ! je réponds sans réfléchir.

– J'aimerais bien, mais je dois travailler. Ce week-end de trois jours était le dernier libre avant un moment. On doit tourner des scènes difficiles dans les semaines à venir.

– Ah ? Quel genre de scènes ?

– Parker… gronde-t-elle.

– Des scènes de sexe… j'insiste en grinçant des dents.

– Tu sais que c'est mon travail, chéri. Tu es le mieux placé pour savoir qu'en tant qu'actrice, je me retrouve parfois dans des positions inconfortables…

– Comme si c'était inconfortable de l'embrasser et de te frotter à lui ! je ricane.

– Tu veux vraiment qu'on parle de ça ? accuse-t-elle.

– Je n'aime pas ça. Je n'aime pas savoir qu'un autre homme t'embrasse, lèche tes lèvres, touche ta peau, ton corps…

Des images me viennent en tête et j'enfonce ma tête dans l'oreiller, essayant de me calmer, quand trois bips m'annoncent la fin de la conversation.

Elle a raccroché.

Merde !

Je panique et mon corps se couvre de chair de poule quand mon téléphone sonne, m'annonçant un appel vidéo de ma pêche.

Je clique sur le bouton, et son superbe visage apparaît à l'écran.

– J'ai pensé qu'il valait mieux qu'on ait cette conversation en face à face.

– Je suis désolé, je me dépêche de dire en la regardant droit dans ses yeux chocolat. Je n'aurais pas dû dire ça. C'était bête et immature.

– C'est vrai, mais ça avait le mérite d'être sincère. Je veux toujours que tu me dises ce que tu penses, Parker. Pour que ça marche entre nous, on doit se promettre d'être honnêtes l'un avec l'autre, sur tous les sujets. Trop de gens m'ont déjà lâchée, je ne veux pas que ça arrive avec toi.

– Sky, bébé, je ne te ferai jamais de mal. Je suis désolé d'être un imbécile jaloux.

– Peut-être que ça devrait être ton nouveau surnom ? répond-elle en riant.

– Au moins, ça me rappellerait à l'ordre.

Ouf ! La crise est évitée. Néanmoins… ma jalousie n'a pas disparu pour autant.

– Est-ce que tu vas pouvoir supporter l'idée de ce que je fais au travail ? Ça ne changera jamais, tu sais. Je peux te garantir que même si je prends mes rôles au sérieux, tout ça n'est que du faux. Je n'embrasse pas Rick ou qui que ce soit d'autre en pensant à ce que je ressens. Je suis constamment en train de penser à l'angle du baiser et de la caméra, au positionnement de mon corps, à cacher les parties que je ne veux pas montrer au public et ainsi de suite. C'est très clinique, en fait.

– Ah bon ?

– Mais oui, bêta, répond-elle en riant. Entre les techniciens lumière, les caméramans, le directeur et les maquilleurs, il y a une dizaine de personnes sur le plateau, or on est censés être naturels. Le pire, c'est que les scènes d'amour sont souvent filmées à la suite, à la fin du tournage, quand on est plus en phase, alors ça nous agace vite.

– Waouh. Je n'avais jamais pensé à tout ce qu'impliquait ce genre de scène.

– Attends, ce n'est pas le pire. Au fur et à mesure que la journée avance, ton partenaire commence à puer à force d'être maquillé et de se tenir sur ses coudes, ou je ne sais quoi. C'est pas évident de faire semblant d'être excitée quand tu sens la transpiration.

– Quoi ?

J'éclate de rire en la voyant grimacer.

– Rick adore les oignons. Il en met dans tous ses plats, explique-t-elle en frissonnant, me faisant rire de plus belle. Tu rigoles, mais essaie d'embrasser quelqu'un qui sent l'oignon. C'est dégoûtant.

– Tu plaisantes ?

– Hélas…

– Mais, bébé, donne-lui un Tic Tac !

– Je ne peux pas faire ça ! Ce serait impoli et gênant, et je dois travailler avec lui.

– Mieux vaut qu'il soit mal à l'aise plutôt que d'avoir à rouler une pelle à un oignon.

– Beurk, tu me fais penser qu'après cette pause, on tourne une scène d'action où il finit par m'embrasser. J'en ai marre des oignons. En plus, je déteste ça !

– Oh, je suis désolé, ma pêche. Souviens-toi de ce que j'ai dit… donne-lui un bonbon !

Elle s'assoit et pose son téléphone devant elle, appuyé contre quelque chose, tandis qu'elle fouille dans son sac.

– Eurêka ! Des chewing-gums à la menthe, regarde ! s'exclame-t-elle en me montrant un petit boîticr bleu.

– C'est parfait. Prends-en un avant votre scène et propose-lui-en un. S'il refuse, dis-lui qu'il y est obligé s'il veut t'embrasser.

– J'ai pas envie, râle-t-elle en faisant la moue. En même temps… je n'en peux plus des bisous à l'oignon.

– Au moins, je sais que je reste le mec qui embrasse le mieux.

– Qui a dit que c'était toi ?

Je me sens devenir pâle comme un drap et elle éclate de rire.

– Je plaisante, joli cœur. Tu embrasses super-bien.

– Tâche de t'en souvenir, je réponds en souriant.

– Et si tu venais me rendre visite bientôt ? Comme ça, je suis sûre de ne pas l'oublier, demande-t-elle en se mordant la lèvre, gênée de me rappeler une promesse.

– Wendy est en train de prendre mes billets, justement. Je pars après le défilé samedi, donc je devrais être à tes côtés dimanche soir.

– Ah bon ?

Son visage s'illumine et elle sourit jusqu'aux oreilles. Je n'en reviens pas que Skyler Paige soit ma petite amie. La nana de mes rêves. L'actrice la plus prisée d'Hollywood. Et elle est toute à moi. Je me sens si fier à l'idée que je la rends heureuse, surtout parce qu'il lui suffit de savoir qu'elle va me voir pour être folle de joie.

– Oui, ma belle. Je veux te voir travailler, te voir en action. Ensuite, je veux te ramener à ton penthouse et te faire l'amour une bonne vingtaine de fois.

– Ça me plaît, dit-elle en rougissant.

– Alors, c'est décidé. En revanche, je vais devoir raccrocher, ma pêche. Il est tard, ici, et je dois apprendre à défiler à des femmes qui n'ont jamais fait ça.

– Mais chéri, tu sais faire ça, toi ?

– Non, mais Bogart oui, et c'est lui qui dirigera demain. Moi, je suis là pour gérer l'emplacement des caméras et aider nos novices à se sentir sexy dans des tenues qu'elles n'ont l'habitude de mettre qu'en privé.

– C'est vrai que tu sais t'y prendre pour qu'une femme se sente sexy.

– Ah bon ? Dis-m'en plus, je t'en prie…

– Je croyais que tu devais aller te coucher ?

– Et moi je croyais que tu devais aller au maquillage ?

– Je veux simplement m'assurer que mon homme s'endormira heureux en pensant à moi…

– Ah ouais ?

Elle se lèche les lèvres avant de les mordre, si seulement je pouvais le faire à sa place.

– Ouais. Qu'est-ce qui te ferait plaisir, là ?

– Tu me proposes un appel coquin, ma pêche ?

– J'ai environ vingt minutes, utilise-les à bon escient.

– Tu es vraiment la femme parfaite, je murmure.

– Chéri, je suis loin d'être…

Elle commence à me contredire, mais je lui coupe la parole.

– Skyler, enlève ton débardeur et montre-moi tes seins.

Elle sourit jusqu'aux oreilles et hausse un sourcil en enlevant son débardeur, puis elle dégrafe son soutien-gorge Wonderbra et je ne vois plus que ses seins parfaits et leurs tétons roses. J'en ai l'eau à la bouche et je pousse un grognement.

– Tu viens de le prouver. Tu es parfaite.

Je glisse ma main dans mon boxer pour empoigner mon érection.

– Que veux-tu voir d'autre ? susurre-t-elle d'une voix suave.

– Tout, ma pêche. Je veux tout voir.

CHAPITRE 6

– Non, ma belle, ne fais pas la moue comme ça, on dirait un poisson-chat, soupire Bo au moment où j'entre dans le studio de danse que nous avons loué.

Quand nous avons compris que ces femmes ne savaient vraiment rien du mannequinat, ni de la lingerie, ni de la mode en général, nous avons adopté une approche bien plus pratique.

– Mesdames, faisons une pause. J'aimerais que vous preniez ces chaises, là-bas, et que vous les mettiez au milieu de la salle. Formez trois rangées de quatre. On va essayer autre chose aujourd'hui, je leur dis en prenant soin de sourire pour qu'elles sachent qu'on ne leur en veut pas du peu de progrès qu'elles ont faits jusque-là.

Durant le défilé, chaque modèle devra se changer une fois. Vingt-quatre tenues seront donc présentées au public, et il faut vraiment qu'on trouve un moyen pour que ces novices soient séduisantes, sinon *International Guy* pourrait avoir son premier client mécontent.

– Mec, j'y suis depuis ce matin, dit Bo en venant vers moi. Quand elles ne sont pas nerveuses, elles se comportent comme des gamines, et quand elles se ressaisissent, elles me dévisagent comme des biches prises dans les phares d'une voiture. J'espère que tu as apporté ta baguette magique, frangin, parce que moi je perds patience.

Au lieu de répondre, je souris en ouvrant la porte du studio pour laisser entrer les trois femmes que j'ai embauchées. Elles ont toutes des silhouettes en huit, des seins énormes, des hanches généreuses et des tailles plutôt fines.

Bo écarquille les yeux et semble se retenir de baver.

– Waouh… Mec, fallait pas, c'est pas mon anniversaire. Cela dit… merci, dit-il en suivant les femmes des yeux, déjà prêt à les séduire.

– Non, elles ne sont pas pour toi, frérot. Du moins, il faudra que tu attendes qu'elles aient appris à nos mannequins débutantes à se bouger. Ensuite, tu pourras faire ce que tu veux.

Bo regarde chaque femme pendant longtemps avant de hocher la tête. La meneuse du trio est grande, elle doit mesurer un mètre quatre-vingts, et ses longs cheveux noirs lui arrivent aux fesses. Elle est vêtue d'un corset en satin noir et d'une culotte en soie rouge, avec des nœuds sur les hanches. Elle porte des collants en résille et des escarpins rouges. Son rouge à lèvres rouge – ma kryptonite – me fait penser qu'il faut que j'en achète à Skyler. Je suis sûr qu'elle le mettrait tous les jours, juste pour me rendre dingue.

Les deux femmes à ses côtés sont habillées de façon similaire avec des soutiens-gorge noirs, des culottes rouges, des bas résille et des porte-jarretelles. La seule différence, c'est que leurs escarpins sont noirs, mais tout aussi sexy. L'une est blonde, l'autre rousse. Il y en a pour tous les goûts.

– C'est moi qui choisis le premier, dit Bo en les regardant comme un animal en rut.

Le connaissant, ce doit être un supplice d'être confronté à toute cette sensualité sans pouvoir agir. Depuis qu'elles sont entrées, tous les regards, masculins comme féminins, sont rivés sur ces trois bombes.

– Mec, choisis les trois, si tu veux. Moi, j'ai Skyler qui m'attend, je dis en lui mettant un coup de coude.

– Dommage pour toi. Enfin, si on veut. T'en fais pas, je m'éclaterai à ta place.

– Ça roule, je ricane.

– Toute la nuit, chuchote-t-il comme s'il se faisait une promesse à lui-même.

Je ris et le laisse à ses fantasmes tandis que j'avance au centre de la pièce.

– Mesdames, bienvenue à vous. Ce cours s'intitulera « Comment bouger son corps », j'annonce aux douze femmes assises sur leurs chaises. Ces superbes dames seront vos professeurs. Elles travaillent dans le cabaret le plus prisé d'Italie. Dites bonjour à Martina, Viola et Francesca.

Les trois danseuses sourient et saluent leurs élèves.

– Martina, à toi de jouer.

– Merci, Monsieur Ellis. Bien, Mesdames, on va commencer très simplement en utilisant nos chaises. Je veux que vous avanciez jusqu'à ce que vous vous voyiez dans le miroir devant vous.

Les douze femmes obéissent aussitôt.

– Maintenant, vous allez croiser les jambes, et vous allez le faire de façon sexy.

Elles écoutent toutes Martina et, comme je m'y attendais, elles semblent enfin s'amuser.

Martina allume la chaîne hi-fi et, quelques secondes plus tard, « Don't Cha » des Pussycat Dolls accompagne la leçon.

– Très bien, mes jolies, il est temps de s'éclater un peu ! s'exclame-t-elle en revenant à sa place.

Elle exécute alors une petite danse ultrasexy en se servant de sa chaise, s'asseyant dessus, croisant et décroisant les jambes, se cambrant ou se penchant sur le côté. Elle conclut sa démonstration en mettant un pied sur la chaise puis en faisant un tour sur elle-même pour s'asseoir à califourchon.

Puis elle dit aux mannequins amateurs de la copier et de répéter les douze mouvements jusqu'à ce qu'elles maîtrisent parfaitement la chorégraphie.

– Waouh, chuchote Bo alors que nous faisons le tour du groupe, admirant la manière dont les femmes prennent peu à peu confiance en elles, ravis de les voir s'amuser autant.

– N'oubliez pas votre visage et vos cheveux. Les hommes adorent que les déhanchés soient accompagnés d'une petite moue ou d'un mouvement des cheveux.

Ébahi, je regarde nos élèves détacher leurs cheveux, les ébouriffer et dessiner un cercle avec leur tête. J'avoue qu'elles jouent parfaitement le jeu.

– C'est ça, Mesdames. Vous jouez un rôle, je commente tandis qu'elles continuent de s'entraîner. C'est exactement ce que vous ferez sur le podium. Vous êtes le fantasme du public, des femmes magnifiques, vêtues de lingerie haute couture dernier cri. Ça vous excite autant que la personne qui a le privilège de vous regarder. Assumez votre pouvoir de séduction !

Bo sourit en les regardant, c'est enthousiasmant de les voir quitter leur rôle de jeunes femmes sages et timides pour devenir des séductrices confirmées.

– Continuez, Mesdames. Vous êtes super. Donnez tout ce que vous avez ! Viola, Francesca et moi allons passer parmi vous pour travailler avec chacune d'entre vous, dit Martina.

– C'était une super-idée, frérot, dit Bo en me tapant sur l'épaule. Elles nous sauvent la vie, c'était vraiment pas gagné mais elles l'ont fait.

– Ouais. J'ai pensé que si elles pouvaient prendre exemple sur une femme, elles se lâcheraient plus facilement. Il fallait surtout qu'elles osent endosser le rôle de séductrice. Elles se sentaient prises au piège et elles étaient mal à l'aise. Mais regarde-les maintenant. Elles sont hypersexy et elles adorent ce qu'elles voient dans la glace.

– C'est clair, dit Bo en souriant.

– Tout est question de perception. Maintenant, nos trois danseuses vont pouvoir montrer aux mannequins comment défiler et prendre des poses. En tant qu'hommes, on manquait un peu de légitimité, je crois.

– Ouais, tu n'as pas tort. Tu crois qu'on devrait les laisser et aller parler à T-Bone des aspects techniques du défilé ?

– Bonne idée.

Nous sortons du bâtiment quand mon téléphone sonne. Je le sors de ma poche et vois le nom de Sophie s'afficher à l'écran.

– C'est Sophie. On fait dix minutes de pause avant d'aller voir T-Bone ? je propose à Bo.

– Ça roule. Dis-lui bonjour de ma part.

– Ok.

Bo part en direction d'un petit café qui fait l'angle de la rue, et je le suis en marchant lentement.

– *Bonjour*, So[2] !

– *Bonjour, mon cher.*

– Comment vas-tu ? On ne s'est pas parlé depuis Copenhague, il y a une dizaine de jours.

2. Dans ce passage, les termes en italique sont en français dans le texte.

– *Oui*. J'ai été très prise. Et toi, où es-tu, cette fois ?

– À Milan.

– Ah bon ? J'y vais ce week-end, pour un défilé. Quelle coïncidence !

– Attends, tu n'irais pas au défilé de T-Bone, par hasard ?

– *Si*, mais ce n'est qu'un parmi d'autres. Le groupe Rolland s'associe à différents stylistes européens pour créer des lignes alliant parfum et haute couture. Mais comment connais-tu T-Bone ?

– Je bosse précisément avec lui et ses mannequins.

– *Mon Dieu, c'est merveilleux !* D'après ce qu'on dit, c'est un sacré personnage. Est-ce que tu restes à Milan jusqu'au défilé de samedi ?

– Oui, absolument. Bo est ici, aussi. Il te dit bonjour, d'ailleurs.

– Ah, embrasse-le de ma part.

– Tu vas faire un heureux, So.

– Oui, tu as sans doute raison. Est-ce que tu aurais le temps de dîner mercredi soir ? Je peux m'arranger pour arriver plus tôt. Je connais un super-restaurant italien, mon père m'y emmenait quand j'étais petite. Les autres soirs, je serai prise par le travail.

– Oui, carrément. Je propose à Bo ?

– Bien sûr. J'ai hâte de te voir, on n'a pas eu suffisamment de temps pour discuter à Copenhague, et Mademoiselle Paige était avec toi. Est-ce que vous avez clarifié la situation, d'ailleurs ?

Comme toujours, Sophie est très directe.

– Oui. Tu seras sans doute surprise d'apprendre qu'on a décidé de rendre notre relation officielle. On est en couple, c'est sérieux, je déclare en souriant joyeusement.

– C'est vrai ? *Mon cher, c'est magnifique.* Je t'avais prévenu ! Est-ce que tu es heureux ? Elle est très belle et elle semble très gentille, je l'ai beaucoup appréciée.

Je réfléchis une minute à sa question. Sophie ne dit rien, me laissant le temps de trouver les mots.

– Sophie, je n'ai jamais été aussi heureux. Jusqu'à ce que je te rencontre, ça faisait une éternité que je n'avais pas été aussi proche et complice avec une femme. Et puis, il y a eu Skyler. Je commence à croire que le temps que j'ai passé avec toi m'a aidé à comprendre pourquoi ce pouvait être bien d'avoir une femme dans ma vie.

– Mais je suis dans ta vie, moi, *oui* ?

– *Oui*, Sophie, mais c'est différent. Tu sais ce que je veux dire.

– Oui, je sais. Je dois t'avouer que je vois quelqu'un, moi aussi, déclare-t-elle.

J'écarquille les yeux et me fige sur place pour m'appuyer contre l'immeuble devant lequel je me trouve. Je suis choqué, car Sophie n'a rien dit à Copenhague.

– Qui c'est, où est-il et que fait-il ?

Elle éclate de rire.

– C'est un de nos chercheurs, en fait. Je ne l'avais jamais vu, car je n'ai pas l'habitude d'aller dans les labos à moins de travailler avec le créateur de parfum. Bref, nous sommes sortis à deux reprises et, au deuxième rencard, on a couché ensemble. Et, Parker, c'était dingue. Il m'a fait des choses que je n'avais jamais faites auparavant. Même avec toi !

– C'est trop d'infos, Sophie, je dis en fronçant les sourcils alors que je vois revenir Bo avec deux gobelets en carton. Tu ne devrais sans doute pas parler de ta vie sexuelle avec ton ex.

– Pourquoi ? Le sexe fait partie de la vie. Nos rapports étaient super, pourquoi on ne devrait pas en parler ?

Je pousse un grognement et me passe la main dans les cheveux. D'après ce que je sais, les Européens, et les Français en particulier, sont bien plus intellectuels, libres et ouverts à propos de leur sexualité. Ils voient le sexe comme un besoin normal. C'en est un, bien sûr, mais nous autres Américains n'en parlons qu'avec nos amis les plus proches. Je ne parlerais jamais de ma vie sexuelle avec Skyler à Sophie. Ce serait bizarre et ça m'attirerait tout un tas de problèmes.

– Disons que c'est une différence culturelle. Sans être pudiques, les Américains ne parlent pas ouvertement de sexe, et surtout pas avec leurs ex.

– Hmmm, c'est dommage. Les meilleures personnes avec qui en parler sont justement celles avec qui tu as couché.

– Peut-être pour toi, ma belle, mais pour un mec, c'est juste bizarre.

– D'accord, si tu le dis. Dans ce cas, je vais raccrocher. J'ai un million de choses à faire. Je voulais simplement prendre de tes nouvelles.

– Ça marche. On parlera davantage mercredi. Je dois y aller, mais j'ai hâte d'en savoir plus sur ton nouveau mec. Envoie-moi l'adresse du restaurant par message.

– *Oui. Au revoir, mon cher.*

– *Au revoir, So.*

***

Quand Sophie entre dans le restaurant plein à craquer, toutes les têtes se tournent vers elle. Ses cheveux sont lâchés et elle est vêtue d'une robe bleu roi et de sandales à talons dorées. De toutes les tenues que Bo lui a choisies à Paris, c'est ma préférée.

Bo et moi nous levons lorsqu'elle vient vers nous et nous fait la bise.

– Comment ça va, ma belle ? demande Bo après que le serveur a servi un verre de vin à Sophie.

– Je vais très bien, Bogart. Est-ce que la gent féminine de Milan supporte ta présence ? lance-t-elle avec un clin d'œil.

C'est Sophie tout craché, ça. Elle adore le provoquer, mais il aime ça autant qu'elle.

– Tu me connais tellement bien, répond-il en riant. Eh bien, sache que j'ai ralenti la cadence pendant ce séjour. Je ne me suis tapé qu'une mannequin et une danseuse.

– C'est ce que tu appelles ralentir la cadence ? se moque Sophie.

– Je t'adore. Tu m'as manqué, tu sais, répond-il en souriant jusqu'aux oreilles.

– Je sais, Bogart. Je sais.

– Sophie, parle-moi de ce chercheur. C'est qui ? Je pensais les avoir tous rencontrés, mais c'est impossible puisque tous ceux que j'ai vus avaient plus de cinquante ans.

– C'est le fils d'un de nos directeurs de recherche. Le département l'a embauché il y a deux ans. Il s'appelle Gabriel Jeroux, et il est brillant, au *pied* comme ailleurs.

Bo éclate de rire si fort que plusieurs clients nous dévisagent, il faut dire qu'il incarne parfaitement le cliché de l'Américain en vacances en Europe.

– Sophie, tu veux dire au *pieu*, rectifie Bo.

– *Oui*, c'est vrai que ça paraît plus logique.

– Est-ce qu'il s'occupe bien de toi ? je demande en posant ma main sur la sienne.

– Parce que si ce n'est pas le cas, je connais trois Américains qui sont prêts à lui casser la gueule, chérie.

Elle ferme les yeux et tapote ma main avant de nous regarder tour à tour.

– Oui, il s'occupe parfaitement bien de moi, bien mieux que je ne le mérite, étant donné tout ce que je leur demande de faire depuis la mort de mon père. On peut dire que je n'y ai pas été de main *dure*.

– De main *morte*, corrige Bo.

– Ah oui, ça sonne bien mieux. J'ai été dure avec eux, mais ils se sont exécutés sans rechigner. Je crois qu'ils me respectent chaque jour un peu plus.

– C'est super, chérie, je suis content pour toi. C'est important que l'héritage de ton père perdure et que tu trouves ta place à la tête du groupe.

Le serveur vient prendre nos commandes et nous trinquons.

– *Mon cher*, le moment est venu de me parler de tes projets avec Mademoiselle Paige, dit Sophie avec un sourire faussement timide.

– Tout d'abord, appelle-la Skyler. Ensuite… je ne sais pas. On n'a pas vraiment de projet établi.

– Pour l'instant, ils ne couchent avec personne d'autre, intervient Bo en souriant.

– Tais-toi si tu ne veux pas que je t'étrangle.

– Tu ne ferais jamais ça, répond-il en se rapprochant de Sophie.

Il a beau faire mine de la draguer, il n'oserait jamais tenter quoi que ce soit avec Sophie. C'est une des premières règles de notre amitié. On ne couche jamais avec l'ancienne partenaire d'un frère.

– T'as sans doute raison, mais ce n'est pas l'envie qui manque, je réponds en fusillant Bo du regard. Bref, pour répondre à ta question, Sophie, Skyler et moi avons décidé d'être exclusifs.

– C'est une grande étape pour toi, non ? demande Sophie avec de grands yeux.

– Oui, c'est vrai. Mais il y a quelque chose de spécial chez elle. Je sens que c'est fait pour durer.

– Je crois que vous allez être très heureux, vous deux… du moment que tu arrives à mettre ton côté possessif de côté.

– Ouais, on en a parlé, d'ailleurs. Je ne suis pas ravi qu'elle passe ses journées à rouler des pelles à Rick l'abruti, mais elle m'a rassuré en me disant qu'il avait une haleine d'oignon.

– Une haleine d'oignon ? répète Bo en secouant la tête. Bon sang, il faut qu'il se ressaisisse, après tout c'est pas compliqué, il lui suffit de mâcher un chewing-gum. Il n'a pas d'amis, ou quoi ?

– Je préfère penser qu'il n'a pas le moindre ami, en effet, je réponds en riant, ni de copine, d'ailleurs, et surtout pas la mienne.

– Mince, ne me dis pas que tu es jaloux du partenaire de Skyler ? s'exclame Sophie.

– Non ! je réponds en même temps que Bo répond « Oui ! »

– Tais-toi, mec ! je grogne.

– Il est dingue d'elle, Sophie, il démarre au quart de tour. Si tu veux mon avis, frangin, ce n'est pas bon pour tes projets à long terme.

– Eh, je ne t'ai pas demandé ton avis, Bo.

– Je veux juste te mettre en garde.

– Tu es mal placé, étant donné que tu n'as pas eu de relation sérieuse depuis une bonne dizaine d'années !

– C'est pas faux, répond Bo en vidant son verre de vin.

– Ça suffit, les garçons. Parlons d'autre chose. Comment vont Royce et votre nouvelle assistante ?

– Roy va bien, je réponds, comme d'habitude. Il parle de se trouver une nana avec qui se caser.

– Alors ça, je le vois bien. Il a tout à fait l'air du genre à s'engager. S'il trouve la bonne, Royce la chouchoutera jusqu'à la fin de ses jours.

– Je ne comprends pas pourquoi vous êtes pressés de renier votre vie de célibataire, marmonne Bo. Je ne me vois pas du tout m'engager auprès d'une seule femme alors qu'il y en a encore tant à découvrir.

Je lève les yeux au ciel et Sophie éclate de rire.

– Bogart, quand tu trouveras la bonne, tu changeras d'avis.

– Je ne crois pas. Il faudrait vraiment que ce soit la perle rare.

– Eh bien oui, on ne doit s'engager qu'avec la perle rare, c'est clair, acquiesce Sophie.

Ils continuent de parler, mais je ne les écoute plus. Je ne peux m'empêcher de me dire qu'il se pourrait bien que Skyler Paige soit ma perle à moi. J'en suis presque certain.

CHAPITRE 7

Lorsque j'entre dans son bureau, le lendemain, je trouve T-Bone penché sur son carnet de croquis.

– Salut, T-Bone.

– Ah ! justement, je voulais te voir, dit-il d'une voix stressée. Il faut qu'on parle d'Anna-Maria. Elle refuse de mettre le string qui va avec l'ensemble que je lui ai assigné. Elle a le corps parfait pour ce look, il faut vraiment que ce soit elle. Je l'ai vue dans un rêve, cette nuit. Il faut que tu lui parles ! s'exclame-t-il en passant d'un mannequin en plastique à un autre pour arranger un vêtement ou un accessoire.

Anna-Maria, une mère de deux enfants, est l'une des femmes les plus pudiques du défilé.

– Je vais voir ce que je peux faire. Beaucoup de femmes de son âge n'ont pas envie de montrer leurs fesses. Je sais que ça vous paraît étrange parce que vous avez une vision à réaliser, mais n'oubliez pas que ce ne sont pas des mannequins professionnels.

T-Bone fait la moue, faisant gonfler son double menton. Avec sa veste de smoking en velours à la

Hugh Hefner[3] et son pantalon de jogging, il a l'air d'un réalisateur de porno.

– Écoutez, je voulais vous voir parce que j'ai une idée pour le spectacle qui pourrait aider les mannequins et mettre en avant votre lingerie.

– Je suis tout ouïe, dit-il en haussant les sourcils.

– Eh bien, cela fait plusieurs jours que nous travaillons avec les danseuses du cabaret de Milan.

– Vous voulez faire de mon défilé un cabaret ?

– Non, bien sûr que non, je soupire, mais vos mannequins ont fait de superbes progrès grâce aux miroirs devant lesquels elles répètent. Que diriez-vous que l'on place des miroirs sans tain le long du podium ? Le public verra à travers et nos mannequins s'arrêteront devant pour prendre la pose. On peut demander aux danseuses de réfléchir à une pose différente pour chaque femme, qui mettra en valeur sa tenue. En outre, ça offrira davantage d'angles aux photographes, qui verront devant et derrière en même temps.

Le regard de T-Bone s'illumine. Il semble sur le point de dire quelque chose, mais il se ravise. Soudain, à ma grande surprise, il ouvre les bras et m'empoigne pour me plaquer contre lui, me serrant avec tant de force que je peine à respirer. Il crie si fort dans mon oreille que c'est un miracle si je ne deviens pas sourd.

– Fantastique ! C'est parfait pour le spectacle ! C'est d'accord !

---

3. Créateur du magazine *Playboy.*

– Super. Alors, je vais en parler à Martina, la meneuse, pour qu'elle travaille sur les poses. Est-ce que les ensembles sont prêts ? J'aimerais faire une répétition en tenue pour qu'elles soient plus à l'aise. Il nous faut aussi les pantalons pour les partenaires des six femmes.

– *Sì, sì, sì* ! s'exclame-t-il en italien. Je vais demander à mon assistante de vous apporter ça tout de suite, mais je n'ai pas fini tous les pantalons.

– On dirait que vous avez beaucoup de choses à faire en seulement deux jours.

– C'est vrai, alors laissez-moi m'y remettre, rétorque-t-il en agitant la main comme s'il chassait une mouche.

– Je vais parler à Anna-Maria de sa tenue.

Je sors de son bureau pour retourner dans le studio de danse, essayant de me concentrer de nouveau sur le spectacle. Toutefois, je ne cesse de penser à dimanche, quand je prendrai l'avion pour retrouver Skyler à New York. Notre appel coquin était super, mais j'ai besoin de la toucher, d'entendre son rire, de dîner avec elle. Je sais que ça ne fait que quelques jours qu'elle était chez moi, mais ça ne suffit pas. C'est la première fois depuis longtemps qu'une femme me manque. Je veux tout savoir de Skyler, mais je veux l'apprendre de sa bouche, pas d'un magazine people qui publie des demi-vérités.

Je sors mon téléphone pour l'appeler avant qu'elle ne parte au travail. Avec le décalage horaire, il est neuf heures là-bas.

Elle décroche à la première sonnerie.

– Joli cœur, dit-elle d'une voix suave et séductrice qui me fait sourire.

– Bonjour, ma pêche.

– C'est l'après-midi pour toi, non ?

– Ouais. Tu es à la maison ou sur le plateau ?

– Sur le plateau, répond-elle d'un ton râleur. J'y suis depuis six heures ; ils prennent mes mensurations pour me confectionner une combinaison qui enregistre mes mouvements. Ensuite, je vais me battre contre le méchant et ils ajouteront des effets spéciaux au montage.

– Ça a l'air super-cool.

– Ça l'est, mais je dois jouer devant un écran vert, donc c'est bizarre. C'est plus facile quand on est dans un vrai décor ou en extérieur. Je n'aime pas trop, mais c'est un nouveau défi à relever.

– Je suis sûr que tu vas l'emporter haut la main !

– Tu es mon copain, répond-elle en riant. Tu es obligé de dire ça.

– Ce n'est pas faux, mais c'est facile à dire quand c'est vrai. Je le pense, ma belle. J'ai hâte de te voir en action. Je disais justement à Sophie, hier soir, que…

– Quoi ! s'écrie Skyler. Sophie est en Italie ? Je croyais qu'elle habitait en France ?

– Ben, ouais, mais elle assiste à plusieurs défilés ici, pour le travail. J'ai dîné avec elle et…

J'étais sur le point d'ajouter « *et Bo* », mais elle me coupe la parole.

– J'arrive pas à y croire ! J'ai à peine tourné le dos que tu dînes avec elle ! La femme à qui tu as dit qu'avec moi c'était juste du fun ? Qu'en gros, j'étais ton plan cul ?

– Attends, attends. Je n'ai jamais dit que tu étais un plan cul. Je ne sais pas de quoi tu parles. Si tu pouvais m'expliquer pourquoi tu es furax, tout à coup, ce serait chouette.

Elle soupire avant de répondre.

– À Copenhague, le dernier jour, tu as dit à Sophie qu'avec moi ce n'était pas sérieux et que tu n'étais pas prêt à t'engager. Tu as dit qu'on s'amusait, que c'était fun.

Je repense à la conversation que nous avons eue à l'hôtel. C'est un peu flou, parce que je venais de me réveiller, il était quatre heures du matin et j'étais pressé de retrouver Skyler. Sur le moment, j'aurais dit n'importe quoi pour faire partir Sophie.

– Sky… tu m'as mal compris. Si tu te souviens, à l'époque, ce n'était pas encore sérieux entre nous. Je n'allais pas rentrer dans les détails avec Sophie alors que c'était tout nouveau. Eh oui, j'avais encore du mal à envisager un engagement sérieux parce que la dernière fois que j'étais en couple, ça a mal fini. C'était un désastre affreux, je grogne en grinçant des dents.

– Ah bon ? Je ne peux pas savoir, puisque tu ne m'en as jamais parlé.

– Je ne suis pas certain que ce soit le moment non plus, je réponds.

– Au contraire. J'ai dit à l'équipe que je prenais une demi-heure de pause. Aller, raconte, joli cœur.

– Sky..., je gronde pour la mettre en garde.

– Tu viens de dire à ta copine que tu as dîné avec une autre femme, une femme avec qui tu couchais juste avant elle. Une femme qui est une grande amie. Comment suis-je censée croire que vous n'êtes qu'amis si tu ne me parles pas de toi ? J'ai besoin de savoir comment tu fonctionnes, Parker, sinon je ne pourrai jamais croire en nous. Je t'ai parlé de Johan. Qu'est-ce qui t'est arrivé pour que tu ne puisses plus faire confiance à une femme ?

– Mais justement, ça a changé avec toi. C'est tout ce qui compte, non ? Peu importe le passé, je réponds en collant le téléphone à mon oreille pour mieux l'entendre malgré la circulation.

– Parker, qui t'a fait du mal ?

Je ferme les yeux et m'appuie contre le mur du studio de danse. Je préférerais avoir cette conversation avec elle en face à face, mais je commence à comprendre que le gros de notre relation se fera par téléphone, c'est ainsi. Je devrais plutôt me considérer chanceux qu'une femme veuille être avec moi alors que je passe la plupart du temps à l'étranger.

– Elle s'appelait Kayla McCormick. On s'est rencontrés à la fac. On est sortis ensemble un moment et je l'ai très vite demandée en mariage.

Skyler pousse un cri aigu et je ravale ma rancœur en repensant à Kayla.

– Bo et Royce la détestaient, mais ils l'ont supportée pour moi. J'étais aveuglé par ce que je pensais être de l'amour. En fin de compte, je crois que j'étais amoureux de l'amour. Elle était belle, intelligente, et elle semblait m'apprécier. Mais, un jour, j'ai découvert qu'elle ne m'appréciait pas autant que mon meilleur ami. Je les ai surpris en train de baiser. Je ne savais pas qu'elle me trompait. J'ai perdu mon meilleur ami et ma fiancée, en même temps que ma confiance pour le sexe féminin. Je commence seulement à vouloir retrouver ce que j'ai perdu ce jour-là. Grâce à toi.

– Chéri… ronronne-t-elle d'une voix douce qui me rassure.

– Tu ne sais pas combien j'avais besoin de t'entendre dire ce mot, Skyler. Ne sois pas jalouse de Sophie, s'il te plaît. C'est la seule amie féminine que j'ai en dehors de Wendy, et je ne veux pas la perdre. Elle n'a pas essayé de me draguer. Bo était là avec nous, hier soir. Je te promets que notre relation sexuelle a pris fin quand j'ai quitté Paris et qu'elle ne reprendra jamais.

– C'est tellement dur. Elle est belle et drôle et… française, c'est exotique ! Je ne peux pas m'empêcher de me sentir menacée, dit-elle d'une voix timide qui me fait mal au cœur.

– Skyler… ma pêche… tu es l'actrice la plus prisée du monde. Tout le monde se bat pour toi. Y compris Rick l'abruti.

– Et si on se mettait d'accord pour ne plus être jaloux de Sophie et Rick ?

– Ce n'est pas impossible... Je ne veux pas que tu sois jalouse de Sophie, mais je ne veux pas avoir à choisir entre vous deux, car je ne choisirai ni l'une ni l'autre. Ce ne serait pas normal. On ne rencontre pas les gens par hasard. Elle m'a beaucoup aidé et c'est une bonne amie.

– Je sais. Et elle ne m'a pas donné de raison d'en douter quand je l'ai vue à Copenhague. Je... Notre relation est nouvelle, et ce n'est pas facile d'être loin l'un de l'autre quand c'est nouveau.

– Non, c'est vrai. Mais je serai avec toi dimanche soir.

– J'ai hâte.

– Moi aussi. Et je te promets de ravaler ma jalousie envers Rick l'abruti.

– Est-ce que tu peux commencer par ne plus l'appeler Rick l'abruti ? rétorque-t-elle.

Je n'arrive pas à savoir si elle est sérieuse ou si elle plaisante, sans doute les deux.

– Euh... ça, je ne peux pas te le garantir, je réponds en riant.

– Très bien, acquiesce-t-elle en gloussant. Mais qu'il ne t'entende jamais le dire.

– Ça marche. Une dernière chose, qui pourrait te rassurer par rapport à Sophie.

– Quoi ?

– Elle sort avec quelqu'un, et pour l'instant, elle est très heureuse. C'est un chercheur qui travaille dans sa boîte.

– Ah bon ? Génial, dit-elle d'un ton soulagé.

– J'ai pensé que tu aimerais le savoir.

– Tu as vu juste.

– Bébé, tu me manques déjà et ça ne fait que quelques jours. Comment on va faire ?

D'habitude, je garde mes angoisses pour moi, mais Skyler me fait changer. Avec elle, j'ai envie d'être plus honnête et plus ouvert.

– On continue comme maintenant. Je viens à toi, tu viens à moi. Quand on est ensemble, on en profite au maximum, et on verra par la suite, qui sait, peut-être que j'achèterai un appartement à Boston.

L'idée même qu'elle soit près de moi entre deux tournages fait battre mon cœur plus fort. Toutefois, je ne veux pas l'encourager, ce serait trop tôt. C'est une étape très importante pour un couple si jeune.

– Mais ton travail est à New York…

– Et à Los Angeles, et à l'étranger, chéri. Je travaille partout. Mon pied-à-terre peut être n'importe où. Je n'ai pas de famille en dehors de Tracey, et New York n'est qu'à quelques heures de vol de Boston. Alors que toi, ta famille et ton travail êtes à Boston, sans parler de tes meilleurs amis. Je ne te demanderai jamais de renoncer à tout ça.

– Tu n'aurais pas de mal à vendre ta maison ?

– Une maison n'est jamais qu'un lieu. Pour l'instant, je me sens plus chez moi quand je suis avec toi que dans mon penthouse. Je te laisse y réfléchir, je dois retourner sur le plateau.

– Sky, bébé, c'est une sacrée proposition.

– Je n'ai pas dit que je déménagerai demain ni le mois prochain. Mettons l'idée de côté en attendant de voir ce qu'il se passe. On a tout le temps de se prouver notre affection, se moque-t-elle.

– Est-ce que je t'ai dit combien je te kiffais, récemment ?

– Non.

– Eh bien, je te kiffe vraiment, je susurre de ma voix la plus sexy dans l'espoir qu'elle pensera à moi en retournant travailler avec Rick l'abruti.

– Je te kiffe énormément, moi aussi. Ah, et ce soir…

– Oui, ma pêche ?

– Rêve de moi.

Je l'entends embrasser le téléphone avant de raccrocher sans me laisser le temps de lui répondre. Je secoue la tête et ouvre la porte du studio de danse. Il est temps d'apprendre à ces femmes à assumer leur pouvoir de séduction. Toutefois, je ne suis pas sûr d'arriver à oublier que la plus belle femme du monde a proposé de déménager à Boston pour moi.

Qu'est-ce que je suis censé penser ?

***

– Anna-Maria, j'aimerais que tu te mettes en tenue et que tu me suives, je dis en désignant l'autre studio de danse, plus petit, dans lequel je vais avoir une discussion à cœur ouvert avec elle.

Elle hoche la tête et va se changer dans le vestiaire. Elle en ressort quelques minutes plus tard.

Ses cheveux blonds sont coupés au carré, elle a les yeux bleus et le visage rond. Je sais déjà que sous son peignoir se cachent une poitrine généreuse, un petit ventre et des hanches larges. Ses jambes sont longues et musclées. Avec ses courbes généreuses et ses fesses rebondies, elle est l'incarnation même du fantasme des hommes.

– Vas-y, assieds-toi, ma belle, je dis d'une voix douce en désignant l'unique chaise au milieu de la pièce.

Elle m'obéit, mais elle avance en regardant ses pieds et en serrant son peignoir.

Je vais jusqu'à la porte pour tamiser la lumière.

– Durant le spectacle, il fera encore plus noir. Il y aura des flashs de lumière vive, mais ce sera très furtif. Ça ne laissera pas assez de temps pour que le public inspecte ton corps de près.

Elle hoche timidement la tête.

– Je voudrais que tu me montres la chorégraphie que Martina t'a apprise. Tu peux garder ton peignoir.

– Euh, d'accord. Et pour la musique ?

Je sors mon téléphone de ma poche et appuie sur *Play* pour lancer « Don't Cha » des *Pussycat Dolls*.

Anna-Maria se met à danser et je l'observe depuis la porte.

Au début, ses mouvements manquent de naturel, mais au fur et à mesure que la chanson avance, elle prend confiance en elle.

– D'accord, maintenant, enlève le peignoir.

– Mais…

– Chérie, je sais que tu es pudique, mais ce que tu ne sais pas, c'est que tu es une bombe. Les femmes du monde entier vont être épatées en te voyant, toi, une mère de deux enfants, qui es aussi belle. Elles se sentiront plus fortes grâce à ce que tu fais… pour elles. Ce défilé n'est pas pour toi, il sert à renforcer le pouvoir des femmes et à leur montrer que, quelle que soit leur taille, elles peuvent se sentir sexy. Je crois qu'une fois que tu auras maîtrisé ton trac, tu te verras différemment, c'est pour ça que je voulais que tu viennes ici. Pour que tu prennes le temps de te découvrir.

– Je suis en string, et mes fesses ne sont plus ce qu'elles étaient, marmonne-t-elle.

– Essaie. Commence par enlever le peignoir. Je t'ai déjà vue et je t'ai trouvée sublime. Le styliste aussi. Maintenant, il est temps que tu te voies, toi aussi.

Je remets le morceau et elle se lève en se tenant plus droite. Elle défait le peignoir et le laisse tomber par terre. Elle est vêtue d'un ensemble pourpre en dentelle et en satin. Sa poitrine déborde du caraco push-up, la rendant encore plus excitante, et le vêtement est légèrement gainant sur son ventre. Son string couvre tout juste ce qu'il faut devant tandis qu'il révèle toutes ses fesses, qui sont couronnées d'un nœud en satin, comme un cadeau. D'ailleurs d'où je me tiens… c'en est un.

Mon sexe tressaute devant une femme aussi séduisante. Je n'y peux rien, Anna-Maria est presque à poil. Il faudrait être dans le coma pour ne pas l'apprécier. Toutefois, il me suffit de penser à Skyler pour calmer la bête.

Anna-Maria exécute sa chorégraphie, les yeux rivés sur son reflet. J'attends le moment où elle va enfin voir ce que nous avons tous vu. Soudain, son regard s'illumine et elle joint les mains, faisant encore plus ressortir sa poitrine. Un sourire timide se dessine sur ses lèvres tandis qu'elle tourne la tête, agitant ses cheveux comme Martina lui a appris. Elle fait une pirouette, puis elle se déhanche à gauche et à droite, montrant ses fesses belles à croquer.

– Bon sang, ma belle, les hommes vont perdre la tête en te voyant, je dis, et elle sourit jusqu'aux oreilles.

Lorsque la musique prend fin, elle est dos au miroir et elle regarde par-dessus son épaule, exécutant la pose que Martina lui a assignée. C'est alors que je rallume la lumière au maximum pour qu'elle se voie dans le détail. J'attends dix secondes, puis je la baisse à son niveau initial.

– Alors, t'en penses quoi ?

Je retiens mon souffle en attendant de savoir si elle va accepter de défiler en string.

– Je… je… je suis belle. Même mes fesses le sont. Je… j'en reviens pas, dit-elle en se caressant la fesse.

– Chérie, le styliste ne t'aurait pas choisie s'il ne pensait pas que tu avais le corps parfait pour la tenue. Et c'est le cas. J'espère que tu le voies à présent.

Elle hausse les épaules et rougit légèrement tandis que j'avance vers elle pour lui donner son peignoir. Elle le remet, couvrant ses fesses divines.

– Peut-être. Enfin, je trouve que ça me va plutôt bien, oui.

– Alors, tu mettras le string pour le défilé ?

– *Sì*. Oui, répond-elle en souriant.

– Super. Tu rends service aux femmes du monde entier, mais je pense surtout que c'est à toi que tu fais du bien.

Elle sourit et se couvre timidement la bouche.

– J'ai hâte que mon mari me voie. Il n'a pas voulu défiler avec moi, mais il est content que je le fasse. Il dit qu'il a envie que tout le monde voie combien sa femme est belle.

Je souris et la prends par l'épaule en prenant soin de ne pas avoir de geste inapproprié.

– On dirait que tu t'es trouvé un super-mari, ma belle.

– Oui. Et toi ? Y a-t-il une Madame Ellis ?

Sa question me surprend.

Madame Ellis. Ça a toujours été ma mère.

– Marié ? Non. Mais… j'ai quelqu'un dans ma vie.

– Elle doit se trouver chanceuse. Tu es très gentil et très beau, ajoute-t-elle en riant tandis que nous retournons dans le studio principal où attend le reste du groupe.

Bo hausse un sourcil inquisiteur.

– Peut-on te compter dans le spectacle, Anna-Maria ? demande-t-il.

– Oui, je vais faire le défilé.

Les femmes sautent de joie en applaudissant, puis elles se précipitent sur Anna-Maria pour la prendre dans leur bras.

– Tu peux me dire comment tu l'as convaincue ? demande Bo en venant vers moi. T'es resté longtemps seul avec elle.

Je fronce les sourcils.

– Tu crois que je l'ai draguée ou que j'ai fait quelque chose de déplacé ?

– Eh bien… tu as la fâcheuse habitude de te taper nos clientes…

– Mec ! je m'exclame en lui mettant un coup dans l'épaule. Elle est mariée et je suis avec Skyler. Je ne la tromperais pour rien au monde.

Je le fusille du regard en regrettant de ne pas l'avoir frappé plus fort, car son sourire n'a pas disparu.

– Mec, je t'ai eu ! s'exclame Bo. J'ai supposé que tu lui chantais des incantations ou je ne sais quoi.

– Pas tout à fait. Je lui ai juste demandé de danser en tenue. D'abord, avec le peignoir, puis sans. Ça lui a donné le temps de se regarder et de voir ce que nous autres voyons. Ça l'a aidée à être plus à l'aise à l'idée de montrer son corps au public.

– Bon sang, avec ces seins et ce cul, je suis dégoûté d'avoir raté le spectacle, dit Bo en reluquant Anna-Maria de haut en bas, comme s'il cherchait à voir à travers son peignoir.

– Tu me donnes envie de te remettre une droite, je dis en me frottant le visage.

– J'ai cet effet sur les gens, parfois, répond-il en haussant les épaules.

– Bref. Quoi qu'il en soit, ça a marché. Je vais appeler T-Bone pour lui dire qu'on a réglé le problème.

– Tu as fait du bon travail, mec.

– Merci. On va au pub ce soir ? J'ai besoin d'une bonne bière. On s'est pris la tête avec Skyler, tout à l'heure.

– Merde. Ouais, bien sûr, mec. Je suis là pour toi. Tout va bien entre vous ?

– Ouais, je réponds en soupirant. J'ai dû lui parler de Kayla.

– Mince, ça craint. Je sais que tu n'aimes pas parler de cette garce.

– Ouais, c'était chiant. Mais je crois qu'on a réglé nos problèmes de jalousie.

– Ah ouais ? demande Bo en haussant un sourcil. Elle va arrêter d'être jalouse de Sophie ?

Bo sait que la jalousie de Skyler vis-à-vis de Sophie me prend la tête. Je comprends que ce soit difficile pour elle d'accepter que Sophie n'est qu'une amie. Elle n'a pas encore intégré que tout a changé quand je l'ai rencontrée. Je suis avec Skyler, et j'aimerais qu'elle sache qu'elle n'a rien à craindre des autres femmes. Je ne la tromperais jamais, surtout après ce que m'a fait Kayla. D'ailleurs, c'est en partie pour ça que je ne me suis jamais engagé auprès d'une femme depuis. Skyler a vraiment changé la donne, et j'ai besoin qu'elle le comprenne.

– J'espère, ouais, je réponds en soupirant. On en reparle plus tard autour d'une bière, d'accord ? Entre nous, je précise, pour qu'il n'invite pas une de ses poulettes.

– Eh, je suis là si t'as besoin de moi, frangin. Quels que soient le jour ou l'heure.

Je le frappe dans le dos et il en fait de même.

– Merci, frérot.

– Inutile de me remercier. Ça sert à ça, la famille.

CHAPITRE 8

J'en suis à ma deuxième bière quand je mords dans mon énorme burger. J'ai été étonné lorsque le barman a posé les deux burgers-frites sur le bar. Ils font quinze centimètres de haut et du bacon dépasse de tous les côtés. Ils sont magnifiques, mais je ne sais pas si je vais pouvoir tout avaler. Cela dit, c'est un défi que je suis prêt relever.

Le *Cheers Pub* est niché dans une petite ruelle typique de l'Italie. D'un côté de la rue, les immeubles sont plutôt anciens et mal entretenus, de l'autre, ils sont rénovés et propres.

Quant au pub, il pourrait se trouver n'importe où aux États-Unis. Certes, il y a quelques éléments de décoration italiens, mais le lieu veut clairement attirer les touristes et les expatriés. Son nom, *Cheers*, fait référence à une émission de télé que mes parents regardaient quand j'étais petit. Je me sens ici chez moi, et ça me fait du bien après la semaine que j'ai eue et la conversation avec Skyler.

Le sol est en parquet ancien et le comptoir en bois, tout comme les tables et les tabourets. Bo et moi sommes assis au bar, devant les tireuses à bière. Nous avons décidé de goûter une bière tchèque, j'ai été surpris de constater que la bière pression de la maison ne venait pas d'Italie. Cela dit, je n'y connais rien, contrairement à mon père qui pourrait tout me dire de cette bière : qui la brasse, quel goût elle a, quoi manger en accompagnement… Mon père est un puriste de la bière, même s'il préfère qu'on l'appelle le *gourou* de la bière.

– Bon, mec : t'as bu ta bière, t'as ton burger et ton frangin Bo est avec toi. Je crois que ça répond à la règle des trois B.

– Comment ça, les trois B ?

– Mec ! ricane Bo. Chaque fois que tu veux parler d'un sujet qui te stresse, tu me demandes de t'accompagner pour boire une bière et manger un burger. Les trois B.

– Ah ouais ? Je n'avais jamais remarqué, je ricane avant d'avaler une longue gorgée.

Bo hausse les sourcils, il appuie un coude sur le bar pour se mettre plus à l'aise.

– Allez, dis-moi ce qui s'est passé avec Skyler. Tu as merdé ?

– Pourquoi tu supposes que j'ai merdé ?

– Je ne sais pas. T'es de mauvais poil et t'as l'air mort de trouille. Qu'est-ce que je suis censé penser ?

Je me masse les tempes tout en regardant mon énorme burger. On aurait dû en prendre un à partager, mais ce n'est pas très viril. Et puis, Bo est capable d'engloutir une quantité surprenante de bouffe, je suppose qu'il brûle toutes ses calories en baisant. Cela dit, il va autant à la salle de sport que moi.

– Allez, Parker. Voyons si je peux aider.

– Ben, comme je te l'ai dit, j'ai résumé à Skyler le coup que m'a fait Kayla.

– Ouais…

– Elle a dit que je lui cachais des choses en ne lui disant pas pourquoi j'étais aussi décidé à ne plus jamais me mettre en couple.

– Et maintenant ?

– Maintenant, je suis à fond, même si je suis mort de trouille. Je fais de mon mieux, mais je ne suis pas sûr d'être doué pour ça. La plupart du temps, je ne sais pas ce que je suis censé dire. En plus, il y a sa jalousie envers Sophie, et la mienne envers son collègue, Rick, je soupire en faisant tourner mon verre pour m'occuper les mains.

– Tu parles du mec avec une haleine d'oignon ? Ça ne doit pas le rendre très attirant…

– C'est facile d'avoir meilleure haleine, mec.

– C'est vrai, mais les femmes n'oublient pas ce genre de détail.

– Je suppose, je réponds en mâchant une frite et en réfléchissant. Il y a aussi le fait qu'elle a dit qu'elle achèterait peut-être un appart à Boston.

– Pardon ? s'exclame Bo en écarquillant les yeux.

– Ouais…

– Ce serait un peu précipité, non ? On ne parle pas de se dire exclusifs ou de vous voir quand vous le pouvez… C'est une étape gigantesque !

– Je sais, mec.

– Merde.

– Ouaip.

– Putain !

– À qui le dis-tu, je marmonne.

– Mais t'en penses quoi, toi ? demande-t-il.

– Ben… ce serait mille fois plus facile pour coucher ensemble, je réponds en souriant.

– Ah ça, c'est clair ! Mais encore ?

– Ce serait chouette qu'elle habite plus près. On pourrait se retrouver pour dîner, elle viendrait chez mes parents, on irait boire des bières avec vous. Je me suis toujours vu faire ça un jour.

– C'est vraiment le genre de vie que tu veux ?

– Avec Sky ? Ouais, carrément. Mais il ne faut pas oublier que c'est une star. Rien n'est normal pour nous, et ça ne le sera jamais. Les paparazzis seront toujours à nos trousses.

– Mais pour ça, il y a les gardes du corps, répond-il en fronçant les sourcils.

– Ouais, les Van Dyken sont géniaux, mais il se passera quoi quand on aura des enfants…

Bo lève brusquement la main, paume tournée vers moi.

– Hop hop hop, ralentis un peu. Tu as parlé d'enfants ?

– Ouais, mec. J'aimerais en avoir un jour. Pas toi ?

– Je n'y ai jamais vraiment pensé. Pour être honnête, je ne suis pas sûr d'avoir la fibre paternelle. Je n'ai jamais eu de comparaison, en dehors de ton père. Le mien est parti bien avant que je n'apprenne à marcher, et mon grand-père n'était pas dans les parages non plus.

– Je suis désolé, mec.

– Y a pas à l'être. Ce qu'on n'a jamais connu ne peut pas nous manquer. Ma mère et mes sœurs se sont super-bien occupées de moi. Après tout, elles m'ont tout appris des femmes, dit-il en souriant d'un air diabolique.

Je secoue la tête et reviens à nos moutons.

– Je me suis toujours vu vivre en banlieue, dans une petite maison avec un jardin entouré d'une barrière en bois blanche, avec une jolie femme, des enfants, un chien et des barbecues entre copains. Je vais avoir trente ans cette année et j'y pense de plus en plus.

– Tu n'es pas vieux, détends-toi, mec. Laisse les choses se dérouler naturellement avec Skyler.

Je gonfle mes poumons et les vide en faisant signe au barman de m'apporter une autre pression.

– Quand elle a parlé de déménager… Aucune femme n'a jamais été prête à faire ça pour moi. Et c'est Skyler Paige, bon sang ! La nana de mes rêves ! Celle qui m'a toujours servi de comparaison quand j'étais avec d'autres, ou du moins l'idée que je me faisais d'elle. Or, j'ai rencontré la véritable

Skyler et elle est encore mieux en vrai. Je ne sais pas, mec. C'est sérieux, avec elle.

– Je te comprends, mec. Mais n'oublie pas que tu as dit la même chose à propos de Kayla. Skyler est la première femme avec qui tu as baissé la garde. Si j'étais toi, je m'inquiéterais moins à propos de l'avenir et je m'efforcerais de profiter du présent. Savoure ta relation avec Skyler. Peut-être qu'elle vivra dans ta maison de banlieue, peut-être pas. Le temps le dira. Est-ce qu'elle a dit quand elle voudrait déménager ?

Je ris devant le ton inquiet de Bo.

– Non, elle a évoqué l'idée et elle m'a dit d'y réfléchir.

– Je l'aime bien. Elle est drôle, répond-il en riant.

– Ouais, et belle aussi, et géniale au pieu, douce, charmante, attentionnée, douée avec sa bouche… et très intelligente.

– Waouh, la nana parfaite.

– Ouais, c'est clair.

– Dans ce cas, ne te précipite pas. Laisse du temps à ta relation, profites-en dès que tu peux. Et si ça prend une tournure trop sérieuse, parles-en à Royce ou à moi et on te remettra sur le droit chemin.

Je lève le poing pour faire un check à Bo.

– Une autre bière ? je lui demande.

– Putain, oui. Je meurs de soif.

Je lève de nouveau mon verre et désigne Bo, cette fois. Le barman hoche la tête et s'occupe de nous resservir.

– Merci, Bo.

– Quand tu veux, mec. Maintenant… tu dis que Skyler est douée avec la bouche, dis-m'en plus, dit-il en jouant des sourcils.

Il ne voit pas mon poing arriver, mais il le sent sur son épaule.

– C'était mérité, grogne-t-il en se massant.

– Absolument.

***

– Yo, frangin ! dit Royce en souriant lorsqu'il décroche. Depuis quand tu utilises FaceTime ?

– Skyler m'en a fait voir les avantages, je réponds en souriant.

Il caresse son crâne chauve et penche la tête sur le côté, comme s'il se matait dans l'écran.

– Ah ça, je veux bien te croire.

– Bref… ton message disait que c'était urgent. Qu'est-ce qui se passe ?

– La presse nous harcèle, mec. Jour et nuit. Depuis votre déclaration, les journalistes campent devant le bureau, ils vont avoir la peau de Wendy ! Il faut qu'on réagisse.

– Je suis désolé que ça vous affecte, je réponds en fronçant les sourcils. Je ne sais pas trop quelle est la meilleure chose à faire. J'ai été pris par la mission et… par d'autres choses. Je ne savais pas que vous en souffriez.

– Ce n'est pas la fin du monde, mais ce serait bien d'y remédier dès que possible.

– Je comprends. Je vais appeler l'agent de Skyler, pour savoir ce qu'elle en pense. Tu leur dis quoi, pour l'instant ?

– Que je n'ai pas de commentaire. Je raccroche dès qu'ils parlent, mais ils vont continuer à s'acharner jusqu'à ce qu'ils aient ce qu'ils veulent.

– Ok, je vais l'appeler tout de suite. Ça va, sinon ?

– Ouais, tout va bien. J'ai travaillé sur deux ou trois questions financières avec Sophie, ça nous a rapporté un joli chèque. J'ai traité deux missions faciles et j'ai fait participer Wendy. Je pense que je vais travailler avec toi sur le prochain projet et laisser Bo au bureau.

– Ah ouais ? C'est quoi ? T'as dit que c'était à San Francisco ?

Il hoche la tête et recule dans son fauteuil.

– C'est une entreprise spécialisée dans la finance. La PDG a besoin d'aide pour trouver un mari.

– Un mari ? Elle a quelqu'un en tête ? D'habitude, on nous appelle parce que la personne veut qu'on l'aide à attirer l'attention de quelqu'un qui lui plaît déjà. C'est le cas ?

– Non.

Je me frotte le front et me masse les tempes.

– Il y a quelque chose que tu ne me dis pas ?

– Non, rien. La cliente est belle, intelligente, avec un corps de rêve, et elle veut qu'on l'aide à trouver un homme. Elle dit qu'elle en a marre de sortir avec des types narcissiques qui n'en ont qu'à son argent. On va faire ça à l'ancienne, façon *Bachelor, le gentleman célibataire*, tu regardais l'émission ?

Je cligne plusieurs fois des yeux pour m'assurer que je ne rêve pas.

– Tu viens de me demander si je regardais une émission de téléréalité ? La seule chose qui m'intéresse à la télé, c'est le sport et encore, c'est souvent en *replay*.

– Ok, si tu le dis. Bref, coupe-t-il en effleurant sa cravate bleue et ses boutons de manchette en onyx, ça me plairait de tenter ma chance dans ce domaine. On n'a jamais accepté ce genre de mission et j'aimerais m'y essayer.

Il se racle la gorge et je souris en remarquant qu'il fuit mon regard.

– Pourquoi ?

– Aux dernières nouvelles, rétorque-t-il en fronçant les sourcils, je n'avais pas besoin de me justifier de vouloir accepter une mission.

Il parle d'un ton forcé qui me dit qu'il cache quelque chose.

– C'est vrai, tu n'as pas besoin de te justifier, j'étais curieux, c'est tout. Qui est la cliente ?

– Rochelle Renner, répond-il simplement.

– Et comment est Mlle Renner, physiquement ?

– C'est important ? demande Royce en me fusillant du regard.

Je souris de plus belle. Je sais que je l'agace, mais je m'en fiche. C'est à ça que servent les frangins.

– Je ne sais pas. Je voulais juste savoir à quoi m'attendre.

Royce appuie son téléphone contre quelque chose et je le vois ouvrir un dossier. Il en sort une grande photo qu'il tourne vers la caméra et j'éclate de rire.

– Mec… !

Je suis face à l'une des plus belles nanas noires que j'ai jamais vues, excepté peut-être Halle Berry dans *Opération Espadon*, un film que Royce m'a forcé à regarder parce qu'il est fan de l'actrice.

– Ne commence pas, gronde-t-il. Ce n'est pas parce que la cliente est une sublime femme noire…

– Ah non, je t'arrête tout de suite ! Si tu veux te la jouer cool et ne pas avouer la véritable raison pour laquelle cette mission t'intéresse, je n'en dirai pas plus. Mais j'imagine que tu t'apprêtes à suggérer que c'est avec toi que Rochelle devrait tenter sa chance ? je ricane.

– Je vais faire comme si je n'avais pas entendu, rétorque-t-il froidement. Finis ta mission à Milan et ramène tes fesses, histoire qu'on puisse aller en Californie.

– C'est mort, mec. Je m'arrête chez Skyler, au retour, au moins deux jours. On en a besoin. Je serai de retour mercredi.

– Ça marche, mais dis à Bo de revenir au bureau. Il faut que je lui file autant de travail que possible, sinon il va passer son temps à draguer Wendy.

– Tu as tout à fait raison, je ricane. Donne-lui tout ce que tu trouves. Sir Mick va forcément passer voir

Wendy et je n'aimerais pas trouver Bo suspendu au portemanteau par l'élastique de son boxer.

– Non, moi non plus. N'oublie pas d'appeler l'agent de ta nana, histoire qu'on sache quoi faire. Je ne veux pas vous compliquer la vie, mais il faut qu'on les éloigne du siège d'*International Guy*.

– Je suis d'accord. Je te rappelle plus tard, ok ?

Royce hoche la tête et raccroche.

J'appelle aussitôt Tracey, qui répond après plusieurs sonneries.

– Agence *Triumph*, répond-elle d'un ton exaspéré.

– Salut Tracey, c'est Parker Ellis.

– Ah, salut. Désolée d'avoir répondu comme ça. Mon assistante est absente et le téléphone n'arrête pas de sonner.

– C'est pas de bol.

– Non, c'est clair. Mais qu'est-ce que je peux faire pour toi ?

– Eh bien, en fait, j'aimerais avoir ton avis. La presse harcèle mes collègues de bureau et ça commence à sérieusement les agacer. Depuis notre communiqué, les médias s'acharnent et je ne suis pas sur place pour limiter les dégâts.

– Je vois. J'avais prévenu Skyler que ça arriverait, mais elle n'a pas voulu écouter. Elle voulait protéger ta vie privée.

– De quoi tu parles ?

– Il faut que vous accordiez un entretien ensemble. La presse aura ses quinze minutes d'enregistrement, ses images, et ainsi de suite, et elle vous laissera tranquilles pendant un moment. Du moins, jusqu'à ce que quelque chose attire à nouveau son attention.

– Et Sky n'était pas d'accord ?

– Non. Elle a dit que votre couple était tout jeune et qu'elle ne voulait pas compliquer la situation, mais en toute honnêteté, Parker, c'est un des seuls moyens de vous en débarrasser. Si vous voulez avoir la paix, donnez-leur quelque chose à se mettre sous la dent.

– T'as une idée en tête ? Je rejoins Skyler dimanche soir et je reste à New York jusqu'à mardi. Je vais l'accompagner sur le tournage.

– Ah bon ? Dans ce cas, c'est facile. Au lieu d'entrer par l'arrière du plateau, passe par l'avant et demande-lui de t'y retrouver. Mieux encore, arrivez ensemble. La presse sera folle de joie. Les journalistes vous prendront en photo et je peux prévoir un entretien rapide avec ceux en qui j'ai le plus confiance. Je dis « le plus confiance », parce qu'on ne peut jamais se fier complètement à eux.

– Ouais, j'ai appris ça avec l'article de *People*, je râle d'un ton plein de rancœur.

– Je te rejoindrai à l'entrée, histoire de te donner un petit cours sur les choses à ne pas dire lorsqu'on parle à la presse et pour t'apprendre à éviter les questions auxquelles tu ne veux pas répondre, comme « Est-ce que tu es amoureux de Skyler ? », ajoute-t-elle d'une voix froide qui me déstabilise.

Ma gorge se referme et je peine à respirer.

– Euh, tu me poses vraiment la question ? je demande en tirant sur le col de ma chemise.

Elle éclate de rire et j'éloigne le téléphone de mon oreille.

– Waouh, j'aurais adoré voir ta tronche. À en croire ton hésitation, c'est une question à laquelle tu préférerais ne pas répondre.

– Absolument, oui, je grogne tandis qu'elle rit de plus belle.

– Ne t'en fais pas, Parker. Le bonheur de Skyler est ma priorité. Il l'est depuis longtemps et ce n'est pas près de changer. Maintenant qu'elle est avec toi, je vais m'occuper de toi aussi. Je ne laisserai rien vous arriver. Dis à ton assistante de me communiquer l'heure à laquelle tu penses arriver sur le plateau, et je m'occupe du reste.

– D'accord. Merci, Tracey, j'apprécie. Tu veux bien parler à Skyler de ce qu'on a décidé ?

– Quoi, tu ne veux pas être celui qui lui annonce la mauvaise nouvelle ? Sky déteste parler aux médias. C'est presque une phobie, or, elle ne peut pas y couper, avec son métier.

– Euh non, je préfère ne pas lui dire, en effet.

Sky et moi avons déjà eu une conversation sérieuse aujourd'hui, j'aimerais éviter d'en avoir une autre.

– D'accord, je m'en occupe.

– Je te revaudrai ça, Tracey.

– Mais non. Ne fais pas de mal à Skyler, et on sera quittes.

Tracey Wilson n'y va pas par quatre chemins, apparemment.

– Je n'en ai pas l'intention, non. Je tiens à elle, Tracey. Chaque jour un peu plus.

– Ouais, je sais. Quand elle parle de toi, son visage s'illumine et son regard devient rêveur. Elle avait la même expression quand elle parlait de Johan, mais il lui a brisé le cœur. Tâche de ne pas faire pleurer ma meilleure amie, et tout ira bien. En attendant, j'ai une pile de travail et je n'ai pas d'assistante, donc je vais raccrocher.

– Ça marche, à bientôt. Et bon courage.

– Sans elle, il va m'en falloir. À lundi, Parker.

– Encore merci.

– Y a pas de quoi. Ciao.

Elle raccroche et je me lève pour me préparer à aller me coucher.

Demain, c'est le grand jour. J'espère que tout va bien se passer. T-Bone a beau être maladroit, ses intentions sont bonnes. Bo et moi l'avons aidé à régler ses problèmes et j'ai hâte de voir le résultat.

Je me brosse les dents et me glisse nu sous la couette. Les draps frais me font frissonner et je prends mon téléphone pour lire le message vidéo que m'a laissé Skyler. Je clique dessus et son visage magnifique apparaît. Elle porte une perruque noire et elle est vêtue d'une armure bizarre qui ressemble un peu à la tenue de Wonder Woman, mais en noir et argenté.

« Salut, joli cœur. Je voulais juste te dire que je ne pourrai pas te parler quand tu te coucheras. La réalisatrice nous prend la tête parce qu'on a un jour de retard, donc on doit mettre les bouchées doubles. On n'aura que dix minutes de pause pour manger et je ne sais pas quand ce sera. Je voulais te souhaiter une bonne nuit et te dire que j'ai hâte de te voir dimanche ! J'ai demandé à Rachel de venir te chercher à l'aéroport, elle pense que tu auras besoin d'aide si les paparazzis apprennent ton arrivée. Je lui ai dit qu'elle était parano, mais…

Elle hausse les épaules et son armure se soulève avec.

– … mieux vaut prévenir que guérir. On se voit vite. Rêve de moi ! »

Elle me souffle un baiser et me lance un clin d'œil, et la vidéo s'arrête.

Bon sang, je suis un sacré veinard.

Je roule sur le ventre et j'imagine Skyler en train de se battre contre un méchant du futur. Je m'endors avec un sourire sur les lèvres.

CHAPITRE 9

Le long podium n'a rien de spécial en dehors des quatre miroirs de plain-pied. Les murs de la salle sont gris anthracite pour que toute l'attention du public soit attirée sur la scène blanche. Les invités seront assis sur des gradins afin que tous aient une vue parfaite sur le défilé. Je monte les marches qui mènent à l'arrière de la scène et je m'arrête devant le premier miroir.

Je sors mon rouge à lèvres et je souris en pensant à Sophie, Skyler et Christina. Je ne me savais pas si sentimental. Les missions sur lesquelles je travaille commencent à m'affecter sur un plan personnel. Quand j'ai voulu fonder *International Guy*, je ne pensais pas que le projet grandirait à ce point. Au départ, nous pensions avoir des rôles de consultants ou d'analystes et travailler avec des entreprises pour les aider à se développer. Cela nous arrive, bien sûr, mais ce qu'on nous demande relève chaque fois un peu plus du privé. Mon travail est de plus en plus intéressant et je m'y investis avec plaisir.

Jamais je ne pensais être aussi épanoui sur un plan professionnel. Je suis devenu ami avec Sophie, je suis en couple avec Skyler et, bon sang, j'ai même rabiboché les nouveaux roi et reine d'un pays. Qui d'autre fait ça ?

Personne.

Nous sommes les seuls.

Je suis fier du travail que nous avons accompli ces derniers mois, et avec le développement de notre équipe et la liste de clients potentiels qui s'allonge, je n'ai jamais été aussi heureux. J'aime ma vie. J'ai un travail super, une copine sublime, des amis géniaux, rien ne peut m'arrêter.

Je pense à Skyler en écrivant son mantra sur le miroir. Ce sera le premier que les gens liront quand les mannequins passeront devant.

Vis ta vérité.

Je souris à l'idée que je vais voir ma copine demain. *Ma copine.* Qui aurait cru que je serais de nouveau en couple ? Pas moi, c'est clair. Je pensais vraiment que Kayla avait ruiné à jamais mon envie de vivre en couple, mais je suppose que ça prouve que lorsqu'on trouve la bonne personne, tout peut arriver.

Les gens changent. J'ai changé. Je suis plus mature et je suis prêt à m'engager avec Skyler. Elle est tout ce dont je rêvais, et plus encore. Elle est belle, drôle, gentille, pleine de compassion, moqueuse, adorable, attentionnée. J'aime même son côté jaloux, sans doute parce qu'il ressemble au mien.

Je vais au miroir suivant et je pense à ma chère Sophie, la seule femme avec qui je suis devenu ami. Avec elle, tout paraît simple. Elle est patiente, altruiste, et elle donne de bons conseils. Je suis heureux qu'elle soit dans ma vie. J'aimerais qu'elle et Skyler deviennent amies un jour, même si je ne m'attends pas à ce qu'elles soient aussi proches que je le suis de Royce et Bo. Sophie est une force de la nature. Une fois qu'on l'a aidée à dominer sa timidité en matière d'affaires et qu'elle a fait le deuil de son père, sa ténacité et sa passion ont refait surface. J'espère qu'un jour, les femmes de ma vie, y compris ma mère et mon assistante, trouveront elles aussi un équilibre.

Je vois le sourire de Sophie et j'écris sur le second miroir.

Tu es précieuse.

Je suis sûr que T-Bone appréciera l'effet. Quand je lui ai parlé des miroirs et des mantras, il a bondi de joie, c'était même un peu effrayant. Les gens du milieu de la mode sont vraiment étranges. On ne sait jamais à quoi s'attendre.

Je m'approche du troisième miroir, plus près du public, et je repense à la princesse Christina. Je l'imagine avec Sven, en vadrouille à l'étranger, profitant de leur lune de miel, heureux et amoureux. Les connaissant, ils vont sans doute rentrer en annonçant que Christina est enceinte. Je me souviens que sa mère, la princesse Mary, plaidait pour cela, justement. « Ne revenez pas à moins d'attendre le futur roi », leur a-t-elle dit. Au moins, maintenant que Christina est reine, elle n'a plus à écouter sa mère, c'est sa mère qui doit l'écouter. Je parie qu'elle adore ce changement de rôle.

J'écris le mantra de Christina pour que le monde entier le voie.

Assume ton avenir.

J'avance jusqu'au dernier miroir sans tain, tout à l'avant de la scène.

N'aie pas peur d'être sexy.

J'espère que les mantras aideront les mannequins à apprécier leur image et ce qu'elles font sur scène. Avec les danseuses de cabaret, les conseils que Bo et moi leur avons donnés et, bien sûr, la superbe ligne de T-Bone, elles devraient toutes se sentir canon.

Lorsque j'ai fini, je retourne en coulisse où les douze mannequins mettent la touche finale à leur tenue, leur maquillage ou leur coiffure.

Anna-Maria est assise devant une glace, une coiffeuse s'occupe de ses cheveux.

– Comment tu te sens ? je demande en lui souriant pour qu'elle sache que je suis là pour elle.

– Super-bien, en fait. Hier soir, j'ai donné un avant-goût du défilé à mon mari, admet-elle en rougissant.

– Tiens donc ! Et ça s'est bien passé ?

– Euh… très bien, oui. Il m'a dit que j'étais la femme la plus sexy du monde et que je l'étais encore plus après avoir eu ses enfants. Apparemment, il aime la manière dont mon corps a changé, parce qu'il est la preuve que nos vies ont changé en étant ensemble. Je suis mère, maintenant. C'est un nouveau rôle et un nouveau corps. Et quand je serai vieille, et que je serai grand-mère, j'aurai le corps qui va avec, et il a dit qu'il m'aimerait encore plus parce que ça montrera que je lui ai offert une descendance.

Je souris de plus belle et pose mes mains sur ses épaules.

– J'ai l'impression que ton mari a conscience de la chance qu'il a et qu'il a intérêt à tout faire pour te garder.

– Ouais. Je l'aime tellement.

– Est-ce qu'il sera dans le public ?

– Oui. Il dit qu'il a hâte de me faire l'amour après le défilé, quand le public aura vu ce que lui seul peut toucher.

– Ton mari a l'air de quelqu'un de bien, je lui dis avec un clin d'œil.

Je suis sur le point de partir quand elle saisit ma main et me regarde, les yeux brillants.

– Merci de m'avoir aidée à voir ce que je n'arrivais pas à voir. J'aime qui je suis. J'aime mon corps en dépit des kilos et des poignées d'amour que je n'avais pas dans ma jeunesse. Je comprends, maintenant. Je suis reconnaissante d'avoir ce corps.

– Tu es une femme superbe. Je suis content que tu aies enfin ouvert les yeux.

– C'est grâce à Bo et toi.

– Mais non, ma belle. C'est toi qui as fait le travail. Tu peux en être fière.

Sur ce, je la laisse finir de se préparer.

Je traverse le groupe. Plus loin, je trouve Bo avec une aiguille à la main.

– C'est trop grand ? je demande en le regardant coudre le vêtement à même le corps du mannequin.

– Non, c'est juste que Madame était tellement excitée qu'elle n'a pas fait attention en l'enfilant et qu'elle a cassé la bretelle.

– Je t'ai déjà dit que j'étais désolée, Bo, dit la jeune femme.

– Tu trouveras un moyen de te faire pardonner plus tard, ma belle, répond-il en lui faisant un clin d'œil.

– Avec ma bouche ou mon corps ?

Oh merde !

– Je dirais un peu… ou plutôt *beaucoup* des deux, déclare-t-il en se rapprochant de sa poitrine pour couper le fil avec ses dents.

Elle retient son souffle et presse ses seins l'un contre l'autre, sans gêne.

– Il est temps pour moi de partir, je crois, je déclare en tournant les talons.

Je m'assure que chacun des mannequins va bien et je remarque un visage familier parmi elles. Je suis content de voir que Martina est venue les aider. Avec ses courbes généreuses, sa grande taille et sa personnalité enjouée, tout le monde est attiré par elle, moi le premier.

Je m'avance vers elle. Elle est en train de discuter avec une des femmes les plus timides qui, je crois, est institutrice et célibataire. Elle a vingt-cinq ans, mais elle a un air si innocent qu'elle semble à peine majeure.

– Souviens-toi de ce que j'ai dit. Tout est dans la confiance en soi. Les deux tenues te vont comme des gants. Tu connais tes poses. Fais ce que tu as appris, et tu pourras être satisfaite d'avoir accompli ton travail.

– Oui, merci, Martina.

– Ce n'est rien, mon ange, dit la danseuse en tapotant la tête de l'institutrice, comme le ferait une mère.

– Eh, tu n'étais pas obligée d'être là, aujourd'hui. Le contrat n'incluait pas le spectacle.

– Non, mais ce sont mes nanas, maintenant, et je les soutiens. Ce spectacle me tient à cœur, je veux que la vision de T-Bone se réalise et que nos mannequins se sentent plus fortes. Je veux pouvoir dire que j'ai joué un rôle dans cette histoire.

– Oui, je comprends, je réponds en hochant la tête.

Je regarde sa tenue et remarque qu'elle est de nouveau en corset Wondrebra, mais cette fois, elle l'a assorti à un pantalon en cuir avec une ceinture taille basse à paillettes. Ses longs cheveux noirs sont lâchés, ils lui arrivent aux fesses. Elle s'est maquillé les yeux en smoky eyes et ses lèvres sont rouges. Elle a l'air sur le point d'aller en boîte plutôt que d'assister à un défilé..

Martina m'étudie également des pieds à la tête, prenant note de mon blazer, de ma chemise ouverte au col, de mon pantalon de costume et de mes chaussures Ferragamo.

– J'aime ton style, dit-elle d'une voix suave que je ne lui connaissais pas.

– Le tien n'est pas mal non plus, je réponds en me raclant la gorge et en me massant la nuque.

Elle fait un pas vers moi et pose une main sur mon torse. Cette femme mesure déjà un mètre quatre-vingts, mais avec ses talons aiguilles, elle est plus grande que moi.

– Je suis sûre que j'aimerais encore plus ce que tu caches sous tes vêtements. Qu'est-ce que tu dirais de mettre ma théorie à l'épreuve après le spectacle ?

Merde. Purée. Waouh.

Normalement, je serais ravi de recevoir ce genre d'invitation, mais là, je m'arrête net. Cette femme est le fantasme de tous les hommes… sauf le mien. J'ai déjà la nana de mes rêves, et il est hors de question que je prenne le risque de la perdre pour une nuit avec une danseuse de cabaret, aussi belle soit-elle.

– Martina…

Je suis sur le point de refuser son invitation quand un photographe nous interrompt.

– Une photo, Martina ? demande-t-il.

Elle sourit jusqu'aux oreilles, se blottit contre moi en écrasant ses seins sur mon torse et se déhanche. J'ai à peine le temps de réaliser ce qui se passe qu'il dit « Souriez ! », ce que je fais instinctivement. Je recule dès qu'il a fini.

– Martina, ton offre et très généreuse, il y a quelques mois, j'aurais accepté avec plaisir. Toutefois, je suis en couple à présent.

Elle fait la moue et parvient à être encore plus sexy. Bon sang !

Skyler. Skyler. Skyler.

– T'es sûr ? On pourrait s'éclater, tous les deux. Juste nous deux. Personne ne le saurait… ajoute-t-elle en tendant de nouveau les mains vers moi.

– Je suis navré, je réponds en l'arrêtant. Tu es une femme géniale et tu es très belle. Ce que tu as fait pour nos mannequins est fabuleux. Hélas, je dois refuser. Merci pour ta contribution, on a eu de la chance de t'avoir. Ça a vraiment changé la donne. Maintenant, je dois aller voir T-Bone. Profite bien du spectacle !

Je m'éloigne aussi vite que possible. Je viens de refuser une nuit avec une femme sublime, et je réalise en pensant à Skyler que c'était la chose la plus facile au monde.

Skyler.

Son sourire.
Son rire.
Ses taquineries.
Son humour.
Son corps sexy.
Sa bouche.
Tout.

Elle est tout ce que je veux et ce dont j'ai besoin. Je souris et sors mon téléphone pour regarder la photo qu'elle m'a envoyée le premier soir après que je l'ai quittée. Elle se lève tout juste, ses cheveux sont décoiffés, elle est démaquillée, ses lèvres sont gonflées par mes baisers, ses yeux sont encore voilés par le sommeil et ses seins sont pressés l'un contre l'autre. Je réalise alors qu'il n'y a plus qu'une femme pour moi. Je veux être avec elle. Je veux être ce dont elle a besoin chez un homme. Je veux que tous mes hauts et bas soient avec elle. Je veux que cette relation fonctionne et je veux qu'elle s'épanouisse pour devenir plus sérieuse encore.

Je crois que je suis en train de tomber amoureux de Skyler Paige. Je me demande même si ce n'est pas déjà fait.

***

Je m'assois entre Sophie et Bo tandis que les lumières de la scène s'allument et s'éteignent pour annoncer le début du spectacle.

– *Mon cher*, c'est tellement excitant ! J'adore les défilés, s'exclame Sophie en prenant ma main.

Je souris et serre sa main dans la mienne en attendant que les lumières baissent. T-Bone entre à l'arrière de la scène et s'avance, un micro à la main. Il est vêtu d'un pantalon de costume noir légèrement brillant, d'une veste bomber à fleurs et de chaussures bateau.

– Bienvenue, tout le monde ! dit-il en anglais. Merci d'être venus assister à mon défilé.

– Pourquoi ne parle-t-il pas italien ? je demande à Sophie.

– La mode est un marché international, tout le monde parle anglais, c'est plus simple, explique-t-elle alors que T-Bone poursuit.

– Dans l'industrie de la mode, les vêtements sont faits pour des femmes allant du 32 au 38. Or, la taille moyenne des femmes se situe entre le 40 et le 44. Hélas, ce n'est pas la taille qu'on voit dans les catalogues ou sur les podiums. La mode a oublié qu'aucune femme n'est semblable. J'ai décidé de le rappeler au monde entier.

Waouh. T-Bone a enfin trouvé un moyen d'exprimer sa vision.

– Et puis, aucun mec ne veut se taper un sac d'os.

Ou pas…

Téméraire, il avance encore un peu en scrutant la foule de ses yeux globuleux.

– Les femmes sont sexy, qu'elles soient institutrices, bibliothécaires, vendeuses, mères au foyer ou étudiantes. Les femmes sont sexy, quelle que soit leur taille. J'espère que les femmes du monde entier verront mes mannequins et trouveront leur propre version de ce qui est sexy, quel que soit leur physique. Merci.

Il salue le public, tourne les talons et repart en coulisse.

Je respire à fond alors que la musique commence, je suis content de remarquer qu'il a changé son morceau pour mettre « Don't Cha » des Pussycat Dolls. C'est sans doute la meilleure chanson pour ses sous-vêtements les plus osés.

Les lumières baissent encore plus, et le premier mannequin arrive sur scène. C'est la bibliothécaire, la femme la plus mince. Je pense qu'il a raison de commencer avec un physique que les gens sont habitués à voir dans les défilés de mode. Elle arrive au premier miroir et prend la pose classique, une main sur la hanche, cambrée en arrière, la tête penchée sur le côté. Je n'ai jamais trop aimé cette pose, mais c'est un bon clin d'œil à l'industrie de la mode. Lorsqu'elle repart en direction du miroir suivant, les lumières s'éteignent et un « Ah » de surprise parcourt la salle tandis que son ensemble devient vert fluorescent.

Le public applaudit avec enthousiasme tandis qu'elle continue de défiler, puis l'institutrice arrive sur scène, vêtue d'un peignoir en soie rouge. Elle est un peu moins mince que la première, mais elle reste fine, et elle est sublime dans son bustier rouge et sa culotte taille haute assortie. Elle s'arrête devant le premier miroir et prend la pose de Wonder Woman, laissant tomber le peignoir sur ses coudes, montrant juste assez son corps pour être séduisante tout en laissant le reste à l'imagination du public. Les lumières s'éteignent, et les bretelles de son soutien-gorge deviennent rouge fluo.

Les mannequins répètent leurs gestes, chacune s'arrêtant devant un miroir. Lorsqu'elles sont quatre sur scène, les lumières s'allument et s'éteignent rapidement et une boule disco descend sur le podium. Cette fois, elles enchaînent plusieurs mouvements pour montrer la lingerie sous différents angles. Lorsqu'elles repartent vers le fond de la scène, les lumières remontent pour montrer au public l'arrière des tenues.

Les quatre femmes suivantes arrivent sur scène, emmenées par Anna-Maria. Elle est éblouissante. Son 42 est parfait pour l'ensemble que T-Bone a choisi pour elle. Elle est presque arrivée à l'avant de la scène quand un homme se lève en face de moi, en applaudissant et en criant : « C'est ma femme ! Elle est magnifique ! Tu es magnifique, bébé ! »

Son enthousiasme déteint sur le reste de la salle, y compris sur les autres mannequins. Les lumières s'éteignent et tout son peignoir brille dans le noir. Elle l'enlève, et le nœud de son string s'illumine dans la nuit, faisant siffler son mari comme un adolescent prépubère. J'adore. Son ensemble lui va à ravir et, à en croire son sourire, elle s'éclate.

– Je vais embaucher ce T-Bone, dit Sophie en se penchant vers moi. J'aime qu'il ait réussi à renforcer la confiance des femmes, quelles que soient leur taille et leur silhouette. Il a parfaitement su mettre en avant les atouts de chacune.

– Surtout, garde le contrôle de la situation. Il peut être un peu pervers quand il s'emballe, mais ses intentions sont bonnes.

– Je vois que tu as mis ta touche de rouge à lèvres sur les miroirs, dit-elle en souriant d'un air complice. Mon mantra est encore sur le mien, dans ma salle de bains. Ça me plaît. Il me fait penser à toi.

Je passe mon bras autour de ses épaules et j'effleure sa tempe du bout du nez, respirant ce parfum de sucre et d'épices que j'aime tant. Elle ne sent pas les pêches à la crème, mais son odeur m'est familière et me rappelle le temps que j'ai passé avec elle à Paris.

– Tu es précieuse, Sophie. J'espère que ton homme le sait et qu'il te chouchoute comme une princesse. Sinon, il va avoir affaire à moi. Il suffit d'un message et je prendrai l'avion pour lui mettre une raclée.

– Ce ne sera pas nécessaire, mais merci, répond Sophie en souriant.

Je recule dans ma chaise et je profite du reste du spectacle, entouré par mes deux amis. Les mannequins sont fabuleuses et le public accueille chaque ensemble avec enthousiasme.

La vie est belle.

CHAPITRE 10

Lorsque mon avion atterrit à New York, je bous d'impatience. Heureusement, Wendy m'a pris un billet en première classe et je débarque très vite. Je saisis mes deux bagages cabine et, quelques minutes plus tard, je sors dans le hall d'arrivée où m'attend Rachel Van Dyken. Elle semble tout droit sortie d'un film d'action. Ses longs cheveux blond platine sont tirés en arrière et tressés et elle est vêtue d'un treillis noir, d'un débardeur assorti, de rangers et de lunettes de soleil. Elle avance dès qu'elle me voit, mais elle n'est pas la seule.

Soudain, une horde de paparazzis se précipite vers moi et je suis aveuglé par les flashs. Je lève la main pour protéger mes yeux et Rachel saisit mon coude, criant aux journalistes de reculer.

– Que pense Skyler de ta trahison ?

– Est-ce que tu as ramené les deux femmes à ton hôtel ?

– Est-ce que Skyler te pardonnera ?

– De quoi vous parlez ? je demande, perturbé, après mes neuf heures de vol.

– Ne dis rien. Pas un mot, gronde Rachel. Suis-moi.

– Mais je ne sais pas de quoi ils parlent !

Bon sang, est-ce que je dois m'attendre à cet accueil chaque fois que je rentrerai d'Europe ?

Je pousse un grognement de frustration et je suis Rachel à la voiture, où Nate m'attend.

– Putain ! s'exclame-t-il en venant m'escorter. Bienvenue à la maison, Monsieur Ellis, dit-il en faisant reculer les paparazzis. Laissez-le passer, bande de vautours ! s'écrie-t-il tout en jetant mes sacs à l'arrière du véhicule.

Rachel est déjà au volant. Son mari s'installe sur le siège passager, se tournant vers l'arrière pour être sûr qu'on n'est pas suivis.

– Je suis ravi de vous voir, mais c'était quoi ce bordel ? Comment savaient-ils que j'arrivais ?

Nate secoue la tête et Rachel grince des dents.

– Ton amie Martina parle beaucoup, dit-elle d'un ton méprisant.

– Mon amie ? Ce n'est pas une amie, on l'a embauchée pour aider nos mannequins à apprendre à bouger.

Rachel hoche la tête, mais ne répond rien. Elle appuie sur un bouton sur le tableau de bord et une sonnerie d'appel retentit dans les enceintes.

– Il est avec vous ? demande Skyler d'une voix ferme.

– Oui, c'est bon, répond Rachel en s'insérant sur l'autoroute.

– Skyler, qu'est-ce qui se passe ? je demande.

– On parlera quand tu arriveras. Je suis contente que tout se soit bien passé, répond-elle sèchement.

Ce n'est pas vraiment l'accueil auquel je m'attendais, mais je n'ai pas le temps de répondre, car elle raccroche.

– Qu'est-ce qui se passe, les mecs ? Parlez-moi, s'il vous plaît.

Je n'ai aucune honte à supplier. Quelque chose cloche avec Skyler, les paparazzis sont déchaînés et les Van Dyken sont particulièrement féroces.

Nate se tourne vers moi et me fusille du regard, me poussant à lever les mains en signe de capitulation.

– Mec, je te jure que je ne sais pas pourquoi la presse est là ni pourquoi tu sembles sur le point de m'étriper.

– Sans doute parce que j'en meurs d'envie, gronde-t-il. Tu trompes Skyler ?

– Quoi ? Mais non ! Qu'est-ce qui te fait penser ça ?

Il jette deux magazines people sur le siège à côté de moi. En une du premier, on voit Skyler en larmes. Je ne sais pas d'où sort la photo ni quand elle a été prise, mais je reconnais tout de suite celle d'à côté. C'est celle qui a été prise en coulisse, avec Martina. La une est intitulée « Skyler effondrée. Parker séduit une danseuse italienne ».

Je pousse un grognement et regarde l'autre magazine. « Parker n'a pas de limites. Skyler est furieuse ». Sur cette couverture, on me voit tenir Sophie par les épaules et nous rions à la blague de Bo. Bien évidemment, Bo a été effacé de la photo. À côté de celle-ci, on voit Skyler, furieuse, mais la photo date de plusieurs années, ses cheveux sont d'une autre couleur et beaucoup plus longs aujourd'hui.

– Mais ils n'ont pas honte d'inventer ce genre de trucs ? Martina a donné des cours aux mannequins, et Sophie est une amie, je dis en me massant les tempes. Est-ce que Skyler m'en veut ? Elle croit vraiment ces conneries ?

Nate hausse les épaules et se tourne face à la route.

– Je ne ferais jamais de mal à Skyler. Je tiens trop à elle pour ça.

– Ouais, on s'est doutés qu'il y avait une explication, mais on doit penser à Skyler d'abord, tu comprends ?

– Est-ce qu'elle croit ces magazines ?

– Je ne pense pas, répond Rachel en secouant la tête, mais ça ne veut pas dire qu'elle n'est pas blessée de voir son copain en une des magazines avec deux femmes sublimes.

J'essaie de me calmer, mais je suis vraiment furax.

– Bon sang, je voulais simplement rentrer à New York et passer du temps avec ma petite amie. On en a grandement besoin. Maintenant, il va falloir que je lui explique une situation parfaitement innocente. Putain ! je m'exclame en me passant la main dans les cheveux et en tirant dessus.

– Parle-lui, mec. Elle t'attend au penthouse, dit Nate d'une voix plus calme, maintenant qu'il sait la vérité.

Rachel se gare devant l'immeuble et Nate m'escorte dans l'ascenseur. Je regarde les chiffres défiler en silence jusqu'au quarantième étage, me préparant à justifier une situation créée de toutes pièces par les médias.

Les portes s'ouvrent, et Nate ouvre celle de Skyler avec sa clé.

– Vous sortez ce soir ?

– Absolument pas, je rétorque.

J'entre dans l'appartement d'un pas décidé. Son parfum embaume l'air et m'apaise aussitôt.

– Sky !

– Par ici ! répond-elle depuis la cuisine.

Je la rejoins en quelques enjambées. Elle est penchée sur le four, fesses en l'air, en train d'inspecter quelque chose.

– Bébé… je chuchote tandis qu'elle se lève et ferme le four avant de se tourner vers moi.

Elle est sublime. Ses cheveux blonds sont lâchés et un maquillage léger n'ôte rien à sa beauté naturelle. Elle est vêtue d'un débardeur vert olive qui met en valeur son teint hâlé et d'un jean moulant. Elle est pieds nus et ses ongles sont peints en rouge bordeaux.

Je reste quelques secondes à la regarder avant de parler.

– Dis-moi que tu ne crois pas les conneries qu'ils ont publiées ?

J'ai l'impression de porter le poids du monde sur mes épaules en attendant sa réponse.

Elle esquisse une moue qui se transforme en un sourire étincelant et elle court vers moi pour sauter dans mes bras. Je l'attrape en empoignant ses fesses, elle entoure ma taille de ses longues jambes et s'empare de ma bouche. Ses lèvres sont chaudes et elles ont un goût de cerise. J'y plonge ma langue sans attendre son invitation, et nous poussons tous deux un grognement. Je me tourne pour l'asseoir sur le plan de travail et elle plonge ses mains dans mes cheveux, tirant sur mes boucles trop longues. Elle gémit dans ma bouche et je l'embrasse plus fort, plus sauvagement. Je caresse sa cuisse et empoigne sa hanche tandis que mon autre main saisit sa nuque. Nos langues se battent pour avoir le dessus, et je remporte la bataille, penchant sa tête sur le côté pour aller plus loin encore, ne reculant que lorsque je suis à bout de souffle.

– Dieu merci, je chuchote en souriant contre ses lèvres.

– Je ne crois jamais ce que je lis dans la presse, répond Skyler. Mais si j'en avais douté, ta mine ravagée aurait fini de me convaincre que c'était faux. Je ne sais pas ce qui s'est passé, mais je te fais confiance, Parker. Si on ne peut pas se faire confiance, on n'a rien, surtout avec le métier que je fais.

– Je ne savais pas ce que les journaux avaient publié. Encore une fois, j'ai atterri aux États-Unis et j'ai été pris d'assaut par les paparazzis et leurs mensonges.

– Alors, la photo de toi et de cette Martina est un montage ? demande-t-elle en reculant pour me regarder dans les yeux.

– Non, mais ils ont fait toute une histoire d'un rien. Martina est une des danseuses qu'on a embauchées pour nous aider. Elles étaient trois, en tout. On a passé la semaine avec elles et le résultat a été superbe.

– Alors, elle ne t'a pas dragué ?

Zut, comment éviter cette question ? Hélas, je ne crois pas que ce soit possible. Je caresse les cuisses et le dos de Skyler, me faisant du bien à travers elle.

– Si, en fait. Elle m'a proposé une nuit avec elle, mais j'ai refusé. La photo a été prise juste après qu'elle m'a posé la question. Un photographe est arrivé, a dit « souriez », et j'ai obéi par réflexe. Je suis désolé, bébé.

– Non, t'en fais pas. Et, bien sûr, je savais que Sophie allait être là. Cela dit, vous aviez l'air très à l'aise, assis côte à côte… ajoute-t-elle d'un ton moqueur.

– Eh bien, Bo était assis à ma droite, et on ne voit pas mon autre bras, mais il est sur ses épaules.

Skyler caresse mon visage du bout des doigts.

– Je te crois. J'ai d'abord été agacée de voir ces photos, mais ça va forcément arriver. Ce n'est ni la première ni la dernière fois qu'une histoire bidon est publiée à mon sujet. On doit se promettre de toujours en parler ensemble. Si j'avais essayé de démêler le vrai du faux, je serais devenue folle.

– Je ne ferai jamais ce dont ils m'ont accusé. Et je promets de toujours être honnête avec toi.

Elle sourit et m'embrasse tendrement.

– Je te crois. Une des raisons pour lesquelles je t'apprécie autant, c'est que tu me dis toujours ce que tu penses.

Je mordille sa mâchoire et elle serre plus fort ma taille avec ses cuisses tandis que j'enfouis mon nez dans son cou pour respirer son parfum.

– Tu m'as manqué, ma pêche, je murmure.

– Tu m'as manqué aussi, chuchote-t-elle. J'ai une surprise pour toi, si tu veux bien me lâcher.

– Je ne veux jamais te lâcher.

– Bien répondu, dit-elle en souriant.

Je recule à contrecœur pour être sûr de ne pas la déshabiller et la prendre sur le plan de travail. Cela dit, ce n'est pas forcément une mauvaise idée.

– Tourne-toi, joli cœur.

Je la laisse descendre et je remarque que la table est dressée pour deux, avec des bougies, des sets de table, des couverts en argent et des serviettes en tissu. Il y a même un bouquet de tournesols.

– Ce soir, c'est moi qui cuisine. J'ai fait la spécialité de ma mère : des croquettes de pomme de terre, une salade verte et du pain à l'ail.

– Tu m'as fait à manger, bébé ?

– Ouais. Toute seule !

– Tu sais cuisiner ?

– Un peu. Je connais certaines recettes que ma mère m'a apprises, et celle-ci est ma préférée.

– Des croquettes de pomme de terre ?

– C'est ça.

Pas un gigot d'agneau, ni des linguine, du saumon ou un plat gourmet. Ma nana décide de me faire à manger et elle choisit une recette de famille, même si c'est un plat que les mères cuisinent pour leurs enfants.

– Quand tu dis « croquettes de pomme de terre », tu parles des petits trucs rectangulaires qu'on nous servait à l'école ?

– Tu vois un autre type de croquettes ?

Je me couvre la bouche en éclatant de rire.

– Tu es pleine de surprises, ma pêche.

Elle vient dans mes bras et se met sur la pointe des pieds pour m'embrasser.

– Et si tu allais te rafraîchir et te mettre en pyjama ? Je te sers une bière.

– Je n'ai pas apporté de pyjama, je réponds en la prenant par la taille pour la plaquer contre moi.

– Alors, j'ai bien fait de t'en acheter. Il y en a deux dans le placard de droite de mon dressing. Je t'ai fait de la place.

– Tu veux déjà que j'emménage avec toi ? je dis d'un ton moqueur.

– Non, répond-elle en fronçant les sourcils. Je veux juste que mon homme soit à l'aise quand il me rend visite. Je veux que tu te sentes ici chez toi, comme je me suis sentie chez moi avec ta famille et tes amis. Il n'y a pas de raison cachée, je te le promets.

– Merci, bébé, je dis en souriant.

– Allez file ! Je t'attends.

Ma nana m'attend. Je secoue la tête et souris en portant mes valises dans sa chambre.

***

Le lendemain, après avoir goûté les meilleures croquettes de pomme de terre du monde et après un spectaculaire marathon de jambes en l'air, ma copine et moi arrivons enfin sur le lieu du tournage. La réalisatrice savait que Skyler arriverait en retard, et elle a pris ses dispositions. Tracey nous rejoint au portail et Nate et Rachel descendent du 4 × 4 pour nous escorter.

Sky tient ma main, bien plus détendue que moi. Les médias sont partout, prenant une avalanche de photos qui m'éblouissent.

– Détends-toi, ils ne mordent pas, dit Sky en serrant plus fort ma main. Du moins, pas très fort.

Les paparazzis crient des questions pour Skyler qui, professionnelle comme toujours, se tourne vers moi et passe son bras autour de ma taille.

– Prenez vos photos maintenant, les gars. J'ai un film à tourner, dit-elle en riant.

– Si on en croit nos yeux, Parker et toi êtes toujours ensemble ? demande un journaliste barbu.

– Oui. Cela fait un peu plus de deux mois qu'on est ensemble et on essaie de se voir autant que nos emplois du temps chargés le permettent.

Elle lève la tête vers moi et me sourit. J'aimerais l'embrasser, mais j'ai peur d'enfreindre le protocole hollywoodien.

– Que penses-tu des photos des femmes avec qui il était en Italie ?

– Je lui fais confiance, répond-elle en posant sa main à plat sur mon torse.

C'est un geste possessif qui en dit long sur notre relation. En tout cas, c'est ainsi que je l'interprète et je la serre plus fort contre moi.

– Sophie Rolland est une de nos amies et ils ont assisté ensemble au défilé. Quant à Martina, c'est une prof de danse que Parker a engagée pour coacher les mannequins. Il ne faut pas croire tout ce que vous lisez dans la presse ! s'exclame-t-elle, et la foule éclate de rire.

Je reste debout à ses côtés, silencieux, essayant de sourire autant que possible.

– Parker, tu es content d'assister au tournage du film ?

Sky me met un petit coup de coude et je réalise que je suis censé répondre.

– Ouais. J'ai hâte de voir ma nana en action et de rencontrer les autres acteurs.

– Que diriez-vous que les médias vous baptisent SkyPark ? demande une journaliste.

– Ouais, SkyPark ! s'écrie un autre.

Skyler et moi nous regardons et sommes pris d'un fou rire.

– Vous avez votre réponse ! dit Tracey en nous tendant la main. Désolée, les amis, mais Skyler est attendue sur le plateau. Merci d'être passés !

Elle nous accompagne vers la porte et Skyler et moi nous retournons pour les saluer de la main.

– Eh bien, ce n'était pas si mal, dit Tracey.

– Tu étais épatante, comme toujours, je dis en prenant Skyler par l'épaule. Je ne sais pas comment tu fais.

– Oh, c'est des années d'entraînement, répond-elle en souriant. Ne t'en fais pas, tu passeras vite pro en la matière.

Ce qui me plaît le plus, c'est qu'elle pense que je vais rester à ses côtés assez longtemps pour apprendre à maîtriser la presse.

Je souris et la ramène contre moi.

– Est-ce que je t'ai dit combien je te kiffais ?

– Je crois, oui, mais tu peux le répéter autant que tu veux ! s'exclame-t-elle en me touchant la fesse.

– Je te kiffe encore plus que mon burger et ma bière.

Elle écarquille les yeux et fait mine d'être choquée.

– Je ne suis pas certaine d'être prête pour ce genre de déclaration, joli cœur.

– Eh, je t'interdis de dénigrer mon burger et ma bière. Avant toi, ils étaient mes seuls amours.

Merde.

Skyler s'arrête et plonge son regard dans le mien. Je la vois ravaler sa salive et m'étudier de près.

– Bébé, ce n'est pas ce que je voulais dire.

– Mmm… hmmm. Je t'accorde un laissez-passer cette fois-ci, joli cœur, dit-elle en enfonçant mon doigt sur mon torse. Mais fais gaffe, sinon je vais croire que tu me kiffes encore plus que… ta Tesla !

– T'as de la chance que mon bijou ne t'ait pas entendu, je réponds en secouant la tête. Tu es un drôle de numéro, ma pêche. Tu le sais, ça ?

– Personne n'a jamais dit que j'étais facile à supporter, dit-elle en haussant les épaules.

– Facile ? Oh, je ne sais pas… je susurre en la plaquant contre moi. Si je me souviens bien, je n'ai pas eu trop de mal à te séduire…

J'empoigne fermement ses fesses, lui arrachant un gémissement. Je recommence, plus fort, espérant lui rappeler combien on s'est amusés ce matin.

– Les gars, vous savez que les paparazzis vous voient toujours, non ? Ça veut dire qu'en une des journaux, ce soir, on vous verra vous tripoter et vous rouler des pelles, dit Tracey. Bravo, Parker, maintenant tout le monde sait que tu es un homme à fesses.

Je pousse un grognement et appuie mon front contre celui de Skyler.

– On ne sera plus jamais tranquilles, bébé.

– Si, mais pas en dehors de chez vous. Tu le sauras la prochaine fois, répond Tracey alors que Skyler ricane.

– Je vais devoir appeler ma mère et la rassurer, elle va penser que je t'ai trompée. Je suis sûr qu'elle va m'engueuler comme jamais.

– Oh, ta mère t'engueulerait pour moi ? C'est trop mignon. J'adore Cathy.

– Elle t'adore aussi, ma pêche. Au fait, elle dit que sa future petite-fille devrait s'appeler Catherine Paige, je dis en suivant Tracey comme si de rien n'était.

– Je te demande pardon ? Qu'est-ce que tu dis à ta mère ? s'exclame-t-elle.

– Pas le temps, je réponds en secouant la tête. On t'attend sur le plateau et tu dois me présenter à Rick l'A…

Elle me fait de grands yeux avant de regarder Tracey du coin de l'œil.

– Euh, l'ami dont tu m'as parlé, je me dépêche de dire.

– Bien rattrapé, SkyPark, chuchote-t-elle en venant à mes côtés.

– Beurk. Ils ont vraiment couplé nos prénoms ?

– Oh, j'aime bien SkyPark, moi ! dit-elle en souriant. Ça sonne bien. Tu te souviens qu'ils avaient surnommé Brad Pitt et Angelina Jolie *Brangelina* ?

– Je préfère ne pas y penser.

– Ou *Bennifer*, pour Ben Affleck et Jennifer Lopez ?

– D’accord, je suppose que SkyPark n’est pas si mal.

– On est d’accord. Allez, viens, je vais te présenter à l’équipe.

– Je te suis, ma pêche. Je te suivrai n’importe où.

– Oh, c’est trop mignon.

– Ah bon ? C’est juste parce que quand je te suis, j’ai une vue imprenable sur tes fesses.

– Pfff… Oublie ce que j’ai dit !

SKYLER

Je me retiens de hurler de joie. Il est là, en train de plaisanter avec la réalisatrice du film. On dirait de vieux amis, mais Parker pourrait charmer n'importe qui. En tout cas, moi je suis tout de suite tombée sous son charme. Je suis sur le point de le présenter aux caméramans avec qui je suis devenue amie quand Rick arrive. Il me voit et vient tout de suite vers moi d'un pas léger et joyeux. Sans prévenir, il me prend dans ses bras et m'embrasse bruyamment dans le cou, comme si j'étais un membre de sa famille.

– Skyler, ma fleur ! dit-il en me faisant sauter dans ses bras. Comment va ma nana préférée ?

Je me crispe et grimace jusqu'à ce qu'il me libère.

– Pourquoi tu fais la tête ? Ton mec n'est pas encore arrivé ? demande-t-il en haussant un sourcil.

Je suis sur le point de répondre quand le mec en question me tire en arrière dans ses bras. Je frissonne de joie quand il grogne dans mon cou.

– Ça commence mal pour lui…

Mince.

– Rick, voici mon copain, Parker. Parker, je te présente Rick, l'autre tête d'affiche.

– Yo, mec ! C'est cool de te rencontrer ! Les amis de ma fleur sont mes amis, s'exclame-t-il en souriant et en lui tendant la main.

Parker me tire à côté de lui, loin de Rick, et prend sa main. Il doit la serrer très fort, car Rick écarquille les yeux et se dépêche de la retirer.

– Mec ! T'as une sacrée poigne, dit Rick en secouant sa main.

– Désolé. Je ne sens pas ma force.

Mais bien sûr.

– C'est cool que tu sois là aujourd'hui. On filme les scènes les plus coquines et j'aurais bien besoin que tu me dises quelle est la meilleure façon de la toucher et de la tenir. Comme tu la connais intimement…

Oh non…

Je prie pour que la jalousie de Parker ne prenne pas le dessus. Je le sens se crisper et je le vois grincer des dents. Mince, ça ne sent pas bon. Il faut que je trouve un moyen de l'éloigner de Rick.

– Euh… les mecs, peut-être qu'on ne devrait pas parler de ça… je commence quand Parker me coupe la parole.

– Oh mais si, justement. Dis-moi, Rick, quel genre d'infos au juste veux-tu que je te donne à propos de ma copine ?

Son ton est plein de malice et je vois qu'il peine à maîtriser sa colère. Le problème, c'est que Rick ne remarque même pas la jalousie de Parker, tout simplement parce qu'il ne me voit pas ainsi.

– Chéri… je murmure.

– Non, j'aimerais vraiment savoir ! Vas-y, Rick, dis-moi !

– Eh bien, ne le dis à personne, répond-il en se rapprochant de Parker, mais Sky et moi avons du mal à avoir l'air complices à l'écran pendant les scènes d'amour. La réalisatrice n'est pas contente et j'aurais bien besoin de conseils.

Mon Dieu, Rick est tellement mignon. Il veut sincèrement l'aide de Parker, et j'espère que Parker l'entend et saura faire preuve de maturité.

Il fait un pas en arrière et lève un doigt pour lui signaler d'attendre une minute, puis il prend ma main et m'emmène plus loin.

– Ma pêche, tu ne m'as pas dit que vous rencontriez des problèmes, chuchote-t-il.

– Mais si, souviens-toi, je t'ai dit qu'on devait retourner certaines scènes.

Il fronce les sourcils, perplexe.

– Honnêtement, je n'ai pas eu à jouer ce genre de scène quand j'étais en couple avec Johan, et il se fichait de savoir qui j'embrassais ou qui me voyait à poil.

– Tout d'abord, dit Parker en posant une main sur ma joue, je suis désolé si je t'ai mise mal à l'aise alors que tu dois faire ton travail. Je te fais confiance. Lui, non. Je ne ferai jamais confiance à un homme qui a le droit de te toucher. Je suis comme ça, et je crois que tu comprends. On a tous les deux un côté jaloux et je ne pense pas qu'il disparaîtra. Toutefois, je ne ferai jamais rien qui pourrait mettre en péril ta carrière. Je sais ce que tu dois faire dans ces scènes. Ça ne me plaît pas forcément, mais je le respecte.

Je caresse sa joue et sa lèvre inférieure avec mon pouce.

– Merci.

– Maintenant, qu'est-ce que je peux faire pour t'aider ?

– Pour être honnête, je ne sais pas, mais Rick et moi allons devoir trouver une solution, parce qu'il ne mentait pas en disant que la réalisatrice n'est pas contente. Je n'aimerais pas que ça s'ébruite dans le milieu du cinéma, ça pourrait avoir un impact sur mes prochains rôles.

– J'ai peut-être une idée, dit-il avant de m'embrasser.

Je souris et m'accroche à son cou pour me mettre sur la pointe des pieds et effleurer son nez avec le mien.

– J'aime tes idées.

– Celle-ci pourrait te plaire… ou pas, répond-il en souriant. Je vais en toucher un mot à la réalisatrice. Tu me fais confiance ?

Je me lèche les lèvres et passe ma main dans ses cheveux trop longs. J'adore quand ils bouclent, ça lui donne un air plus jeune et vulnérable.

– Parker, je t'ai confié mon cœur, c'est bien plus important que tout ce que tu pourrais faire à ma carrière.

Il sourit jusqu'aux oreilles et mon cœur fond en le voyant si heureux. J'aimerais le voir sourire comme ça plus souvent, mais surtout, je veux être celle qui lui donne un air aussi radieux.

– Je reviens.

Il rejoint la réalisatrice, qui se retourne et lui accorde toute son attention. Parker a toujours un effet captivant sur les femmes.

Cela dit, il est vraiment superbe. Il est grand, mat de peau, avec des yeux bleus très clairs et un sourire digne d'une pub pour dentifrice. Ses pommettes saillantes et sa mâchoire carrée lui donnent un style *GQ* qui me fait frissonner de plaisir. Je passe d'un pied sur l'autre, curieuse de savoir ce qu'il dit à la réalisatrice quand il désigne le décor de la salle de bains et de la chambre.

– Qu'est-ce qu'il fait ? demande Tracey en pointant Parker du doigt.

– Il a une idée pour nous aider à avoir l'air plus complices, je réponds en croisant les bras.

– Attends, je ne suis pas sûre d'avoir entendu. Ton copain veut aider ton collègue canon et toi à être plus chauds à l'écran ?

– Ouaip, je réponds d'une voix fière.

– Je suis la seule à trouver ça super-bizarre ?

– Non.

C'est bizarre, c'est clair… et mignon. Mon mec apprend que j'ai un problème et il cherche aussitôt à le résoudre, même si ça le met mal à l'aise, parce qu'il tient à moi et qu'il veut me voir réussir.

Il est génial. Merveilleux. Sexy. Fort. Intelligent. Et je suis en train de tomber amoureuse de lui.

Je le regarde de loin tandis que Rick nous rejoint.

– Ton mec est un peu intimidant, admet-il.

– Oui, je sais. Et canon, en plus, je réponds en reluquant Parker, ce qui fait éclater de rire Rick et Tracey.

Il est vêtu d'un jean qui met en valeur ses cuisses parfaites et d'un pull noir qui fait ressortir le bleu de ses yeux. Ses cheveux châtains ont un reflet cuivré sous les projecteurs du plateau et je meurs d'envie d'y replonger ma main.

– Tout est réglé, dit-il en revenant vers nous.

– Comment ça ? je demande en me blottissant contre lui alors que la réalisatrice nous dit de passer au maquillage. Qu'est-ce que tu as fait ?

– Tu verras… répond-il en souriant et en me mettant une fessée. Aller, va te préparer, je dois parler à Rick.

Je le regarde en clignant plusieurs fois des yeux et en secouant la tête.

– D'accord. Comme je te l'ai dit, je te fais confiance.

***

Je suis surprise qu'on m'ait dit de remettre le soutien-gorge en dentelle rose et la culotte assortie. On reprend au début de la scène, apparemment, quand mon personnage se prépare dans la salle de bains.

Respire, Skyler. Tout va bien se passer. Parker comprend.

Je me force à respirer lentement par le ventre, comme me l'a appris ma prof de yoga.

– Skyler, tu reprends quand tu te coiffes, dit la réalisatrice.

Je lève les mains et je me regarde dans le miroir.

– Et… action ! dit-elle.

– Angel…

J'entends le nom de mon personnage, mais ce n'est pas la voix de Rick, c'est celle de Parker.

Je me tourne vers lui et mon sang s'embrase en le voyant torse nu. Le bouton de son jean est défait, révélant le début de cette petite ligne de poils que j'aime tant et qui me met l'eau à la bouche.

Je suis comme hypnotisée et je mets quelques secondes à comprendre que je suis censée jouer le jeu.

– Phoenix, tu ne devrais pas être là. Ils pourraient te trouver, je chuchote alors que Parker se rapproche.

Lorsqu'il arrive à moi, il caresse mon épaule et sa main descend sur mon sein, me faisant ronronner de plaisir.

– Il ne t'arrivera rien tant qu'on est ensemble. On est bénis, Angel. Tu ne l'as pas encore compris ?

C'est le texte de Rick, mot pour mot.

– Phoenix… je susurre tandis que Parker m'embrasse dans le cou avant de remonter vers mon oreille pour la mordiller.

Des frissons de plaisir parcourent mes veines lorsqu'il saisit mon cou. Il s'empare de ma bouche et je fonds contre lui. Il me dévore, plongeant sa langue dans ma gorge. Je m'accroche à sa nuque quand il empoigne mes fesses pour se frotter contre moi et m'asseoir sur la coiffeuse, et je gémis en sentant son érection à travers la dentelle de ma culotte.

J'oublie où je suis, qui nous regarde et ce que nous faisons. Il me fait tout oublier. Sauf lui. Ses lèvres, son haleine mentholée, son érection, sa chaleur qui m'enveloppe, son souffle et sa langue. Je perds la tête alors qu'il s'empare de mon cœur. Je n'ai plus rien à lui donner, mon corps est déjà à lui.

– Parker… je chuchote lorsque sa bouche descend juste au-dessus de mes seins.

– Coupé ! crie la réalisatrice.

Je m'agrippe à mon homme et plante mes ongles dans ses épaules.

– Bon sang, je murmure, et il se met à trembler contre moi.

Il prend mon visage dans ses mains et je découvre qu'il est mort de rire.

– Bébé, tu as oublié où tu étais. Il suffit que je te touche pour que tu t'embrases. J'adore, dit-il en m'embrassant.

– Meeec, c'était ouf ! s'exclame Rick en applaudissant. Skyler, ma fleur, il faut qu'on fasse exactement la même chose pour les caméras.

Je descends de la coiffeuse et me cache derrière Parker jusqu'à ce que mon assistante m'apporte mon peignoir.

– Ce n'est pas si simple, Rick, je marmonne en rougissant, gênée de m'être autant laissée aller.

– Pourquoi pas ? Tu es une actrice géniale !

– Oui, pourquoi pas, ma pêche ? ajoute Parker en m'embrassant sur le front.

– Parce que tu n'es pas mon mec ! je m'écrie en me retenant de taper du pied comme une enfant.

Rick est sur le point de répondre lorsque la réalisatrice intervient.

– Monsieur Ellis, c'est exactement ce que je veux voir à l'écran ! Si jamais l'envie vous prend de faire du cinéma, faites-le-moi savoir. Je serais ravie de vous filmer, la caméra vous adore.

– C'est gentil, répond Parker en riant, mais c'était la première et la dernière fois. Maintenant, Rick, tu as vu la confiance avec laquelle j'ai approché Skyler ? Bébé, tu veux bien te remettre à ta place ?

Je fais ce qu'il dit et Rick rejoint Parker. Il enlève son t-shirt, révélant son torse musclé, mais il ne l'est pas autant que celui de Parker. Cela dit, je connais le sien de façon intime, c'est différent.

– Il faut que tu sois sûr de toi, presque arrogant, explique Parker. Chacun de tes gestes et de tes baisers doit montrer combien tu as envie d'elle.

Rick se lèche les lèvres et se mord celle du bas. Il semble terriblement concentré, le pauvre. C'est son premier grand rôle et sa première scène d'amour avec une actrice connue. Je ne dis pas ça pour me vanter, c'est juste un fait. Je me souviens d'avoir été à sa place, ce n'est pas facile.

– Maintenant, va vers elle et saisis-la comme si elle était à toi et que tu étais fou de désir pour elle.

J'attends que Rick vienne vers moi.

– Phoenix, je chuchote, tu ne devrais pas être ici, ils pourraient te trouver.

Rick passe une main dans mon dos et me regarde droit dans les yeux avec un air agressif que je n'ai jamais vu chez lui. Il dit son texte en caressant mes bras, puis il empoigne ma gorge comme Parker l'a fait. Il m'embrasse, et je suis soulagée de découvrir un goût de menthe, le même que Parker. Je ferme les yeux et j'essaie d'imaginer que c'est lui que j'embrasse.

– Coupé ! crie la réalisatrice. C'est exactement ce que je veux voir. Sky, enlève le peignoir. Retouchez son maquillage, dit-elle aux stylistes. Tout le monde en position ! On va tourner ça tout de suite tant que tout le monde est chaud. Parker, viens avec moi derrière la caméra. Je veux ton avis sur cette scène et les suivantes. Merci, je te dois une bouteille de ton alcool préféré !

Mon mec est vraiment un charmeur. Et un génie.

– J'adore ton mec, Skyler. Il est génial ! s'exclame Rick en le regardant d'un air émerveillé.

– N'est-ce pas ? je réponds en me retenant de crier à la terre entière ce que je ressens vraiment pour lui.

Parker suit la réalisatrice, mais il me regarde par-dessus son épaule.

– Est-ce que je t'ai dit combien je te kiffais ? je lui dis avant de me mordre la lèvre.

– Pas besoin, je l'ai senti dans ton baiser, répond-il en jetant son pull sur son épaule, comme s'il traversait le plateau d'un film torse nu tous les jours.

Je secoue la tête et laisse la maquilleuse me remettre du blush.

Ce mec sait vraiment tout faire.

Comment je suis censée rivaliser avec lui ?

À SUIVRE...

INTERNATIONAL GUY

#5 SAN FRANCISCO

À ma bêta-lectrice, Tracey Wilson Vuolo,
San Francisco est pour toi.

C'est ici que deux âmes sœurs
se sont trouvées...
Venues de deux océans différents...
Unies par leur amour des livres.

Je suis honorée d'en avoir été témoin.

CHAPITRE 1

– Un whisky, s'il vous plaît, dit une voix grave que je reconnaîtrais entre mille. Eh bien, regardez qui daigne enfin faire son apparition ! ajoute Royce lorsque je rejoins mon collègue en première classe.

Je souris à l'hôtesse qui a pris sa commande.

– Une bière, s'il vous plaît. Une Sierra Nevada, si vous en avez.

– On en a, oui. Je reviens tout de suite, répond la jolie jeune femme avant de s'éloigner.

– Ouais, ouais, je ne suis pas en avance, mais je suis là, je réponds en rangeant mon attaché-case au-dessus de nos têtes.

J'enlève ma veste et la suspends au cintre devant mon siège.

– Je commençais à croire que tu allais me poser un lapin, étant donné que tu étais censé rentrer il y a deux jours… râle-t-il en souriant.

– Je n'ai pas pu faire autrement. Après que Sky et moi avons fait l'interview sur le plateau, la situation nous a échappé et les gens étaient déchaînés. Tracey a proposé qu'on se promène en ville, histoire de leur donner d'autres occasions de nous prendre en photo. Comme tu le sais, ça a permis de les éloigner des bureaux d'*International Guy*.

– C'est vrai, acquiesce Royce. Ça ne doit pas être facile de sortir avec une star. J'imagine que tout le monde se bat pour l'avoir, et t'avoir aussi… à défaut.

À défaut.

Ses paroles m'apparaissent comme un mauvais présage. Être avec une star comme Skyler est inimaginable pour un mec normal comme moi. C'est le genre de chose qu'on ne voit que dans les films, des films dont elle est la star. Mais moi, je serais qui ? Le héros qui séduit la nana ou le type qu'elle jette pour en trouver un autre qui convient mieux à son style de vie ?

Je m'efforce de mettre ces pensées de côté et je me concentre sur le moment présent.

– Ouais, eh bien, c'est moi qui ai gagné puisqu'elle est avec moi. Bref, je suis là, et on part en Californie. Qu'est-ce que je dois savoir de notre cliente ? Tu as dit qu'elle s'appelait Rochelle ?

Royce sourit et son regard devient rêveur. Merde, je m'en doutais. Il est déjà gaga de cette femme.

Ce n'est pas bon. Surtout parce qu'elle nous a embauchés pour lui trouver un mari.

– C'est une femme d'affaires accomplie, elle est belle et intelligente. Ses analyses financières sont sans égales, et je m'y connais. Elle a le don d'anticiper les fluctuations du marché et les résultats d'entreprises. C'est une des meilleures consultantes financières de tous les temps.

– À t'entendre, j'ai presque l'impression que tu lui confierais ton argent, je dis pour voir s'il mord à l'hameçon.

– J'ai un respect sans limites pour son talent. Sa façon de travailler est une véritable forme d'art.

– Ah bon ? Une forme d'art ? je dis en souriant.

– Ouais. Très peu de gens savent faire ce qu'elle fait, surtout à son âge.

– Quel âge a-t-elle ?

Il répond immédiatement, sans regarder son dossier.

– Vingt-huit ans.

– Tu as mémorisé son âge par hasard ?

– J'ai préparé notre mission, répond-il en fronçant des sourcils. Je ne peux en dire autant pour toi, je crois.

– J'ai lu son dossier durant mon vol pour New York, mais je n'ai pas forcément retenu son âge. Quand fêtera-t-elle ses vingt-neuf ans ?

– Le premier décembre… commence-t-il.

Il comprend tout de suite son erreur et tourne la tête pour regarder par le hublot, comme si la piste de l'aéroport était la chose la plus intéressante qu'il ait jamais vue.

– Mec…

– J'ai une bonne mémoire, c'est tout. Ne te fais pas de films.

Je secoue la tête et suis sur le point de me moquer de lui lorsque l'hôtesse revient avec nos verres.

– Et voilà, nous dit-elle. Attachez-vous, le pilote se prépare à décoller.

– Merci, je réponds en lui souriant.

Elle est plutôt jolie. Grande, mais un peu maigre, on ne peut pas dire qu'elle ait des courbes généreuses. Je lui donnerais un six ou un sept sur dix, ce qui veut dire qu'elle pourrait se trouver un homme avec un cinq sur dix, il serait aux petits soins avec elle.

Je laisse ma bière me rafraîchir tout en réfléchissant au meilleur moyen d'aborder Royce.

– Écoute, Roy…

– Parker, je t'aime bien, mais tu n'as strictement rien à me dire à ce sujet étant donné que tu couches avec une de nos clientes et que ce n'est pas la première. Honnêtement, tu ferais mieux de garder tes commentaires pour toi.

Il boit son whisky et regarde de nouveau à l'extérieur.

Je connais Royce et je sais qu'il vaut mieux ne pas insister quand il se sent pris au piège, il peut être sacrément agressif quand on le provoque. Cela dit, je ne serais pas un bon ami si je ne disais pas à voix haute ce que je soupçonne.

– C'est cool, mec. Je suis content d'être là avec toi. Tu veux bien me dire ce sur quoi vous vous êtes déjà mis d'accord ?

Royce hoche la tête, pose son verre et sort un dossier bleu de son attaché-case.

– Tiens, on a déjà esquissé son portrait. Elle est éduquée, riche, et c'est une citadine. Elle n'a pas une grande famille et sa vie tourne autour de son travail. Elle aimerait un enfant, un héritier à qui léguer son entreprise.

– Tiens, je connais un mec qui lui ressemble, je ricane.

Roy lève la tête vers moi et je retrouve son regard amusé. Dieu merci. Je préfère éviter les tensions. Mieux vaut ne pas être la cause de sa colère.

– Elle vit seule dans un penthouse, en centre-ville.

Ça, en revanche, c'est tout l'inverse de Royce. Mon collègue a une maison avec trois chambres, deux salles de bains et des jardinets à l'avant et à l'arrière qu'il tond tous les week-ends, sans faute. Il dit que c'est pour que les voisins le laissent tranquille, mais je crois qu'il aime que les choses soient carrées. Il est fier de ce qu'il a accompli alors que rien ne jouait en sa faveur.

– Un penthouse… waouh. Ce n'est pas la maison de famille dont tu as toujours rêvé, je remarque.

J'aimerais m'assurer que l'attirance de Royce pour cette femme n'est pas sérieuse, que c'est seulement physique.

– Où tu veux en venir, Park ? demande-t-il froidement.

– Nulle part, c'est juste une remarque.

Il saisit son verre et me pointe du doigt.

– Et toi, ta nana, elle habite où, déjà ? grogne-t-il.

Mince, moi qui essayais de ne pas l'énerver…

– Non seulement tu dois prendre un avion pour la voir mais elle habite dans un immense penthouse, si je me souviens bien.

– Ok, j'ai compris. Tu as gagné, je réponds en levant les mains en signe de capitulation. Tu as raison. Skyler et moi avons une relation longue distance, mais on n'habite pas à cinq mille kilomètres l'un de l'autre.

Royce s'apprête à répondre, mais je l'en empêche.

– Et… elle adore Boston. Avec son boulot, elle peut habiter n'importe où, alors que moi, je n'abandonnerais jamais ma famille et mon travail. Toi si ?

Je ne sais pourquoi, son silence pèse sur mes épaules. Nous voici à parler de nos avenirs respectifs et de femmes qui, en apparence, semblent parfaites. Or, nous avons encore d'importants obstacles à franchir. Toutefois, je suis aux anges avec Skyler. Même si nous nous voyons peu, les moments que nous passons ensemble sont faits de rire, de sexe ahurissant et de discussions à propos de notre avenir. Je peux lui raconter ma journée, lui parler de mes rêves et de mes espoirs, et je peux la présenter à ma mère et à mes amis. Jamais je ne pensais que Skyler s'intégrerait aussi bien dans ma vie.

Après mon histoire avec Kalya, je pensais ne plus jamais avoir envie d'une relation amoureuse, or Skyler a reconstruit ce désir, seule, un baiser à la fois. Un câlin à la fois. Une promesse à la fois.

Avec elle, les possibilités sont infinies, et j'ai hâte de les explorer. C'est aussi ce que je souhaite à Royce, il le mérite. Et en tant qu'ami, j'ai le sentiment de devoir garder un œil sur lui pour m'assurer qu'il ne se laisse pas aveugler par un béguin passager. Que, s'il prend une décision, elle soit fondée sur une connexion et une compatibilité bien réelles.

Royce recule dans son siège et regarde par le hublot en me répondant.

– Si c'est la bonne, tout est possible.

***

Le hall du siège de Rochelle Renner est épuré, avec des éclats de couleur. Le bureau d'accueil est blanc, avec des orchidées violettes à chaque extrémité.

Nous sommes accueillis par une petite femme noire terriblement maigre, vêtue d'une jupe crayon bleu marine, d'une chemise blanche et d'escarpins beiges.

– Bonjour, charmante dame, ronronne Royce de sa voix la plus charmante.

– Vous êtes ? répond-elle d'une voix ennuyée.

– Monsieur Ellis, et voici mon partenaire, Monsieur Sterling, je dis en lui tendant la main, de chez *International Guy*. Nous sommes venus voir Rochelle.

– Elle est en communication… commence-t-elle, puis soudain elle écarquille les yeux. Oh, mais c'est vous qui allez lui trouver un homme ! Dieu merci ! Alléluia ! s'exclame-t-elle en faisant le tour du bureau pour nous serrer la main. Je ne pensais pas qu'elle irait jusqu'au bout. Vous prévoyez de rester ici combien de temps ? Je pars en vacances demain, parce que selon Son Altesse, si je n'utilise pas mes jours de congé, je vais les perdre.

– Son Altesse ? chuchote Royce. Aïe.

Elle est particulièrement loquace. Si Wendy parlait ainsi de l'un d'entre nous, elle serait virée sur-le-champ.

– C'est parfait, juste parfait. Plus rien ne pourra m'arrêter à présent, s'exclame-t-elle.

– Excusez-moi, mais vous êtes qui ? demande Royce en s'asseyant dans un fauteuil.

– Oh, je ne suis personne, mais une fois que Rochelle sera prise, je deviendrai forcément quelqu'un. Une femme disponible, qui plus est, qui attirera forcément son attention à lui, glousse la jeune femme.

Au lieu de m'asseoir, je rejoins la secrétaire qui se met à ranger des documents sur son bureau.

– Vous êtes la réceptionniste ?

– Oui, Monsieur. Helen Humphrey.

– Et depuis combien de temps travaillez-vous pour Mademoiselle Renner ?

Je lui parle en souriant, mais cette femme ne m'inspire pas confiance. Elle semble tendue et elle parle d'un ton incohérent.

– Oh, ça fait une éternité.

Elle écarquille soudain les yeux, comme quelqu'un qui se rappelle qu'il a laissé une casserole sur le feu.

– Je vous offre un café ? Je suis sûre que vous avez beaucoup à discuter au sujet de Mademoiselle Renner et de sa vie sentimentale. Même si le mec parfait est sous son nez. Mais, bien sûr, elle ne le voit pas. Avec elle, c'est toujours boulot, boulot, boulot ! souffle-t-elle en secouant la tête.

– Vous pensez que votre patronne travaille trop, Mademoiselle Humphrey ?

– Mm… hmmm, c'est un vrai tyran, en plus. Roh, une semaine de vacances au soleil, ça va être génial !

Elle parle soudain à voix basse et volette derrière son bureau, puis vers le bar sur lequel scintille une machine à espresso. Elle la remplit d'eau, puis insère une capsule, sans s'arrêter de marmonner.

– Je reviendrai, et l'ogresse ne sera plus là. Pouf ! chuchote-t-elle en me faisant face.

L'ogresse ? Waouh. Cette femme n'aime vraiment pas sa patronne.

– Si vous avez besoin de quoi que ce soit, de quoi que ce soit, surtout, venez me trouver. D'accord ? Je m'occuperai de vous. Vous serez de véritables VIP, chantonne Helen en retournant à son bureau d'un pas léger. Oh, elle a raccroché. Venez !

Nous la suivons dans un long couloir et nous passons devant de nombreux bureaux où travaillent des gens en tailleur. Lorsque nous arrivons devant une grande porte blanche encadrée par deux vitres, elle frappe fermement et entre sans attendre qu'on l'y invite.

– Mademoiselle Renner, votre rendez-vous de onze heures, dit-elle en nous tenant la porte ouverte. Monsieur Sterling et Monsieur Ellis, pour *International Guy*.

Comme je suis le visage de l'entreprise, c'est moi qui entre d'abord. Toutefois, je n'ai pas le temps d'atteindre notre cliente que Royce est à mes côtés, la main tendue vers elle. Je regarde la rencontre se dérouler, parfaitement conscient de ce qui se passe.

Rochelle est superbe. Elle mesure presque un mètre quatre-vingts dans ses bottes à talons aiguille qui lui arrivent juste sous les genoux. Sa jupe en cuir noir est ultramoulante avec des coutures bleu roi assorties à son chemisier à manches courtes noué sur son cou avec un joli nœud.

– Mademoiselle Renner, je suis ravi de vous rencontrer en personne, ronronne Royce en dégainant cet immense sourire qui fait tomber toutes les femmes.

Notre cliente sourit également jusqu'aux oreilles et ne le quitte pas des yeux.

– De même, Monsieur Sterling. J'ai tout de suite reconnu votre voix, répond-elle en rougissant.

Mince.

Je me demande si c'est ce que Bo a ressenti quand j'ai vu Sophie pour la première fois. Peut-être devrait-on instaurer une nouvelle règle : pas de coucheries avec nos clientes. Toutefois, je l'ai à peine pensé que je regrette mon hypocrisie, je suis mal placé pour imposer ce genre d'interdiction, moi qui ai rencontré la femme de mes rêves grâce à mon travail.

Royce continue de lui serrer la main, sans montrer le moindre signe qu'il va la lâcher, me laissant le soin de me présenter moi-même.

– Je suis Parker Ellis. Nous sommes ravis d'être là pour vous aider dans votre… situation.

Rochelle Renner finit par lâcher la main de Royce pour serrer la mienne, brièvement, puis elle se rassoit et nous fait signe de nous installer. Elle s'accoude sur son bureau en verre, joint ses mains et y appuie le menton.

– Je suppose que « situation » est le mot juste, dit-elle en dégainant un sourire qui la rend plus belle encore. Disons simplement ceci, Monsieur Ellis : j'en ai assez d'être seule. J'en ai assez de sortir avec des losers qui, de prime abord, semblent toujours parfaits. Et, au risque de parler comme le personnage d'un roman à l'eau de rose, le tic-tac de mon horloge biologique se fait de plus en plus fort, comme une grosse caisse. Il y a peut-être même des bongos.

– Je comprends parfaitement, ricane Royce à voix basse en se cachant derrière sa main.

– En gros, poursuit-elle en souriant à mon collègue, je n'ai ni le temps ni l'envie de chercher une aiguille dans une botte de foin.

– Étant donné que je suis nouveau sur le dossier, j'aimerais que vous me disiez ce que vous pensez des trois derniers hommes avec qui vous êtes sortie, et ce qui n'allait pas chez eux.

Elle penche la tête sur le côté et regarde Royce, qu'elle reluque depuis la pointe de ses chaussures Hermès à celle de son bouc, en passant par son crâne chauve et le col de son costume Tom Ford. Je suis sûr qu'elle a aussi pris note de sa montre de luxe et de ses grandes mains manucurées. Les femmes comme elles n'arrivent pas là où elles sont sans savoir lire les gens, et Royce sait s'habiller pour impressionner.

Je la regarde le mater, j'ai l'impression qu'elle est aussi emballée par lui qu'il l'est par elle. Le fait qu'ils se sont à peine quittés des yeux depuis notre arrivée en dit long sur leur attirance mutuelle.

Elle finit par soupirer et se laisse aller dans son fauteuil.

– Eh bien, le dernier mec était Jamal. Il était bien bâti et il jouait en NBA[4]. Le problème, c'est qu'il ne couchait pas qu'avec moi, il se tapait toute la bande de cheerleaders.

4. National Basket Association. (NdT, ainsi que pour toutes les notes suivantes)

Je secoue la tête en repensant à Kayla qui m'a trompé avec mon meilleur ami. Au moins avec Skyler, je n'ai pas à craindre ce genre de chose.

– Avant lui, il y a eu Trey. Sur le papier, il était parfait. On s'est rencontrés grâce à une connaissance mutuelle qui m'avait même donné son CV. Mais le type voulait juste m'arnaquer, ajoute-t-elle en fronçant les sourcils. J'ai découvert qu'il était fauché et presque à la rue. Au bout de deux semaines, il voulait emménager avec moi. Quand je lui ai demandé pourquoi il était si pressé d'habiter avec moi, il m'a répondu qu'il avait dépensé ses derniers dollars pour nos rencards et qu'il était fauché. Je comprends qu'on puisse traverser des moments difficles, mais quel genre de type dépense tout son fric pour une femme en s'attendant à ce qu'elle l'accueille comme un chien errant ? s'exclame-t-elle en secouant la tête.

– C'est déplorable, je réponds simplement alors que, dans ma tête, je maudis ce type de faire une mauvaise réputation à tous les hommes.

– C'est à cause de ce genre de mecs que les femmes se méfient autant des hommes, dit Royce.

Je souris et me retiens de taper dans la main de mon frangin, qui pense exactement comme moi.

– Et celui d'avant ? je demande.

Elle soupire longuement avant de répondre.

– Je crois que c'était le pire de tous. Je pensais l'aimer et qu'il m'aimait en retour. On a parlé mariage et enfants. Je pensais que c'était l'homme parfait.

– Qu'est-ce qu'il s'est passé ? Il ne voulait pas vraiment d'enfants ?

– Si seulement c'était ça…

– Qu'est-ce qu'il a fait ? grogne Royce en se redressant, comme s'il était prêt à casser la gueule du mec.

– Oh, il était sincère à propos du mariage et des enfants… il avait déjà les deux. Une femme et deux enfants. Il menait une double vie. Ça faisait presque un an qu'on était ensemble quand je l'ai découvert. Il m'avait offert une bague de fiançailles, et tout.

– Quoi ! aboie Royce.

– Mince…

Je me retiens de dire ce que je pense vraiment de ce genre de pourriture. Elle n'a pas besoin que je m'apitoie sur son sort, elle a besoin que je l'aide à tourner la page et à trouver un autre homme.

Cependant, je sais parfaitement ce qu'elle ressent. Kayla m'a vraiment pris pour un idiot. Elle étudiait avec moi, elle dormait dans mon lit tous les soirs, on parlait des enfants qu'on aurait et des prénoms qu'on leur donnerait, tout ça pour que je la demande en mariage. Et je l'ai fait. Quel imbécile ! J'ai gobé tous ses mensonges alors qu'elle se tapait Greg et qu'elle prévoyait de rompre avec moi. Apparemment, il voulait qu'elle attende qu'on ait monté notre boîte avant de me dire qu'elle me quittait. Elle planifiait notre mariage et je mettais sur pied un avenir brillant avec la femme de mes rêves alors qu'elle n'avait jamais prévu de rester avec moi.

Je me force à oublier Kayla. Elle ne peut plus me faire de mal, et Skyler n'agirait jamais ainsi. Son âme et ses intentions sont pures. Je crois bien qu'elle pourrait être la femme de ma vie.

– Mm… hmmm, mais je me suis vengée, ne vous en faites pas. J'ai tout dit à sa femme et elle est en train de tout lui prendre dans un méchant divorce.

– Elle a bien raison, ricane Royce. Les hommes comme ça mériteraient d'être castrés, ajoute-t-il. Même si… je comprends pourquoi il a fait ce qu'il a fait.

Rochelle et moi le regardons d'un air perplexe.

– Je vous demande pardon ? demande Rochelle.

– Quoi ? je m'exclame.

– J'ai dit que je comprenais pourquoi il a pris le risque de mener une double vie, explique-t-il d'une voix claire et confiante.

Rochelle est sur le point de répondre, mais Royce n'a pas fini.

– À mon avis, il lui a suffi de vous regarder et de voir tout ce que vous aviez à offrir pour lui faire regretter la vie qu'il avait. Toutefois, au lieu de faire ce qu'il fallait auprès de sa femme, de rompre avec elle ou de ne jamais envisager quoi que ce soit avec vous, il a pris l'option la plus simple, et il n'a rien fait. À mon avis, il a dû passer son temps à regarder par-dessus son épaule, il n'a pas dû profiter d'être avec une beauté comme vous.

Rochelle plonge son regard dans celui de Royce et le dévisage.

– Non, j'imagine que non. Et vous, qu'auriez-vous fait dans de telles circonstances ?

– Eh bien, sans vouloir vous offenser, Rochelle, vous êtes une femme superbe, et n'importe quel homme, moi le premier, aurait de la chance de vous avoir. Mais j'ai le plus grand respect pour le mariage, et je n'aurais jamais envisagé de vous séduire. Si j'avais la chance d'avoir une femme et des enfants, ce serait tout pour moi. Rien ne pourrait rompre ce lien sacré.

La tension devient palpable alors que Royce et Rochelle s'étudient. J'ai déjà vu des lutteurs professionnels se regarder moins longtemps que ces deux-là.

– Bonne réponse.

– Elle est sincère. Je suis comme ça, répond-il simplement.

– Dans ce cas, je crois que j'aime qui vous êtes, dit-elle d'une voix suave et séduisante.

– Eh bien, c'est réciproque, Chellie, ricane-t-il en se léchant les lèvres.

Chellie ? Il lui a donné un surnom ? Ça fait cinq minutes qu'il la connaît ! Bon sang, cette mission est un désastre.

Je me racle la gorge plusieurs fois avant que notre cliente ne me regarde.

– Maintenant que nous avons compris ce que vous ne voulez pas, tâchons de définir ce que vous cherchez et comment *International Guy* peut vous aider.

Elle soupire, comme si tout cela était épuisant et lassant, alors que c'est elle qui a fait appel à nous.

– Pour commencer, j'ai besoin d'un homme bien dans sa peau. Qui ne ment pas. J'ai eu assez de menteurs.

– Très bien. Avez-vous des préférences ethniques ?

Elle se mord la lèvre inférieure et regarde Royce. C'est un bel homme noir d'un mètre quatre-vingt-quatorze, qui aurait largement sa place en couverture d'un magazine.

– J'ai toujours préféré les hommes noirs, mais je ne vais pas faire la difficile et me mettre des bâtons dans les roues en disant non à des Blancs, des hispaniques et ainsi de suite.

– C'est noté. Et son travail ? Sa carrière ?

Je suis obligé de la relancer, car toute son attention est sur Royce. Bon sang, peut-être que je devrais juste les laisser tenter leur chance et dire à Rochelle de m'appeler quand ça tombera à l'eau, ce qui va certainement arriver. Si cette femme cherche à se caser pour de bon, comme le désire Royce, alors elle se trompe de candidat. Royce ne quittera jamais Boston, sa mère et ses sœurs. Il est le seul homme de la famille Sterling et il s'occupe d'elles comme si c'était sa mission. Il ne néglige pas *IG*, mais sa priorité a toujours été sa famille. La différence entre nous et les autres entreprises, c'est que c'est nous qui créons nos règles afin qu'elles améliorent le quotidien de nos employés, et non l'inverse. Si, un jour, il veut construire une famille et travailler de chez lui deux jours par semaine, ce sera possible. S'il veut voyager moins, ça le sera aussi. Cependant, il a beau rêver de fonder sa propre famille, ça ne veut pas dire qu'il voudra déménager à cinq mille kilomètres pour une femme. Et à voir les bureaux et le succès de celle-ci, elle n'est pas prête à bouger à l'autre bout du pays non plus. Et ce n'est pas la seule chose qui coince.

– Je préférerais qu'il soit cadre, parce que je dois souvent me rendre à des dîners d'affaires et j'ai besoin d'un homme qui soit à l'aise dans ce genre d'événement. Qu'il puisse avoir des conversations sérieuses, et pas seulement parler de base-ball.

Je me retiens d'éclater de rire. Je suis parfaitement capable de parler de base-ball toute une soirée, et Royce aussi. C'est une des passions que nous avons en commun. Toutefois, ça ne nous empêche pas d'être bons en affaires. J'ai comme l'impression que Rochelle a des idées préconçues sur les hommes.

– Mademoiselle Renner, ce serait très utile que vous puissiez me dire les points sur lesquels vous n'êtes pas prête à faire de compromis afin qu'on cherche l'homme parfait pour vous. Si tant est qu'il existe. L'amour n'est pas une science.

Je parle en connaissance de cause, l'amour est la chose la plus compliquée que je connaisse.

Rochelle éclate de rire.

– Oh, Monsieur Ellis, vous avez mal compris ma demande. Je veux que vous me trouviez le partenaire parfait. Personne n'a parlé d'amour, même si, bien sûr, ce serait un bonus énorme. Embaucher quelqu'un pour trouver l'amour de ma vie serait aberrant, non ?

– Vous seriez surprise de ce que nos clients nous demandent, je réponds en souriant.

Je suis ravi que les attentes de Rochelle soient réalistes. Il m'a fallu plusieurs années pour accepter la possibilité d'être de nouveau amoureux, et encore autant de temps à trouver l'amour. Je ne sais pas si j'en serais là si je n'avais pas rencontré Skyler.

– Si vous le dites, répond-elle en reculant dans son fauteuil.

Elle croise les jambes et sa jupe remonte sur ses cuisses. Je regarde Royce du coin de l'œil et ne suis pas surpris de le voir se retenir de baver.

– Si vous ne cherchez pas l'amour, alors donnez-nous vos critères. Que cherchez-vous chez un partenaire ?

– Vous voulez que je vous dresse une liste ? Comme pour les courses ?

– Nous avons besoin de savoir ce sur quoi vous refusez de faire des compromis. Ne prétendez pas que vous n'y avez pas déjà pensé. Vous êtes une femme intelligente, vous ne nous avez pas appelés pour rien. Que voulez-vous, Mademoiselle Renner ?

– Tout d'abord, il doit être noir, et beau.

– C’est noté. Ensuite ?

– Il doit avoir un travail, même s’il ne lui rapporte pas beaucoup. Je gagne largement assez pour deux. Je ne veux pas qu’il ait de mauvaises habitudes, comme s’attendre à ce que je lui fasse à manger et que je rentre à la maison à dix-huit heures.

– Il doit travailler et être indépendant. Quoi d’autre ?

– Je veux qu’il puisse m’accompagner à des soirées d’affaires. Il doit pouvoir participer aux conversations ou se taire, selon ce que je lui demande.

Cette fois, je ne peux me retenir de sourire, car Royce n’est absolument pas du genre à accepter de rester silencieux alors que sa femme séduit des partenaires potentiels.

– Il doit être éloquent, mais ne pas être intimidé par le succès d’une femme. C’est noté. Ensuite ?

– Il ne doit pas avoir une mère envahissante. Beurk. Je ne supporte pas les fils à maman.

Je regarde Royce du coin de l’œil et le vois tirer sur le col de sa chemise. Le pauvre, il est le plus grand fils à maman que je connaisse.

Peut-être cette cliente ne sera-t-elle pas un problème, en fin de compte.

CHAPITRE 2

Lorsque je m'installe au bar, il n'y a qu'une poignée de clients dans la salle. J'ai choisi une place devant l'écran plat pour que personne ne m'empêche de voir le match des Giants[5] contre les Brewers[6]. Ces derniers temps, j'ai l'impression de ne voir les matchs qu'en replay, mon disque dur est rempli au max. Je rêve d'un bon week-end à ne rien faire que rattraper tous les matchs que j'ai ratés. J'imagine automatiquement une belle blonde blottie contre moi. Je suis sûr que Skyler apprécierait de passer la journée sur le canapé, à manger des hot dogs, des frites, des nachos au fromage et… à faire l'amour.

– Eh, mec, tu sais quel était le score final des Red Sox[7] ? je demande au barman lorsqu'il vient vers moi.

---

5. Équipe de base-ball de San Francisco.
6. Équipe de base-ball de Milwaukee.
7. Équipe de base-ball de Boston.

– Roh, c'était génial, mec. Ils ont gagné huit à cinq contre les Orioles[8], répond-il en s'essuyant les mains sur un torchon.

Je lève la main pour taper dans la sienne, c'est un code de mecs. À entendre son enthousiasme, c'est un fan des Red Sox.

– Trop cool ! Je vais prendre une pinte d'Almanac IPA, s'il te plaît. Faut que je goûte la bière locale tant que j'en ai l'occasion.

– Je prendrai la même chose, dit Royce en s'installant sur le tabouret à côté du mien.

Il préfère le whisky mais, en dehors des repas, il lui arrive parfois de commander une bière.

– Deux Almanacs, alors. Ça arrive tout de suite. Vous voulez voir le menu ?

– Avec plaisir, oui. Merci, répond Royce.

Lorsque le barman s'éloigne, Royce se tourne vers moi en s'accoudant au bar, comme Bo à Milan quand je lui confiais mes problèmes avec Skyler.

– Quoi ? je demande en fronçant les sourcils.

– Est-ce que Rochelle n'est pas géniale ?

– Mec, t'es sérieux ? je réponds en écarquillant les yeux. C'était quoi, ce surnom ?

– De quoi tu parles ?

– *Chellie ?* À quel moment tu as décidé qu'elle s'appelait *Chellie* et pas Rochelle, ou même Mademoiselle Renner, car je te rappelle que c'est une cliente ! je rétorque sans cacher ma colère.

---

8. Équipe de base-ball de Baltimore.

– C'est toi qui dis ça ? Le mec qui s'est tapé non pas une mais deux de nos clientes ces derniers mois ?

Je grimace et me force à compter jusqu'à dix avant de dire ce que j'ai sur le cœur, en espérant qu'il ne le prenne pas trop mal. Cela dit, il n'a pas tort de me traiter d'hypocrite. Toutefois, la situation n'a rien à voir puisque ça finirait forcément mal entre Rochelle et lui.

– Mec, je sais que je suis mal placé pour en parler, mais cette femme n'est vraiment pas faite pour toi.

– Non pas que ça te regarde, mais je suis curieux de savoir pourquoi tu penses ça. Après tout, ça fait trois semaines que je lui parle et je la connais assez bien. Tu crois que parce que j'ai grandi dans un taudis avec un père alcoolique et que j'ai commencé à bosser à quinze ans pour aider ma mère à payer les factures, je ne suis pas assez bien pour une femme comme Rochelle ? Tu crois que je n'ai pas ma place dans la cour des grands, c'est ça ?

Royce n'aurait pas pu me faire plus mal s'il m'avait frappé avec un burin.

– Quoi ? Mais non ! Bon sang, Roy. Tu peux être fier de ton parcours, tu t'es occupé de tes sœurs et de ta mère alors que tu n'étais qu'un ado, tu l'as aidée financièrement tout en étant premier de la classe… Mec, tu n'imagines pas le respect que j'ai pour toi !

Royce grince des dents et regarde droit devant lui. Je suis dégoûté qu'il refuse de me regarder dans les yeux.

– Je sais ce que tu as vécu durant ton enfance. Tu as fini aux ùrgences à cause de ton père, et ta mère bossait comme une malade pour vous nourrir et pour que vous ne manquiez de rien Franchement, respect, mec. Cela dit, ton parcours est en partie la raison pour laquelle je sais que Rochelle n'est pas comme toi. Elle n'a aucune envie de s'installer pour construire une relation à long terme.

– Et alors ? C'est quoi le rapport ? Elle a dit qu'elle voulait un gamin, en plus.

– Ouais, mais pour qu'il hérite de sa fortune, c'est tout. Je ne la vois pas prendre un congé parental ou travailler moins pour s'occuper de son enfant. C'est des nounous qui s'en chargeront, c'est certain. Ce n'est pas grave, mais ça ne te ressemble pas. Dans ta famille, vous êtes proches et loyaux et vous aimez vous mêler de la vie des autres, comme chez moi. Tu vas me dire que tu ne cherches pas ce genre de femme ?

– Je ne sais pas ce que je veux, répond-il en haussant les épaules. Tout ce que je sais, c'est qu'il y a quelque chose entre nous. Je le sens.

– C'est du désir, Roy, crois-moi. Elle te plaît physiquement, et c'est normal. N'importe quel homme se battrait pour être avec une femme comme elle.

– C'est clair que c'est une bombe, acquiesce-t-il en se frottant le menton.

– Oui. Mais elle cherche un homme pour lui tenir compagnie la nuit, pour lui servir de trophée et rester à son bras pendant ses cocktails d'affaires. Elle ne cherche pas un homme dominant comme toi, elle veut un homme soumis, quelqu'un qui la vénérera et la chouchoutera.

– Comment tu peux en être sûr ? Tu crois que maintenant que tu es dans une relation sérieuse, pour la première fois depuis des lustres, tu es devenue spécialiste en amour ? ricane-t-il. J'ai plus discuté avec elle que toi et je n'ai pas eu la même impression.

Il saisit la pinte que pose le barman devant nous et j'essaie d'ignorer son attaque. Il faut qu'il ouvre les yeux.

– Tu n'as pas su lire entre les lignes. Une partie de mon travail est de comprendre ce que le client veut vraiment, même s'il ne le sait pas lui-même, et j'ai de bons résultats, je te rappelle.

Il hausse les sourcils sans me regarder.

– Roy, je te dis qu'elle veut un homme soumis. Crois-moi. Si tu tentes quoi que ce soit avec elle, non seulement on perdra une cliente, ce qui ne me dérange pas tant que ça, mais tu risques d'avoir le cœur brisé, et ça, ça ne me plaît pas.

Le barman nous interrompt en nous donnant les menus.

– Est-ce que tu as un sandwich au porc effilé ? je demande.

– Bien sûr.

– Alors, je vais prendre ça, avec des frites, s'il te plaît, je réponds en lui rendant le menu.

– La même chose, ajoute Royce.

Lorsque le barman s'en va, je regarde la télé un moment pour laisser le temps à Royce de digérer ce que je viens de dire.

Les Giants marquent un point avec un coureur en seconde base.

Royce boit une gorgée, puis il frotte son crâne chauve.

– Je ne sais pas comment ignorer notre attirance, Park. Et je ne suis pas certain de le vouloir, admet-il.

– Je te comprends, frangin. Mais je pense quand même que c'est dans ton intérêt de lutter.

Il hoche brièvement la tête, et nous regardons le match en silence. Ce n'est pas aussi confortable que d'habitude, mais j'ai parlé dans l'intérêt de Royce et j'assume ce que j'ai dit.

***

De retour à l'hôtel, mon téléphone sonne, je vois « Ma pêche » s'afficher à l'écran.

Je m'allonge sur le lit en boxer.

– Coucou, ma belle, tu finis tôt ce soir.

– Pas vraiment, il est minuit ici. Mais c'était une bonne journée. Grâce à ton aide, on a pu filmer toutes les scènes d'amour. La réalisatrice a préféré ne pas attendre.

Je grince des dents et ravale ma jalousie, parce que c'est moi qui ai donné des astuces à son partenaire pour que lui et Skyler soient plus sexy à l'écran. Cependant, je préfère changer de sujet que de lui demander des détails.

– C'est super. Qu'est-ce que vous filmez ensuite ?

– Mes scènes d'action. J'ai hâte ! J'ai pris des cours de krav-maga pour être plus crédible lors des combats.

– Waouh, c'est un entraînement super-physique, je dis en l'imaginant couverte de sueur, en train de frapper un sac.

– Ben, tu n'es pas là, il faut bien que je trouve un moyen de me dépenser, répond Skyler d'une voix suave et sexy.

Je ne suis pas le seul à être en manque, apparemment. Il est temps de passer à la vitesse supérieure. J'ai besoin de la voir. J'appuie sur le bouton pour lancer la vidéo, et elle accepte aussitôt.

– Ma pêche, tu es magnifique, je dis en découvrant son regard brûlant et son sourire séducteur.

– Est-ce que je t'ai dit que je te kiffais, aujourd'hui ?

– Non, mais moi, je peux te dire que je te kiffe, je réponds en jouant des sourcils.

– Moi aussi, chéri.

Je la vois entrer dans sa cuisine et ouvrir le frigo. Dommage, moi qui espérais une petite vidéo coquine…

– Qu'est-ce que tu fais ? je demande.

– Je n'ai pas encore dîné.

– Je croyais que tu avais l'habitude de dîner avec Rick.

– Mouais, mais j'ai passé la journée à l'embrasser et à le tripoter, répond-elle en grimaçant.

Achevez-moi tout de suite !

Peu importe que Rick soit comme un frère pour Sky, je n'aime pas qu'un autre homme touche ce qui m'appartient. Or, Skyler est à moi, je vais m'accrocher à elle aussi fort que possible et ne jamais la lâcher.

– La dernière chose dont j'ai envie, c'est de dîner avec lui, poursuit Skyler. Il est cool, et ce que tu lui as appris nous a aidés, c'est clair, surtout le chewing-gum. Merci, au fait. Il n'a plus une haleine d'oignon, au moins.

Je la regarde se faire un sandwich au beurre de cacahuète et à la confiture, une des choses qu'elle préfère. Bon sang, maintenant qu'elle fait partie de ma vie, je ne sais pas ce que je ferais sans ces moments où elle me raconte sa journée.

– Qu'est-ce que tu as fait ce soir ? demande-t-elle.

J'adore être avec quelqu'un qui s'intéresse à moi, à ce que j'ai fait et à ce que je ressens. C'est agréable. Je n'ai jamais connu ça.

– On était au pub avec Royce. On a regardé le match.

– Ah bon ? Qui jouait ?

– Les Giants contre les Brewers. Les Giants ont gagné.

– Oh, ça me fait penser que j'ai appris que les Red Sox avaient gagné ? Un des caméramans en parlait. Tu dois être content.

Elle pense à moi, même quand elle bosse, comme je pense à elle. Je réalise que j'ai toujours quelque chose à lui raconter, parce qu'elle trouvera ça intéressant ou drôle. Et puis, l'idée que j'ai quelqu'un à qui me plaindre si j'ai passé une mauvaise journée ou si un des mecs m'agace est super-agréable. C'est presque aussi bien que de la retrouver en personne tous les soirs pour dormir avec elle.

– Tu aimes le base-ball, ma pêche ?

Elle hausse les épaules et pose son téléphone sur le plan de travail. Je la vois ouvrir le beurre de cacahuète et en mettre une couche épaisse sur son pain. Je suis content qu'elle mange davantage, ces derniers temps. Elle était bien trop maigre.

– Je ne peux pas dire que je n'aime pas ça, ou le sport en général. Mon père aimait regarder le base-ball, donc c'est ce que je connais le mieux. Mais je n'ai jamais vu de match au stade, tu pourrais peut-être m'y amener ?

– Avec plaisir, ma belle. Je vais dire à Wendy de regarder le planning des matchs des Red Sox et de nous prendre des billets.

– C'est vrai ? demande-t-elle d'un ton joyeux.

– Si tu peux te libérer pour une ou deux nuits, ouais, carrément.

– Ça doit être possible. La réalisatrice dit qu'elle te doit une faveur. Je dirai que c'est toi qui le demandes.

– Bonne idée.

Elle finit de préparer son sandwich et je repense à notre rendez-vous avec Rochelle. Je n'arrive pas à me sortir de la tête que ça va mal finir.

– Chéri… je vois que quelque chose te dérange. Tu veux en parler ?

Je lui raconte notre journée et le souci que je me fais pour Royce.

– Park, tu as fait précisément ce que tu lui interdis de faire ! ricane-t-elle.

– Ouais, je sais, je soupire. Mais je n'arrive pas à me débarrasser de cette impression que ça finira mal si l'un ou l'autre tente quoi que ce soit.

Skyler mord dans son sandwich et le mâche d'un air pensif.

– Royce est un grand garçon. Il peut faire ses propres erreurs, si c'en est bien une. Tu dois le laisser prendre ses décisions, et si ça tourne au vinaigre, tu dois être là pour lui, en tant qu'ami et collègue.

Skyler m'impressionne, sa logique et sa compassion sont vraiment naturelles chez elle.

– Tu es si pleine de sagesse. Ça doit être pour ça que je m'attache autant à toi.

Je réalise soudain ce que je viens d'avouer et je regarde Skyler se lécher les lèvres et poser son sandwich pour reprendre son téléphone.

– Chéri, pourquoi tu t'amuses à dire des choses aussi mignonnes alors que je ne suis pas là pour te montrer combien ça me fait plaisir ?

J'éclate de rire, soulagé qu'elle n'insiste pas sur ce que j'ai dit. Je ne veux pas en faire tout un plat, mais je suis curieux de savoir ce qu'elle aurait dit si j'avais été avec elle.

– Ah, et quelle aurait été ta réponse ?

Son visage s'illumine et mon soulagement se transforme en excitation à l'idée que cette femme a prévu de rester dans ma vie.

– Je t'aurais dit que je tiens beaucoup à toi, moi aussi, répond-elle en haussant un sourcil.

– Ah ouais ?

Je souris jusqu'aux oreilles. C'est une grande étape pour nous. Je ne pensais jamais me retrouver dans une telle situation après le mal que m'a fait Kayla, à la fac. Si Skyler et moi avons très vite couché ensemble, nous prenons notre temps pour apprendre à nous connaître, et je suis heureux d'admettre qu'elle compte plus pour moi que toutes les femmes de mon passé.

– Ouais, murmure-t-elle d'une voix douce.

Bon sang, si seulement je pouvais être à ses côtés pour l'embrasser et lui faire l'amour.

– Et qu'est-ce que tu aurais fait, ensuite ?

– Après ? Eh bien… je t'aurais sauté dessus.

Je me mords la lèvre pour me retenir de sourire.

– Admettons que ce soit le cas, comment tu t'y prendrais, au juste ?

Skyler se tapote sa lèvre, comme si elle réfléchissait.

– Je commencerais par m'asseoir à cheval sur toi.

– Hmmm, c'est un bon début. Et…

– Je me rapprocherais de ton visage et je mettrais mes mains sur tes épaules.

Mon sexe tressaute en visualisant la scène, en la voyant nue sur mes genoux, en train de se frotter contre mon érection grandissante. Je caresserais son dos et ses bras, et cela suffirait à faire durcir ses tétons et à la faire se cambrer pour offrir son sein à ma bouche.

– Je serais habillé ? je demande en descendant ma main vers mon sexe.

– Ça dépend. Je te prendrais comme tu es.

– Tu me prendrais… ? Vraiment ? Mais c'est de mieux en mieux, je ricane.

Elle lève les yeux au ciel, et ma verge devient énorme.

– Et ensuite ? Bébé, ne me laisse pas dans cet état, je grogne en empoignant mon érection.

– Non, tu vas te moquer de moi, répond-elle en fronçant son nez.

– Mais non, ma pêche. Je ne me moquerai pas de toi. Dis-moi, j'insiste d'une voix lourde de désir.

Skyler se lèche les lèvres et pose son téléphone pour que je voie son corps. Elle est vêtue d'un caraco, et je devine que ses tétons pointent sous le tissu fin.

Soudain, elle le saisit par le bas et l'enlève, de sorte qu'elle est complètement nue devant moi.

– Putain !

Je serre mon sexe encore plus fort tandis que Skyler promène ses mains sur son ventre puis sur ses seins parfaits. Je pourrais regarder des centaines de photos de *Playboy*, je ne trouverais pas de seins plus beaux et plus adaptés à la taille de mes mains, mais ce sont les siennes qui les empoignent.

Son sourire diabolique me dit qu'elle a tout à fait conscience de ce qu'elle me fait, et je me branle en poussant un grognement.

– Tu as commencé à te branler ? se moque-t-elle.

– Tu sais bien que oui, je grogne d'une voix rauque.

– Allez, montre. T'as vu mes seins, toi.

– Ah, tu veux jouer à ça ?

Elle hoche la tête tandis que je me débarrasse de mon boxer. J'empoigne de nouveau mon sexe tout en tournant la caméra pour qu'elle me voie au garde-à-vous pour elle.

– Bon sang, chéri, tu as l'air tellement dur…

Je retourne l'écran pour pouvoir la voir de nouveau. Elle a ses deux mains sur ses seins et elle titille ses tétons.

– Pince-les fort, bébé. Assez fort pour que ça te fasse un peu mal, comme je le ferais si j'étais là. Essaie de te faire jouir rien qu'en jouant avec tes seins, imagine que c'est moi qui m'amuse avec ma bouche.

Elle gémit et ferme les yeux en m'obéissant.

– Tu te masturbes ?

– Putain, oui, je murmure. Bon sang, je te vois te toucher et… j'aimerais être là. Je sucerais tes tétons tellement fort, bébé. Jusqu'à ce que ça te brûle et que tu me cries d'y aller plus fort.

Elle penche la tête en arrière et ses cheveux tombent dans son dos. Mon Dieu, j'adore la voir comme ça, quand elle succombe à sa passion.

– C'est ça, joue avec tes tétons. T'aimes que je te regarde faire en me branlant, hein ?

Je soulève mon bassin et j'imagine que je plonge dans son sexe chaud… ou non, plutôt entre ses superbes seins.

– Tu sais ce que je ferais si j'étais avec toi ?

– Dis-moi, chuchote-t-elle en secouant la tête.

– Je t'allongerais par terre…

– Ouais…

Elle parle d'une voix rauque et suave qui embrase mon sang tout en me donnant la chair de poule. Mes testicules sont lourds et se contractent, prêts à exploser, alors qu'une fine couche de sueur recouvre mon front, mon torse et mes abdos. Je fais un effort surhumain pour repousser mon orgasme.

– Je me mettrais à cheval sur ton ventre, je coincerais mon sexe entre tes seins parfaits…

– Mon Dieu, Parker… susurre-t-elle en se léchant les lèvres.

– Je les presserais sur ma verge et je les baiserais en mettant mon gland juste sous ta bouche pour que tu puisses le lécher, je poursuis en frissonnant de la tête aux pieds. Putain, tu me fais tellement bander…

– Parker… gémit Skyler, et son souffle accélère.

Je la regarde jouir, et l'idée qu'il lui a suffi d'entendre ma voix me fait décoller à mon tour. J'empoigne mes testicules et me branle une, deux, trois fois jusqu'à ce que je voie des étoiles.

– Sky… bébé ! je m'écrie en éjaculant sur mes abdos et dans ma main.

Nous prenons une minute pour revenir sur terre et calmer nos respirations. Lorsque j'ouvre les yeux, Skyler est accoudée sur le plan de travail, tête baissée, et ses cheveux tombent de part et d'autre de son visage.

– Waouh. Fais-moi penser à t'appeler plus souvent en FaceTime, ricane-t-elle.

Ses joues sont roses et elle est rayonnante.

– Aucun problème, je ris en m'étirant.

– J'aimerais que tu sois là, admet-elle alors que je suis sur le point de faire la même chose. Tu penses rester combien de temps à San Francisco ? demande-t-elle en se baissant pour ramasser son caraco.

– Je ne sais pas. Ça dépend du temps qu'il nous faut pour trouver un partenaire à notre cliente.

– En supposant que ce ne soit pas Royce, dit-elle en souriant et en enfilant son débardeur.

– C'est pas drôle, ma pêche, je râle en boudant.

– Moi je trouve que si, joli cœur !

– Bon… j'adorerais te parler toute la nuit… mais il faut que je prenne une douche, je dis en désignant mon ventre.

Son regard s'embrase.

– Si j'étais là, je m'en occuperais, répond-elle. D'ailleurs, si j'avais été là, il n'y aurait rien à nettoyer. Tiens, tu n'as qu'à penser à ça, et on verra combien de temps tu mets à rentrer, dit-elle en me lançant un clin d'œil avant de mordre dans son sandwich.

– Vilaine fille !

– Et tu aimes ça. D'ailleurs, tu as dit que tu t'attachais à ta vilaine fille, non ? répond-elle avec un sourire narquois.

– C'est vrai. Allez, repose-toi, d'accord ?

– Ça roule, chéri. Toi aussi. On s'appelle demain ?

– Ouais.

– Rêve de moi.

Elle me souffle un baiser, puis elle raccroche.

Je secoue la tête et me lève pour aller à la salle de bains.

Que je rêve d'elle…

Avec un corps comme le sien, un tel visage et sa façon de jouir… je peux dire avec certitude que Skyler est la femme de mes rêves. L'unique.

CHAPITRE 3

– Bonjour, Mademoiselle Renner, je dis en tendant la main à notre cliente.

Elle hoche à peine la tête dans ma direction et se dépêche de lâcher ma main pour serrer celle de Royce.

– Bonjour, beau gosse, lui dit-elle.

Il sourit jusqu'aux oreilles et la reluque des pieds à la tête.

– Tu es ravissante ce matin, Chellie.

Il la tutoie maintenant ? Je mets un gros coup de coude à Royce sans me soucier d'être discret.

– Euh… pardon, je voulais dire Mademoiselle Renner.

Elle sourit et fait le tour de son bureau pour s'y asseoir, Royce et moi nous installons face à elle.

– J'ai fait le vide dans mon emploi du temps afin de passer la matinée avec vous.

Elle recule dans son fauteuil, et son chemisier en soie rouge détonne contre le cuir noir. Ses cheveux sont lâchés, lisses et brillants, avec une raie au milieu.

Royce sort de son attaché-case les premiers profils que nous avons à lui présenter. Il se lève, rejoint Rochelle de son côté et nous donne une copie à chacun.

– Tout d'abord, nous avons contacté le plus grand site de rencontres en ligne, I-Bliss, et nous nous sommes procuré les profils des dix hommes qui correspondent le plus à vos critères. Nous les avons contactés, huit d'entre eux sont intéressés.

Au lieu de garder ses distances, Rochelle pose sa main sur l'avant-bras de Roy et le regarde en haussant un sourcil.

– Ah oui ? Huit ?

– En effet, oui. Vous êtes une femme très désirable, répond-il avec la même voix séductrice que Barry White.

J'ai envie de lui dire de se calmer, mais je prends sur moi et tâche de me rappeler les mots de Sky : Royce est un grand garçon et il prend ses propres décisions.

Je décide toutefois d'accélérer les choses avant que la situation ne devienne trop compliquée.

– Mademoiselle Renner, en plus des huit profils dont nous venons de vous parler, nous avons contacté notre conseillère habituelle. Elle a étudié vos critères et elle a choisi cinq autres candidats.

– Ça fait treize… dit-elle avec une petite voix. Ça porte la poisse… commence-t-elle à dire quand nous sommes interrompus par l'arrivée de quelqu'un.

– Chelle, je suis désolé de te déranger, mais ça ne pouvait pas attendre !

Un grand homme noir et baraqué, vêtu d'un costume haut de gamme, déboule dans le bureau. Il porte des lunettes à bord noir, un peu comme celles de Clark Kent. À côté de Royce, dont la peau est très noire, son teint est clair, plus encore que celui de Rochelle, qui se situe entre les deux.

– Messieurs, je vous présente Keehan Williams, chef des technologies d'information et de données, et ma personne préférée sur terre.

Keehan s'arrête et sourit à Rochelle, un sourire intime qui me dit que ces deux-là sont plus que collègues.

– Keehan, poursuit-elle, voici Royce Sterling et Parker Ellis, de chez *International Guy*.

Keehan lève brusquement la tête et nous fusille du regard.

– Tu vas le faire, alors ?

– Je te l'avais dit, répond-elle en souriant.

Apparemment elle n'a pas remarqué sa colère.

– C'était censé être une blague, Chelle ! Bon sang, dans quoi tu t'es encore fourrée ? s'exclame-t-il en se frottant la tête.

Elle le regarde en fronçant les sourcils, et Royce et moi sommes devenus transparents.

– De quoi tu parles ? Je t'avais dit que j'avais besoin d'un homme dans ma vie.

Je le vois grimacer en l'écoutant et, pour moi, ça en dit long sur la situation. Ce type a le béguin pour sa patronne, c'est peut-être même plus qu'un béguin.

– Kee, j'en ai marre de passer mes soirées toute seule. Mes congés…

– Avec moi ! s'écrie-t-il d'une voix vexée.

Le regard de Rochelle s'adoucit, elle lui caresse la main.

– Tu sais bien que j'aime passer du temps avec toi, mais j'ai des besoins, comme toutes les femmes. Je ne sais absolument pas comment tu supportes ton célibat, dit-elle en secouant la tête.

Elle éclate de rire et se rassoit, créant une distance entre elle et Keehan, que rien ne pourrait forcer à détourner le regard.

Je regarde Royce, pour m'assurer qu'il voit la même chose que moi. À sa mâchoire crispée, ça ne fait aucun doute, il voit la même chose et ça ne lui plaît pas.

Je me retiens de rire et j'observe le langage corporel de Keehan tandis qu'il parle à sa patronne. Sa patronne séduisante qu'il semble vouloir connaître sur un plan intime.

– Pendant que tu t'amuses à prévoir ta vie de femme au foyer…

– De femme au foyer ! s'exclame Rochelle en riant. Tu es marrant, toi. Ce n'est pas parce que je veux un enfant que je serai femme au foyer. Bon sang, ce que tu peux être drôle !

Ah ! Elle vient de confirmer la raison principale pour laquelle je trouve qu'elle n'est pas faite pour

Roy. Si nous étions dans mon bureau, à Boston, je me lèverais pour tirer ma révérence.

– Du moment que je te fais rire… dit-il en souriant et en effleurant son oreille. J'aime bien quand tes cheveux sont lissés, Chelle. Ils sont tout doux.

Bon sang, ils ne semblent pas se rendre compte que leurs préliminaires ont lieu devant nous, ni que ce sont des préliminaires, d'ailleurs.

Royce finit par me regarder en fronçant les sourcils.

– C'est qui, ce type ? articule-t-il en désignant Keehan.

Je souris de plus belle, car il a enfin compris que Rochelle n'avait pas l'intention de tomber amoureuse, tout simplement parce qu'elle l'est déjà de Keehan, même si elle ne le sait pas.

Je repense à l'aveu que j'ai fait à Skyler hier soir et ma gorge se noue. Suis-je amoureux d'elle ? Est-ce que je refuse de me l'avouer ? Je m'agrippe aux accoudoirs de mon fauteuil et j'inspire calmement, m'efforçant de ne plus y penser et de ne pas paniquer.

– Tu es toujours si gentil avec moi, Kee, répond Rochelle en tapotant la main de son collègue.

Soudain, la situation devient évidente : Rochelle n'a pas besoin d'un homme à la maison, car elle en a déjà un au travail. En réalité, ses deux amours sont réunis dans un même endroit : le travail et Keehan. Cela dit, si j'en crois son langage corporel, Rochelle n'a pas franchi la ligne entre boss et copine. Elle semble avoir un professionnalisme qu'on ne m'a pas enseigné à Harvard.

Je me racle la gorge pour les interrompre. Keehan cligne des yeux et tourne la tête vers nous, comme s'il se rappelait soudain qu'il y a deux étrangers dans le bureau de sa patronne.

– Je suis désolé, ce n'est pas très correct. Je suis Keehan Williams, dit-il en nous serrant la main. Je suis navré de vous interrompre, mais ça ne pouvait pas attendre. Chelle, il faut que tu regardes les résultats du dernier trimestre, explique-t-il en montrant sa tablette. Et ceux du trimestre précédent, poursuit-il en faisant défiler les pages. Et du trimestre d'avant aussi.

– Ils déclinent, répond-elle. Ça arrive, les intérêts montent et descendent, tu le sais parfaitement.

– Ouais, mais justement, c'est ça le problème. Ça fait deux ans que la valeur de ces actions augmente progressivement, et les taux d'intérêt sont fixes. Les résultats trimestriels devraient augmenter au lieu de baisser.

Royce se lève et fait le tour du bureau.

– Je peux ? Je m'y connais en finances.

Keehan le regarde des pieds à la tête en grinçant des dents.

– Pourquoi je ne suis pas surpris ? Il aurait pu être moche, au moins, chuchote-t-il dans sa barbe en laissant la place à Royce.

Bon sang, ça ne fait pas de doute, Keehan n'est pas content qu'on soit là et que Rochelle cherche un mec.

– Et qu'en est-il des comptes de résultat ?

– Il y en a cinq, là, vous n'avez qu'à cliquer, grommelle Keehan.

Royce et Rochelle étudient les documents.

– Eh bien, ce n'est pas bon, dit Royce en se grattant le menton.

– Vous ne croyez pas si bien dire, soupire Rochelle en croisant les bras.

Elle se fait silencieuse un moment, perdue dans ses pensées.

Quant à moi, les chiffres ne sont pas mon truc. Je sais analyser des comptes et gérer la comptabilité de la boîte, mais rien de complexe. C'est pour ça que c'est Royce qui s'occupe des finances d'*IG* ainsi que des investissements personnels de Bo et des miens. Sa maîtrise de la Bourse nous a tous rendus très riches.

– Alors, c'est bien ce que je pensais ? demande Keehan à Rochelle.

– Si tu pensais que quelqu'un me vole, alors oui, c'est bien ce que tu pensais, rétorque-t-elle froidement.

Je grimace, mais je ne dis rien, ce n'est pas mon domaine. Dans des situations aussi sensibles, il vaut mieux se taire et laisser les experts décider de la marche à suivre. Ma mission ici, à San Francisco, est de trouver un partenaire à notre cliente. Et maintenant que j'ai vu Keehan, la tâche va être encore plus simple à accomplir. Pendant qu'ils se préoccupent de savoir qui arnaque l'entreprise, je suis déjà en train de mettre au point un plan pour tirer parti de la situation.

– Trouver le coupable ne va pas être une mince affaire, dit Rochelle en se tapotant le menton de son index. Il y a au moins quarante personnes qui ont accès à ces comptes.

Royce se met à faire les cent pas alors que Keehan rejoint Rochelle de son côté du bureau et pose sa main sur son épaule.

– Merci de toujours assurer mes arrières, dit-elle en levant un regard inquiet vers lui.

– Je suis là pour ça, professionnellement, mais pas seulement, Chelle. On est ensemble dans cette aventure depuis le début, répond-il assez fort pour que tout le monde entende.

Pas touche à ma nana, grand méchant Royce !

– Ça fait longtemps que vous travaillez pour Rochelle ? je demande en souriant.

– Depuis le tout premier jour de *Renner Financial Services*, répond-il.

– C'est mon ancre. Je ne sais pas ce que je ferais sans lui, dit Rochelle en prenant sa main.

Je souris de plus belle. Finalement, cette mission va se faire les doigts dans le nez.

***

Pendant que Rochelle et Royce sont en train de réfléchir, de demander des rapports d'activité et un tas d'autres documents, je suis Keehan dans le couloir.

– Euh… je peux vous aider ? demande-t-il.

J'aligne mon pas sur le sien, même si je fais quelques centimètres de moins que lui.

– J'ai pensé que pendant qu'ils réfléchissaient, je pourrais te suivre et en apprendre plus à propos de ta patronne. Ça ne te dérange pas qu'on se tutoie ?

Il fronce les sourcils.

– Vous avez l'air proches, tous les deux, j'ajoute en attendant de voir sa réaction.

– On peut se tutoyer, oui. Et oui, on est proches. C'est une femme géniale, répond-il d'une voix émerveillée.

– Oui, je l'ai deviné tout de suite. D'ailleurs, son parcours professionnel est impressionnant.

– C'est la meilleure dans son domaine, acquiesce-t-il.

– Et toi ?

– Comment ça ? répond-il en remontant ses lunettes.

– Ta carrière te plaît ? Tu aimes ton poste à *RFS* ?

Il fronce les sourcils, mais ne ralentit pas. Nous passons devant des employés concentrés sur leur travail dans leurs bureaux. Apparemment, l'étage est découpé en bureaux et en salles de réunion, il n'y a pas d'open space, ce qui est plutôt logique pour des gens qui étudient des dossiers sensibles et confidentiels.

– Ma place ici est solide. Comme je l'ai dit tout à l'heure, Chelle et moi sommes ensemble depuis le tout début. On a traversé beaucoup de choses.

Les gens vont et viennent, mais il y a une chose qui ne change pas.

– Et c'est quoi ? je demande en souriant.

– Moi. Je n'ai l'intention d'aller nulle part, répond-il, tout sourires.

– Mais tu ne veux pas une vie de famille ? Tu es à l'âge où la plupart des mecs trouvent une femme et prévoient d'avoir des enfants.

– Je ne sais pas, parfois, oui. Le problème, c'est qu'il faudrait que ma femme comprenne que mon travail passe en premier. Rochelle a été déçue et lâchée par un tas de mecs dans sa vie privée et professionnelle, je ne veux pas que mon nom soit rajouté à la liste.

– Waouh, à t'entendre, Rochelle est la personne la plus importante de ta vie, je dis en riant, en espérant le réveiller un peu.

– Elle l'est, admet-il en haussant les épaules. Nous n'avons pas beaucoup de famille dans le coin. Lorsqu'il y a un jour férié, on le passe ensemble, et on travaille tard le soir pour étudier les chiffres et fixer les objectifs. Je m'ennuierais si elle n'était pas là.

– Voilà qui est intéressant.

Il tourne à gauche et emprunte un autre long couloir qui nous emmène devant un mur vitré derrière lequel des serveurs géants fredonnent et font vibrer le sol.

– Pourquoi c'est intéressant ? demande Keehan.

– Peu importe. Tu n'avais pas l'air ravi que Rochelle nous ait appelés. Pourquoi ça ?

– Pour rien, répond-il, mais son regard noircit. Si elle veut se trouver un nouveau joujou, ça la regarde. Ils ne durent jamais. Je ne suis pas inquiet.

Ah ! Il ne connaît pas Royce. Si mon collègue veut Rochelle, sa drague sera acharnée.

Et puis, j'ai confiance en mes capacités à lui trouver l'homme qu'il lui faut.

– Oh, mais celui-ci durera, justement. Elle me paie pour lui trouver le partenaire idéal. Quelqu'un avec qui fonder une famille et avoir un enfant.

Il s'arrête brusquement, comme s'il venait d'être frappé par la foudre.

– Tu plaisantes, grogne-t-il en faisant les cent pas dans le couloir comme un animal en cage. C'est complètement fou. Elle ne peut pas sérieusement prévoir d'avoir une famille avec le type que tu vas lui trouver !

– Pourquoi pas ?

– Parce qu'elle ne peut pas se marier et avoir un enfant ! s'exclame-t-il en se frottant le crâne, furieux.

– Mais pourquoi ? je demande de nouveau d'une voix parfaitement calme.

– Parce qu'elle est censée être à moi ! Elle est censée m'épouser, moi ! Avoir mon enfant ! s'écrie-t-il en se tournant vers la porte au bout du couloir, qu'il ouvre en la claquant contre le mur. Je n'arrive pas à croire qu'elle ait fait ça ! poursuit-il en se tournant vers moi, la mine déconfite. Pourquoi elle ne le voit pas ? Dis-moi, c'est toi l'expert. Pourquoi elle ne voit pas ce qui est devant ses yeux ?

– D'après ce que j'ai vu, vous êtes tous les deux très proches.

– Absolument, acquiesce-t-il.

– Vous comptez l'un sur l'autre.

– Totalement.

– Ça fait longtemps que vous travaillez ensemble.

– Oui, d'accord, mais où tu veux en venir ? répond-il d'un ton exaspéré.

– Eh bien, j'ai l'impression que tu n'as jamais tenté quoi que ce soit.

Soudain, Keehan semble se liquéfier. Ses larges épaules s'affaissent et il baisse la tête.

– On ne peut pas s'amuser avec une femme comme Rochelle. Surtout avec un passé comme le nôtre. Elle se moquerait de moi.

– Pourquoi ?

– Parce que je suis loin d'être assez bien pour elle.

Ce type est dingue. Je le regarde des pieds à la tête et prends en note son corps musclé et ses vêtements bien choisis. Je ne vois aucune raison qui expliquerait qu'il ne pense pas mériter Rochelle.

– C'est faux. Tu es un bel homme, tu es intelligent et ambitieux. Selon moi, vous allez très bien ensemble, justement.

– Tu ne peux pas comprendre, soupire-t-il en se frottant le menton.

– Détrompe-toi, tu serais surpris. Je sais parfaitement ce que tu ressens, justement. Je sais ce que c'est que désirer quelqu'un qui est d'un monde complètement différent.

– Tu parles !

– Mec, je sors avec Skyler Paige, je déclare en posant une main sur son épaule.

Il écarquille les yeux.

– L'actrice ?

Je hoche la tête.

– La plus belle nana d'Hollywood…

– Fais gaffe à ce que tu dis, je gronde en lui coupant la parole.

Je découvre qu'il suffit qu'un homme fasse une allusion, même minuscule, à la beauté et à la sensualité de Skyler pour que je sois prêt à lui arracher la tête.

– Merde, siffle Keehan. Alors, tu sais de quoi je parle, même si c'est cent fois pire pour toi. Bref, quoi qu'il en soit, je suis un énorme loser à côté de Rochelle.

– Alors, tu admets que tu ne lui as pas donné de raison de te voir autrement que comme ami ou confident ? Autrement que comme collègue ?

– On est plus que collègues, quand même.

– C'est pas flagrant, je réponds.

– Ça n'était jamais le bon moment !

– À ce rythme, mec, ça ne le sera jamais. J'ai vu des escargots aller plus vite que toi. Les vieux en maison de retraite draguent plus vite que toi. Sois honnête : qu'est-ce qui te retient ? Elle est superbe et tu es un bel homme. Et d'après ce que j'ai vu dans son bureau, vous tenez l'un à l'autre.

– Je suppose que c'est ça le problème, justement. Je tiens trop à elle, admet-il sur un ton de défaite.

– Tu ne veux pas mettre en danger votre amitié, c'est ça ?

– Si ça ne marche pas entre nous, on perdra tout et notre relation professionnelle deviendra impossible. Ça va sans doute te paraître nul, mais c'est ma meilleure amie et le travail est notre ambition commune. C'est ce qui nous définit.

– Mais tu aimerais quand même que vous soyez plus qu'amis, non ?

– Oui, répond-il en se massant la nuque.

– Visiblement, elle cherche autre chose elle aussi, sinon elle ne nous aurait pas appelés.

Keehan fait le tour de son bureau et s'assoit dans son fauteuil, face à trois écrans.

– C'est quoi tout ça ? La tour de contrôle ?

Je regarde autour de moi et remarque d'autres bureaux sur lesquels sont posés des ordinateurs. Il y a des écrans télé sur un des murs, qui affichent le cours de la Bourse en temps réel.

– On peut dire ça, oui. Je m'occupe d'analyser nos résultats et de garder un œil sur les différentes actions et les marchés mondiaux, tout en envoyant des résumés à Chelle et son équipe en temps réel. Je m'occupe aussi des techniciens réseaux, des développeurs et autres geeks.

– Alors, dis-moi… avec un tel suivi, comment quelqu'un a-t-il pu voler de l'argent à *RFS* ? Il n'y aurait pas des signaux d'alarme ?

Il hoche la tête en tapant à toute vitesse sur son clavier.

– Je sais que Rochelle a dit que quarante personnes avaient accès à ces comptes, mais ils ne peuvent pas y toucher sans laisser une trace électronique. Le système enregistre tout ce que font les gens. Royce m'a dit de vérifier qu'une personne étrangère n'ait pas ouvert ces dossiers.

– Dans ce cas, ça ne devrait pas être difficile de trouver le coupable, si ?

– En théorie, non. D'après ce que j'ai vu, cela fait au moins dix-huit mois qu'on nous escroque. Il faudrait que je remonte plus loin pour en être sûr.

– Si j'étais toi, je m'y attellerais tout de suite. Et dépêche-toi d'apporter tes découvertes à la patronne, j'ajoute en souriant et en lui faisant un clin d'œil.

– Je n'y manquerai pas. Et toi, qu'est-ce que tu vas faire pendant ce temps ?

– À propos du voleur ? Rien. Je ne suis pas là pour savoir qui lui vole de l'argent, même si je suis sûr que Royce en a fait sa mission personnelle. En dépit de tes sentiments pour elle, je suis là pour lui trouver un partenaire.

– Et comment tu as l'intention de t'y prendre ? demande Keehan sans cesser de tapoter son clavier.

– Pourquoi ? Tu as enfin l'intention de te jeter dans la gueule du loup ? Ou plutôt de la louve ?

Bon sang, il mord vraiment trop facilement à l'hameçon.

– Peut-être, répond-il en me dévisageant.

– J'ai treize candidats à lui présenter.

– Avec moi ?

– Avec toi, ça fera quatorze, je réponds comme si ce n'était pas un chiffre élevé.

En théorie, ça ne l'est pas, mais pour un homme qui est amoureux d'une femme et qui le cache depuis des années, ça fait treize compétiteurs.

– Bon sang, c'est un cauchemar, dit-il en se pinçant le nez.

– Je suis désolé que tu voies les choses ainsi. Ce que je peux dire, c'est que je suis content que ça te pousse dans tes retranchements. Quelque chose me dit que Rochelle n'aime pas attendre. Elle doit vouloir que les hommes prennent les devants, qu'ils lui montrent qu'ils sont intéressés. Je ne pense pas qu'elle apprécie qu'un homme se tourne les pouces pendant qu'elle se couche seule tous les soirs.

– Oh, mais ne t'en fais pas, elle n'est seule que parce qu'elle le décide. Tu l'as vue ? ricane-t-il.

– Et ça ne te fait rien ?

– Si, je me sens comme un chewing-gum collé à la semelle de ses Louboutin, comme un loser qui est dingue d'une femme et qui vit une vie de célibat parce qu'aucune autre femme ne l'intéresse. Il me suffit de la voir pour me sentir plus vivant que jamais. Avec les autres, c'est à peine si j'arrive à être excité.

– C'est dur, je réponds en secouant la tête.

– C'est la triste vérité.

– Eh bien, je crois que tu as besoin de mettre en œuvre de sérieux changements, si ce n'est pour toi, alors fais-le pour ton camarade, j'ajoute en regardant délibérément entre ses cuisses.

– Et comment penses-tu que je devrais m'y prendre ?

Je souris et je m'installe dans le fauteuil en face du sien. Le plan que j'ai élaboré pendant qu'ils parlaient du fraudeur se met en place tout seul.

CHAPITRE 4

Le lendemain matin, je suis de retour au siège de *Renner Financial Services*. Je sais que Royce a veillé avec Rochelle pour l'aider à attraper l'enfoiré qui lui vole des sous, mais il ne m'a pas tenu au courant de leurs avancées. Je me suis couché avant qu'il ne rentre à l'hôtel, ce qui ne me plaît pas, mais comme Skyler me l'a rappelé, Royce est un grand garçon qui sait se débrouiller.

Toutefois, je me demande toujours s'il ne vaudrait pas mieux le renvoyer à Boston pour qu'il s'occupe d'un client qui ne l'affecte pas autant. Ce serait la chose la plus sage à faire, c'est clair, car son attirance pour elle va tout gâcher.

Un peu comme quand tu t'es jeté sur Skyler, ou que t'as couché avec Sophie.

Je suis un énorme hypocrite. Je sais que je dois laisser les choses suivre leur cours, mais je meurs d'envie de réparer la situation, de trouver pour mon frangin quelque chose qui soulagera son désir de stabilité, comme j'ai trouvé Skyler. Il n'y a pas de mal à vouloir qu'une personne à qui on tient ait ce qu'elle désire dans la vie, si ?

Lorsque j'atteins le bureau de Rochelle, je n'ai toujours pas décidé du meilleur moyen d'aborder de nouveau la situation avec Royce. J'entends des rires derrière la porte, et je reconnais immédiatement celui de Royce. J'ouvre lentement la porte et grince des dents en découvrant la scène.

Rochelle est assise sur son bureau, la jupe remontée sur ses cuisses, son chemisier en soie ouvert sur son soutien gorge Wonderbra, et Royce est debout entre ses jambes écartées. Elle penche la tête en arrière et rit tandis que Royce dépose une série de baisers depuis son cou jusqu'à sa bouche. Sa main se referme sur sa cuisse, qu'il remonte plus haut sur sa taille.

Jésus Marie Joseph ! La situation est grave.

– Tu veux que je te prenne ici dans ton bureau, comme je l'ai fait hier soir ?

– Mon Dieu, oui, dit-elle en agrippant ses fesses pour le ramener contre elle.

Je n'arrive pas à voir si son boxer est baissé, de dos, il semble habillé.

– Ce n'est vraiment pas professionnel, dit-il.

– Non, absolument pas, je gronde depuis la porte.

Ils sursautent et tournent la tête vers moi. Royce lâche les jambes de Rochelle, qui le repousse pour descendre de son bureau tout en baissant sa jupe.

– Mec ! dit Royce froidement.

Comme je le pensais, sa braguette est fermée. Ouf. En dehors de sa cravate desserrée et de quelques boutons défaits, il est plutôt présentable.

– Je vois que ça travaille dur, je dis en tenant ma tablette devant moi, celle qui contient les profils que j'allais présenter à Rochelle.

Royce ferme les yeux et soupire.

– Monsieur Ellis, ce n'est pas ce que vous croyez…

– Ah non ? Ce que je crois, c'est que mon partenaire allait vous prendre sur votre bureau, et que d'après ce que j'ai compris, ça n'aurait pas été la première fois, je réponds simplement.

– D'accord, dans ce cas, c'est bien ce que vous croyez, acquiesce Rochelle en souriant. Mais ne vous en faites pas, ce n'est pas sérieux. On ne fait que s'amuser. C'est du fun.

C'est du fun. On ne fait que s'amuser.

Je repense à l'époque où je pensais seulement m'amuser avec Skyler. Or, notre *fun* s'est transformé en relation sérieuse. Si je pensais que Rochelle était la femme parfaite pour Royce, je lâcherais l'affaire, mais son aveu vient de prouver que j'ai raison.

Je secoue la tête et me tourne pour fermer la porte et éviter les regards des curieux.

– Écoutez, si vous avez tous les deux envie d'être ensemble, je n'ai pas l'intention de m'immiscer entre vous. Mais vous nous avez engagés pour vous trouver un partenaire. Est-ce que la situation a changé depuis hier soir ? je demande en désignant Roy.

– Non, répond-elle immédiatement, avant que Royce ait eu l'occasion de dire un mot.

Il ouvre la bouche et la referme, et je le vois remettre son masque de pro. Je le connais depuis plus de dix ans et je sais qu'il ne s'attendait pas à une telle réponse. Royce a beau aimer s'amuser un peu, il ne risquerait rien au travail s'il ne s'était pas déjà attaché à Rochelle.

– Non ? Vous êtes sûre ? je demande pour vérifier qu'elle n'espère pas davantage avec Royce.

Rochelle se lisse les cheveux avant de répondre.

– Roy et moi sommes compatibles, physiquement, mais sa vie est dans le Massachusetts et la mienne en Californie. Quelques parties de jambes en l'air, aussi mémorables soient-elles, sont la seule chose que nous pouvons nous offrir. N'est-ce pas, beau gosse ? demande-t-elle en lui lançant un clin d'œil.

Royce se lèche les lèvres et hoche la tête.

– Absolument, Chellie. Il n'y a que ton corps qui m'intéresse, et seulement s'il est nu.

Il parle d'une voix normale, mais il a clairement choisi ses mots pour faire tomber les barricades de Rochelle, or ça ne l'atteint même pas.

– Vous voyez, Parker ? Il n'y a aucun problème. Je crois que vous vouliez me montrer les treize candidats ? Je dois avouer que je suis tout excitée. Un peu comme à Noël, sauf qu'au lieu d'ouvrir des cadeaux, je vais découvrir mon futur mari.

Mon Dieu, est-ce que j'étais aussi insensible par le passé ? Je me suis parfois comporté comme un enfoiré, c'est clair, surtout après ce que m'a fait Kayla, mais je suis sûr que les femmes avec qui je couchais savaient à quoi s'attendre. Sophie connaissait les conditions, d'ailleurs elle m'a aidé à les établir. Ce n'est pas le cas de Royce.

Je tourne la tête vers lui et mon cœur bat plus fort. Il se tient droit et s'efforce de faire comme si tout allait bien, mais je le connais : Rochelle lui plaît énormément. Ça ne doit pas être facile pour lui.

Soudain, je m'en veux de la façon dont j'ai pu traiter les femmes par le passé. Tout a changé, à présent, car il n'y a plus que Sky. Si seulement je pouvais aider mon frangin à trouver sa perle rare.

– On ne peut pas vous promettre le mariage, je rappelle à Rochelle. Notre but est de vous trouver le meilleur candidat possible. C'est à vous de décider de la relation que vous établirez avec lui.

– Je comprends, ne vous en faites pas, répond-elle.

Pendant que je cherche un moyen d'apaiser la situation, une situation dont Rochelle n'a absolument pas conscience, Royce ajuste sa veste et se redresse avant de tourner les talons et d'aller à la porte.

– Si vous voulez bien m'excuser, je vais voir Keehan et lui donner la liste des cinq personnes sur lesquelles nous devons enquêter.

– Très bonne idée, répond Rochelle en souriant jusqu'aux oreilles.

Elle se comporte comme s'il ne s'était rien passé. Comme si le fait de trouver un mari potentiel n'était rien d'autre qu'une transaction financière. Moi qui pensais être accro au travail, à côté d'elle, l'équipe d'*IG* n'est qu'une association d'amateurs. En revanche, en matière de morale, c'est une autre histoire. Cette femme n'a aucun scrupule à coucher avec un collaborateur sur son bureau, retenter sa chance le lendemain matin et passer l'éponge comme s'il ne s'était rien passé.

Je ne me crois pas capable d'être aussi dur, mais sans doute l'ai-je été. Quand j'ai découvert que Kayla me trompait, j'ai couché avec des dizaines de femmes, dont je ne me rappelle même pas les prénoms. Cela dit, je les rencontrais dans des bars et elles attendaient la même chose que moi.

Or, Royce veut plus. Keehan veut plus.

Je me demande si je vais réussir à lui faire voir la vérité, l'aider à voir que ce qu'elle veut est sous son nez depuis le début.

Et surtout, en plus de douter de pouvoir aider ma cliente, je m'inquiète pour mon frangin. Ça fait longtemps qu'il n'a pas été prêt à tenter sa chance avec une femme. Sa confiance a dû en prendre un sacré coup et je ne suis pas sûr qu'il s'en remette. Au moins, Royce sait qu'il peut être honnête et me dire ce qu'il ressent vraiment. Au travail, il va devoir prendre sur lui et le cacher. Je ne sais pas comment cela l'affectera à long terme. J'espère qu'il voit enfin la situation telle qu'elle est : ce n'est rien que du fun.

Royce sort du bureau avant que je puisse lui dire quoi que ce soit, et c'est sans doute mieux. On parlera quand il sera calmé.

– Tu es prêt ? demande Rochelle. J'ai décidé qu'il était temps qu'on se tutoie, ajoute-t-elle, tout excitée.

– Ça me va. Je suis prêt.

Je m'assois sur le canapé près de son bureau et, quelques clics plus tard, l'écran de ma tablette s'affiche sur celui de son ordinateur, révélant un bel homme noir d'une trentaine d'années. Rochelle se tient plus droite, croise les jambes et pose son menton sur ses mains jointes devant elle.

– Michael Conway, développeur dans la Silicon Valley. Il est free-lance. Il a créé des applications pour aider les secours locaux à répondre aux urgences. Son salaire annuel ne dépasse pas les six chiffres, mais il a de bons investissements.

– Et sa famille ?

– Divorcé sans enfants.

– Ah bon ? C'est lui qui lui a fait du mal ou l'inverse ?

– C'est important ? Tu as une préférence ?

J'aimerais savoir comment elle réfléchit, si elle est du genre à regretter d'avoir blessé Roy sans le vouloir, par exemple. Cela dit, je ne suis pas sûr que Rochelle fasse quoi que ce soit sans y avoir réfléchi auparavant.

– Je fais juste preuve de sérieux, il s'agit de mon avenir, après tout. S'il a été blessé, il y a moins de chance qu'il me fasse du mal, non ?

C'est triste, mais elle a raison, et je ne suis pas surpris de la voir prendre la question au sérieux, j'aime son approche directe. À l'évidence, cela lui a réussi dans sa vie professionnelle mais pas dans sa vie privée. J'espère pouvoir y remédier.

J'ouvre de nouveau son dossier jusqu'à trouver l'info que je cherche, merci Wendy.

– D'après les registres officiels, sa femme a déposé une demande de mariage une semaine après leur divorce, il y a trois ans.

– Oh, pauvre beau gosse, dit Rochelle en faisant la moue.

– Au suivant : Sean White, joueur de base-ball professionnel récemment retraité. Il a déjà un poste d'entraîneur pour la San Francisco University.

– Je passe. Je n'ai aucune envie d'aller à des matchs universitaires ni à des événements sportifs quels qu'ils soient.

– Tu es sûre ? Sa mère est décédée, donc tu n'auras pas de belle-mère agaçante, et ses deux dernières copines l'ont trompé, donc il sera fidèle.

– Vraiment, Parker, insiste-t-elle en secouant la tête. Je n'ai aucune envie de regarder, de parler ou de supporter des sportifs. Je ne veux pas faire la difficile, mais je suis déjà sortie avec un sportif professionnel. Ils sont en colère quand on ne veut pas aller au match, en colère quand on veut qu'ils éteignent la télé pour passer du temps avec eux, et ils sont encore en colère quand on ne connaît rien au sport et qu'on ne les encourage pas. Franchement, les sportifs ne m'intéressent pas.

En colère quand on ne passe pas du temps avec eux.

Je repense à toutes les nuits où Kayla arrivait dans une nuisette sexy et voulait que j'arrête mes révisions pour passer du temps à lui donner du plaisir. Ces nuits me flinguaient. Chaque veille d'exam, c'était la même rengaine : « Tu ne passes pas assez de temps avec moi ! » Je passais la soirée à la chouchouter, et le reste de la nuit à engloutir du café pour être prêt pour le lendemain. Et tout ça pour quoi ? Pour une femme qui couchait avec deux mecs en même temps.

– Ça marche. Et les hommes qui travaillent dans la finance ? je demande à Rochelle, même si ce n'est pas le cas du candidat suivant.

– Il est canon, répond-elle en regardant l'écran.

– Il est pompier.

Ses cheveux sont coiffés avec des tresses africaines. Il a un grand sourire étincelant et, à en croire sa biographie, c'est l'homme le plus terre à terre de tous. Toutefois, j'ai besoin qu'elle pense à quelqu'un qui fait déjà partie de sa vie, quelqu'un qui est raide dingue d'elle.

– Que dirais-tu d'un homme qui fait le même métier que toi ?

– Ça rendrait les dîners d'affaires plus simples, c'est clair.

– Celui-ci a une grande famille, mais elle habite sur la côte Est, donc vous n'auriez à leur rendre visite que pour les fêtes, et ce genre de chose.

– Chouette. On le garde, celui-ci.

Je passe au profil suivant.

– Wouah… tu as trouvé de sacrés beaux gosses. Bravo.

Je souris jusqu'aux oreilles, car l'homme porte des lunettes semblables à celles de Keehan et il lui ressemble pas mal. Ils ont la même couleur de peau et les mêmes cheveux courts, mais si Keehan est imberbe, le médecin a une moustache fine et un petit bouc. Wendy a pris cette photo sur le site de l'hôpital, donc il est en blouse blanche. Rochelle ne peut pas être attirée par cet homme et ne pas l'être par Keehan, c'est impossible.

– Il est médecin. Chef des urgences au CHU.

– Cool, ça veut dire qu'il est très occupé. Il ne râlera pas si je travaille trop, car ce sera son cas aussi. On se croiserait suffisamment longtemps pour manger ensemble, faire l'amour ou dormir. Ce serait chouette d'avoir un médecin à mon bras pour les repas d'affaires.

– S'il n'a pas d'urgence. Apparemment, c'est pour ça qu'il est célibataire. Il a beaucoup de rencards, mais la plupart du temps il doit les écourter pour courir à l'hôpital.

– Ça ne me gêne pas. Je n'aurai sans doute pas le temps pour des sorties, de toute façon, répond-elle en riant.

Bon sang, ça me fait penser que la dernière fois que j'ai proposé une sortie à Skyler, c'était au restaurant italien à New York. À moins qu'on compte le mariage royal où on a été ensemble. Skyler aime le romantique, elle mérite un dîner aux chandelles, une balade sur la plage quelque chose qui lui fera comprendre qu'elle est spéciale. Je me promets de demander à Wendy de lui envoyer des fleurs, mais je réalise que je ne sais pas quelles sont ses fleurs préférées.

Je suis un piètre petit ami. Je vois ma nana juste assez longtemps pour manger, dormir et baiser Il faut que ça change. L'idée qu'elle emménage à Boston déclenche un frisson d'excitation qui me parcourt tout entier et me fait sourire jusqu'aux oreilles. Ma mère et Wendy adoreraient apprendre à la connaître.

– Euh… allô ? dit Rochelle en riant. Mec suivant, s'il te plaît.

Au lieu de passer à la photo suivante, je me penche en avant pour étudier l'écran.

– Bon sang, ce type me fait penser à quelqu'un…

Elle étudie la photo à son tour et, soudain, elle sourit jusqu'aux oreilles.

– Mon Dieu, tu as raison ! Il ressemble à Keehan. Même ses lunettes sont les mêmes !

Voilà ma chance.

– Keehan a dit que vous êtes partenaires depuis le début ?

Elle hoche la tête en regardant la photo, et je sais qu'elle ne voit plus le visage du docteur.

– Ouais, il fait partie de la famille. Il est fidèle et c'est le meilleur employé et le meilleur ami que j'ai jamais connu.

– Ah bon ? Vous vous voyez en dehors du travail ? je demande, l'air de rien.

– Quand nos emplois du temps le permettent, oui. D'ailleurs, c'est ce qui est chouette, nos agendas sont à peu près les mêmes, donc il est naturel qu'on mange ensemble et qu'on passe les jours fériés ensemble. J'ai rencontré sa famille et il connaît la mienne. Nous sommes tous les deux les uniques enfants de parents carriéristes. Les miens sont à New York et gèrent leur propre entreprise, les siens sont à Seattle, dans le transport maritime.

– Et il ne s'est jamais rien passé entre vous ?

– Quoi ? s'exclame-t-elle d'un air confus. Non ! On est collègues et amis.

– Ah ! Alors, il ne t'attire pas, je réponds, simplement pour la pousser à penser à son physique.

– Je n'ai jamais dit ça, répond-elle en fronçant les sourcils.

– Alors, tu le trouves attirant ?

– Keehan est un des plus beaux hommes que je connaisse. Toutes les femmes bavent devant lui quand on entre dans un restaurant. Et… ça ne se voit pas sous ses costumes, mais on va souvent à la salle de sport ensemble et je peux te dire qu'il est hypermusclé.

– Mais toi, tu ne baves pas devant lui, c'est ça ?

– Bon, je veux bien admettre que quand il est torse nu, je bave un peu, dit-elle en riant.

Je fais semblant de rire pour ne pas gâcher le ton amical de la conversation.

– Ah ! Je trouve ça un peu bizarre.

– Quoi ?

– Eh ben, vous êtes tous les deux attirants, vous êtes en étroite collaboration depuis des années et vous passez votre temps libre ensemble… C'est étrange qu'il n'y ait jamais rien eu entre vous.

– Je n'ai jamais dit qu'il n'y avait rien. Ma relation avec Keehan est la plus importante dans ma vie. Il est tout pour moi. C'est le seul homme, en dehors de mon père, en qui je peux avoir confiance et sur qui je peux compter pour me dire la vérité et me respecter. Keehan est toujours dans mon camp, et je suis toujours dans le sien.

– Ah, alors ce sera triste quand tu devras renoncer au temps que tu passes avec lui pour le passer avec ton futur mari.

– Je te demande pardon ? De quoi tu parles ? demande-t-elle en fronçant les sourcils.

– Rochelle, qui que tu choisisses, ton mari ne va pas apprécier que tu sois aussi proche de Keehan. C'est sur ton mari qui tu devras compter en cas de problème. C'est lui qui sera là pour toi le soir, en vacances et en week-end, ou si tu as passé une mauvaise journée. C'est lui qui t'emmènera dîner pour ton anniversaire…

– Mais c'est toujours Keehan qui s'occupe de mes anniversaires ! On a une tradition : chaque année, pour mon anniversaire, on part dans un endroit qu'aucun de nous ne connaît. On y passe le week-end, et on visite tout ce qu'il y a à voir. Et on fait la même chose pour le sien. C'est l'occasion de s'offrir de minuscules vacances et de décompresser. C'est sacré, on fait ça depuis la fac.

– Et tu ne penses pas que ça dérangera ton homme que tu partes en week-end avec ton ami alors qu'il reste seul à la maison ? je demande en haussant un sourcil pour qu'elle comprenne ce que je dis.

Elle secoue la tête et se couvre la bouche. Plusieurs secondes passent sans qu'elle ne dise quoi que ce soit.

– Montre-moi la photo suivante, s'il te plaît, dit-elle sèchement.

– C'est toi la chef, je réponds en réprimant un sourire satisfait.

Mission accomplie.

– Voici Harkin Elba. Il est ingénieur. Il n'a jamais été marié. Ses parents sont décédés. Il a une sœur et un frère dont il est proche…

– Très bien. Suivant, gronde-t-elle.

Elle est si perdue dans ses pensées qu'elle regarde à peine l'écran. J'espère qu'un seul homme les occupe : Keehan Williams.

***

– Salut, ma pêche, je réponds en m'asseyant dans le fauteuil de ma chambre d'hôtel. Je suis sur le point de rejoindre Royce pour le dîner, donc je dois faire vite.

Un sanglot retentit au bout du fil et j'en ai la chair de poule.

– Skyler, bébé, qu'est-ce qui se passe ?

Je me lève et regarde autour de moi, perdu, ne sachant pas quoi faire.

– Il… il va montrer au monde entier… commence-t-elle avant de sangloter.

– Skyler, bébé… tu dois arrêter de pleurer pour m'expliquer ce qui se passe. Je veux que tu respires avec moi, d'accord ? Inspire… Expire… je dis en respirant fort, répétant l'exercice plusieurs fois jusqu'à ce que ses pleurs s'apaisent. Maintenant parle-moi. Tu me fais peur. Qui va montrer quoi au monde entier ?

– Johan. Il… Mon Dieu, Parker, c'est un cauchemar…

– Qu'est-ce qu'il y a, ma pêche ? Pourquoi c'est un cauchemar ? Parle-moi.

– Tu vas me détester. Ils vont tous me détester ! s'exclame-t-elle en sanglotant.

– Skyler, arrête de pleurer et explique-moi ! je gronde en espérant que ça l'aide à se ressaisir.

– Johan est mon ex.

– Oui, je sais. Vous êtes restés ensemble presque deux ans. On n'a pas beaucoup parlé de lui, mais je sais que tu tenais à lui et qu'il t'a fait du mal.

– Oui, mais ce n'est rien à côté de ce qu'il s'apprête à faire, siffle-t-elle alors que mon cœur bat la chamade.

– Bébé, qu'est-ce qui se passe ?

– Il a des photos de moi, Parker. Des photos scandaleuses. Et il… il… il dit qu'il va écrire un livre choc et y inclure les photos. Il va les montrer à tout le monde. Et je… je ne suis pas comme ça ! J'ai juste… mon Dieu… j'ai fait ça pour lui ! sanglote-t-elle.

– D'accord, d'accord, ma puce. Je crois que j'ai compris. Il va écrire un livre bidon à propos de votre relation, et il va y mettre des photos que tu veux que personne ne voie ? J'ai bien compris ?

– Oui, répond-elle d'une voix anéantie.

– Qu'y a-t-il sur ses photos ?

– Moi !

– J'ai compris, bébé, mais sois plus précise pour que je comprenne pourquoi tu es dans cet état.

– J'y fais des choses. Je suis dans des positions compromettantes.

Elle respire vite et fort et je regrette de ne pas être avec elle pour la soutenir. À voir sa réaction, j'imagine qu'elle est à poil sur les photos. Je grince des dents et me dirige vers le bar pour me servir un double whisky que je bois cul sec.

– Je suppose que tu es nue sur ces photos ?

– Oui, chéri. Mais c'est pire que ça. Il avait des goûts tordus et il m'obligeait à faire des choses… à mettre des choses.

– C'est-à-dire ? je demande en imaginant le pire.

– Eh bien… sur l'une, je suis attachée à une croix, sur le mur. Et on voit tout. J'avais les yeux bandés et je ne savais même pas qu'il prenait des photos ! s'écrie-t-elle d'une voix furieuse.

– Merde !

– Parker… ne me déteste pas, s'il te plaît.

– Bébé, je ne pourrai jamais te détester. Je ne suis pas né de la dernière pluie. On a tous les deux essayé des choses. Du moment que tu étais consentante, il n'y a pas de problème. Là où il y en a un, c'est qu'il a pris les photos sans que tu le saches.

– Sur une autre photo, j'ai un bâillon dans la bouche et je suis nue avec des pinces à tétons. Encore une fois, j'ai les yeux bandés, mais on sait que c'est moi. Tout le monde le saura.

Les bâillons, ce n'est pas mon truc, mais les pinces à tétons ne me laisseraient pas insensible si ma nana n'était pas en pleine crise et que je n'étais pas prêt à tuer son ex.

– Il dit qu'il va dire au monde entier que je suis une perverse et que j'aimais le fouetter, et qu'il a des cicatrices sur le dos que les maquilleurs doivent cacher pour les shootings. Mais c'est faux ! Je l'ai fait une fois, à sa demande, mais ce n'était pas assez fort pour lui, on s'est disputés et il m'a dit que j'étais une maîtresse affreuse, et… et…

Elle respire encore plus vite et plus fort, je sens qu'elle est à deux doigts de fondre de nouveau en larmes.

– Je sais, bébé, et il se trompe. Tu es la meilleure amante que j'ai connue de toute ma vie. Tu es un super-coup au pieu, bébé, je ne me lasserai jamais de toi. Ne l'écoute pas. Il est dégoûté de ne plus être avec toi et c'est un enfoiré qui aimerait se faire du fric sur ton dos.

– Mais qu'est-ce que je vais faire ? Il va ruiner ma réputation. Il va foutre en l'air ma carrière !

– J'en doute, Skyler, je réponds en secouant la tête. Tu as parlé à Tracey ?

– Non. Je t'ai appelé d'abord.

– Oh, bébé…

C'est moi qu'elle a appelé en premier, c'est vers moi qu'elle se tourne quand elle ne va pas bien. Rien ne pourrait me faire me sentir plus fort et plus viril. Maintenant, je dois trouver un moyen de l'aider. Je rêverais de prendre le premier vol pour retrouver Johan et lui casser la gueule, mais je sais que ça ne ferait qu'aggraver la situation.

Je me sers un autre whisky quand quelqu'un frappe à la porte.

– Sky, écoute-moi… je dis en ouvrant la porte à Royce et en lui faisant signe d'entrer. Je voudrais que tu respires lentement. Va prendre une longue douche bien chaude, et quand tu auras fini, appelle Tracey pour lui expliquer la situation. Ensuite, fais-toi livrer une pizza, sers-toi une bonne vodka et installe-toi devant ce site de streaming que tu aimes bien. C'est Passionflix, c'est ça ?

– Ouais… renifle-t-elle.

– Ça va aller. Répète, ma pêche.

– Ça… ça va aller.

– Bien. Très bien. Maintenant, raccroche et appelle Tracey. Mais rappelle-moi quand tu as plus d'infos et que tu as parlé à Tracey. D'accord ?

– D'accord. Park ?

– Je suis là, ma belle.

– Tu n'as pas changé d'avis sur moi ? Tu sais… parce que j'ai fait ces trucs ?

La pauvre. Je ferme les yeux et passe ma main dans mes cheveux trop longs.

– Non, Skyler, je n'ai pas changé d'avis. Tu es ma nana. Je te kiffe, tu te souviens ? Beaucoup.

– Je te kiffe tellement, répond-elle en sanglotant. Il se pourrait même que je t'aime un peu. Surtout maintenant.

Je souris jusqu'aux oreilles et mon cœur bat la chamade.

– Tu me rediras ça quand je serai face à toi et que je pourrai te tenir dans mes bras… et te faire plein d'autres choses, d'accord ? je dis d'une voix suave en espérant que ça l'apaise.

– Promis ?

– Ma pêche, mon seul regret est de ne pas pouvoir te serrer contre moi. Je te promets que ça va aller. On va trouver une solution, toi, moi et Tracey. On fera ce qu'il faut.

– Je vais faire ce que tu as dit et appeler Tracey après ma douche.

– Et commande une pizza, et allume Passionflix. Tu te souviens, tu m'as dit qu'ils ont adapté un bouquin de ton auteure préférée au cinéma, un roman de Sylvia Day.

– Ouais, mais ce n'est pas la série *Crossfire*.

– Mince. Tu l'as déjà vu ?

– Non, je n'avais pas le temps avec le tournage.

– Alors, fais-toi plaisir.

– D'accord.

– D'accord ? Douche, Tracey, pizza, film. Ok ?

– Ça roule.

– Appelle-moi plus tard.

– Promis.

– En attendant, je pense à toi.

– Moi aussi.

Elle raccroche, et je fais encore patienter Royce, qui est sur le qui-vive. Je suis sûr qu'il a compris que ma nana avait des soucis et qu'il veut les détails. Je parcours mes contacts, trouve Tracey Wilson et lui écris un message.

À : Tracey Wilson
De : Parker Ellis

Après avoir parlé à Skyler,
va dormir chez elle, s'il te plaît.
Je ne veux pas qu'elle soit seule ce soir.

Elle répond aussitôt.

À : Parker Ellis
De : Tracey Wilson

Qu'est-ce qui se passe ?

Je réponds aussi vite que possible.

À : Tracey Wilson
De : Parker Ellis

Elle te le dira. Va chez elle, ce soir,
s'il te plaît. Elle a besoin
de sa meilleure amie.

Je me tourne vers la table et sers un whisky à Royce. Mon téléphone sonne alors que je le lui tends.

À : Parker Ellis
De : Tracey Wilson

Compte sur moi.

– Maintenant tu veux bien me dire ce qui arrive à ta nana ? demande Royce en tenant son verre en équilibre sur son genou.

– C'est un véritable cauchemar et ce n'est que le début, je réponds en secouant la tête.

CHAPITRE 5

Le whisky me brûle les lèvres et apaise la colère qui bout dans mes veines. J'explique la situation de Skyler à Royce, qui se crispe peu à peu.

– Ce mec ne paie rien pour attendre… gronde-t-il d'une voix menaçante.

– C'est clair.

– Il faut qu'on sache qui sont ses amis et s'il a des problèmes d'argent. Il y a forcément quelque chose qui le fait paniquer. Il ne s'est pas réveillé un jour en décidant de faire ça à une femme avec qui il n'est plus depuis des années. Il y a forcément une raison, Park.

Je me mords la lèvre et fais les cent pas dans la chambre, réalisant soudain qu'il y a quelqu'un d'autre que Tracey qui peut nous aider. J'attrape mon téléphone et parcours mes contacts.

Cela sonne deux fois avant qu'un homme ne décroche.

– Que nous vaut le plaisir de votre appel à… onze heures du soir, Monsieur Ellis ?

Il me parle d'un ton formel, conscient que je n'appellerais pas aussi tard si ce n'était pas très important.

– Michael, j'ai besoin de parler à Wendy. J'ai besoin de son aide de toute urgence, je réponds fermement pour qu'il comprenne que s'il veut que sa femme garde son travail, il est obligé de me la passer.

Je ne virerais pas Wendy, bien sûr, mais il ne me connaît pas assez bien pour le savoir. Ça ne fait que quelques mois qu'elle travaille avec nous, mais elle fait déjà partie de la famille. Elle est irremplaçable.

– Je vois. Un moment, s'il vous plaît.

Il y a un bruissement de tissu puis, au loin, je l'entends parler.

– Chérie, je t'autorise à mettre ton peignoir le temps de parler à ton patron. Tu comprends ?

– Oui, Monsieur. Merci Monsieur, répond Wendy d'une voix douce que je ne lui connais pas.

Je grince des dents, regrettant d'avoir entendu leur échange, mais non moins intrigué. J'avais déjà deviné leur rapport dominant/soumise avant cet appel, mais j'en ai la confirmation, à présent. Ce sont des pratiques auxquelles je ne connais pas grand-chose. Hélas, si les photos de Skyler sont révélées au public, il se pourrait que je doive bientôt m'y intéresser.

– Parker ? Qu'est-ce qui se passe ? demande Wendy de sa voix joyeuse.

– Wendy, je suis vraiment désolé de te déranger, mais Skyler a des soucis. Johan Karr, son ex, la menace de révéler des photos intimes d'elle et d'écrire un livre choc sur ses préférences sexuelles, qui d'ailleurs ne sont pas celles de Skyler mais les siennes, et j'ai besoin de comprendre pourquoi il fait ça. Ou, du moins, j'ai besoin de trouver quelque chose avec lequel je peux le contrer.

– Mon Dieu, mais quel psychopathe !

Elle crie si fort que je dois éloigner le téléphone de mon oreille.

– Je sais.

– Je vais… euh… en parler à Mick et m'y atteler tout de suite.

– Je veux que tu creuses vraiment profond, Wendy. On doit savoir s'il doit de l'argent à quelqu'un, qui sont ses amis, quels lieux il fréquente, tout. Il menace de ruiner la réputation et la carrière de ma nana et j'ai l'intention de me défendre.

– D'accord, je vais trouver tout ce que je peux, promet-elle aussitôt.

Je me lèche les lèvres et parle moins fort. Je ne veux pas faire prendre de risque à *IG*, mais je suis prêt à tout pour Sky.

– Même si tu dois employer des moyens douteux pour y parvenir… je…

– Parker, on forme une famille. Si l'un de nous souffre, tout le monde souffre. Ça ne fait pas longtemps qu'on se connaît, mais en dehors de

Mick, je n'ai que vous. Je n'arrêterai pas tant que je n'aurai pas fouillé le moindre recoin de sa vie.

– Ça roule, Wendy, merci.

– Je t'appelle dès que j'ai quelque chose.

– N'importe quoi, je chuchote.

– Compte sur moi, boss, répond-elle avant de raccrocher.

– T'as bien fait d'appeler Wendy, dit Royce. Si Johan cache quoi que ce soit, elle le trouvera, c'est certain.

Je hoche la tête et je regarde les gratte-ciel par la fenêtre, regrettant de ne pas voir ceux de New York depuis le penthouse de Skyler.

– On va trouver un moyen d'aider ta nana. Laisse Wendy et Tracey faire leur travail. Pour l'instant, on ne peut qu'attendre.

J'acquiesce et tire sur ma cravate pour l'enlever et la jeter en direction de ma valise. Royce me sert un autre verre, prend le téléphone de la chambre et appelle le room service.

– Bonsoir, je voudrais deux steaks, à point, avec des frites et une salade verte, en plus d'une bouteille de whisky. Dans trente minutes ? Parfait.

J'enlève mes chaussures, Royce en fait de même. Il défait sa cravate et les deux premiers boutons de sa chemise, puis il plie sa cravate et la pose sur la table. Il enlève sa veste, la plie en deux et l'étend sur le dossier du fauteuil. Une fois qu'il est à l'aise, il s'assoit sur le canapé, prend la télécommande et zappe jusqu'à trouver le dernier match de base-ball.

Je le rejoins, mon téléphone dans une main et mon verre dans l'autre. Nous restons assis en silence mais totalement solidaires, et nous regardons le match en attendant des nouvelles de Skyler ou de Wendy.

***

Deux heures passent sans que j'aie de nouvelles. J'ai écrit à Skyler et je l'ai appelée, mais elle ne répond pas. Toutefois, j'ai eu un message de Tracey qui me disait qu'elle était avec Skyler et qu'elle avait quelques idées pour contre-attaquer.

Il est vingt-deux heures quand le match prend fin et je me mets à faire les cent pas pour me détendre, j'aurais bien besoin d'une distraction. Je me rappelle soudain ce qui s'est passé plus tôt et, comme Royce est là, je n'ai aucune raison de ne pas lui parler de *RFS*.

– Tu veux parler de ce qui s'est passé avec Rochelle ?

– Non, répond-il en secouant fermement la tête.

Je grince des dents et cherche un moyen de le convaincre de se confier. Je sais qu'il est plus que déçu qu'elle l'ait jeté, n'importe qui le serait. Cela dit, peut-être qu'il ne veut pas en parler parce qu'il serait forcé d'admettre que j'avais raison. Or, il doit vider son sac, ne serait-ce que pour tourner la page.

– Frangin… t'as couché avec elle, tu étais sur le point de remettre le couvert, et elle a décrété que vous ne faisiez que vous amuser. Je sais que tu n'es pas du genre à aimer les coups d'un soir, ça t'a forcément vexé. Ne serait-ce qu'un peu.

– Pas vraiment, répond-il en s'efforçant en vain de cacher sa déception. Qui dit que ça ne peut pas devenir sérieux ? Il y avait quelque chose, hier soir. C'était intense et passionnel, j'ai senti que ça pouvait durer, si on nous laissait une chance.

Il est dingue ! Il pense qu'il a encore une chance ?

– Roy, elle n'est pas libre. Je viens de passer trois heures à lui présenter les profils des candidats, et elle hâte d'être à vendredi pour rencontrer ceux qu'elle a retenus lors de la fête qu'on organise.

Il hausse les épaules et recule dans le canapé en posant un pied sur la table basse.

– Je m'en fiche. Il y avait quelque chose…

– Oui ! Du désir sexuel ! Crois-moi, je sais ce que c'est, j'ai connu ça avec Sophie. Et maintenant, c'est une de mes meilleures amies. Mais ce n'est rien, comparé à ce que je ressens pour Skyler. Quand je la vois, c'est comme si des centaines de papillons volaient dans mon ventre, comme dans les livres. Je suis dingue de cette femme.

– Tu es amoureux, dit Royce simplement.

– Oui !

Merde. C'est la première fois que je dis ça à voix haute depuis Kayla.

Je m'appuie sur le dossier du fauteuil et respire calmement.

Je suis amoureux de Skyler.

De Skyler Paige. La femme de mes rêves. Qui est à moi. Tout à moi.

Et elle souffre. Elle affronte ce cauchemar sans moi. On ne peut pas continuer à vivre aussi loin l'un de l'autre. J'ai besoin d'elle. J'ai besoin d'être là pour elle quand elle a des problèmes.

– Il faut qu'on termine cette mission. En attendant, tu ne peux pas te taper la cliente. C'est fini. Je suis sérieux.

C'est la première fois que je donne un tel ordre à un de mes partenaires et je ne me reconnais pas. On a toujours fonctionné par suggestions, par propositions. Jamais par injonctions ni interdictions.

– Je te demande pardon ? Tu ferais mieux de descendre de tes grands chevaux et de réfléchir à ce que tu viens de me dire… partenaire. Je suis ton collègue, mec, pas ton employé. Et je suis ton frère… parce que je l'ai choisi. Je t'interdis de me dire comment me comporter avec une femme qui me plaît. Je ne me mêlerais jamais de tes histoires, moi.

– Roy… je suis désolé mais… cette femme n'est pas pour toi, je dis bêtement, ne sachant pas comment le convaincre.

– Tu crois que parce que tu es amoureux de ta femme, que tu as peut-être trouvé la bonne, tu es devenu expert en amour ? Tu te prends pour le gourou de l'amour ? N'oublie pas que la dernière femme que tu as aimée t'a trompé avec ton meilleur ami. Je suis assez intelligent pour décider avec qui je suis. T'as compris… frangin ?

– Roy, elle a beau avoir couché avec toi, elle est amoureuse de quelqu'un d'autre…

– Tu dis n'importe quoi, rétorque-t-il en levant brusquement la tête.

– Pas du tout.

– De qui, alors ?

– De Keehan.

– Clark Kent ?

– Oui.

– Mais non, pas du tout, répond Royce. Il a le béguin pour elle, sans doute, mais elle n'a pas eu la moindre réaction quand il l'a touchée l'autre jour. Elle a tapoté sa main comme si c'était un bon copain et rien d'autre.

– Sauf que quand je lui ai montré la photo d'un gars qui lui ressemble, elle a tout de suite craqué. Elle n'a jamais envisagé quoi que ce soit entre eux, parce qu'elle veut protéger leur amitié, mais je pense que si on lui fait voir qu'ils sont faits l'un pour l'autre, elle pourrait tenter quelque chose.

Royce se lève et remet ses chaussures.

– Tu te trompes. Rochelle est une femme forte. Elle a besoin d'un homme fort, quelqu'un qui pourra l'épauler.

– Non, justement. Elle a besoin d'un homme sur qui elle pourra compter quand ça ne va pas, mais qui la mettra en valeur et qui ne lui volera pas la vedette. Je sais ce que je dis, Royce, elle veut un homme soumis. Quelqu'un qui vit pour être avec elle et qui n'a pour ambition que de la rendre heureuse. Et c'est justement ce que fait Keehan. Il a consacré toute sa vie à Rochelle. Il faut seulement qu'elle ouvre les yeux et qu'elle voie qu'elle a déjà ce qu'elle désire.

– C'est ridicule. Tu dis ça au hasard et je te préviens… il y a quelque chose entre Chellie et moi, et j'ai l'intention de l'explorer.

– Je suis navré, mais tu te trompes, et la dernière chose que je veux, c'est te voir souffrir.

– Mais bon sang, il va falloir que tu comprennes que je sais ce qui est bien pour moi, rétorque-t-il en me fusillant du regard.

– C'est impossible, parce que je sais qu'elle n'est pas pour toi, justement. Je vais continuer à lui chercher un partenaire, et ce ne sera pas toi, mec.

– Eh bien, je suppose qu'on doit accepter d'être en désaccord. Que le meilleur gagne, crache-t-il.

Je lève les mains et les laisse retomber sur mes cuisses.

– Ce n'est pas un jeu ! je m'exclame au moment où il sort dans le couloir.

– Non, en effet. C'est ma vie. Alors ne t'en mêle pas ! grogne-t-il avant de disparaître dans sa chambre.

– Eh merde ! je grommelle alors que mon téléphone vibre sur la table basse.

Je me dépêche de le prendre et vois « Ma pêche » affiché sur l'écran.

– Sky ?

– Non, c'est Tracey, dit sa meilleure amie.

– Où est Sky ? je demande d'une voix paniquée.

Entre ma dispute avec Royce et les problèmes de ma nana, je n'arrive pas à rester calme.

– Elle dort. Je n'ai plus de batterie, après tous les coups de fil que j'ai passés.

– Est-ce qu'elle va bien ?

Je me masse les tempes et ferme fort les yeux en essayant de contrôler ma rage. Je regrette de ne pas être avec elle pour la tenir dans mes bras et lui dire que tout ira bien.

– Non. Johan est sérieux. Son avocat m'a déjà appelée avec une offre.

– Une offre ? Comme dans une transaction normale ? Il veut combien ?

– Cinquante millions de dollars, et on n'entend plus parler de lui.

Il veut cinquante millions de dollars !

– Bon sang, elle ne va pas payer, si ? Est-ce qu'elle a autant d'argent, d'ailleurs ?

– Parker, c'est l'actrice la mieux payée d'Hollywood et elle l'est depuis plusieurs années. Bien sûr qu'elle a l'argent. Son dernier film lui a rapporté ça à lui tout seul.

Je me sens soudain très lourd et je me laisse tomber dans le fauteuil le plus proche.

– Ah ! je dis bêtement, réalisant soudain à quel point ma copine est riche.

– L'avocat est en train de rédiger un contrat et on va fixer un rendez-vous pour la semaine prochaine.

– Elle va revoir cet enfoiré ?

– Ça fait partie du contrat. C'est Sky qui l'a voulu, elle veut le regarder dans les yeux.

Je me passe la main dans les cheveux et tire dessus.

– C'est n'importe quoi, Tracey. Tu n'as pas une autre solution ?

– Je ne crois pas, soupire-t-elle. Les photos sont vraies, Sky l'a confirmé. Et elles sont à lui, donc il peut en faire ce qu'il veut.

– Mais elle n'était pas d'accord pour qu'il les prenne ! je m'écrie en frappant la table.

– Elle était d'accord pour être bâillonnée, ligotée et pour qu'il lui bande les yeux. Maintenant que les photos pourraient la ruiner, elle dit qu'il les a prises contre son gré. C'est sa parole contre la sienne. Mieux vaut que ça ne finisse pas devant un juge ou dans les journaux. Si elle le paie, on récupérera les photos.

– Et le bouquin ?

– Je ne sais pas. Pour l'instant, ils ne négocient que pour les photos. Il refuse de signer un accord de confidentialité intégral. Il va peut-être falloir qu'on lui offre plus d'argent pour le faire taire.

Je ferme les yeux en essayant d'encaisser ce qu'elle vient de dire. J'ai la nausée, mais surtout, je fais un effort surhumain pour ne pas tout casser dans ma chambre d'hôtel.

J'ai envie de lui faire mal.

J'ai envie de le défigurer pour qu'il ne pose plus jamais pour une photo.

Je veux qu'il meure.

Je n'ai jamais souhaité la mort de quelqu'un auparavant. Je n'ai jamais haï quelqu'un au point de le vouloir mort. Même Kayla. Le pire que j'ai pu lui souhaiter, c'est qu'elle attrape une MST.

Si seulement Johan Karr pouvait disparaître pour de bon, pour qu'il ne refasse plus jamais de mal à la femme que j'aime ni à qui que ce soit.

Les larmes qu'elle a versées pour lui étaient déjà une torture pour moi. Et maintenant, j'apprends qu'elle va donner cinquante millions de dollars à cet enfoiré ? Ce n'est pas normal. Le monde ne peut pas être aussi injuste.

– Parker… Parker, tu es là ? Tu m'as entendue ?

Je cligne des yeux pour oublier l'image de Johan menotté et vêtu d'une combinaison orange, enfermé dans une cellule. Si seulement…

– Ouais, ouais, je suis là.

– Je te disais que je vais lui dire de t'appeler demain, mais je reste avec elle, ne t'en fais pas. Je ne vais pas la quitter des yeux.

– Merci, Tracey. Tu es une bonne amie.

– Après tout ce qui s'est passé… j'essaie. Elle mérite d'être heureuse, et elle a changé depuis qu'elle est avec toi. Elle est différente. Elle est plus légère et plus optimiste, surtout quand elle parle de toi. Je ne l'avais pas vue comme ça depuis la mort de ses parents, et c'est grâce à toi.

– Oui, eh bien, elle m'a ouvert les yeux à moi aussi.

À l'amour, en particulier. Mais je ne vais pas l'avouer à Tracey avant d'en avoir parlé à Skyler.

– Prends soin d'elle.

– Promis. Tu prévois de rentrer quand ? Je sais qu'elle a parlé d'un match de base-ball. Elle était toute contente d'y aller avec toi. Ça lui ferait oublier toute cette histoire, ne serait-ce que quelques heures.

Je souris en nous imaginant manger des hot dogs, crier en direction des arbitres et s'embrasser pour la caméra.

– Je ne sais pas, dans quelques jours, j'espère. Mais si Sky a besoin de moi, je peux rentrer et laisser Roy finir la mission.

En temps normal, je ne mentirais pas en disant cela. Mais cette fois, si je partais, il faudrait que j'appelle Bo, car Royce a complètement perdu la tête et il refuse de voir la réalité en face.

– D'accord. Bon, il est deux heures du matin, ici. Il faut que je dorme si je veux pouvoir aider Sky demain matin.

– Encore merci, Tracey.

– Parker, ne le prends pas mal, mais Sky était à moi avant d'être à toi. Et d'une certaine façon, elle sera toujours un peu à moi.

– Je sais que vous formez une famille, Tracey. Et je sais que tu te sens responsable de ne pas avoir été là pour elle quand elle ne voulait plus être actrice, et que tu t'en veux de l'avoir poussée à bout. Je crois que ça t'a aidée à comprendre ce qui était le plus important, et ça t'a rendue plus forte. Et puis, sans ça, je n'aurais jamais rencontré l'amour de ma vie.

– Je le savais ! s'exclame Tracey. Tu es amoureux de ma meilleure amie.

– Je ne répondrai rien, parce que la première fois que je le lui dirai, ce ne sera pas par ton intermédiaire.

– J'ai compris. Motus et bouche cousue. Mais… Parker ?

– Oui ?

– Si tu lui fais du mal, je serai forcée de te tuer. Elle a beaucoup trop souffert à cause de gens qui disaient l'aimer, et elle est sur le point d'affronter une nouvelle bataille. Elle ne survivrait pas d'être blessée par toi. Surtout maintenant.

Je ferme les yeux et respire calmement avant de répondre.

– Je sais, et je n'ai pas l'intention de la faire souffrir. Dis-lui de m'appeler demain matin, d'accord ?

– Promis. Bonne nuit.

– Bonne nuit, Tracey.

Cette journée atroce est enfin finie et je me déshabille avant de me laisser tomber dans le lit. J'espère que Wendy pourra nous en dire davantage sur ce que manigance ce Johan. Il y a forcément une raison pour qu'il s'en prenne à son ex pour une telle somme. Ça n'a aucun sens de la laisser tranquille aussi longtemps et de la menacer du jour au lendemain. Pourquoi attendre deux ans ? Ç'aurait été plus logique de le faire quand les médias s'intéressaient encore à leur couple.

On ne s'en prend pas à quelqu'un de son passé à moins d'être acculé au pied du mur.

Alors, qui l'y pousse, et avec quoi le menace-t-on ?

CHAPITRE 6

À : Ma pêche
De : Parker Ellis

Ça va ? Appelle-moi quand tu peux.

Je relis mon message en retenant mon souffle. J'ai déjà essayé de l'appeler, sans succès. Elle est sans doute partie sur le plateau dès qu'elle s'est réveillée. Je sais qu'ils ont bientôt fini de tourner et que la réalisatrice voulait refilmer le plus de scènes possible avec le temps qui lui reste, mais ça ne suffit pas à me rassurer.

Ma gorge se noue alors que je passe la porte du siège de *RFS*. Je rêverais de prendre le premier vol pour New York, mais j'ai encore du travail ici. Je suis passé par la chambre de Royce avant de quitter l'hôtel, mais il n'y était pas, j'imagine qu'il est déjà avec Rochelle.

Mon téléphone vibre dans ma poche au moment où je me dirige vers le bureau de ma cliente.

Je m'arrête et souris en voyant le nom s'afficher à l'écran. Je ne sais pas comment ni quand elle l'a fait, mais Wendy a pris mon téléphone et elle a changé son nom dans mon répertoire. Je lui en suis reconnaissant, car mon sourire allège un peu l'angoisse qui noue mes entrailles depuis que Skyler m'a appelé.

De : La meilleure assistante au monde
À : Parker Ellis

J'ai passé la nuit à fouiner.
J'aurai plus d'infos ce soir.
Beaucoup plus. Johan a été très vilain.

Je lis et relis le message de Wendy. *Très vilain.* Ça pourrait vouloir dire n'importe quoi, mais connaissant Wendy, j'en déduis que Johan Karr a de lourds secrets et qu'elle est en train de les dénicher. Je souris, conscient que les trouvailles de mon assistante pourraient éviter à Skyler de verser le moindre centime à cet enfoiré. Je croise les doigts.

Je passe la porte du bureau de Rochelle et la trouve en train de rire aux éclats avec Royce, qui semble particulièrement fier de lui.

Il hoche la tête dans ma direction pour me saluer. Il ne laisse rien transparaître de notre dispute d'hier soir, mais je sais que rien n'est résolu. Or, la dernière chose que je souhaite, c'est qu'il y ait des tensions entre mes amis et moi, surtout pour une femme. Il faut que je trouve un moyen de réparer ce que j'ai cassé.

– Bonjour, Monsieur Ellis.

– Bonjour, Mademoiselle Renner… Royce… Vous avez bien dormi ?

– Pas aussi bien que si quelqu'un n'avait pas refusé de dîner avec moi…

Je regarde Royce. Il a refusé de passer du temps avec elle, hier soir ?

– Oui eh bien, ma famille avait besoin de moi. Et même si j'aurais adoré dîner avec toi… quand la famille m'appelle, je réponds présent.

Sa remarque a l'effet escompté et je me sens encore plus coupable.

– C'est dommage. On aurait pu s'amuser encore un peu avant que je ne passe à l'attaque sur les merveilleux spécimens que Parker est sur le point de me remontrer, répond Rochelle.

Le regard de Royce s'assombrit, mais il cligne des yeux et reprend un air professionnel. Je meurs d'envie de lui répondre, mais comme Royce me l'a rappelé hier soir, ça ne me regarde pas. Il m'a clairement fait comprendre qu'il fallait que j'arrête de me mêler de son histoire.

– On ne peut pas toujours s'amuser, n'est-ce pas ? répond Royce d'une voix agacée. À ce propos, j'ai travaillé avec Keehan pour réduire la liste des coupables potentiels. En revanche, j'en ai ajouté un qui risque de ne pas te plaire. Mais tu ne peux pas ne pas l'envisager…

Je suis fier de voir qu'il ne cède pas au charme de Rochelle. Mais je suis curieux et j'avance vers lui pour voir le nom qu'il a ajouté, car j'ai vu la liste quand je l'ai fait passer à Wendy.

Je vois Rochelle se crisper et elle se redresse brusquement en reculant son fauteuil du bureau.

– C'est impossible, gronde-t-elle.

Je regarde l'écriture et reconnais celle de Royce. Bon sang ! Je fais un effort surhumain pour rester calme, mais il la pousse dans ses retranchements, et ce n'est pas cool.

Je lève la tête vers le plafond et ferme les yeux. Merde. Ça va mal finir, et je me demande si Royce n'agit pas de cette façon pour sortir Keehan de la compétition. Ce qu'il ne sait pas, c'est que Keehan a insisté lui-même pour être envisagé comme coupable potentiel.

Je secoue la tête. J'ai du mal à encaisser que Royce puisse céder à ce point à son désir. Keehan Williams est amoureux de Rochelle ; il serait parfaitement incapable de voler la femme à qui il est dévoué depuis aussi longtemps. Le problème, c'est que Royce est aveuglé par son rêve d'avoir une famille.

– Frangin… je chuchote sèchement.

– Il faut bien que quelqu'un le dise. Il y a un homme ici, dans cette entreprise, qui a accès à absolument tout et qui sait comment cacher ses empreintes, répond Royce d'une voix qui me semble un peu trop joyeuse.

– Ce n'est pas possible, gronde Rochelle en secouant la tête.

– Chellie, c'est très possible, insiste Royce.

Elle continue de reculer son fauteuil, puis elle se lève et se poste face à nous, bras croisés.

– Non. Justement.

– Ce n'est pas parce que vous êtes amis qu'il ne peut pas te faire du mal, répond Royce alors que son visage s'adoucit. Il saurait comment faire, Chellie… J'ai déjà vu ça. Trop de fois, d'ailleurs.

– C'est lui qui me l'a fait savoir ! rétorque Rochelle. Pourquoi il ferait ça s'il me volait de l'argent ?

Je suis sur le point de répondre qu'elle marque un point quand Royce appuie ses mains sur le bureau.

– Pour brouiller les pistes.

– Non, ça suffit, siffle Rochelle en levant la main, paume tournée vers Royce. Je refuse d'entendre que Keehan pourrait me voler. Ce n'est tout simplement pas possible.

– Non, en effet. Je ne te ferais jamais de mal, ni à toi ni à ce qu'on a construit ensemble, intervient Keehan depuis la porte du bureau.

Tu arrives pile à temps, Keehan.

Royce se redresse et met ses mains dans ses poches.

– Il fallait que quelqu'un le dise. Ne le prends pas mal, frangin, mais on doit s'assurer qu'elle a toutes les infos, répond Royce froidement.

Keehan n'est pas disposé à se laisser faire.

– Je ne suis pas ton *frangin*, gronde-t-il. Je suis l'employé le plus ancien de ta cliente, et son meilleur ami. Si tu faisais ton travail, tu aurais déjà épluché mes comptes en banque, dont j'ai donné les relevés à ton collègue hier.

Bon sang, la situation est en train de se détériorer sacrément vite.

– Park ? demande Royce en me regardant.

– C'est vrai, Keehan m'a parlé de ses inquiétudes et j'ai demandé à Wendy d'enquêter sur les finances de tous les employés de ta liste. Il m'a demandé d'inclure son nom, par prudence. Wendy m'a envoyé les résultats hier soir avant que je ne l'appelle à propos de l'autre affaire.

– J'aurais aimé que tu m'en parles, répond Royce sur un ton accusateur.

– Je pensais le faire ce matin. Je vous ai, à tous les trois, transféré le mail de Wendy il y a environ une heure. Comme tu le sais, j'étais occupé, hier soir.

– Et qu'avez-vous trouvé ? demande Royce.

– Personne de la liste n'a de fluctuation sur ses comptes bancaires ni dans ses portefeuilles d'investissement, répond Keehan en lui tendant les documents.

– C'est vrai, acquiesce mon collègue après les avoir étudiés. Tous les employés de la liste semblent honnêtes.

– C'est un soulagement, soupire Rochelle. Ce sont tous des employés avec qui je travaille depuis longtemps. Chacun a intérêt à ce que l'entreprise se porte bien puisqu'ils ont des parts du capital. Toutefois, ça ne nous avance pas beaucoup pour savoir qui est le coupable.

– À ce stade, il va falloir enquêter sur tous les employés de la boîte, et ça va prendre du temps, dit Royce en prenant son téléphone. Wendy ? Ouais, j'ai eu les infos sur *RFS*. Hélas, on va devoir élargir les recherches à l'ensemble des employés. Je sais que ça prendra du temps, dit-il en hochant la tête. Envoie les résultats au fur et à mesure, ok ?

Je retiens brusquement mon souffle en réalisant que si Wendy travaille pour notre cliente, elle ne va plus pouvoir fouiner sur Johan.

Royce me regarde du coin de l'œil et réagit aussitôt, adoptant un ton plus ferme.

– Est-ce que tu as… fini l'autre truc ? D'accord, je vais le lui dire. Occupe-toi de *RFS*, d'accord ?

Royce raccroche et range son téléphone dans sa poche.

– Elle va enquêter sur les finances des autres employés. Elle a dit que ça prendra sans doute deux jours.

– Alors, nous voilà de retour à la case départ, soupire Rochelle.

– Je le crains, oui, répond Royce avant de tourner la tête vers moi. Parker, j'ai besoin de te parler… en privé, dit-il en désignant la porte.

Rochelle et Keehan froncent les sourcils.

– On revient tout de suite, je leur dis en souriant.

– En attendant, je vais appeler les RH pour leur demander de vous envoyer la liste des employés, puisqu'Helen n'est pas là.

– Merci, Chellie, sourit Royce.

Rochelle hoche froidement la tête et Keehan fusille Royce du regard. Apparemment, ni lui ni Rochelle n'apprécient que Royce l'ait accusé, surtout après qu'il m'a lui-même confié ses relevés de compte.

Royce n'avait pas de mauvaise intention quand il a ajouté Keehan à la liste. Toutefois, je l'aurais soutenu même s'il l'avait fait par jalousie. Il n'a pas eu tort d'envisager Keehan comme coupable, c'est d'ailleurs pour cela que l'ami de Rochelle m'a demandé d'enquêter sur lui aussi. Néanmoins, Roy aurait pu faire preuve d'un peu plus de tact.

En fin de compte, le problème, c'est que son désir pour Rochelle entrave notre travail. J'ai déjà été à sa place, une belle blonde est là pour le prouver. Or, dans mon cas, que ce soit avec Skyler ou Sophie, notre mission n'en a pas pâti.

Royce passe la porte du bureau de Rochelle et fait quelques pas dans le couloir, pour plus d'intimité.

– Wendy a dit qu'elle avait les infos sur Johan et qu'elle te les envoyait par mail. Je voulais m'assurer que tu aurais le temps de les lire. Si tu veux, on peut prendre deux ou trois heures pour les compulser et réfléchir ensemble…

– Frérot, il faut que l'un de nous s'occupe du client, mais ça me touche que tu sois prêt à tout laisser tomber pour moi et pour Skyler. Ça veut dire que tu ne m'en veux pas pour hier soir…

– Quoi ? s'exclame-t-il. Tu ne vas pas t'en tirer aussi facilement, gronde-t-il en enfonçant son index entre mes pecs. Tu as dit des choses qui étaient complètement déplacées…

Je secoue la tête et regarde autour de nous, repérant une salle de réunion vide au bout du couloir.

– Tu plaisantes, mec. Royce, tu es à côté de la plaque !

– Ah, alors toi, tu peux coucher avec deux clientes et tomber amoureux de l'une d'elles, mais pas moi ?

– Il ne s'agit pas de moi ! je m'exclame.

– Bien sûr que si ! Quoi qu'il se passe entre Rochelle et moi, je dois pouvoir explorer notre relation comme bon me semble, sans me soucier qu'un de mes frères me mette des bâtons dans les roues.

– Tu t'attends à quoi ? je demande en me passant la main dans les cheveux. Tu crois que je vais partir et te laisser faire ? Te laisser séduire la cliente qui nous a engagés pour lui trouver un mari ? Tu veux ce rôle, Roy ? Tu as toujours l'intention de traverser le pays pour être avec elle ?

Je vois Royce contracter la mâchoire et il me lance un regard noir. Je continue, conscient que je prends de gros risques.

– Tu vas abandonner ta mère et tes trois sœurs à Boston ? Les laisser seules ?

– C'est à moi d'en décider, pas à toi, rétorque-t-il froidement.

– Tu vas laisser tomber *IG* ?

Il me suffit de l'imaginer pour paniquer, être terrorisé au point de vouloir empoigner Royce par la peau du cou et prendre le premier vol pour Boston, laissant Rochelle et son mélodrame derrière nous.

– Je pourrais ouvrir un bureau sur la côte Ouest, si je voulais. Ce ne serait pas une mauvaise idée… dit-il d'un air menaçant.

Ma gorge se resserre et je peine à respirer. Je ne supporterais pas de ne pas voir Roy tous les jours.

– Tu serais prêt à nous quitter ? Tes frères, alors qu'on commence enfin à avoir du succès ?

Il ferme les yeux et fait un pas en arrière en se frottant le crâne.

– Non, bien sûr que non. Rien de tout ça ne va arriver. Je ne pourrais jamais laisser ma mère et mes sœurs. Je ne pourrais pas laisser tout ce que j'ai construit pour une femme que je viens de rencontrer, à moins que ce soit sérieux et qu'on parle de mariage et d'enfants. Et bien évidemment, je ne pourrais jamais laisser mes frères de cœur !

– Dieu merci. Alors, pourquoi on s'engueule ?

Je mets mes mains dans mes poches et regarde mes pieds.

– Parce que c'est à moi de choisir, Park. Tu te mets en travers de mon chemin. Tu as dit des choses que tu n'aurais jamais dû dire.

– Parce que la situation est claire pour moi, je réponds en désignant le bureau de Rochelle. Cette femme ne veut pas d'une vie tranquille avec des dîners de famille. Elle est belle et intelligente, avec un corps de rêve, mais elle n'est pas pour toi, mec. Tu mérites d'avoir tout ce dont tu rêves, une femme qui soit vraiment dingue de toi.

– Park… gronde Roy.

– Attends, laisse-moi finir. Rochelle est géniale, mais elle n'est pas faite pour toi. Elle est faite pour un mec comme Keehan, un homme qui la vénère déjà. Il faut juste qu'elle voie ce qui est sous son nez. Il correspond à tous ses critères, il vit pour elle. Et maintenant, c'est mon travail, notre travail, de les aider à se trouver. Tu nous mets des bâtons dans les roues, avec ta beau-gossitude en chocolat. La femme de ta vie arrivera tôt ou tard et, ce jour-là, je serai son plus grand fan. Mais ce n'est pas aujourd'hui. Peut-être pas demain non plus, mais bientôt. Crois-moi. Tu n'es pas fait pour être seul, mais tu n'es pas fait pour être avec Rochelle non plus.

J'arrête mon monologue et prends quelques secondes pour respirer.

– Mec, tu as dit ma *beau-gossitude en chocolat* ?

– Désolé, je crois que le jargon de Skyler déteint sur moi, je réponds en grimaçant.

Royce sourit et me frappe dans le dos avant de m'attirer contre lui.

– Je t'aime, mec. J'aime que tu te fasses du souci pour moi. Mais je n'aime pas que tu me dises quoi faire.

– Je ne pouvais pas rester les bras croisés à te regarder faire une connerie. J'aurais fait la même chose pour Bo ou pour mon frère Paul. Je ne supporte pas de ne rien faire alors que je peux aider.

Roy recule, met ses mains sur mes épaules et se baisse pour me regarder dans les yeux.

– Je comprends, mais il faut que tu me comprennes, toi aussi. Quand je voudrai ton avis, quand j'aurai besoin de ton avis, je te le demanderai. T'as peut-être raison, cette fois, mais ça ne change rien.

Je hoche la tête et m'imprègne de ses paroles. J'ai eu de la chance, mais à l'avenir il va falloir que je fasse attention à ne pas me mêler des affaires de cœur de Royce. C'est un sujet sensible, je me demande s'il n'est pas pressé de trouver la femme de sa vie parce que je suis avec Skyler. Quoi qu'il en soit, je dois respecter ses choix.

– Je suis désolé d'avoir insisté pour Rochelle, frangin…

– Non, t'avais raison… pour cette fois. En dehors du physique, notre relation ne l'intéresse pas. Peut-être que c'est parce qu'elle est amoureuse de Keehan, on verra. Tu as eu tort d'insister autant, surtout parce que tu as fait précisément ce que tu me reproches. Mais…

Il secoue la tête et soupire.

– … je n'ai pas l'habitude que mes décisions soient remises en question, surtout par toi. On se soutient les uns les autres, c'est comme ça qu'on fonctionne. T'as franchi la ligne, mec.

Je ferme les yeux, inquiet qu'on soit en froid. Entre ça et tout le souci que je me fais pour Sky, j'ai l'impression que tout s'effondre autour de moi.

Jusqu'à ce que Roy me rassure.

– Park, j'accepte tes excuses. On peut tourner la page et au moins, maintenant, on connaît la ligne à ne pas franchir. On fait une trêve ? demande-t-il en tendant le poing vers moi.

– On fait une trêve, je réponds en frappant son poing, soudain beaucoup plus calme. Maintenant, est-ce que tu vas m'aider à caser Rochelle avec Keehan ?

– Mec, je viens juste de décider que je me retirais de la compétition et tu veux la caser avec le geek ?

– Bien sûr ! je réponds en souriant jusqu'aux oreilles. Il faut que je t'explique le plan que j'ai mis au point pendant que tu la draguais en dépit de mes mises en garde.

– Eh, fais gaffe, gronde Royce, sans pour autant le nier.

Je passe les dix minutes suivantes à lui expliquer ce que j'ai prévu et il m'écoute en silence, tout sourires.

– Ça me plaît. C'est fourbe, admet-il.

– Tu veux bien te charger de la prochaine étape pendant que je rentre à l'hôtel pour lire les infos que Wendy a trouvées sur Johan ?

– Tu peux compter sur moi.

– Je sais, je réponds en souriant.

Royce lève le poing, que je frappe avec le mien.

– Allez, va-t'en. Va te venger de cet enfoiré sans qu'il puisse porter plainte. Cela dit, si jamais il est à Boston, dans une ruelle sombre…

– Ah ah, attends, il est hors de question que tu prévoies ce genre de chose sans moi. Je serais dégoûté de ne pas participer.

– On verra. Étudie tout ça et appelle ta nana pour décider du meilleur moyen de ruiner ce type sans que ça ne coûte un centime à Skyler.

– Ça roule, je dis en allant à la porte, où je m'arrête. Royce ?

– Ouais ? répond-il en ajustant sa cravate.

– Merci, mec, je déclare alors que mon angoisse commence enfin à s'effacer.

– De rien. Et merci à toi, frangin.

Je sors de la salle de réunion en attrapant mon téléphone pour appeler Wendy.

– Boss, dit-elle en décrochant.

– Dis-moi tout, Wendy.

CHAPITRE 7

Mon Dieu, Johan Karr est un énorme enfoiré. Plus j'avance dans ma lecture, plus je suis écœuré et furieux.

– Comment se fait-il que rien n'ait fuité dans la presse ? je demande à Wendy, avec qui je parle via FaceTime.

Ses cheveux rouges sont coiffés en arrière sur le côté, avec une frange sixties, et ses lèvres rouges font ressortir sa peau pâle et ses yeux bleus.

– Je ne sais pas, boss. Je suis surprise, moi aussi. Bien évidemment, je n'aurai aucun problème à y remédier, dit-elle en souriant.

– Pas tout de suite. On doit trouver le meilleur moyen de l'aborder. Le but n'est pas de le ruiner, même si avec un passé comme le sien, je rêve de le livrer en pâture aux paparazzis. Ma priorité est Skyler.

Wendy hoche la tête et tapote sa lèvre pendant que je lis un autre document à voix haute.

– Il a été arrêté plusieurs fois pour conduite en état d'ivresse, il est allé quatre fois en centre de détention pour mineurs… Bon sang, Johan n'était guère mieux quand il était enfant. À part les deux plaintes contre lui pour agression sexuelle, celles que sa famille a réglées à l'amiable, tu en as trouvé d'autres ?

– Non, il n'y a que ces deux-là. Sa famille a versé une grosse somme aux jeunes femmes, et les plaintes ont été retirées. J'ai vraiment dû creuser pour trouver la moindre chose sur lui avant qu'il ne quitte la fac et devienne mannequin. En revanche, il y a plein d'articles sur lui et Sky.

Je grince des dents, regrettant que ma nana ait été liée à cet enfoiré.

– Je préfère ne pas y penser, je dis en grimaçant.

– Regarde ses relevés de compte, dit Wendy en souriant. Il est méchamment dans le pétrin. Apparemment, il a investi la plupart de son fric dans une entreprise qui a coulé il y a quelques mois. Ses comptes sont presque vides. Et vu comment il fait la fête un peu partout en Europe, et tout ce qu'il sniffe, je n'ai pas été surprise de découvrir qu'il était endetté auprès d'usuriers pas très commodes. Pour des centaines de milliers de dollars. Sans oublier toutes les cartes de crédit qu'il doit rembourser. Il a besoin d'argent, et vite.

– Et ses parents ? Ils l'ont aidé, par le passé. Ils ont forcément fait sceller son casier judiciaire, sinon ça fait longtemps qu'il aurait fait la une des tabloïds.

– Ouais, mais rien n'indique qu'ils sont restés en contact, après ça. Apparemment, les Karr ont fait une croix sur lui. Ça fait cinq ans qu'il n'y a pas eu d'appels entre eux, de messages ni rien sur les réseaux sociaux.

– On ne peut pas leur en vouloir. Ils ont dû finir par comprendre qu'en le tirant d'affaire à chaque fois, ils encourageaient son comportement. Quand on ne subit pas les conséquences de nos actions, on a tendance à les répéter, et l'attitude de Johan ne fait qu'empirer, apparemment.

Wendy hoche la tête tout en lisant quelque chose sur son ordinateur et en tapant sur son clavier.

– Tu crois que les deux agressions suffiront à tirer Skyler d'affaire ?

– Tu veux dire si on révèle les noms des femmes et ce qu'il leur a fait… commence-t-elle d'une voix inquiète.

– Bien sûr que non, je ne pourrais jamais faire ça ! Ces femmes sont des survivantes. On ne peut pas déterrer leur passé, même pour faire du mal à Johan et protéger Skyler. Ce serait mal.

Wendy sourit et m'adresse un regard empli de fierté, comme si elle était soulagée que je ne risque pas la vie d'une femme pour sauver la mienne.

– Ce serait mal, en effet. Toutefois, le dernier document contient quelque chose d'affreux. Je crois que c'est la carte à jouer. C'est tellement atroce que ça va forcément libérer Skyler des griffes de ce type.

Il serait détruit si la presse apprenait ce qu'il a fait. Sa carrière serait foutue.

Je fronce les sourcils et ouvre le dernier document.

– Qu'est-ce que c'est ?

– C'est un constat privé. J'ai dû faire appel à des contacts personnels, et Michael a dû promettre des faveurs pour l'obtenir. Cette fois, c'est très sérieux, Parker.

– Wendy… je suis désolé. Je ne t'aurais pas demandé de m'aider si je savais que tu allais devoir impliquer Michael.

– T'en fais pas. Tu tiens à Skyler, et moi aussi. Je sens qu'on va devenir meilleures amies. Je ne veux pas qu'on fasse de mal à ma nouvelle famille. On doit se serrer les coudes, n'est-ce pas ?

– Oui, Wendy, en effet. Merci.

– Y a pas de quoi. Michael sera ravi de me faire rembourser ma dette, dit-elle avec un clin d'œil. Et, tu sais, il est peut-être arrogant et ronchon avec vous, mais il m'aime à la folie. Il veut que j'aie une famille, des gens sur qui compter, parce que je n'en ai jamais eu. En l'épousant, et en travaillant ici, j'ai tout ce dont j'ai toujours rêvé. Je veux aider Skyler, et il veut aider pour me rendre heureuse.

Les paroles de Wendy me vont droit au cœur. C'est une femme honnête et franche. Si mes parents m'avaient donné une petite sœur, j'aurais aimé qu'elle soit comme Wendy.

Avant que j'aie pu répondre, elle se met à parler à voix basse dans le téléphone.

– Apparemment, Johan était membre d'un club privé où l'on pratique la torture sexuelle. Ce serait un déshonneur de dire que c'est un club BDSM, car ce qu'ils y font ne fait pas partie de ce style de vie et que tout n'est pas consenti. Ce club a des pratiques perverses et sadiques, je parle de saignées, de zoophilie, de brûlures, de marquage au fer rouge, de flagellation et de choses pires encore.

– Bon sang, Wendy.

De la zoophilie ?

Du marquage au fer rouge ?

C'est quoi ce bordel ?

– Et Johan en était membre ?

– Oui. Il faisait un virement de cent mille dollars par mois vers un compte planqué derrière des sociétés écran, mais que j'ai fini par tracer. Apparemment, un soir, il y a six mois, Johan et deux autres femmes ont eu un terrible accident.

– Un accident ? je demande, et mon corps se couvre de chair de poule.

– Une des femmes est morte, et l'autre est tellement marquée qu'elle voit un psy deux fois par semaine.

– Qu'est-ce qui s'est passé ?

Wendy grince des dents et respire lentement. Je la vois faire un effort surhumain pour se détacher de ce qu'elle doit raconter.

– D'après les rapports de police, Johan et les deux femmes étaient défoncés au point qu'elles ont accepté qu'il les ligote dos à dos à une croix de

Saint-André pivotante. En général, ces croix sont utilisées pour que deux maîtres de torture puissent avoir accès à leurs soumis en même temps, ou qu'ils puissent échanger de soumis ou leur donner le tournis, ce genre de chose.

– D'accord… je te suis…

Je vois Skyler, les yeux bandés, ligotée à une de ces croix, et je frissonne.

– Eh bien, Johan a bâillonné l'une d'entre elles avec son boxer et il lui a bandé les yeux. D'habitude, quand on bâillonne, le soumis a un signal à donner, quelque chose qu'il tient dans sa main et qu'il peut faire tomber pour faire du bruit et informer le maître qu'il est en détresse. Or, Johan et ses amies étaient trop défoncés pour mettre en place ces précautions.

Elle reprend son souffle et je devine à son expression que l'histoire est dure à raconter.

– Ça va aller, Wendy. Respire un bon coup et termine quand tu es prête.

Elle hoche la tête et se met à parler à toute vitesse.

– Pendant qu'il s'amusait avec l'une des soumises, l'autre avait la nausée à force de pivoter et à cause de la coke, et il n'a pas vu qu'elle vomissait derrière son bâillon. Elle a fini par s'étouffer et quand il l'a enfin débâillonnée, c'était trop tard.

– Mon Dieu, je siffle, et mes mains deviennent moites.

– Ouais. Ça n'aurait pas dû arriver.

– Mais comment n'est-il pas en prison ?

Wendy hausse les épaules.

– La nana avait accepté de prendre le risque de mourir en s'inscrivant dans ce club. C'est écrit dans le contrat. Et puis, on voit dans les vidéos qu'il n'avait pas l'intention de la tuer. Le club a payé sa famille et fait appel aux juges qui en sont membres. Ils ont viré Johan et ils ont planqué l'histoire sous le tapis. Il faut que je t'avoue que si cette histoire finit dans la presse, je devrai intégrer un programme de protection des témoins. Les propriétaires du club sont connus pour être dangereux et Michael et moi ne voulons rien à voir avec eux.

– Bon sang, mais c'est dingue. Ce type est répugnant, et il a décidé de s'en prendre à Sky !

Je frappe du poing sur la table.

– Eh bien, je suis sûre que si tu le menaces avec cette info, il laissera tout de suite tomber. Il a utilisé tous les contacts qu'il avait pour se tirer de cette affaire. C'est sans doute pour ça qu'il s'attaque à Skyler. Il a besoin d'argent tout de suite. Les usuriers sont après lui. Il est accro à la drogue et il fait tellement peur à voir que plus personne ne veut de lui pour du mannequinat.

Ça explique pourquoi il demande cinquante millions de dollars à Skyler, c'est clair. Mais si Johan est aussi instable, elle n'est pas en sécurité. Heureusement, elle travaille et elle n'a pas prévu de le voir avec son avocat que dans quelques jours.

– Merci, Wendy. Il faut que j'essaie de rappeler Skyler. Remercie Michael de ma part et dis-lui que je lui revaudrai ça. Idem pour toi.

Son visage s'illumine et toute son angoisse disparaît.

– Oh, je sais, t'en fais pas. J'ai déjà choisi ce que je veux.

– Ah oui ? Et c'est quoi ? je demande en fronçant les sourcils.

– Il y a trois trucs, en fait.

– Trois ? je répète en riant.

Je suis ravi de la voir de nouveau joyeuse. Je décide de suivre son exemple et d'oublier tout ce qu'elle vient de me raconter. J'ai une sacrée dette envers elle, je ne sais pas ce qu'elle et Michael ont dû faire pour obtenir ces informations, et honnêtement, je ne veux pas le savoir. Je suis sûr que ça ne me plaira pas et que j'aurai envie de la ligoter à sa chaise pour m'assurer qu'il ne lui arrivera rien.

– Premièrement… je veux deux semaines de congés payés à la fin de l'année pour ma lune de miel.

– C'est fait. Ensuite ?

– Je voudrais qu'on sorte tous les quatre, avec Skyler et Michael. Et… j'ai déjà acheté quatre billets pour le prochain match des Red Sox.

– Ah ! Tu veux dire que tu avais déjà prévu de foutre en l'air mon rencard avec Sky ? je m'exclame en riant.

– Michael aime autant le base-ball que toi, et je veux que vous soyez amis. Et j'aimerais mieux connaître Sky.

Je repense à Michael et à sa froideur. Je ne sais pas comment il a fait pour séduire une femme aussi pétillante que Wendy, mais il n'a pas de défaut apparent. Il semble plutôt sympa, si j'en crois la seule fois qu'on s'est tous retrouvés au *Lucky*. En fait, je ne sais rien de lui et je suis intrigué par leur couple et leurs tendances BDSM. Un double rencard n'est pas une mauvaise idée. Et Sky sera ravie, parce que tous les couples normaux sortent entre amis. Cela dit, avec Skyler, il est impossible de ne pas attirer l'attention de la foule.

– Tu sais ce qu'implique une sortie avec Skyler… les paparazzis ?

– Ne t'en fais pas, répond-elle en haussant les épaules, il n'y a rien à trouver sur moi à part ma photo sur le site d'*International Guy* et il n'y a que des infos professionnelles sur mon mec. Je me suis assurée que même les bons hackers ne trouveraient rien. Et puis, j'ai déjà dit à Michael que tu étais d'accord et il était fou de joie.

Je ricane en repensant au fiancé très réservé de mon assistante.

– J'en doute.

– Mais si ! s'exclame-t-elle avant de se raviser. Bon d'accord, il n'était pas fou de joie, mais il n'a pas détesté l'idée et j'ai utilisé tes contacts pour nous avoir des places derrière le banc des joueurs. C'est là que s'assoient toutes les stars. Ça t'a coûté une fortune, au fait, mais je vais trouver un moyen de le faire passer en note de frais.

– Mais bien sûr. C'est quoi le troisième truc ? je demande en souriant.

Connaissant Wendy, ça pourrait être aussi dingue qu'une soirée pyjama au siège d'*IG*. Avec elle, tout est possible.

– Le troisième ? dit-elle en fronçant les sourcils.

– Ma petite souris, tu voulais trois services en retour de celui que tu m'as rendu.

– Ah, oui…

Elle se mord la lèvre et j'ai soudain l'impression qu'elle est mal à l'aise, voire nerveuse.

– Wendy, tu peux me demander tout ce que tu veux, je dis d'une voix que je veux douce et encourageante.

– Eh bien, j'espérais que tu pourrais, tu sais… Enfin, si ce n'est pas trop te demander et que tu en as envie…

– Crache le morceau, Wendy, je dis en riant, espérant la détendre.

La seule et unique fois que je l'ai vue aussi nerveuse, c'est quand les photos privées de Sky et moi ont fuité dans la presse. Le reste du temps, elle est toujours solide comme un roc.

– Ben, tu vois, je n'ai personne pour… tu sais… euh… au mariage…

– Wendy… je gronde.

Elle soupire et gonfle ses poumons.

– Tu m'accompagnerais à l'autel ? se dépêche-t-elle de dire comme si cela lui coûtait.

– Tu veux que je t'accompagne ? Tu veux dire… que je prenne ton bras pour te donner à Michael ?

Elle hoche la tête.

– Pourquoi ?

– Je n'ai personne d'autre. Je n'ai pas de père ni de frère, et je sais qu'en théorie tu es mon patron, mais je te fais confiance et je te respecte et… Oh, puis oublie, tant pis, dit-elle soudain.

– Wendy, regarde-moi.

– T'en fais pas, répond-elle en fuyant mon regard. C'était bête, et je… je suis désolée de t'avoir demandé ça. C'est beaucoup trop tôt. Tu ne me connais pas depuis longtemps, et…

– Eh, tais-toi et laisse-moi parler !

Elle lève la tête, et son regard s'assombrit.

– Bon sang, tu fatiguerais un prêtre au confessionnal ! Laisse-moi en placer une ! je gronde d'une voix enjouée. Tout d'abord, je suis flatté que tu penses à moi. Ensuite, peu importe qu'on ne se connaisse pas depuis longtemps, ce n'est pas ça qui compte. Je tiens à toi, Wendy. Je serais ravi de t'accompagner à l'autel, si tu le souhaites.

– Je le souhaite. Ce serait génial ! s'exclame-t-elle.

– Alors, je crois qu'on est quittes.

– On est quittes ! répète-t-elle en me faisant un salut de soldat. Dis-moi si je peux faire autre chose. Je vais recommencer à enquêter sur les employés de *RFS*. Qu'est-ce que vous cherchez, au fait ?

– Un voleur.

– Mince ! Bon, j'y retourne tout de suite, s'exclame Wendy en raccrochant.

Je relis les documents qu'elle a envoyés. Johan est un individu immonde, avec des goûts pervers. Apparemment, sa famille l'a renié, sa carrière est au point mort, et c'est un drogué qui n'a rien à perdre.

Comment un enfoiré comme lui a-t-il pu tenir Sky dans ses bras ?

Je ravale mes pulsions assassines et je remercie le Ciel que Skyler soit avec moi. Je suis dans son camp, et mon équipe et moi allons faire tout notre possible pour la sortir de ce pétrin. Il faut juste que je trouve le moyen d'utiliser ces infos afin qu'il lâche Skyler pour de bon.

Je me rends soudain compte que je suis déjà en train de l'appeler. J'ai besoin d'entendre sa voix pour qu'elle me calme avant que je ne fasse quelque chose d'idiot. Mais surtout, j'ai besoin de savoir qu'elle va bien après avoir appris toutes ces horreurs sur Johan.

Elle répond à la deuxième sonnerie.

– Salut, chéri…

– Sky, bébé, comment tu vas ? je demande, soulagé et apaisé d'entendre sa voix.

– Ça va. Je m'enfouis sous une tonne de travail en espérant oublier cette histoire. Tracey cherche le meilleur moyen de révéler l'info à la presse et de gérer les conséquences s'il finit par publier les photos et son livre.

Je me crispe aussitôt, raide comme une planche, et je me force à respirer pour calmer la colère qui s'empare de nouveau de moi.

– Ça n'arrivera pas.

– Tu dis ça, mais tu ne connais pas Johan, répond-elle d'un ton résigné. Quand il décide quelque chose, il va jusqu'au bout, et si je ne le paie pas…

– Tu ne verseras pas un centime à cet enfoiré. J'ai demandé à Wendy de fouiner dans son passé et il a de vilains secrets, des secrets qui pourront te sortir de cette situation.

– C'est vrai ? demande-t-elle avec une lueur d'espoir qui m'emplit de fierté.

– Oui bébé. Je m'en occupe. Quand pourra-t-on parler des infos que j'ai sur ton ex ? Il vaudrait mieux que ce soit quand tu seras seule chez toi.

– J'ai beau vouloir tout savoir tout de suite, il faut que je reste concentrée. On va filmer tard ce soir et tôt demain matin. Je t'appellerai demain, quand on aura fini et que je serai rentrée à la maison.

– Ça marche, chérie, j'acquiesce, fou de joie à l'idée que je vais pouvoir la rassurer.

– Tu crois vraiment que tes infos vont me tirer d'affaire ?

– Je ne le crois pas, j'en suis sûr.

– Parker… chuchote-t-elle d'une voix qui me dit qu'elle retient ses larmes.

Je plaque le téléphone sur mon oreille pour entendre la moindre inspiration, le moindre mot.

– Je prendrai toujours soin de toi. Tant que je serai en vie, personne ne te fera de mal. Jamais.

– Chéri… je t'aime… commence-t-elle à dire.

J'ai beau avoir fait ce même aveu à Royce, je veux le lui dire en la regardant dans les yeux, de préférence nu et au lit.

Ça me tue de la faire attendre, j'aimerais le crier sur tous les toits.

– Ma pêche, garde ça pour un moment où on sera ensemble. J'ai des aveux à te faire, moi aussi, j'ajoute d'une voix chargée d'émotion.

– Ah ouais ? C'est vrai, ça ? Alors, j'ai encore plus hâte de te voir.

Je souris jusqu'aux oreilles. Skyler est tout ce dont j'ai besoin. Elle est à moi, tout à moi, et j'ai hâte de lui dire combien je l'adore.

– Appelle-moi demain, et je t'expliquerai ce que Wendy a déniché sur Johan. Ça te va ?

– Oui, chéri. C'est parfait. Et… remercie Wendy de ma part.

– Tu pourras le faire en personne. Quand tu viendras à Boston le mois prochain, on ira au match de base-ball avec Wendy et Michael.

Skyler glousse et les vestiges de colère et de tristesse qui pesaient sur mes épaules disparaissent.

– Ça va être super ! J'ai adoré passer du temps avec Wendy et son mec. Il a l'air très sérieux, peut-être qu'un match entre amis l'égaiera un peu.

– Peut-être. En tout cas, si quelque chose peut l'égayer, c'est bien Wendy et toi.

– Ah ! Mais la bière et le base-ball ne feront pas de mal non plus.

Je m'imagine avec un hot dog dans une main, une bière dans l'autre, assis à côté de Skyler, devant mon équipe préférée. Honnêtement, c'est l'idée que je me fais d'une journée parfaite.

– Non, ça ne fera pas de mal, c'est clair. De mon côté, tant que tu es là, je serai aux anges.

– J'ai hâte, dit Skyler.

– Moi aussi. Mais d'abord, on doit finir cette mission à San Francisco, ton film, et régler les menaces de ton enfoiré d'ex.

– Argh. J'ai juste envie de vivre ma vie. Pourquoi les choses ne peuvent pas être simples ?

– Rien n'est acquis, dans la vie. Parfois, on doit créer nos propres vagues pour aller de l'avant.

– Je suppose que tu as raison, dit-elle d'un ton distrait alors que j'entends une voix dans le fond. Je dois y aller, ma pause est finie.

– D'accord, ma pêche. Pense à m'appeler demain et on trouvera une solution à ton problème.

– Ça marche. Ce soir, quand tu seras de retour dans ta chambre…

– Oui ?

– Tu rêveras de moi ?

– Je rêve toujours de toi, Skyler. Toujours.

CHAPITRE 8

– Tout est en place ? je demande à Royce qui se faufile tant bien que mal à travers la foule du club.

Je suis assis dans le carré VIP du *Skyline*, le rooftop le plus branché de la ville, pour ceux qui peuvent se permettre l'entrée à deux cents dollars. Comme je connais le propriétaire, j'ai réussi à nous avoir le carré VIP gratuitement.

– Ouaip.

– Et Rochelle ? je demande en la cherchant derrière lui.

– Elle se remaquille dans les toilettes. Et les cinq finalistes ?

Je pointe mon pouce par-dessus mon épaule, en direction des canapés où ils sont assis.

– Ils boivent un verre en discutant avec les escorts qu'on a embauchées pour que toute l'attention ne soit pas sur Rochelle.

Il se gratte le menton alors que notre cliente nous rejoint, faisant s'écarter la foule comme la mer Rouge. Il faut dire qu'elle est resplendissante.

Elle porte une robe argentée, faite d'un tissu fluide, comme de l'eau qui ruisselle sur ses courbes. Elle a un décolleté plongeant et la robe est fendue sur toute la longueur de la jupe, révélant ses jambes musclées et infinies.

Je me mords la lèvre et regarde Royce du coin de l'œil.

– Bon sang… marmonne-t-il.

Le connaissant, il doit se rappeler la nuit qu'il a passée avec elle et regrette de ne pas avoir pu remettre le couvert.

– C'est pour la bonne cause, frangin, je lui dis en le prenant par l'épaule.

– J'accepte. Ça ne me plaît pas, mais j'accepte. Où est Keehan ?

– Au bar, en train de commander un cocktail, je réponds en souriant.

Royce balaie la terrasse du regard et voit la même chose que moi. Une des femmes que nous avons engagées est en train de lui parler. Elle jette ses cheveux en arrière et lui effleure le bras, et Keehan éclate de rire.

– Alors, on est prêts à s'amuser ce soir ? demande Rochelle en venant vers nous.

– Absolument. D'ailleurs, on dirait que ton ami a commencé sans nous, je dis en désignant Keehan et sa compagne aux courbes généreuses.

Rochelle regarde Keehan et fronce les sourcils.

– À qui il parle ?

Je hausse les épaules. Je ne l'ai pas embauchée pour venir dans le carré VIP, mais je lui ai demandé de draguer Keehan toute la soirée, surtout parce qu'elle ressemble énormément à Rochelle. Le meilleur, dans l'histoire, c'est que Keehan n'est pas au courant et qu'il la drague sincèrement. Je suis fier de lui.

– Je ne sais pas, ce n'est pas une des femmes qu'on a embauchées pour le carré VIP, en tout cas.

– Est-ce que Keehan ne devrait pas être ici, avec nous ? demande-t-elle d'un ton inquiet.

– Pourquoi ? répond Royce un peu sèchement.

Sans doute est-il encore agacé que Rochelle ait fait une croix sur lui aussi facilement. Apparemment, elle était sincère en disant qu'elle ne faisait que s'amuser, et il semble bien que, quand une histoire est finie, elle tire un trait dessus pour de bon. C'est dans sa nature. Si ce n'était pas mon meilleur ami, ça ne me poserait pas de problème. On ne peut pas changer la nature des gens. Et puis elle a été claire avec lui et elle ne l'a pas mené en bateau, au moins.

– Parce qu'il devrait être en train de parler aux candidats pour m'aider à choisir le bon, déclare-t-elle d'un ton agacé qui me donne envie de rire.

– Et pourquoi ferait-il ça ? je demande, l'air de rien.

– C'est mon meilleur ami, rouspète-t-elle. Mon bras droit dans toutes les situations. Je pensais qu'il voudrait s'assurer que je ne vais pas me tromper. Après tout, il s'agit du reste de ma vie.

– C'est vrai, j'admets en hochant la tête, mais peut-être qu'il n'a pas envie que tu sois aussi proche d'un autre que tu l'as été de lui durant toutes ces années.

– De quoi tu parles ? me demande-t-elle.

Elle se tient à la rambarde et ne quitte pas Keehan des yeux. Il enlève une mèche de cheveux de l'épaule de la jeune femme, qui lui sourit tendrement.

– Keehan est le seul homme qui t'accompagne dans tous les domaines de ta vie, sauf physiquement, n'est-ce pas ? Peut-être qu'il en a marre de la vie de célibataire dont tu lui parlais en début de semaine.

– Je… je suppose, oui…

– Et comme tu cherches un homme avec qui fonder une famille, il a sans doute compris qu'il était temps qu'il te remplace.

– C'est absurde. Je ne remplacerai jamais Keehan, il est tout pour moi !

– Ah bon ? je demande en posant une main sur son épaule pour qu'elle me regarde.

– Oui, répond-elle en dégageant ma main.

– Alors, qu'est-ce qu'on fait ici ? demande Royce.

– J'ai besoin d'un homme dans ma vie et dans mon lit, répond-elle en grimaçant. Un jour, j'aimerais avoir un enfant. Un héritier pour poursuivre ce que j'ai construit. Ce qu'on a construit.

– Et tu veux ça sans Keehan ? je demande.

– Non ! Il fera toujours partie de ma vie…

– Mais de quelle façon ?

– Toutes ! rétorque-t-elle.

– Pas si tu ne le trouves pas attirant, je réponds en secouant la tête. C'est pour ça que tous ces hommes sont ici et qu'il est sur le point de partir avec la jolie brune.

– C'est ridicule, dit-elle avant de tourner les talons pour se rendre dans le carré VIP.

– Mince, ce n'est pas ce que j'espérais, je soupire en me massant la nuque.

Royce tourne la tête et sourit, les mains dans ses poches.

– Qu'est-ce que tu sais que je ne sais pas ? je lui demande avec un sourire en coin. La situation me semble hors de contrôle. Je pensais qu'en le voyant avec Gloria, elle serait tellement jalouse qu'elle ne pourrait pas s'empêcher d'intervenir. Mais, finalement, elle est déjà en train d'évaluer les candidats.

– Oh ! mais elle est jalouse, ne t'en fais pas. Regarde-la, répond Royce.

Je me tourne et vois Rochelle se présenter poliment au pompier, qui la regarde de haut en bas. Elle lui offre un sourire pincé, n'appréciant pas qu'il la reluque, et elle lui parle sans quitter des yeux Keehan et Gloria qui discutent toujours. Après une semaine à la côtoyer, je ne peux pas ignorer son agacement.

– Je crois qu'on devrait accélérer un peu les choses, qu'est-ce que t'en dis ? demande Royce avec un sourire diabolique.

– À quoi tu penses ?

– Je vais inviter Keehan et son amie à boire un verre dans le carré VIP.

– Tu es sans pitié.

– Peut-être, mais tu dois retrouver ta nana, et moi ma vie à Boston. J'en ai marre de la Californie. Il est temps de boucler cette mission.

– Mec, je suis entièrement d'accord avec toi.

Je meurs d'envie de retrouver Skyler.

Royce hoche la tête et rejoint Keehan et Gloria. Je le regarde commander un verre, puis s'adresser au couple. Dès qu'il est servi, ils le suivent dans notre section, tout sourires.

– Keehan, je dis en lui tendant la main.

– Parker, répond-il. Alors, c'est par ici qu'on s'amuse ? demande-t-il d'un ton solennel qui en dit long sur ce qu'il ressent.

Il est clairement gêné par ce que nous faisons pour Rochelle, en dépit de la belle femme qui est à son bras.

– C'est ça ! Et qui est cette belle jeune femme ? je demande, l'air de rien.

– Je suis Gloria, répond-elle, jouant le jeu.

– C'est un joli prénom pour une jolie femme, ajoute Royce en lui faisant un baisemain.

Il fait toujours ça quand il trouve une femme séduisante.

Je lui mets un coup d'épaule pour qu'il voie Keehan fusiller Rochelle du regard quand elle éclate de rire avec un des candidats.

– Viens, Gloria, dit Keehan. Je voudrais te présenter à mon amie Rochelle.

Je souris en les regardant rejoindre le petit groupe qui s'est rassemblé dans un coin.

– Bon sang, j'aurais dû apporter du pop-corn. Les choses sont sur le point de devenir très intéressantes, dit Royce en riant alors que je regarde Rochelle lancer un regard noir à Keehan et son amie.

***

La soirée se poursuit, et le jeu du chat et de la souris de Rochelle et Keehan est à la fois comique et agaçant.

– Pourquoi il n'a toujours rien tenté ? je grogne dans mon gin tonic en regardant les couples danser.

Rochelle a choisi le médecin qui est, en gros, le sosie de Keehan. Quant à Keehan, il est resté scotché à Gloria, même s'il a suivi Rochelle des yeux toute la soirée.

– Je dois admettre que c'est épuisant. Pourquoi on a accepté cette mission, déjà ? répond Royce en secouant la tête.

– C'est toi qui l'as choisie parce que tu as craqué pour son joli minois, je rétorque en pointant mon doigt sur lui.

– Je dois avouer que je suis tombé sous son charme. En même temps, elle est canon !

Je hoche la tête, car il n'a pas tort. Rochelle est une bombe. Elle a des jambes infinies, un corps musclé, des pommettes saillantes, un sourire étincelant et de longs cheveux bruns. Elle est intelligente et ambitieuse, c'est une perle rare. Il faut juste qu'elle trouve le bon mec.

– C'est vrai, j'acquiesce en la regardant se frotter au médecin.

Keehan l'observe aussi, mais avec un regard glacial.

Allez Keehan. Prends les choses en main, mon vieux !

Il finit par le faire quand le médecin saisit la hanche de Rochelle et se frotte contre ses fesses. Il caresse sa taille et palpe son sein, et Rochelle se crispe. Elle grimace, clairement mal à l'aise. C'est elle qui a allumé son partenaire en se frottant à lui, c'est vrai, mais c'est elle qui avait le contrôle de la situation. Elle touchait ce qu'elle voulait, et non l'inverse. Elle lui a laissé croire, et j'aurais compris la même chose, qu'elle apprécierait qu'il soit plus entreprenant. Mais apparemment ce n'est pas le cas, et il a été trop loin.

Royce et moi nous levons brusquement et fonçons sur la piste pour intervenir, mais Keehan est plus près. Il empoigne le médecin par le bras et il le tord dans son dos, le faisant hurler.

– Fais gaffe, je suis chirurgien, j'ai besoin de ma main ! bafouille-t-il.

– Alors, t'aurais pas dû t'en servir pour prendre mon sein ! rétorque Rochelle en croisant les bras.

– Excuse-toi, gronde Keehan en levant son bras plus haut.

– Mais c'est elle qui a commencé en se frottant…

Keehan rugit dans son oreille et tord davantage son bras, le faisant crier de douleur.

– Je t'ai dit de t'excuser !

– Pardon. Merde, pardon. Je suis désolé, lâche-moi !

Mais Keehan ne lâche pas le bras du médecin et saisit son menton pour le forcer à regarder Rochelle pendant qu'il lui crie dans l'oreille.

– Je vais te lâcher, mais tu vas sortir du club, et tu ne regarderas plus jamais ma femme. Tu la vois…

– Oui, mec. Je la vois, je la vois ! hurle-t-il.

– Non. Justement. Tu ne la vois plus jamais. Compris ? Maintenant dégage ! s'exclame Keehan en poussant le médecin vers la sortie.

Il titube, mais se rattrape, puis il ajuste sa veste et se masse l'épaule.

– Vous êtes dingues, tous les deux ! Vous méritez d'être ensemble, vous êtes complètement tarés ! crache-t-il en traversant la foule pour partir.

Je m'approche de Gloria, qui regarde la scène avec de grands yeux. Je me penche pour chuchoter à son oreille et je lui glisse deux cents dollars dans la main.

– Il est temps pour toi de disparaître. Voilà ton pourboire. Beau travail.

Je lui fais un clin d'œil et elle me répond par un grand sourire avant de partir à son tour. Elle a déjà eu une paye généreuse via l'agence, mais un pourboire n'a jamais fait de mal à personne et elle a fait un très beau travail en rendant Rochelle jalouse et en boostant la confiance de Keehan. Cela dit, je ne m'attendais pas à ce qu'il se transforme en l'Incroyable Hulk.

Rochelle se jette dans les bras de Keehan et enfouit son visage dans son cou. Il la serre contre lui et caresse son dos jusqu'à ce qu'elle se soit calmée.

– Si tu n'avais pas été là… Bon sang, quelle idiote ! Je n'aurais pas dû me frotter à lui comme ça, admet-elle.

– Pourquoi tu as fait ça ? Je ne t'ai jamais vue te comporter comme une allumeuse.

Elle n'apprécie pas ce qu'il dit et elle recule la tête, mais elle ne le lâche pas, et lui non plus.

– J'essayais de te rendre jaloux moi aussi ! dit-elle. Mais je suis sûre que tu n'as rien vu, tellement Gloria se frottait à toi.

– Elle ne se frottait pas à moi, on dansait. Contrairement à toi et l'idiot que j'ai foutu dehors.

– Tu vas me dire que c'est de ma faute s'il m'a tripotée ? s'exclame-t-elle en essayant de reculer davantage.

Keehan joint ses mains juste au-dessus de ses fesses pour l'en empêcher.

– Absolument pas. Aucune femme ne demande à être tripotée comme ça par quelqu'un d'autre que son mec.

– Et depuis quand je suis *ta* femme ? répond-elle en posant une main sur son torse.

– Tu l'es !

– Mais non ! rétorque-t-elle en le fusillant du regard. D'après qui ?

– Moi. J'en ai marre de ce jeu, Chelle. Ça fait une dizaine d'années que je suis ton homme, et il est grand temps que je le sois dans tous les aspects qui comptent.

Il baisse ses mains sur ses fesses et attire Rochelle contre lui.

– Qu'est-ce que tu fais ? s'exclame-t-elle, surprise, tout en s'accrochant à son cou et en se plaquant contre lui au lieu de reculer.

– Je tripote ma femme.

Elle ouvre la bouche et le fusille du regard, prête à répondre, mais il s'empare de sa bouche et ne lui en laisse pas l'occasion.

J'ai envie d'applaudir.

Royce, lui, ne peut s'empêcher de commenter.

– Mince, je pensais que je lui plaisais, mais ce n'était rien à côté de sa manière d'être avec lui.

Keehan tient Rochelle contre lui et, une main sur ses fesses, il la soulève. Son autre main plonge dans ses cheveux pour tenir son visage et la dévorer.

– Euh… je me demande si on ne devrait pas les arrêter avant qu'ils ne finissent à poil au milieu du club.

– Ouais, ricane Royce.

– On dirait des adolescents, bon sang. Je vais intervenir.

Je me dirige vers eux tandis qu'ils s'embrassent sous les regards surpris des autres clients de la boîte, et je tapote Keehan sur l'épaule. Il dégage ma main, refusant de lâcher Rochelle.

– Keehan, mec, faites une pause. Emmène ta nana ailleurs, je dis plus fort pour qu'ils m'entendent.

– Hein ?

Il recule et tourne la tête vers moi.

– Mince. Chelle, chérie, il faut qu'on poursuive ça ailleurs, dit-il en la prenant par la taille.

Elle regarde autour d'elle et rigole. Bon sang, je ne m'attendais pas à voir Rochelle Renner glousser.

– Ça roule. Chez toi ou chez moi ?

– Chez moi, c'est plus près, marmonne-t-il avant de se racler la gorge.

– Tu es au dixième étage et moi au penthouse, ricane-t-elle.

– C'est ce que j'ai dit ; chez moi c'est plus près, répond-il en l'embrassant brièvement. Allez viens. Il faut qu'on parle de choses qui vont changer nos vies à tout jamais.

– Oh, mais il est hors de question qu'on parle, déclare-t-elle.

Il baisse les yeux vers elle et sourit jusqu'aux oreilles.

– D'accord. Je te fais l'amour jusqu'à ce que tu t'endormes dans mes bras, et on parlera au petit déj.

Elle sourit et l'embrasse dans le cou. Je n'oublierai jamais le sourire de Keehan quand il tourne la tête vers moi. Il a enfin dans les bras la personne qu'il voulait plus que tout au monde et qu'il ne pensait jamais avoir. Je suis ravi d'être témoin d'un moment aussi heureux et important.

Le couple se dirige vers la sortie quand Royce les appelle.

Ils se retournent, mais Keehan n'est pas ravi d'être interrompu alors qu'il part enfin avec la femme de ses rêves. Quant à Rochelle, elle semble trop heureuse pour s'agacer.

– Demain après-midi, il faut qu'on se voie pour passer en revue l'enquête sur vos employés. On repart à Boston demain soir.

– Royce a raison. Une fois qu'on aura trouvé le coupable, je ne crois pas qu'on vous soit encore utiles… à moins, bien sûr, que Rochelle veuille toujours qu'on lui trouve un mari, j'ajoute pour m'assurer que Rochelle est prête à se battre pour son homme, comme il s'est battu pour elle.

Keehan se crispe et elle se rapproche de lui.

– Non, je suis d'accord. Je n'aurai plus besoin de vos services. J'ai enfin l'homme avec qui je veux être, l'homme parfait pour moi.

Je souris, même si je sens que Royce se crispe à mes côtés. J'ai envie de dire ou de faire quelque chose pour qu'il sache que je sais ce qu'il ressent, que j'ai été jeté par le passé, moi aussi, mais ce n'est pas le moment et il n'apprécierait pas. Royce n'est pas ce genre de mec. Il s'en remettra à sa façon, et je dois le laisser faire. Je ne suis pas sa mère ni son père. Tout ce que je peux faire, c'est être là pour lui, en tant qu'ami. En tant que frère.

– On vous voit vers dix heures, alors, je déclare pour qu'ils sachent qu'on ne les attend pas de bonne heure.

Rochelle se tourne vers Keehan et pose sa main sur son torse.

– Ramène-moi chez toi, dit-elle.

– Mieux vaut dire midi, les mecs. La nuit va être très, très courte, répond Keehan en se léchant les lèvres, prêt à dévorer Rochelle sur place.

Je frappe fort dans mes mains avant qu'il ne puisse faire quoi que ce soit, et ils sursautent avant de se rendre compte qu'ils sont toujours au milieu du club.

– Allez, les enfants. Soyez prudents.

Rochelle me fait un petit signe de la main, et je retourne au carré VIP pour informer les candidats que Rochelle a pris sa décision. Toutefois, lorsque j'arrive, ils sont tous casés avec les mannequins, alors je les laisse tranquille.

Royce me rejoint et regarde autour de nous.

– Mince, on est bons. On est les meilleurs entremetteurs de tout le pays, déclare-t-il.

– Allez, viens. C'est ma tournée, frangin, je lui dis en riant.

Il hoche la tête et me suit au bar sans un mot. Lorsqu'on est assis, le barman lui sert un whisky, et moi un gin tonic.

– À un autre succès pour *International Guy* ! je dis en levant mon verre.

– À la tienne ! répond-il en trinquant.

Nous buvons en silence et quand je le regarde, je trouve son visage particulièrement lugubre, mais peut-être est-ce la lumière.

– Tu es déçu qu'elle ait choisi Keehan ?

– Non. On n'était pas faits l'un pour l'autre, comme tu l'as dit.

– Ouais, mais elle te plaisait quand même, je réponds.

– C'est vrai, mais je crois que c'était surtout ce qu'elle représentait qui me plaisait.

– Comment ça ?

– Il est temps, mec, répond-il d'un ton on ne peut plus sérieux.

– Il est temps de quoi ?

– Que je me case. Je le sens dans mes veines, dit-il.

– Ta mère te met la pression ? je demande, parce qu'elle aime se mêler de sa vie.

– Non, répond-il en riant. Enfin oui, mais pas plus que d'habitude. Elle veut que je sois heureux, donc, bien sûr, elle aimerait que je trouve la bonne. J'aimerais avoir une raison de rentrer chez moi le soir, quelqu'un qui m'y attend. Quelqu'un contre qui dormir la nuit. Une femme que je peux aimer et chouchouter, à qui je peux faire des bébés. Il est temps, déclare-t-il.

Je hoche la tête.

– C'est ce que tu ressens avec Skyler ?

– Je sais que je l'aime et que j'ai hâte de le lui dire. J'ai comme l'impression qu'elle m'aime aussi et qu'elle attend de me le dire, aussi. Elle m'a parlé d'emménager à Boston, et je suis partant. Surtout parce que, comme tu dis, j'aimerais la retrouver tous les soirs. Quand je vois Sky, j'ai envie de lui raconter ma journée et j'ai sincèrement envie qu'elle me raconte la sienne. J'aimerais mettre mon poing dans la figure de tous les mecs avec qui elle doit jouer, mais je suis ravi qu'elle fasse semblant avec eux alors qu'elle est sincère avec moi. C'est moi qui ai ses premiers sourires et ses « bonjour » endormis. C'est moi qui ai tous ses « bonne nuit ». Et son corps divin est tout à moi. Si c'est à ça que tu fais allusion quand tu me demandes si je ressens ça avec Skyler, alors la réponse est oui, mec. Je ressens ça.

Royce rit et me frappe dans le dos.

– Je suis content pour toi, mec. J'imagine que ce n'est pas facile d'être en couple avec une star, mais vous avez l'air de bien vous en sortir.

– Je ferais n'importe quoi pour être avec Skyler. Tant que je serai avec elle, je ne manquerai jamais de rien. Le fait qu'elle soit célèbre est un inconvénient, c'est tout.

– C'est bien. Maintenant, dis-moi ce que Wendy a trouvé sur son ex.

Je grimace et je finis mon verre cul sec.

– Merde, c'est si mauvais que ça ? demande-t-il en haussant les sourcils.

– Une autre tournée, s'il te plaît, je demande au barman.

– Ouais, c'est vraiment mauvais.

Je grince des dents et ferme les poings en attendant que le barman nous serve.

– Dis-moi tout, mec, dit Royce.

CHAPITRE 9

Le lendemain matin, Royce et moi passons les portes de *Renner Financial Services* et trouvons Helen derrière le bureau d'accueil, en train de faire du café. Elle est toujours aussi maigre, mais quand elle tourne la tête, je suis choqué de voir combien elle ressemble à Rochelle. Ses cheveux, son maquillage et sa tenue sont les mêmes. Elle porte une jupe crayon, des escarpins et un chemisier en soie. Ses vêtements pourraient être tout droit sortis du dressing de sa patronne.

– Tu vois ce que je vois ? je demande à Royce.

– Ses fesses ne sont pas aussi belles, mais on pourrait presque la confondre avec Rochelle !

– C'est bizarre, je chuchote alors qu'Helen se tourne vers nous.

– Bonjour, Messieurs ! Je suis de retour, et j'ai hâte de savoir si vous avez trouvé un partenaire à Rochelle.

Elle paraît trop excitée pour une simple employée. Mais il semblerait qu'elle travaille ici depuis longtemps.

– Notre cliente a décidé du rôle qu'elle souhaitait attribuer au sexe opposé et de la contribution qu'aura un homme dans sa vie, répond Royce en restant vague.

– Aaaaaah ! s'exclame Helen. Je sais lire entre les lignes, ne vous en faites pas. Elle a trouvé quelqu'un, mais vous ne pouvez rien dire, parce que vous êtes tenus de garder le secret !

– On va entrer et attendre Rochelle dans son bureau, si ça ne vous dérange pas.

Helen semble folle de joie.

Elle nous fait signe de la suivre dans le bureau de sa patronne.

– Installez-vous. Je peux vous offrir un café…

Nous sommes sur le point d'accepter lorsque Rochelle et Keehan entrent, tout sourires. C'est l'effet que vous fait une partie de jambes en l'air. C'est ce que je ressens après un week-end avec Skyler.

Helen tourne la tête vers la porte, mais elle ne regarde même pas sa patronne.

– Salut Keehan, chuchote-t-elle d'une voix rauque.

– Salut Helen ! dit-il d'un ton joyeux en la prenant par l'épaule. Ça fait un bail ! Alors, ces vacances ?

Elle hausse les épaules et fait la moue, cherchant à attirer le regard de Keehan sur sa bouche.

– Elles auraient été meilleures si je les avais passées avec un homme comme toi, répond-elle alors que son regard s'embrase.

– Je comprends, répond-il en frottant son bras de haut en bas.

Elle soupire, aux anges, mais il poursuit, ne se rendant pas compte de l'effet que ses caresses et ses paroles ont sur Helen.

– Si je ne partais pas en vacances avec Chelle, je m'ennuierais à mourir moi aussi !

Le visage d'Helen se referme en entendant le nom de sa patronne et elle semble en colère, mais elle se dépêche de retrouver un masque joyeux.

Ça ne me plaît pas, j'ai un mauvais pressentiment.

– Je suis contente que vous soyez de retour, Helen. Ça a été dur sans vous, dit Rochelle en s'asseyant derrière son bureau.

– J'en doute, chuchote Helen, si bas que je suis le seul à l'entendre.

– Pardon ? dit Keehan.

– Je n'en doute pas, répond-elle en lui faisant les yeux doux.

– Vous vous souvenez de l'équipe d'*International Guy* ? demande Rochelle.

Helen fronce les sourcils une demi-seconde, puis elle se ressaisit et sourit de nouveau.

– Oui, Mademoiselle Renner. Nous nous étions croisés avant que je parte. J'étais ravie d'apprendre que vous alliez de l'avant dans votre projet.

– En effet, oui, confirme Rochelle, pleine de joie.

– Alors, y a-t-il des candidats intéressants ? demande Helen d'une voix inquiète, comme si son bonheur dépendait de la réponse de Rochelle.

– Eh bien, il s'avère que je n'avais pas besoin d'*IG* pour trouver l'homme idéal, dit Rochelle.

Keehan laisse Helen pour rejoindre Rochelle, et Helen pâlit brusquement en les regardant.

– Comment ça ?

Je penche la tête sur le côté et étudie sa réaction lorsque Rochelle prend Keehan par la taille et pose une main juste au-dessus de sa ceinture, un geste qui en dit long sur leur toute nouvelle intimité.

Helen retient son souffle avec un cri aigu et ferme les poings.

– Je ne suis pas sûre de comprendre.

– Ce n'est pas évident ? répond Rochelle en caressant le torse de Keehan et en se levant pour se blottir contre lui.

– Pas pour moi, non, rétorque froidement l'assistante en fusillant sa patronne du regard.

– Rochelle a enfin compris que ce qu'elle cherchait était sous son nez depuis le début, je déclare en voyant Helen s'énerver davantage.

– C'est-à-dire ?

– Que Keehan est l'homme que j'ai toujours voulu mais que j'avais trop peur de perdre, bien sûr ! s'exclame Rochelle en éclatant de rire alors que Keehan l'embrasse sur la joue.

– Quoi ? s'écrie Helen, furieuse.

– Tu sais, tu avais raison depuis le début, Helen, dit Keehan en mordillant la lèvre de Rochelle. Apparemment, la patronne était raide dingue de moi. Mais on est ensemble, enfin ! Ce n'est pas génial ? dit-il en regardant Rochelle dans les yeux.

– Non ! Après toutes ces conversations ! Tu disais que… que vous n'étiez qu'amis et qu'elle ne te verrait jamais autrement que comme ami, répond Helen.

Rochelle et Keehan la regardent d'un air curieux, mais c'est Keehan qui parle le premier.

– Je pensais que tu serais contente pour nous. Tu disais toujours qu'il fallait que je sorte et que je trouve quelqu'un à chouchouter et qui pourrait prendre soin de moi en retour. Rochelle a toujours eu ce rôle, justement, et on a enfin compris qu'on était plus qu'amis.

Helen se prend la tête entre les mains.

– C'est impossible ! s'écrie-t-elle en secouant la tête.

Son changement d'attitude est si étrange, elle semble possédée.

– Tu as dit que c'était une amie ! Tu as dit que tu ne la voyais pas comme ça !

– Eh, calme-toi, ma belle, dit Royce en tendant une main vers elle, qui fait les cent pas rageusement.

– Helen, qu'est-ce qui vous arrive ? Vous êtes étrange, vous vous sentez bien ? demande Rochelle d'une voix douce en voulant approcher.

Je regarde Royce en secouant la tête, il se lève pour s'interposer entre Helen et le couple tandis que Keehan plaque sa femme contre lui.

– Vous avez tout ! Tout ce que vous voulez ! crie Helen en pointant Rochelle du doigt. Vous avez le boulot, l'argent et maintenant le mec ! J'en ai marre d'être votre boniche ! J'en ai marre de vous voir utiliser les hommes comme des objets et de voir Keehan toujours aussi fou de vous, année après année, sans qu'il ne daigne jamais me regarder ! J'ai autant de mérite que vous ! Non, d'ailleurs, j'en ai plus ! Parce que je ne suis pas une garce coincée ! Bon sang, Keehan, tu ne peux pas sérieusement avoir envie de cette pimbêche !

Keehan lâche Rochelle pour faire le tour du bureau et aller vers Helen, mais Royce tend la main pour l'arrêter.

– Je ne ferais pas ça si j'étais toi, elle est instable, mec.

– Instable ? ! Vous allez voir ce que c'est d'être instable !

Helen saisit un vase en cristal rempli de fleurs et le jette sur Rochelle. Il ne l'atteint pas, mais il s'écrase sur son bureau en verre qui vole en éclats.

Royce et moi n'avons pas le temps de la retenir, car elle se jette sur Rochelle avec la force et la rapidité d'un puma. Elle tacle sa patronne, qui tombe par terre en poussant un cri.

– Merde ! je m'exclame en essayant d'éviter les gros morceaux de verre pour attraper les deux femmes qui se roulent par terre en se mettant des coups de pied et en se tirant les cheveux. Je vois une touffe de cheveux noirs voler dans les airs et j'en conclus qu'Helen s'est fait faire des rajouts.

– Espèce de garce ! Ça coûte une fortune !

Helen tire les cheveux de Rochelle, mais il ne se passe rien, soit ses rajouts sont de meilleure qualité, soit ce sont ses vrais cheveux. Notre cliente roule sur Helen et empoigne de nouveau ses cheveux, qu'elle arrache et qu'elle brandit en l'air d'un air triomphal.

Helen pousse un cri de douleur et plante ses ongles dans les bras de Rochelle pour la griffer, y laissant de grosses traces rouges.

– Espèce de garce ! crie Rochelle à son tour. Tu ne paies rien pour attendre, ma pauvre. Je vais devenir ton pire cauchemar ! Vous êtes virée, virée ! Et je porte plainte contre vous !

Elle saisit les vrais cheveux d'Helen et plaque sa tête sur la moquette. La jeune femme lève les yeux au ciel quelques secondes, puis, soudain, elle devient toute molle.

– Non… non… non ! je m'exclame en me précipitant pour immobiliser Helen pendant que Royce empoigne Rochelle par la taille pour la soulever.

Elle se débat en agitant les jambes et il se tourne pour la plaquer contre le torse de Keehan, qui la tient fort contre lui.

– Waouh. Je ne me souviens pas de la dernière fois que j'ai vu deux femmes se battre pour un homme, dit Royce en souriant et en époussetant son costume.

Il ramasse le téléphone et appuie sur un bouton.

– Il me faut la sécurité au bureau de Rochelle Renner, et appelez la police.

Il hoche la tête et repose le téléphone par terre, au milieu des énormes morceaux de verre. Je ne sais pas comment Rochelle et Helen ont fait pour ne pas se blesser, mais apparemment elles n'ont rien de grave.

Keehan et Rochelle chuchotent dans un coin du bureau, et je m'occupe d'Helen. Royce me procure un gant mouillé et j'essuie son visage pour enlever le sang de son front et de son nez. Elle marmonne et ses pupilles sont dilatées, j'ai l'impression qu'elle n'a plus toute sa tête.

J'essaie d'entendre ce qu'elle dit.

– Il était censé être à moi. J'ai l'argent, maintenant. Il devait être à moi. J'ai l'argent, maintenant.

Elle répète ces phrases en boucle et, soudain, je comprends de quoi elle parle.

– Roy, tu peux garder un œil sur elle ? Je dois passer un coup de fil.

Je sors dans le couloir pour appeler Wendy.

– Salut, boss, t'as eu ta nana ?

– Ma nana ? je demande, pensant qu'elle parle de Skyler.

– Celle qui volait du fric à *RFS*. Je t'ai envoyé les résultats il y a une dizaine de minutes. J'ai fini par conclure que c'était une certaine Helen Humphrey. C'est la seule employée chez qui des dizaines de milliers de dollars apparaissent sur son compte toutes les deux ou trois semaines. En fouillant un peu plus, j'ai découvert qu'elle se servait du code de Rochelle. En pratique, on dirait que Rochelle se volait son propre argent.

– Waouh !

– Ouais, et d'après mes calculs, elle a pris plus de six cent mille dollars en deux ans. Cette femme a une place toute prête en prison.

Je regarde par-dessus mon épaule en direction du bureau, où j'aperçois la minuscule femme se balancer d'avant en arrière.

– Ou dans un hôpital psychiatrique.

– Ah ? Quelque chose me dit que je ne sais pas tout. J'ai hâte que vous me racontiez ! glousse Wendy.

– Je dirai à Royce de tout t'expliquer. Je vais aller voir Skyler avant de rentrer.

– C'est ce que j'ai pensé. C'est pour ça que j'ai réservé ton billet pour New York ce soir, plutôt que pour Boston.

– Tu es la meilleure, je dis à Wendy en souriant.

– Je sais. Surtout ne l'oublie pas !

– Je te fais confiance pour me le rappeler tous les jours.

– Ah ! Tu me connais bien, répond-elle en riant. Est-ce que tu… t'as parlé à Sky des infos que j'ai trouvées ?

– Pas encore, je réponds à voix basse. Elle est au courant que je sais quelque chose et que ce n'est pas agréable. Comme on rentre ce soir, je lui dirai en face.

– Ouais, c'est une bonne idée. Dis-moi si je peux faire quoi que ce soit. J'espère que tu vas bientôt rentrer, j'en ai marre d'avoir le roi de la drague comme seule compagnie. À ce propos, la prochaine fois que Royce et toi devez partir, emmenez-le avec vous !

J'éclate de rire en secouant la tête.

– Il ne t'a pas lâchée, alors ? je demande en imaginant Bo flirter non-stop avec Wendy.

– Ouais, mais ça va, je sais m'occuper de lui.

– Si seulement ! s'écrie Bo quelque part en arrière-plan avant de se joindre à la conversation. Mec, j'ai lu ce que Wendy t'a envoyé. Je suis là pour toi, n'hésite pas. Si tu veux que je te retrouve quelque part pour lui casser la gueule, je suis ton homme. J'arrive pas à croire qu'il s'en prenne à Skyler, grogne-t-il.

– Merci Bo, je réponds en fermant les yeux. Pour l'instant, je vais aller à New York pour faire le point avec Skyler et élaborer une stratégie avec elle.

– Je peux t'y retrouver, si tu veux. Je peux même te devancer, vu que tu es sur la côte Ouest.

– J'apprécie, frangin, mais je vais y aller tout seul. Je te le dirai, si j'ai besoin de toi.

– Ça roule. Dans ce cas, au boulot, et dis à Royce que je l'attends. Sophie a appelé à propos d'un document qu'elle veut qu'il lise.

– Dis-lui de le lui envoyer par mail.

– Elle l'a fait. Apparemment, il est tellement concentré sur toi et la cliente qu'il n'a pas regardé ses mails depuis deux jours.

– On a été très occupés, oui. Entre cette histoire avec Sky, le vol à *RFS* et la vie sentimentale de notre cliente, on n'a pas arrêté.

– Ouais, c'est ce que j'ai pensé. Au fait, j'ai demandé à Wendy d'enquêter sur le nouveau copain de Sophie, dit-il d'une voix neutre.

Tout à coup, mon cœur bat plus vite à l'idée que Bo est peut-être sur le point de m'apprendre des horreurs qui finiront par me faire perdre la tête. Je suis déjà affolé par les problèmes de Skyler, je ne sais pas si je supporterais que Sophie en ait aussi.

– Je t'en supplie, dis-moi qu'elle n'a rien trouvé…

– Il est clean, ne t'en fais pas, répond-il en riant. Wendy a tout donné et elle n'a rien trouvé. Mais attends un peu. Apparemment, il a été dans une bijouterie, la semaine dernière, et il a acheté quelque chose qui coûtait très cher.

– Tu crois qu'il va la demander en mariage ? Déjà ? Ça fait quoi… un peu plus d'un mois qu'ils sont ensemble ?

– Je sais pas, mec. T'as vu Sophie… Elle est canon, intelligente, riche et pétillante. Mieux vaut ne pas risquer de perdre une femme comme ça.

– Merde, si un mec comme toi dit ça, alors que tu manques faire un arrêt cardiaque dès qu'on parle de relations sérieuses, alors c'est sûr, il ne va pas tarder à la demander en mariage.

– Je pense, ouais.

– Je vais lui passer un coup de fil pour prendre des nouvelles.

– C'est une bonne idée. Il ne faudrait pas qu'elle fonce tête baissée et qu'elle l'épouse parce qu'elle ne s'est pas remise de t'avoir perdu.

– Elle ne m'a pas perdu, on n'a jamais été ensemble, espèce d'abruti !

– Si tu le dis, mais elle avait l'air d'être attachée à toi quand on était en France.

– Il s'est passé beaucoup de choses en France. Mais tout a changé quand je suis allé à New York et ça, c'est pour toujours, frérot.

– Ouais, je l'avais compris.

– Alors, pourquoi tu parles de ça ? je demande en m'adossant au mur.

– Parce que je sais combien tu tiens à Sophie. On tient tous à elle. Je veux juste que tu saches que sa vie sentimentale avance à vive allure.

Je ravale mon angoisse à l'idée que mon amie se fasse avoir, mais tout le monde n'est pas Kayla. Skyler n'est pas Kayla, et le mec de Sophie non plus. Tout le monde ne cherche pas à briser le cœur des autres.

– Tant qu'elle est heureuse, je le suis aussi. Mais ce type a intérêt à la traiter comme une reine.

– C'est clair.

Je mets fin au coup de fil alors que les portes de l'ascenseur s'ouvrent sur deux vigiles et un policier.

– C'est par là, je leur dis en désignant le bureau de Rochelle.

Ils entrent tous les trois et je leur emboîte le pas.

***

Je suis épuisé et je m'assois dans le canapé moelleux du bureau de Rochelle. Elle est allongée sur celui d'en face, l'avant-bras sur ses yeux. Les flics ont emmené Helen et des techniciens sont en train de faire le ménage. Keehan et Royce sont occupés à dresser les rapports pour les flics. Rochelle va embaucher des auditeurs indépendants pour étudier les comptes de l'entreprise et déterminer l'étendue des dégâts qu'Helen a causés. Elle finira sans doute par récupérer une partie de l'argent qu'elle lui a volé, mais cela peut prendre du temps.

– On a eu de la chance, tu sais, je chuchote.

– Ah bon, tu crois, toi ?

– Ç'aurait pu être pire. Helen voulait Keehan et elle était prête à tout pour l'avoir. Elle a utilisé tes codes pour te voler, elle s'habillait et se coiffait comme toi. Elle t'a quand même jeté un vase à la figure…

– Je n'aurais pas dû être aussi stupide. Keehan a toujours été dans ma vie. C'est mon bras droit, celui vers qui je me tourne pour tout. Je compare tous les autres à lui et ils ne sont jamais assez bien.

– Apparemment, parfois, il faut débourser une grosse somme pour enfin ouvrir les yeux, je ricane.

– Je suis contente de vous avoir appelés. Ça en valait la peine, jusqu'au dernier centime.

– Je suis ravi de l'entendre. Ça te dérange si je te donne un dernier conseil ?

– Est-ce que j'ai vraiment le choix ? demande-t-elle en tournant la tête vers moi.

Je souris. Je comprends que Royce ait craqué pour cette femme. En plus d'être canon, elle est vive d'esprit et elle a du répondant, ça plaît aux hommes, surtout à Royce. Sur de nombreux points, elle était parfaite pour lui, en fait. Mais il n'aurait pas pu l'empêcher de s'épuiser au travail et, pour elle, la famille est secondaire. Or, la mère et les sœurs de Royce sont profondément mêlées à sa vie, s'il lui reste de la place dans son cœur pour une femme, ce n'est pas pour qu'elle remplace les autres.

– Dis-moi… dit-elle en se tournant sur le côté et en appuyant sa tête dans sa main.

– Parfois, il ne s'agit pas juste de voir ce qui est sous son nez, même si dans ton cas c'était crucial.

– Alors, il s'agit de quoi ? Le suspense va me tuer, ricane-t-elle.

Je retiens ma respiration et prie pour ne pas la vexer, mais je ne lui rendrais pas service en ne lui disant pas ce que je pense.

– Je crois que ce que tu cherches depuis toutes ces années ne se résume pas à un partenaire ou à ton succès dans ta vie professionnelle. Parce qu'en fait, tu désires ce que tu as déjà. Keehan a toujours été là. Je crois que tu avais peur. Ne laisse pas la peur contrôler ta vie, et bon sang, lâche-toi un peu… vis ! Si tu passes tout ton temps au travail, tu n'auras pas le temps de vivre.

La porte s'ouvre et Keehan rejoint Rochelle, s'asseyant dans le creux laissé par son bassin.

– Je vais me laver les mains avant d'aller à l'aéroport, je dis en me levant.

– Parker, dit Rochelle en désignant la porte fermée dans un coin de son bureau.

– Merci.

Je l'ouvre et découvre une petite salle de bains toute blanche. Tout y est blanc : le sol, les murs, les serviettes, le lavabo, même les robinets.

– Quelle femme bizarre, je marmonne.

Je suis en train de me laver les mains quand je remarque la glace immense. Je souris et repense aux quatre fois que j'ai écrit un message sur un miroir. Je décide aussitôt que s'il y a un rouge à lèvres dans le premier tiroir, je le ferai. Sinon, tant pis.

Je l'ouvre et le trouve rempli de maquillage, alors j'attrape un rouge à lèvres rose et laisse un petit souvenir à Rochelle sur son miroir.

Désire ce que tu as déjà.
Tendrement,
Moi

Je referme le rouge à lèvres et le remets à sa place. Il est temps de prendre l'avion et de rejoindre ma nana, je n'oublierai jamais de désirer ce que j'ai déjà la chance d'avoir.

CHAPITRE 10

Notre voiture s'arrête devant le hall des départs de l'aéroport de San Francisco, et Royce et moi remercions le chauffeur. Une fois que nous nous sommes enregistrés, nous nous dirigeons vers le bar le plus proche.

– On boit d'abord, on mange ensuite ?

– Carrément, soupire Royce, épuisé.

Nous trouvons un bar sportif, si on peut l'appeler ainsi, situé en plein cœur de l'aéroport. Du moment que les bouteilles alignées sur l'étagère derrière le bar sont pleines, il fera l'affaire.

– Qu'est-ce que je vous sers ? demande un grand roux avec une grosse barbe et une chemise à carreaux.

Il aurait plus sa place dans une forêt que derrière un bar, à servir des gens qui sont pressés de prendre leur avion.

– Un whisky sans eau et sans glaçons. Trois doigts de Macallan Eighteen, si vous avez, dit Royce en posant sa veste sur le dossier de sa chaise.

– On a ça, oui, répond le barman en regardant derrière lui.

– La même chose pour moi, je dis alors qu'il attrape la bouteille.

Je penche ma tête à gauche puis à droite pour libérer la tension dans mon cou. À ce rythme, il va me falloir un massage complet pour supporter tout ce stress. Je visualise aussitôt Skyler à cheval sur mes fesses, massant mon dos avec ses mains habiles. Mon sexe tressaute, me rappelant ce qui m'attend après mes cinq heures de vol pour New York. Bon sang, j'ai hâte de la retrouver.

Royce me regarde en haussant un sourcil.

– J'ai besoin de quelque chose de fort, je réponds.

– Je te comprends, dit Royce en souriant.

Il baisse la tête et se masse la nuque alors que le barman nous donne nos verres.

– Vous voulez manger quelque chose ?

– Plus tard, peut-être, répond Royce en levant son verre vers moi. À cette mission qui est enfin finie, ajoute-t-il tandis que nous trinquons.

– Ouais, je suis content, moi aussi, je réponds en riant.

Royce se mord la lèvre inférieure, je devine qu'il hésite à me parler de quelque chose.

– Tu penses à Rochelle ?

Il me regarde du coin de l'œil, mais ne tourne pas la tête vers moi avant d'avoir bu une autre gorgée.

– J'ai suffisamment confiance en moi pour admettre que je me suis trompé. Elle n'était pas faite pour moi. J'ai compris. Toi et moi avons fini par trouver un compromis, ça, c'est réglé aussi. Ça ne change rien au fait que je rentre dans une maison vide, alors que je rêve de la remplir avec une grande famille.

Waouh !

Royce vit vraiment très mal son célibat. Il semble si malheureux que je tends le bras pour le frapper dans le dos et me rapprocher de lui.

– Qu'est-ce que je peux faire ?

– Absolument rien, répond-il en regardant droit devant lui. À moins que tu aies une sœur superbe prête à se caser et à supporter ma mère envahissante et mes sœurs tarées… qui a envie d'être avec un mec qui voyage beaucoup, qui traîne toujours avec ses potes, qui a une entreprise qui lui prend du temps… il n'y a rien que tu puisses faire.

– Tu vas la trouver, je lui dis, et je le pense vraiment.

Il hoche la tête, mais je ne crois pas qu'il soit convaincu. Rochelle l'a bien plus affecté que je ne le pensais.

– Dis-toi que Skyler a débarqué dans ma vie sans prévenir. Elle m'a ouvert la porte, vêtue d'un caraco et d'une culotte minuscule de chez Wonderbra, pensant que j'étais sa meilleure amie et que j'avais oublié mes clés.

Royce est sur le point de m'interrompre, mais je ne le laisse pas faire.

– J'ai mis longtemps à baisser la garde, mais j'ai fini par céder et c'est la meilleure chose qui me soit arrivée. Crois-moi, frangin, ce n'est pas facile tous les jours. Elle vit dans une autre ville et c'est une star que tout le monde s'arrache, y compris moi. Or, je ne veux la partager avec personne. Le lien qui nous unit est spécial. Et, tu sais, les meilleures choses de la vie méritent qu'on se batte pour les obtenir. Il va falloir que tu te battes un peu, que tu gardes l'œil ouvert. Tu trouveras ton âme sœur, j'en suis certain.

Royce finit par tourner la tête vers moi.

– Skyler est ton âme sœur ? demande-t-il d'une voix émue qui me surprend.

Je pense à Skyler, à ses cheveux blonds qui tombent sur ses épaules, à sa façon de retrousser son nez, de m'appeler *Chéri* et combien ça me rend heureux. Je pense à sa façon de se donner complètement à moi lorsque je suis en elle, à s'offrir entièrement. Je repense à son excitation et son stress quand elle allait rencontrer ma famille et mes amis et qu'elle voulait qu'ils l'apprécient. J'entends ses éclats de rire. Skyler est une femme entière, et j'en apprends chaque jour un peu plus sur elle, même si ça ne fait que quelques mois que nous sommes ensemble. Je n'imagine pas qu'une autre femme puisse être mon âme sœur. Je ne vois pas comment je pourrais aimer une autre femme plus que je n'aime Skyler.

– J'ai envie de croire qu'elle l'est. Je te le dirai quand j'en serai sûr, d'accord ?

– Ça roule, répond Royce en buvant une gorgée. J'ai l'intention d'enchaîner les rencards quand je rentre, mais ne le dis pas à ma mère. Si elle l'apprend, elle m'obligera à dîner avec toutes les filles célibataires de ses amis.

– Je la vois tellement faire ça ! je m'exclame en riant.

– Je préfère ne pas y penser. Tu as hâte d'arriver à New York ?

– Plus que jamais. Je m'inquiète pour elle. Ce Johan est un véritable psychopathe.

– Tu crois qu'il va lui faire du mal ? Physiquement ?

– Je ne sais pas. Ce que je sais, c'est qu'il lui fait déjà du mal, psychologiquement, et que je suis sur le point de raconter à Skyler toutes les horreurs qu'il a faites. Ça ne va pas être agréable, je dis en me couvrant de chair de poule.

– Tu es en contact avec les gardes du corps de Skyler ?

– Ouais. J'ai envoyé un message à Nate en lui disant de ne pas la quitter des yeux et que je l'informerai de la nouvelle menace lorsque je serai arrivé.

– Ah ! Il t'a répondu quoi ? J'ai du mal à imaginer que Nate Van Dyken ou sa petite femme féroce apprécient que tu te mêles de leur travail.

– T'as complètement raison. Il a répondu d'un seul mot : *Ok*.

Royce sourit pour la première fois depuis qu'on a quitté les bureaux de *RFS*.

– Ils viennent te chercher à l'aéroport ?

– Non, je n'ai pas dit à Skyler que j'allais la voir, je veux que ce soit une surprise. J'arrive en pleine nuit et je sais qu'elle travaille tard ce soir. On était censés se parler au téléphone, mais je lui ai écrit que je l'appellerais quand je serais rentré demain.

Bon sang, je n'ai qu'une envie, la rejoindre au lit et la prendre dans mes bras pour respirer son parfum de pêche.

– Bien joué.

– A priori, je devrais pouvoir atterrir sans être harcelé par les paparazzis. Je prendrai un taxi et je serai chez elle sans que quiconque ne soit au courant. À moins, bien sûr, que les vautours soient postés devant sa porte, ce qui n'est pas impossible. Quoi qu'il en soit, ça vaut la peine d'essayer.

– Ah, j'ai oublié de te dire, commence-t-il en buvant une gorgée, que j'ai lu les documents que Sophie m'a envoyés, et je lui ai répondu. Elle est stressée par un conseil d'administration et elle veut que tout soit parfait, mais elle gère. Elle n'avait aucune raison de s'inquiéter.

– Tant mieux. Est-ce que Bo t'a dit qu'il avait demandé à Wendy d'enquêter sur son nouveau mec ?

– Elle a trouvé quelque chose ?

– Non. Apparemment, il est blanc comme neige. Elle a juste découvert qu'il avait été dans une bijouterie.

Royce fronce les sourcils.

– Bo pense qu'il va peut-être la demander en mariage.

– Tu déconnes ! s'exclame Royce en écarquillant les yeux. Sophie est géniale, mais ça fait quoi… quelques semaines ?

– À peu près, ouais, je réponds en finissant mon whisky.

Le barman lève le menton pour me demander si j'en veux un autre.

– Plutôt une bière. Une Sierra Nevada.

Contrairement à Royce, je ne peux pas enchaîner les whiskys sans être saoul, d'ailleurs je sens déjà l'alcool tourbillonner dans mon ventre vide.

– J'en veux bien un autre, dit Royce en levant son verre.

Il croise les bras en reculant sur son tabouret.

– Ces nouvelles ne te dérangent pas, concernant Sophie ?

– Pourquoi tu me demandes ça ?

– Je sais que tu es protecteur avec elle. Vous avez couché ensemble, certes, mais elle compte pour toi. D'ailleurs, elle compte pour Bo et moi, aussi.

– Oui, c'est vrai. Mais si c'est l'homme de sa vie, je suis content pour elle. Est-ce que je trouve ça rapide ? Bien sûr. Je vais l'appeler et m'assurer qu'elle garde la tête sur les épaules, qu'elle ne se jette pas dans une relation parce qu'elle est encore triste d'avoir perdu son père. Il faut dire que cette entreprise est une sacrée charge pour ses petites épaules. Je ne lui dirai pas de ne pas l'épouser si elle est amoureuse, mais je lui conseillerai de ralentir et de prendre un moment pour réfléchir.

– On est d'accord. Sophie est jeune et gentille. En dehors de nous, il n'y a personne pour s'assurer qu'elle ne fait pas de bêtises.

– C'est vrai, j'acquiesce en me jurant de l'appeler dès que possible. Alors, où nous fait partir notre prochaine mission ?

– À Montréal. La PDG d'une entreprise de cyber-technologie veut qu'on trouve la taupe dans sa boîte. Apparemment, quelqu'un parle à la concurrence.

Dieu merci, ce n'est pas encore une fois une affaire de cœur. Du bon vieil espionnage commercial à l'ancienne, ça a l'air carrément tranquille, comparé aux dernières missions.

– Je vais prendre quelques jours de congé. On partira quand cette histoire entre Johan et Skyler sera réglée.

– C'est ce que je me suis dit. On en reparlera quand tu seras rentré, d'accord ?

– Ouais. On s'appelle ?

Je me lève et remets ma veste. Royce en fait de même et me donne une tape amicale dans le dos.

– On se voit à la maison, frangin, dit-il.

– Ça roule, je réponds en posant trois billets de vingt dollars sur le bar.

– Appelle-nous si t'as besoin de renforts avec Johan.

– Promis.

– Bye, conclut Royce en tournant les talons et en sortant du bar.

***

Le penthouse de Skyler est plongé dans le silence quand j'entre à deux heures du matin. Je ne veux pas la réveiller, alors je pose ma valise près de la porte d'entrée. Tout s'est passé comme prévu : les paparazzis n'étaient pas au pied de l'immeuble, et le portier m'a ouvert comme si on se connaissait depuis toujours.

Je me déchausse pour ne pas faire de bruit. Lorsque j'ai enlevé ma veste et que je l'ai posée sur le dossier du canapé, j'y dépose la rose blanche que l'on m'a offerte dans l'avion, comme à tous les clients de première classe. Elle m'a fait penser à Skyler, alors je l'ai gardée pour la faire sourire. Je soupire longuement et j'avance dans le couloir en direction de sa chambre.

Je suis surpris de découvrir que son lit n'est pas défait et qu'elle n'est pas là. Je fronce les sourcils et regarde le réveil sur sa table de nuit. Il est deux heures et quart. Épuisé, je me déshabille pour prendre une douche. J'ai à peine passé la porte de sa salle de bains que son parfum de pêche m'enveloppe.

– Mais où es-tu, bon sang ?

Je baisse la tête pour laisser l'eau chaude dénouer ma nuque. À défaut d'être avec elle, je verse une dose de son gel douche dans ma main et empoigne ma verge. Je suis surpris de découvrir qu'elle est déjà dure, rien qu'en étant enveloppé par l'odeur de Skyler. Je ferme ma main et remonte jusqu'à la pointe de mon sexe, imaginant que c'est la petite main de Skyler et non la mienne.

– Putain, bébé, tu me manques.

J'appuie mon front contre le carrelage froid, laissant mon imagination prendre le dessus en me branlant lentement.

Dans mon fantasme, Skyler plaque ses seins contre mon dos et pose une main sur mon ventre tandis que l'autre empoigne ma queue. Ses lèvres dévorent mon épaule et elle la mordille avant de remonter le long de mon cou, qu'elle suce et lèche jusqu'à me rendre dingue.

Mon sexe durcit davantage et je serre les fesses. Je plaque une main sur le mur carrelé et me cambre chaque fois que l'autre remonte sur mon sexe.

– Ma pêche… je chuchote alors que mes testicules se contractent.

Je ferme les yeux tandis que, dans mes rêves, Skyler prend ma verge dans ses deux mains. Ses gémissements s'entendent à peine sous les bruits de la douche et de mes grognements.

– *Laisse-toi aller, chéri. Donne-moi tout*, dit-elle en penchant la tête de côté pour voir l'effet qu'elle a sur moi.

– Putain ! je gronde en fermant le poing.

Je serre fort mon sexe tandis que la Skyler de mon fantasme me dit des mots coquins.

Soudain, ça y est. Le bas de ma colonne vertébrale picote, et je me mets sur la pointe des pieds en me cambrant quand un plaisir électrique parcourt mes veines jusque dans mon sexe pour faire jaillir les jets de sperme. Mon orgasme dure plusieurs secondes et j'imagine Skyler me branler jusqu'à la dernière goutte.

Je baisse la tête sans desserrer ma main tandis que je reviens sur terre, regrettant que ce ne soit pas ma nana qui m'ait donné autant de plaisir. Je suppose qu'elle rentrera bientôt… Ils tournent souvent tard, et je sais qu'ils voulaient tout boucler aujourd'hui, mais c'est ridicule de travailler aussi tard, non ?

Peut-être qu'ils ont dû refilmer des scènes.

Je prends le gel douche que Skyler m'a acheté la dernière fois que j'étais ici et je me savonne pour effacer les restes de mon orgasme.

Épuisé, je me sèche avec une de ses serviettes toutes douces, puis je la mets dans le panier à linge sale. Je traverse son appartement à poil et je prends mon téléphone dans la poche de ma veste. Je retourne dans sa chambre, me mets dans son lit, toujours à poil, et roule sur le côté. Je vais dans mes favoris et l'appelle mais hélas, je tombe sur son répondeur.

« Vous êtes sur la messagerie de Skyler. Laissez un message après le bip et je vous rappellerai dès que possible ! » dit sa voix joyeuse.

– Ma pêche, c'est moi. Je voulais te faire une surprise, mais tu n'es pas chez toi. Je suis nu dans ton lit et je t'attends. Viens me retrouver.

Je raccroche et rallume la sonnerie de mon téléphone au cas où elle me rappellerait.

Quelques secondes plus tard, je sombre dans un sommeil profond.

***

Mon réveil sonne à six heures, comme d'habitude, et je tapote le lit, à la recherche de mon téléphone. Merde, j'aurais dû l'éteindre avant de m'endormir. Je finis par le trouver dans l'espace vide à côté de moi, là où Skyler aurait dû dormir. Elle n'est pas rentrée. Je me frotte les yeux et je réalise que j'ai à peine dormi quatre heures.

Elle aurait dû rentrer, ou au moins m'appeler. Je regarde mon téléphone, aucun appel en absence. Elle ne m'a pas écrit non plus ni laissé de message. Je n'ai aucun moyen de savoir si elle a écouté mon message vocal.

C'est quoi ce bordel, putain ?

Mon cœur bat plus fort et je me masse les tempes. Je fronce les sourcils et l'appelle, mais ça sonne plusieurs fois avant que son répondeur ne prenne le relais.

– Appelle-moi dès que tu as ce message. Je suis chez toi et tu n'es pas là. Je m'inquiète.

Je ferme l'application et ouvre celle des messages.

À : Ma pêche
De : Parker Ellis

Je t'ai laissé des messages.
Tu n'es pas rentrée hier soir.
Je suis chez toi. Appelle-moi
dès que tu as ce texto.

Je soupire et me rallonge avant d'écrire à Nate Van Dyken.

À : Nate Van Dyken
De : Parker Ellis

Sky est toujours sur le plateau ?
Je suis chez elle.

Je me lève et ouvre ma valise pour prendre un boxer propre, puis j'enfile un jean et un tee-shirt des Red Sox. Mon téléphone vibre quand je me dirige vers la cuisine pour me faire un café. Ce n'est pas Skyler, c'est Nate.

– Ellis, c'est Nate, grogne-t-il. On a raccompagné Skyler chez elle à dix-sept heures, hier. Elle a dit qu'elle n'allait nulle part et qu'elle n'aurait plus besoin de nous.

– Dix-sept heures ? Je suis arrivé à deux heures du matin et elle n'était pas là. Son lit est fait et l'appartement est silencieux. Elle n'est pas rentrée.

– Putain ! Je suis en train de tracer son téléphone, dit-il d'une voix ferme et maîtrisée.

Je suis trop paniqué et fatigué pour réfléchir.

– Apparemment, elle est à l'Hôtel St Regis, ici, à New York.

– Qu'est-ce qu'elle foutrait dans un hôtel alors qu'elle habite ici ?

– Je ne sais pas. Je vais y aller et voir ce qu'il se passe.

– Je viens avec toi, je commence à dire en allant chercher des chaussettes et des baskets.

– Non, tu vas continuer à l'appeler et l'attendre chez elle au cas où elle rentrerait. Rachel et moi nous occupons de Skyler. On va la récupérer. Ne bouge pas.

Je grince tellement fort des dents que je ne serais pas surpris qu'elles se cassent.

– Tu ne sais pas ce que tu me demandes, je ne peux pas rester ici sans rien faire.

– Tu ne fais pas rien. Rappelle-la dans dix minutes. Il nous en faut vingt pour arriver à l'hôtel. S'il s'y passe quoi que ce soit de grave, j'appellerai les flics et je te préviendrai.

Je déglutis et ferme les yeux.

– D'accord. Dépêchez-vous, je siffle avant de raccrocher.

Je me mets à faire les cent pas et, sept minutes plus tard, je la rappelle. Ça sonne si longtemps que je m'attends à entendre son répondeur, mais une grosse voix d'homme décroche.

– Allô ? dit-il d'une voix endormie.

– Putain, mais t'es qui ?

– Johan. Et toi, t'es qui, putain ?

– Où est Skyler ? je demande.

Mon cœur bat la chamade.

Ce psychopathe éclate de rire.

– Elle prend une petite douche. Mais qu'est-ce que ça peut te faire ? T'es son mec ?

– Oui, je réponds alors que mon front se couvre de sueur. Passe-la-moi.

– Mec, elle est en train de se laver après une soirée délicieuse. Si j'avais l'intention de la déranger sous la douche, ce ne serait pas pour lui passer ton appel. Elle a besoin d'une petite pause, si tu vois ce que je veux dire.

Ses paroles sont lourdes de sens et une rage brûlante s'empare de moi.

Elle m'a trompé.

Avec son ex, un psychopathe qui lui fait du chantage.

C'est une menteuse et une garce.

Je l'aime, mais elle ne m'a jamais aimé en retour.

Mon cœur et ma tête sont pleins de doutes et d'angoisses, et je peine à me concentrer sur l'instant présent. En réalité, en dépit de ce qu'elle a fait, je ne peux pas lui dire au revoir sans m'assurer qu'elle est en sécurité. Je ne suis pas du genre à faire une croix sur la femme que j'aime alors qu'elle pourrait être en danger.

– Écoute, Johan, je sais ce que t'as fait. Je sais que t'as laissé cette nana mourir, dans ce club. Je sais que les usuriers te courent après pour récupérer leurs centaines de milliers de dollars.

Je suis même au courant pour les deux femmes que t'as agressées et que ta famille a payées pour les faire taire. Je ne sais pas toi, mais je ne crois pas que les proprios du club, qui t'ont foutu dehors, seraient ravis que le public apprenne ce que t'as fait. J'imagine que ton agence de mannequinat et ta famille ne seraient pas contentes, non plus.

– Espèce d'enfoiré ! gronde-t-il. Si tu dis quoi que ce soit…

– Quoi ? Qu'est-ce que tu vas faire ? Je n'ai rien à perdre, ordure !

J'ai envie de lui dire qu'il a déjà pris tout ce qui m'était cher, mais je refuse de lui donner cette satisfaction.

J'entends qu'il respire plus fort et j'en profite pour poursuivre mes menaces.

– Voilà ce qui va se passer. Tu vas laisser Skyler tranquille…

– Ça ne va pas lui plaire, maintenant qu'on a rallumé la flamme.

Mon cœur est sur le point d'exploser, et je dois me retenir de tout casser autour de moi. Je me force à respirer et à mettre ma tristesse et ma colère de côté pour parler à Johan de la façon la plus claire qui soit.

– Laisse-la tranquille. Laisse-la sortir de la chambre et ne la rappelle plus jamais. Détruis ces photos, sinon je ferai en sorte que les médias du monde entier apprennent que tu as laissé une femme mourir dans un club de torture. Puis je leur dirai que t'es un drogué et je m'en prendrai à tes parents pour t'avoir évité la taule pour deux agressions sexuelles. Tu crois que ta maman et ton papa méritent d'être jetés en pâture après t'avoir sauvé la mise ? Hein ?

– Tu me traites de bon-à-rien, mais tu n'es pas mieux, ricane-t-il.

– Peut-être bien. Quoi qu'il en soit, tu n'as pas le choix. Laisse-la partir, et ne t'approche plus jamais d'elle.

– Johan ? Qu'est-ce que tu fais avec mon téléphone ? dit Skyler d'un ton suspect.

– T'as quinze minutes pour la faire sortir de ta chambre et la faire descendre dans le hall d'entrée, où ses gardes du corps l'attendent, sinon j'appuie sur « envoyer » pour faire partir le mail que j'ai écrit au *New York Times*. Entre autres médias.

Je raccroche et je plaque mon téléphone sur le plan de travail. Je le reprends et j'appelle Nate.

– Elle sera dans le hall d'entrée dans quinze minutes.

– Je te la ramène tout de suite, mec.

– Inutile. Je serai parti quand elle arrivera. C'est fini entre nous.

Je raccroche et jette mon téléphone si fort contre le mur qu'il vole en éclats. Je me baisse pour mettre mes chaussettes et mes chaussures, et je referme ma valise.

C'est fini. Skyler et moi, c'est fini. Je n'arrive pas à croire qu'elle m'ait brisé le cœur de cette façon. Elle était censée être la femme de ma vie. Et maintenant, je fais quoi ?

Une rage brûlante parcourt mes veines, s'accumulant comme un gaz prêt à exploser. Je saisis la première photo que je trouve – celle de nous dans la piscine. Elle l'a fait encadrer. Elle l'a mise sur la table, à côté des photos des gens qu'elle aime, mais tout ça n'était qu'un mensonge.

Je rugis et jette le cadre par terre avant de le piétiner, mais ce n'est pas assez. Aveuglé par ma colère, je regarde les autres photos.

Encore des mensonges ! C'est une menteuse et une garce ! Je balaie la table d'un revers de bras et je fais tomber tous les cadres, qui se brisent par terre.

Ce n'est pas assez. Ce ne sera jamais assez. Je n'ai jamais autant souffert. Même Kayla ne m'avait pas détruit comme ça. Qu'elle aille se faire voir ! Il faut que je parte, il me faut une voiture. Merde, je n'ai pas réfléchi avant de casser mon téléphone. Je récupère ma carte SIM parmi les débris et la mets dans ma poche. C'est la dernière chose sensée que je fais avant de me laisser ensevelir par mon désespoir.

Je quitte le penthouse de Skyler sans me retourner, déterminé à ne plus jamais y remettre les pieds.

SKYLER

Douze heures plus tôt...

Je regarde mon téléphone pour la millième fois et je relis le message de Parker. Il va m'appeler demain. J'en ai marre d'attendre, bon sang. Il a dit qu'il avait des infos à propos de Johan et de ses menaces, mais j'attends toujours. Tracey me harcèle pour que je valide les communiqués de presse qu'elle a rédigés à propos des photos, et je ne veux pas le faire tant que je n'ai pas parlé à Parker. Il avait l'air convaincu que ce que Wendy a trouvé allait me débarrasser de Johan et que les photos allaient être détruites sans que personne ne découvre combien je suis bête.

Mais Wendy et Parker ne connaissent pas Johan. Il ne ferait jamais ça sans avoir une bonne raison. J'étais peut-être jeune et aveuglée par mon amour quand j'étais avec lui, mais je ne le suis plus. Je suis plus forte. Je suis capable d'affronter mes problèmes seule. Et je connais Johan. Malgré ce que Parker pense de lui, il n'est pas dangereux. S'il agit ainsi, c'est qu'il se passe quelque chose de grave dans sa vie.

Il veut cinquante millions de dollars.

Ça fait longtemps que je le connais, et il n'a jamais été cruel. Il était distant, infidèle et il s'est servi de moi pour avoir mon argent, mais il n'était pas méchant. Quand mes parents sont décédés, il était là pour moi. Il m'a serrée dans ses bras quand je pleurais à longueur de journée, et ce pendant des mois. Il m'a accompagnée aux obsèques et il n'a jamais cessé de me tenir la main. Il m'a aidée quand j'étais au plus bas. Sans lui, j'aurais peut-être fait pire que de me noyer dans l'alcool et les somnifères. Quand j'étais aveuglée par les ténèbres, Johan m'a portée. Il m'a aidée à aller mieux. Il m'a aidée à voir la lumière au bout du tunnel, à l'époque, c'était ma carrière.

J'ai du mal à croire qu'il me ferait du chantage. Il faut que je lui parle. En tête à tête. J'ai besoin de savoir pourquoi il fait ça. Je l'ai quitté il y a dix-huit mois et je n'ai plus jamais regardé en arrière. Il s'en fichait. Il m'a poussée à partir. Bien sûr, c'était après avoir vidé notre compte commun. Heureusement, je n'y transférais que ma moitié du loyer, et pas mon argent personnel, sinon il me l'aurait pris aussi.

En fait, c'est ce qu'il fait maintenant. Il ne sait pas que cinquante millions de dollars, ce n'est qu'une goutte d'eau dans ma fortune. C'est autant d'argent dont je ne sais quoi faire. Tout ce dont je rêve, c'est de jouer dans de beaux films, de raconter de belles histoires, de trouver un homme qui m'aime et de fonder une famille, avoir des enfants pour leur donner tout ce que mes parents m'ont donné, et plus encore.

Je soupire en imaginant Parker avec un enfant sur les épaules et qui effleure mon ventre tout rond. Un jour. Or, j'ai peur que ce jour n'arrive jamais si je ne trouve pas un moyen de me débarrasser de Johan.

J'étais à deux doigts de dire à Parker que je l'aimais. Je sais qu'il ressent la même chose pour moi. Je le sens dans son souffle, au téléphone, dans sa façon de chuchoter « Ma pêche » et de vénérer mon corps quand il me fait l'amour. Il est tout ce que je désire, et je ne vais pas laisser un merdeux comme Johan tout foutre en l'air. Je ne veux pas que l'adorable mère de Parker et son père tout joyeux voient ces affreuses photos de moi. Elles ne devraient même pas exister. Johan m'a convaincue de tenter ces choses et, à l'époque, je voulais lui faire plaisir. Je n'ai rien contre ce style de vie, mais après y avoir goûté à quelques reprises, je sais que ce n'est pas pour moi. Je ne peux pas risquer notre couple. Je paierais n'importe quoi pour ça.

J'ai pris ma décision et j'attrape mon téléphone pour appeler Johan, confiante en ma capacité à gérer la situation toute seule. Je suis surprise de voir qu'il n'a pas changé de numéro, il décroche après trois sonneries.

– Salut, Skyler. Je me disais bien que t'appellerais tôt ou tard. Comment tu vas ?

Il parle d'un ton nostalgique, comme on parle à un ami de longue date, pas à quelqu'un à qui on essaie de soutirer de l'argent.

Je serre la mâchoire et gonfle mes poumons.

– Je veux te voir. Maintenant. Sans avocats.

– T'apportes l'argent ? Si oui, j'apporte les photos, dit-il d'un ton nonchalant, comme s'il faisait ça tous les jours.

– Je veux parler, Johan. Je te retrouve où ?

– À l'hôtel St Regis. Chambre deux cent quarante-deux, répond-il avant de raccrocher.

Au lieu de demander aux Van Dyken de m'y emmener, j'appelle la réception pour réserver un taxi.

***

Johan m'ouvre la porte de sa chambre, vêtu d'un jean et d'une chemise bleu ciel boutonnée jusqu'en haut. Il a des cernes sous les yeux et ses cheveux bruns semblent moins épais qu'avant. Ses joues sont creusées et lui donnent un air hagard.

– Tu fais peur à voir, je dis en entrant dans sa chambre et en jetant mon sac et ma veste sur le canapé.

– Pas toi, en revanche. T'es toujours aussi belle, un rayon de soleil avec des seins, un cul et des jambes magnifiques. Je suis sûr que ton nouveau mec apprécie tes atouts autant que moi.

– T'es sérieux ? Si tu les aimais autant, tu ne te serais pas tapé la plupart des mannequins avec qui tu bossais.

– L'eau a coulé sous les ponts, rouspète-t-il. Tu n'es pas ici pour flatter mon ego et je ne suis pas là pour me refamiliariser avec tes attributs. Cela dit, tu me connais, je change facilement d'avis.

Je lève les yeux au ciel et ravale ma salive.

– Pourquoi tu fais ça ? Ce chantage ?

– C'est un mot affreux, le chantage, tu ne crois pas ?

– Ça décrit très bien ce que tu fais. Tu me menaces de révéler des photos intimes de moi, dont je ne connaissais pas l'existence et que tu as prises quand j'étais vulnérable. Je te faisais confiance, Johan.

Ma voix se met à trembler. Il ne peut pas ignorer ce que me font ses menaces. S'il tenait à moi à l'époque, ne serait-ce qu'un peu, il doit le savoir.

– Et je me suis occupé de toi, souvent, si je me souviens bien. Tu étais si réactive, au pieu. Si facile à faire jouir, dit-il simplement, comme si tout ça n'était qu'un jeu.

– Parce que je t'aimais ! je m'exclame en fermant les poings.

– C'est pas de chance, parce que je ne suis pas capable d'aimer. T'as fini par le comprendre.

– À mes dépens, oui. Mais malgré ça, je n'ai jamais pensé que tu étais cruel. Je sais que tu tenais à moi. Tu t'es occupé de moi à la mort de mes parents…

– Je tiens toujours à toi. Mais ça ne change rien à la situation dans laquelle je me retrouve. J'ai besoin d'argent. Beaucoup, sinon ma vie sera en danger. J'ai pris de très mauvaises décisions par le passé, qui impliquent des personnes affreuses qui me veulent du mal. Si je ne paie pas, ils me tueront. Je n'ai pas le choix.

Je comprends enfin son regard angoissé, la panique que trahit sa voix. Il a peur de mourir.

– Johan… on a toujours le choix…

– Pas moi. Pas si je veux vivre. Tu es ma dernière chance.

Je prends ma décision sans réfléchir davantage. Je fais ce que ma mère aurait fait. Elle n'aurait jamais laissé quelqu'un à qui elle tenait vivre dans la peur, même si cette personne lui avait fait du mal. Quand elle aimait quelqu'un, c'était sans condition, et moi aussi. Je pense à elle et je propose quelque chose que je ne devrais pas.

– Alors, je vais t'aider, parce que t'étais là pour moi quand j'ai touché le fond. Parce qu'à un moment donné, je t'ai aimé plus que tout sur cette terre. Et parce que je m'en voudrais de te tourner le dos et de savoir que ta vie est en danger.

Il me regarde dans les yeux et son visage s'adoucit, soulagé.

– Skyler…

Sa voix est tremblante. Il fait deux pas vers moi et me prend dans ses bras. Je repense à toutes les fois qu'il m'a tenue contre lui, quand j'avais perdu la volonté de vivre, après la mort de mes parents. Je sens son nez froid sur mon épaule et je suis choquée de sentir ses larmes, je n'ai jamais vu Johan aussi ému.

– Je suis désolé. Je suis désolé de t'avoir fait du mal. Merci. Merci, Skyler.

J'ai beau le haïr pour ce qu'il m'a fait quand nous étions ensemble, et pour ce qu'il me fait maintenant, je comprends son agonie. Il est perdu, et il a peur, et il ne sait pas quoi faire. C'est à moi de lui montrer ce qu'est la gentillesse, la même dont il a fait preuve envers moi quand j'en avais besoin.

– On va trouver une solution. Je vais t'aider. Et si tu commençais par me dire combien tu dois, et à qui ?

***

Nous n'avons commandé un room service qu'après avoir dressé la liste incroyablement longue de toutes les personnes à qui il doit de l'argent, dont celles qu'il décrit comme étant affreuses. Il était une heure du matin et j'étais épuisée. Étant donné que les paparazzis font le pied de grue devant l'hôtel, Johan m'a proposé de passer la nuit dans sa chambre, en me promettant qu'il dormirait sur le canapé. Lorsqu'il a eu donné la liste à mon comptable, qui se chargera de payer toutes ses dettes, pour un total de vingt millions de dollars – et pas cinquante millions –, il m'a donné la clé USB avec les photos. Je l'ai mise dans ma poche, avec la ferme intention de l'exploser avec un marteau quand je serai rentrée chez moi.

Il ne m'a pas dit pourquoi il m'avait demandé trente millions supplémentaires, mais j'ai eu l'impression que c'était pour lui, pour ne manquer de rien maintenant que les industries de la mode et du film ne veulent plus de lui. Il a fini par m'avouer qu'il avait une grosse addiction à la drogue, et j'ai insisté pour lui payer une cure dans un établissement réservé aux célébrités, qui fait en sorte que ses patients restent anonymes. Il a fini par accepter, et il m'a remerciée mille fois avant de s'excuser pour ce qu'il avait prévu de faire.

Ce matin, je me réveille en me sentant poisseuse. Je n'ai pas pu me doucher hier soir, après le travail, car je suis venue ici. Je sais que ça ne gênera pas Johan, alors je ferme la salle de bains à clé, à double tour, et je prends une longue douche brûlante, laissant l'eau délier mes muscles tendus. Lorsque j'ai fini, je me sèche et remets mes vêtements sales. Il est hors de question que je sorte avec les vêtements d'un autre homme. La presse va déjà être déchaînée en me voyant sortir, vêtue comme je l'étais en entrant hier soir.

Je saisis mes chaussures et je suis sur le point de sortir de la chambre lorsque j'entends Johan au téléphone. Je tends l'oreille, parce qu'il ne me dira jamais toute la vérité. Toutefois, je suis convaincue que les photos qu'il m'a données me libèrent de ses griffes, pour l'instant. Je sais aussi que j'ai aidé quelqu'un à qui j'ai beaucoup tenu par le passé. Ma mère serait fière. D'ailleurs, je suis fière de moi, aussi. Il était là quand j'ai eu besoin de lui, et j'ai désormais le sentiment de lui avoir rendu la pareille. Je peux reprendre le cours de ma vie avec Parker, consciente que j'ai fait ce qu'il fallait avec Johan.

– Espèce d'enfoiré ! je l'entends crier. Si tu dis quoi que ce soit…

Je fronce les sourcils en pensant qu'il doit parler à un des « affreux » dont il a parlé.

– Ça ne va pas lui plaire, maintenant qu'on a rallumé la flamme, dit-il avec la voix sexy que je lui connais.

Ça ne me fait plus rien, à présent, mais je trouve étrange qu'il parle ainsi à quelqu'un à qui il doit de l'argent. À tel point que j'ouvre la porte pour avancer vers lui.

– Tu me traites de bon-à-rien, mais tu n'es pas mieux, ricane-t-il en se tournant, de sorte que je réalise qu'il utilise mon téléphone, et pas le sien.

– Johan ? Qu'est-ce que tu fais avec mon téléphone ?

Il m'ignore et se concentre sur ce que dit l'autre personne, puis il raccroche et le jette dans mon sac.

– À qui tu parlais ? je demande, même si je me doute déjà de la réponse.

– À ton soi-disant petit ami, mais je ne crois pas qu'il le soit encore. Tu me remercieras plus tard. Eh ben, tu sais les choisir, Skyler. D'abord moi, puis ce type ? Tu rétrogrades, au lieu de faire mieux. Tu mérites mieux.

Je me précipite vers lui et le pousse en arrière dans le canapé.

– Qu'est-ce que t'as fait, putain ? je crie d'une voix stridente.

– Skyler, ce type est un enfoiré. Il m'a menacé avec quelque chose qui me ferait tuer si ça se savait.

Je me mets à trembler de tout mon corps.

– Mon Dieu… Mon Dieu ! Il pense que… Mon Dieu !

Je saisis mon téléphone et remarque ses sms et les messages sur mon répondeur. Je les écoute avant de le rappeler et je me laisse tomber sur le canapé, les larmes aux yeux. Chaque message me frappe en plein cœur, le fissurant jusqu'à ce qu'il me semble irréparable.

– Il pense que… oh non…

Mon monde s'écroule autour de moi, morceau par morceau, et mon estomac se noue si fort que de la bile remonte dans ma gorge.

– Skyler, je t'ai rendu service. C'est ma façon de te remercier de m'avoir aidé. Ce mec n'est pas assez bien pour toi. Mais il faut que tu partes, parce qu'il a dit que tes gardes t'attendent dans le hall de l'hôtel.

Je réprime un sanglot et me lève en ramassant mes affaires.

– Johan, ne m'appelle plus jamais. Je te souhaite le meilleur, mais c'est la dernière fois que tu fous ma vie en l'air. Je t'en supplie, vois l'argent que je t'ai donné comme un cadeau, car c'en est un, et remets ta vie en ordre.

– Skyler, non, soyons amis. On s'est filé un coup de main, comme au bon vieux temps… dit-il en me suivant à la porte de sa suite.

– Non. Tourne la page. C'est ce que j'ai fait, même si je ne sais pas comment je vais réparer la situation avec Parker.

– Qu'il aille se faire foutre, il ne te mérite pas ! ricane-t-il.

– Tu te trompes. C'est moi qui ne le mérite pas. Je l'aime, et maintenant, il pense que j'ai fait la pire chose qu'une personne puisse faire. Il pense que je l'ai trompé.

Je ravale un sanglot et je remercie le Ciel que l'ascenseur s'ouvre dès que j'appuie sur le bouton.

J'ai fait du mal à l'homme que j'aime et je ne sais pas comment me rattraper.

Il croit que je l'ai trompé.

Maman, Papa, si vous êtes au ciel, aidez-moi à retrouver Parker avant qu'il ne me quitte pour toujours.

Il faut que je lui dise que je l'aime et que je ne pourrais jamais tromper la personne que j'aime.

Je me précipite hors de l'ascenseur dès qu'il arrive en bas et Rachel me prend dans ses bras.

– Eh, ça va, je suis là.

– Il faut que je rentre. Tout de suite ! je m'écrie.

– D'accord, d'accord, on va te ramener à la maison, mais tu dois te calmer. Il y a un énorme troupeau de paparazzis devant l'hôtel.

– Je m'en fiche ! Il faut que je retrouve Parker !

Rachel hoche la tête, enlève la casquette de Nate et me la met pour cacher mon visage. Elle enlève son trench et m'enveloppe dedans avec un geste protecteur.

– Baisse la tête. Ils n'ont pas besoin de voir tes larmes. Ne leur donne pas cette satisfaction.

Je hoche la tête et la prends par la taille tandis qu'ils me guident à travers la foule de photographes qui crient mon prénom.

– Tu lui as parlé ? je demande à Nate quand nous sommes dans le 4 × 4.

– Ouais.

– Et…

– Il a dit qu'il serait parti avant que tu sortes de l'hôtel.

– Non, non, non ! je m'écrie en frappant le siège pour me débarrasser de ma frustration. Ce n'est pas possible, c'est un cauchemar. Je l'aime ! Tu ne comprends pas ?

– Mais si Sky, on comprend. On sait que tu l'aimes. Et il le sait aussi. Tout ira bien. On va t'aider et tout ira bien. Mais d'abord, on doit te mettre en sécurité chez toi, dit Rachel d'une voix calme.

– Je ne me sentirai plus jamais chez moi là-bas. Le seul endroit où je me sente en sécurité depuis que j'ai perdu mes parents, c'est dans ses bras. Et il est parti. Et je ne sais pas comment je vais le récupérer et lui expliquer ce qui s'est passé.

Rachel caresse mon bras et m'attire contre elle, comme le ferait une sœur.

– Tout ira bien, me promet-elle. Tant qu'il y a de l'amour, il y a de l'espoir.

À SUIVRE…

INTERNATIONAL GUY

#6 MONTRÉAL

À Pierre Bourdon.
Tu nous as transmis ton amour
du Canada et des traditions québécoises,
et ma sœur de cœur
et moi-même t'en remercions.
Nous deux, filles de Californie,
nous n'oublierons jamais
avoir vu la neige tomber au printemps,
ce pneu à plat dans le vieux Québec,
les vues époustouflantes,
les vieilleries couvertes de neige
et l'église tout illuminée,
dont le souvenir restera dans nos cœurs
pour toujours.
Merci, frère de cœur.

CHAPITRE 1

Je me sens vide. Tout ce que je suis, tout ce que je pensais pouvoir être, est resté entre les mains d'une femme. Une femme sublime, pétillante, sexy, et en fin de compte… manipulatrice. J'aurais dû savoir que ça ne marcherait pas entre nous, que ça ne pouvait pas marcher. Elle est célèbre, et je ne suis personne.

Skyler Paige.

La femme de mes rêves.

Pourquoi une fille comme elle choisirait d'être en couple avec un simple homme d'affaires de Boston qui aime la bière et le base-ball, alors qu'elle pourrait avoir n'importe qui sur terre ? Ça n'a pas de sens. Nous étions insensés, même si, quelque temps, j'ai cru qu'elle était à moi, que sa beauté et son âme étaient miennes.

Mais je l'ai perdue. J'ai tout perdu.

Je ne sais comment aller de l'avant. Je ne sais quelle doit être ma prochaine action. Honnêtement, je ne me suis pas senti ainsi depuis… jamais. Même quand Kayla m'a trompé, je n'ai pas ressenti ça. J'ai l'impression d'avoir été éventré, étripé.

Et puis, il y a mes frères. Dès que Bo et Royce l'apprendront, ils ne me lâcheront plus. Ils me forceront à parler d'elle, à m'en remettre, à tourner la page. Comment est-on censé se remettre d'avoir perdu l'amour de sa vie ? J'ai déjà vécu ça, je savais quel risque je prenais en me mettant en couple avec Skyler. Mais ça ne m'a pas empêché de foncer tête baissée, aveuglé par ses « chéri », son manque de confiance en elle et par l'impression qu'elle donnait d'avoir besoin de moi.

Le fait que Skyler comptait sur moi me remplissait de fierté. C'était un rêve pour moi d'entendre sa voix au téléphone tous les soirs, de l'avoir dans mon lit dès qu'on en avait l'occasion. Or, comme la plupart des rêves, le mien a viré au cauchemar.

Je suppose que ce n'était pas fait pour durer, tout simplement. C'est le cas de beaucoup de choses, d'ailleurs. Ma mère m'avait même mis en garde, quand j'étais petit.

« *Les moments de joie sont comme le sable, qui file entre les doigts un grain à la fois. Quand on les vit, on est envahi de la plus belle sensation au monde. Or, cela finit aussi vite que ça a débuté. Alors, il ne nous reste plus que le souvenir de l'instant, la sensation d'avoir touché du bout des doigts quelque chose de doux et d'étincelant. C'est ce qui fait la beauté de ces moments, et c'est une chance d'en faire l'expérience. Souviens-t'en, mon fils. Tout n'est pas fait pour durer dans la vie.* »

Je vais dans la cuisine pour prendre une autre bière et ajouter une quatrième bouteille vide à celles qui sont déjà sur la table.

J'étais dans le brouillard quand j'ai pris l'avion pour Boston. Je me souviens juste d'être entré dans la première boutique venue pour acheter un nouveau téléphone. Ensuite, j'ai téléchargé la dernière sauvegarde que j'avais faite, et je l'ai éteint. Depuis, je me suis enfermé chez moi. Le fixe sonne de temps en temps et l'écran indique que c'est Wendy, mais je l'ignore et laisse le répondeur faire son travail. Je me déplace comme un zombie, je ne sens plus rien. J'avais dit à Royce que je prenais quelques jours de repos et que je les appellerais aujourd'hui. Il doit penser que je suis en plein marathon de sexe. Ce devrait être le cas, bon sang !

Une violente colère me tord soudain les entrailles.

– Putain !

Je rugis en repensant à sa trahison et mes poils se dressent sur ma nuque. Je ferme le poing sur la bouteille et je regarde le plafond.

Il est blanc. Plat. Vide.

Soudain, je la vois.

Dans les bras de Johan…

Elle passe la nuit avec lui…

Je vois ses jolies mains sur le corps de cet enfoiré…

Je le vois l'embrasser…

Les images se suivent, chacune plus enrageante que la précédente. Je tremble des pieds à la tête.

– Pourquoi, Skyler. Pourquoi tu m'as fait ça ? Pourquoi tu nous as fait ça ? je hurle.

Je bous de rage et mon sang s'embrase, j'ai l'impression de brûler de l'intérieur. C'est insupportable. Ce désespoir, l'horreur qui m'envahit quand je pense à la femme à qui j'ai offert mon cœur.

Je la vois me souffler un baiser et je ferme les yeux. Sans m'en rendre compte, je recule le coude et passe mon poing et la bouteille de bière à travers la cloison de la cuisine.

Une douleur intense m'envahit la main et remonte jusqu'à mon épaule. En poussant un cri guttural, je tombe à genoux en tenant ma main ensanglantée. Je me retiens de justesse au plan de travail, qui ralentit ma chute, mais je m'écrase néanmoins sur le carrelage.

Tout à coup, la porte de l'appartement s'ouvre et je lève la tête. J'aperçois deux bottes de motard.

– Frangin… merde ! s'écrie Bo, paniqué. Bon sang… qu'est-ce qu'elle t'a fait ?

Je ferme les yeux, trop honteux pour regarder mon meilleur ami.

– Merde, Parker, il va te falloir des points de suture. Tu t'es peut-être cassé quelque chose. Qu'est-ce que t'as foutu ? demande-t-il avant de regarder le mur devant moi. Tu as frappé le mur ? Mais comment tu t'es coupé ? ajoute-t-il en enveloppant ma main dans un torchon. Mec… La blessure est profonde et tu n'arrêtes pas de saigner. Il faut qu'on aille aux urgences.

– C'est mort, je bafouille en secouant la tête. J'y vais pas.

– Bien sûr que si ! À moins que tu veuilles que j'appelle Madame Ellis ? C'est sans doute plus douloureux que d'avoir à ravaler ta fierté et laisser ton pote t'emmener, non ? Allez viens, tu trempes le torchon et j'ai peur du sang.

Le sang fait peur à Bo !

Je réprime un éclat de rire, aussitôt les quatre bières ingurgitées me tordent les boyaux. La femme que j'aime m'a trompé. Comme Kayla. Mon passé refait surface et aggrave mon désespoir actuel, comme un couteau enfoncé dans une plaie qui peine à cicatriser.

Ma bouche se remplit soudain de salive et d'un goût amer.

– Oh non, je siffle en me tenant le ventre.

Bo me soulève et m'aide à me pencher au-dessus de l'évier juste à temps. Lorsque je pense avoir tout vomi, j'ouvre le robinet et je me rince la bouche.

– De l'eau, s'il te plaît, je dis en désignant le frigo.

Bo attrape une bouteille et la pose devant moi sur le plan de travail, puis il sort de la cuisine sans un mot. J'ai à peine bu deux gorgées qu'il est à mes pieds avec mes Nike. Je mets un pied après l'autre dans les baskets et il les lace en silence, prenant soin de moi puisque je ne suis pas capable de le faire moi-même. Il attrape mon sweat-shirt gris et m'aide à le mettre sans que je me blesse davantage.

Bon sang, j'ai des amis géniaux.

Il m'accompagne à la porte et attrape les clés de ma Tesla. Bo conduit une moto, et il sait que je ne monterai jamais derrière lui, blessé ou non, c'est mort.

La voiture est parfaitement silencieuse tandis que nous nous rendons à l'hôpital le plus proche.

– Tu vas me dire ce qu'il s'est passé ? demande-t-il enfin.

– Il n'y a pas grand-chose à dire, je soupire en me massant le front.

– Ah ? Selon moi, il y a toujours de bonnes raisons pour pousser un homme à frapper un mur, et toutes impliquent une seule chose…

– Ah bon ? Je t'en prie, éclaire-moi, je réponds sèchement.

– Une femme.

Je grince des dents et regarde par la fenêtre.

– Ta nana est sans doute la plus belle femme de la terre. Ce n'est pas forcément facile de garder une beauté comme ça, dit-il en me regardant d'un air compatissant. Surtout qu'elle est en une de la presse people d'aujourd'hui, en train d'entrer à l'hôtel St Regis de New York, le même hôtel dont elle est sortie ce matin et où séjourne son ex-petit ami. Ça ne peut pas être une coïncidence.

– Ça n'en est pas une, je soupire en réprimant la colère que déclenche mon aveu.

– Pourquoi elle y a été ? demande-t-il d'un ton surpris.

– Je n'en ai pas la moindre idée.

– Tu ne lui as pas parlé ?

– Je l'ai appelée ce matin après avoir dormi trois heures dans son lit, tout seul. Je me faisais du souci. Devine qui a décroché en se vantant de tout ce qu'ils avaient fait pendant la nuit.

– Je ne peux pas y croire, rétorque Bo d'un air dégoûté.

J'aimerais ne pas y croire, non plus.

– Eh bien, crois-le si tu peux. Elle y était. J'ai entendu sa voix pendant que je disais à cet enfoiré toute la crasse que Wendy a trouvée sur lui.

– Il va la laisser tranquille ? demande-t-il en doublant.

– J'espère. Cela dit, tout ça n'a aucune importance maintenant qu'elle a passé la nuit avec lui.

Je suis de nouveau assailli d'images d'elle et Johan et j'ai tant de mal à respirer que j'ouvre la vitre pour avoir de l'air.

– Est-ce qu'elle a essayé de t'appeler ? De t'expliquer ce qui s'est passé ? demande-t-il, incrédule.

– Peu importe. Elle m'a trompé. Avec le putain d'ex qui lui fait du chantage.

– Je ne sais pas, mec, répond Bo en triturant sa barbe. La femme que j'ai rencontrée au *Lucky's* était dingue de toi. Et n'essaie pas de dire que tu n'es pas dingue d'elle, non plus, parce que tout le monde l'a vu.

– Bon sang, mais je l’aime, Bo. Je l’aime ! Et elle m’a trompé. Comme Kayla. Tu as raison de t’en tenir à tes poulettes, de t’amuser. Qu’elle aille se faire foutre et l’amour aussi !

J’ai si mal à la main que je me couvre de sueur. J’ouvre davantage la vitre et respire une grande bouffée d’air frais pour lutter contre la nausée.

– Mec, je sais que tu souffres et que la colère te ronge, mais il doit y avoir une explication. Skyler n’est pas du genre à tromper.

– Parce que tu connais des gens qui sont du genre à tromper, toi ?

– Ben oui, moi, répond-il en souriant.

J’expire tout l’air de mes poumons et ravale le nœud qui se forme dans ma gorge.

– N’importe quoi ! Tes poulettes savent à quoi s’en tenir. Tout ce que je sais, mec, c’est qu’elle était là-bas, avec lui, toute la nuit. Elle n’a pas répondu à mes appels ni à mes messages. J’ai dormi dans un lit vide pendant qu’elle renouait avec son ex.

– C’est ce qu’elle a dit ? Qu’elle se remettait avec son ex ? s’exclame-t-il avec dégoût.

– Non ! C’est ce que lui a dit !

– Et tu le crois ? s’étonne-t-il.

– Elle était dans sa chambre et elle a passé la nuit dans son lit. Dans le lit d’un type qui l’a menacée de révéler des photos affreuses d’elle… qu’il avait prises sans son consentement. Un type qui voulait cinquante millions de dollars pour que la presse ne l'apprenne pas. Et elle est allée dans sa chambre d'hôtel. En laissant ses gardes du corps chez elle.

– Rien que ça, c'est dangereux, admet Bo.

– Exactement. Pour elle, ça pourrait être fatal. Mais elle a pris le risque de le retrouver à son hôtel et d'y passer la nuit. Quand j'ai appelé à six heures du matin et que je l'ai menacé, il était ravi de me dire ce qu'il avait fait avec elle…

Mon sang se glace et ma gorge se noue tandis qu'une nouvelle envie de frapper quelque chose me saisit.

– Putain !

– Détends-toi, mec. On viendra à bout de cette histoire. J'ai du mal à le croire, c'est tout, dit-il d'une voix calme.

Parfois, je me demande si Bo a déjà suffisamment tenu à une femme pour souffrir comme je souffre. Il a eu des dizaines, voire des centaines de nanas, depuis que je le connais, mais il ne leur a jamais rien promis en dehors de ce qu'il a dans le froc. Il ne peut pas comprendre.

– Moi, je ne trouve pas ça dur à croire. J'aimais Kayla, et elle m'a trompé avec notre meilleur ami. J'aime Skyler, et elle me trahit avec son ex. Il y a comme un schéma, tu ne trouves pas ?

Bo gonfle ses poumons en prenant la sortie pour l'hôpital.

– Cette histoire a beau être tordue, donne-lui une chance de mettre les choses au clair, d'accord ? Tu peux faire ça ?

L'idée d'entendre sa voix me remplit de joie, mais ce n'est que de courte durée, car une colère noire s'empare de moi dès que je me rappelle ce qu'elle a fait.

– Je ne promets rien.

– Bon, acquiesce Bo en haussant la tête. Pour l'instant, il faut te recoudre la main. On verra la suite plus tard.

***

Je suis de retour chez moi avec deux doigts cassés dans une attelle, vingt points de suture et la main entièrement bandée. J'ai une bière fraîche dans ma main saine, les pieds sur la table basse et une boîte d'antidouleur ultra-forts à ma disposition. Bo est dans la même position que moi, ses bottes de moto à côté de mes pieds, une bière à la main, le bras tendu sur le dos du canapé. En face de lui est assis Royce, dans le fauteuil, les jambes tendues sur le repose-pieds, en chaussettes. Il n'oserait jamais rester chaussé, même si ses chaussures valent plus que le fauteuil et le tabouret. Assise par terre, un bol de pop-corn sur les genoux, se trouve Wendy, le regard scotché sur le match à l'écran. Elle est vêtue d'un jean slim, de Converse et d'un t-shirt des Red Sox qui doit appartenir à son mec puisqu'il lui arrive au milieu des cuisses.

Pendant que les médecins s'occupaient de moi, Bo a appelé au bureau pour tenir mes collègues informés de la situation. Royce et Wendy ont donc fermé le bureau pour la journée et ils sont venus ici.

Quelqu'un sonne à la porte, Wendy se lève d'un bond.

– Les pizzas sont là ! Je m'en occupe. Je mets ça sur le compte de la société, dit-elle en allant à la porte puis dans la cuisine avec les pizzas. Bo, tu veux bien bouger tes fesses pour m'aider à servir tes potes ?

Royce sourit jusqu'aux oreilles et boit une gorgée de whiskey.

Bo lève les yeux au ciel, mais se lève tout de même.

– Tu sais, petite chipie, que c'est à la femme de servir son homme ! Je vais devoir te faire la leçon ! gronde-t-il en allant l'aider.

Royce ignore leurs chamailleries habituelles et plonge son regard dans le mien.

– Comment tu vas, frangin ?

– Eh bien, entre la bière et les médocs, je vais plutôt bien, je réponds en étudiant ma main blessée.

Royce rit en reposant les pieds par terre et en appuyant ses coudes sur ses genoux écartés.

– Je ne parle pas de ta blessure de guerre, même si je ne suis pas ravi. Bo nous a tout expliqué. C'est pour ça qu'on est là.

– J'avais compris. J'apprécie.

– Donc, ta nana t'a trompé. Comment tu le vis ?

Je ferme les yeux en respirant à fond, essayant d'ignorer les images d'elle et Johan qui envahissent mon esprit. Heureusement, j'y parviens.

– Je ne sais pas trop ce que je ressens, mais la colère doit être le sentiment prédominant.

– Tu lui as parlé ?

– Je n'ai rien à lui dire, je réponds en secouant la tête. C'est fini.

– Frangin…

– C'est fini.

– Parker, je sais combien tu tiens à elle, combien elle tient à toi. C'était flagrant quand on l'a rencontrée au *Lucky's*. On ne tourne pas la page sur une histoire comme ça aussi facilement.

– Pourtant, c'est ce qu'elle a fait, je crache en serrant plus fort ma bouteille de bière.

– Vu ce que tu m'as avoué ressentir pour elle à San Francisco, peut-être que tu devrais lui laisser une chance de t'expliquer.

– Je ne vois pas ce qu'elle pourrait dire pour que je lui pardonne sa trahison ? Elle s'est tapé cet enfoiré le soir où je dormais seul dans son lit.

Royce lève la main.

– Attends une seconde, tu ne sais pas ce qui s'est passé dans cette chambre d'hôtel.

– Ah non ? Elle a couché avec moi le premier soir où on s'est rencontrés. Elle était avec Johan pendant presque deux ans.

– Ça ne change rien au fait qu'il lui faisait du chantage. Elle avait peur et tu n'étais pas là.

– Et ça lui donne le droit de me tromper ? je gronde, outré.

– Bien sûr que non ! s'exclame Royce. Ça veut simplement dire qu'elle était préoccupée, angoissée sans doute. Son homme n'était pas là. Peut-être qu'elle a pensé qu'avec leur passé, elle pouvait se charger elle-même de cet enfoiré. C'est bête, je l'admets, mais connaissant Skyler, c'est plus plausible que l'idée qu'elle soit allée là-bas pour coucher avec lui. Regarde en toi-même, au fond de ce cœur qui est tombé amoureux d'elle, et dis-moi… tu crois vraiment qu'elle pourrait te trahir ? Vraiment ?

– Tu crois quoi, toi ? je lui demande alors que Bo et Wendy reviennent avec la pizza.

– Je crois que tu ne peux pas te fier à ce qu'un manipulateur psychopathe te dit au téléphone, répond-il d'un ton ferme et plein de certitude.

– Ah, on parle de ce qui s'est passé avec Sky ? J'ai pris une longueur d'avance, j'ai déjà épluché ses transactions bancaires et ses relevés téléphoniques avant de venir, déclare Wendy en sortant son ordinateur portable de sa sacoche.

– Chipie, je ne suis pas certain que Parker veuille espionner sa nana, dit Bo en posant une main sur son épaule.

Je me tiens plus droit et pose mes pieds par terre. Mon cœur bat la chamade à l'idée d'en savoir plus sur Skyler.

– Si, en fait. Qu'est-ce que tu as trouvé ? je demande.

Wendy mord dans sa pizza avant de reposer sa part dans son assiette, de se lécher les doigts et de les essuyer sur sa serviette.

– Hier, dit-elle lorsqu'elle a avalé sa bouchée, elle était sur le tournage. J'ai mis une puce GPS sur son téléphone la dernière fois qu'elle est venue. Au fait, j'ai fait pareil sur les vôtres, on ne sait jamais…

– T'es sérieuse, Wendy ? Qu'est-ce que tu veux qu'il nous arrive ? s'exclame Royce en secouant la tête. Cette nana est bien trop maligne. Faites gaffe, les mecs !

Wendy l'ignore et poursuit son récit.

– Elle est rentrée chez elle et elle a passé un coup de fil vers un numéro qui s'avère être celui de Johan. Ils se sont à peine parlé deux minutes, puis elle a utilisé sa carte de crédit dans un taxi qui l'a amenée à l'hôtel St Regis. Elle y a passé la nuit, mais elle n'a pas payé de chambre.

Je grince des dents et jette ma pizza dans mon assiette. Je n'ai plus faim.

– Ça suffit… je commence à dire quand Wendy agite les mains et secoue la tête.

– Mais non, attends, c'est là que les transactions bancaires commencent.

Je fronce les sourcils et Royce s'accroupit à côté de Wendy. Le mot « bancaire » a le même effet sur mon collègue qu'un steak juteux sur un chien.

– Explique-moi, dit-il.

Le regard de Wendy s'illumine au moment où elle désigne différents points sur son écran.

– Là, et là, dit-elle. Des virements avec beaucoup de zéros. Il y en a un pour un certain Miguel Fuentes, qui se fait passer pour un homme d'affaires plein aux as, mais qui est en réalité un usurier minable. Il a l'air riche et réglo, mais la rumeur dit qu'il n'a pas d'indulgence avec les gens qui tardent à le rembourser. Ils finissent par disparaître et on ne les retrouve plus jamais.

– Attends… on n'est pas dans *Le parrain*, quand même, dit Bo en reculant dans le canapé.

– Ben, un peu, en fait. Miguel Fuentes est connu pour ses liens avec la mafia mexicaine, répond Royce. Ce qui se dit dans le milieu financier, c'est qu'il a un réseau dangereux. C'est pour ça que seuls les riches, les puissants et les bandits acceptent de conclure des deals avec lui. Ça fait des années que les flics essaient de le choper, mais ils n'ont jamais assez de preuves.

– Tu déconnes ! Et Sky le connaît ? je m'exclame.

– Seulement dans la mesure où elle lui a transféré de l'argent, beaucoup d'argent. Dix millions de dollars, pour être précise.

– Bon sang… je grogne.

Je passe ma main sur mon front en sueur. Les médocs et la bière commencent à faire effet apparemment, je me sens fatigué et j'ai du mal à réfléchir.

– Mais elle a effectué une quinzaine d'autres virements, poursuit Wendy. Pour des cartes de crédit, des prêts bancaires, des hypothèques et quelques versements vers d'autres types un peu louches.

– À quoi elle joue ? siffle Royce en se frottant le menton.

– Merde… soupire Bo.

Quant à moi, je ne dis rien. Mon cœur, mon esprit et mon corps sont épuisés.

– Mais de tous, le virement le plus étrange est le dernier qu'elle a fait.

– Qu… qu'est-che que ch'est ? je bafouille, ma langue me semble trop grosse pour ma bouche.

Mes trois amis lèvent la tête vers moi en fronçant les sourcils.

– Allez, dis, je gronde en agitant la main pour qu'elle se dépêche.

– Eh bien, d'après ses relevés…

Elle désigne quelque chose sur l'écran, et Bo et Royce écarquillent les yeux.

– Merde, c'est quoi ce bordel ? marmonne Royce.

– Quoi ? je m'exclame en clignant des yeux alors que mes paupières n'ont jamais été aussi lourdes.

– Skyler a payé pour un séjour de trois mois dans un centre de désintoxication. Le paiement est fait au nom de Johan Karr.

Putain, alors c'est certain, maintenant. Elle paie pour sa guérison pour qu'ils puissent se remettre ensemble.

Je hais ma vie.

– Sur ce, je vais… je… je… vais me coucher.

Je me lève, mais mes genoux se mettent à trembler. Je me rattrape à l'accoudoir, Bo se lève d'un bond pour me soutenir.

– Appuie-toi sur moi, frangin.

– Oh, Boogie, qui aurait cru que t'étais si mignon ? je dis en souriant et en faisant mine de vouloir l'embrasser.

Je commence à fermer les yeux, mais Bo me fait contourner le canapé pour aller vers ma chambre. Lorsqu'on y arrive, il soulève la couette et me tourne dos au lit. Je m'y laisse tomber, puis je roule sur le côté et ramène ma main blessée contre ma poitrine.

– Repose-toi, mec. Je serai là quand tu te réveilleras.

– Rentre chhhhez t… toi. C'est cool. J'vais bieeeen, je marmonne en m'endormant déjà.

– Fais de beaux rêves, espèce d'andouille.

C'est la dernière chose que j'entends avant de sombrer dans un sommeil profond.

CHAPITRE 2

Lorsque je me réveille un peu plus tard, je trouve Bo dans la cuisine, en train de faire des pâtes. Je soutiens ma main blessée, essayant d'ignorer cette sensation terrible que quelqu'un referme constamment une portière de voiture dessus. Chaque battement de cœur et chaque respiration lancent une nouvelle vague de douleur.

Respirer. Sans elle, c'est impensable. Mais il le faut, alors, me voilà assis sur un tabouret de bar.

Bo se tourne vers moi, ouvre une bouteille d'eau et la pose devant moi.

– Il faut que tu t'hydrates avec ces médocs, mon pote, dit-il en désignant la petite bouteille.

J'en vide la moitié d'un trait et suis heureux de constater que cela a un effet bénéfique sur mon cerveau.

– J'ai chargé ton téléphone et l'ai allumé. Tu as une dizaine de messages et d'appels manqués, et tous viennent d'une même personne, dit-il en désignant mon nouveau portable branché à quelques pas de moi.

Je prends d'abord le temps de respirer et me retiens de me précipiter dessus. Quels que soient ses mensonges, ils n'auront aucun effet sur moi. Peu importe. Le mal est fait.

– Je ne suis pas sûr qu'elle puisse dire quoi que ce soit pour réparer la situation.

Bo fronce les sourcils et remue sa sauce. Elle est rouge et semble légère et crémeuse. À vrai dire, je me fiche de ce que c'est, car l'odeur de tomates et de pain à l'ail me fait saliver. J'ai à peine touché à ma part de pizza avant qu'on parle de Skyler et de ses dépenses, et j'ai aussitôt perdu mon appétit. À ce stade, je mangerais n'importe quoi.

– Frérot, tu ne crois pas que ton histoire avec Kayla influence ta vision des choses, de ce que Skyler a fait ou pas ? demande Bo.

– Honnêtement, je ne sais pas. Tout ce que je sais, c'est que je souffre. C'est comme s'il y avait un trou béant dans mes tripes qui refuse de se refermer et dont elle est responsable. Je n'ai pas le souvenir d'avoir été dans cet état avec Kayla.

– Moi si, ricane-t-il. Tu étais effondré, à l'époque, mais c'était peut-être parce que tu perdais ton ami en même temps que ta fiancée.

Mon téléphone vibre et je ne peux plus me retenir. Je suis curieux et, pour être honnête, une partie de moi-même espère qu'il y a une explication très simple.

Je débranche le fil et lis le message. Bo a mal compté, j'ai reçu quinze sms depuis ce matin, et il y a six messages sur mon répondeur. Quatre sont de Skyler, un de Sophie et un de ma mère. Je passe tout de suite aux sms, mais je ferme les yeux un instant pour me calmer avant de les lire.

De : Ma pêche
À : Parker Ellis

Bébé, décroche, s'il te plaît.
Tu te trompes.

Le suivant :

Il faut que je t'explique.
Tu ne comprends pas.

Puis :

Appelle-moi quand tu atterris.

Et encore :

Ce n'est pas ce que tu crois !
Je te le jure.

Puis :

Je ne te ferais pas mal comme ça.
Jamais. Jamais, jamais.

Les messages se suivent et se ressemblent.

Très bien. Si tu ne veux pas répondre
à mes messages, appelle-moi !

C'est insensé ! Je sis ce que tu crois,
mais tu te trompes.

Bébé, s'il te plaît. Fais-moi confiance
et crois-moi. Crois en nous.

Chaque message me brise un peu plus le cœur. Elle veut que je lui fasse confiance, mais comment le pourrais-je ? Elle a passé la nuit dans la chambre d'hôtel de cet enfoiré. Le monde entier le sait ou du moins le soupçonne. Elle n'a pas emmené ses gardes du corps et elle s'est mise en danger. Johan Karr n'est pas stable, il m'a suffi de lui parler quelques secondes pour le savoir.

Pourquoi prendrait-elle un tel risque ? Que pensait-elle obtenir ?

Je continue à lire ses messages.

Parker, appelle-moi.
Je ne peux pas réparer la situation
tant que tu ne m'appelles pas.

Pourquoi tu ignores mes appels ?
Tu me fais du mal,
et tu ne connais pas la vérité !

J'ai essayé d'appeler au bureau
et je suis tombée sur le répondeur.
Wendy ne répond pas non plus.
Je t'en supplie, appelle-moi !

Je grimace en luttant contre l'envie de céder à ses demandes.

Chéri, je sais que tu es en colère.
Je suis désolée. J'ai été bête.
Mais je dois essayer
de réparer ça toute seule.

Je passe ma main sur ma barbe et me mords la lèvre en lisant les deux derniers messages.

Parker, j'ai besoin que tu me fasses
confiance. Pour qu'il y ait la moindre
chance que ça marche entre nous,
tu dois croire que je ne te trahirai
jamais. Je ne gâcherai jamais
notre histoire.

Le dernier message m'anéantit, et je mords l'intérieur de mes joues pour réprimer la tristesse qui menace de jaillir. Je suis trop viril pour laisser libre cours aux sentiments qui me mettent les larmes aux yeux. Je le relis et laisse les mots m'imprégner, imprégner mon cœur, mon sang, mon âme.

Tu es la plus belle chose
qui me soit arrivée, Parker.
Si tu ne crois rien, crois au moins cela.
S'il te plaît, donne-moi l'occasion
de t'expliquer ce qui s'est passé.
Je vais te laisser du temps, quelques
jours, pour penser à tout ça.
Appelle-moi quand tu seras prêt
à parler.

Je frotte mon visage pour délasser mes traits tirés et je pose mon téléphone. Bo éteint le feu et sert deux assiettes de fusilli recouverts d'une sauce crémeuse rouge et blanche, le tout saupoudré de persil fraîchement coupé.

– Mec, depuis quand tu sais cuisiner ?

L'idée que ce vieux célibataire sait faire à manger est si incroyable que je regarde mon assiette avec de grands yeux, comme si elle était apparue comme par magie.

– Mama Sterling me donne des cours, répond-il en souriant.

– Sans rire ?

Il sourit de plus belle et se baisse pour sortir un pain à l'ail du four.

– Sans rire. Elle m'a dit que comme je n'ai pas l'intention d'avoir de femme stable dans ma vie, et que je ne peux pas aller tous les jours chez elle pour manger un vrai repas, elle allait m'apprendre quelques classiques pour que je ne me gave pas de fast-foods.

Il ricane en posant deux grosses tranches de pain à côté des pâtes. Lorsque nous sommes tous les deux servis, il fait le tour du bar, s'assoit à côté de moi et avale une énorme bouchée.

Je goûte à mon tour et suis agréablement surpris.

– Bo, c'est super-bon ! je dis la bouche pleine.

– Je sais. Alors… ces messages ? Il y a quelque chose d'intéressant ?

– Tu cherches des potins ? je ricane.

– Bien sûr. Je veux savoir si cette fille s'est moquée de toi, de nous tous, bon sang. Parce que tu vois, celle que j'ai rencontrée, que j'ai photographiée à New York et qui s'est assise sur les genoux de mon pote au *Lucky's*, un lieu qui nous est sacré… cette fille-là… on commençait tous à s'y attacher.

– Elle a l'air triste, je réponds en secouant la tête. Elle me supplie de lui parler. Elle veut s'expliquer. Elle dit que j'ai tout faux. Mais ça ne change rien aux faits. Elle a laissé ses gardes du corps pour passer la nuit dans un hôtel avec un homme qui lui fait du chantage. Et en plus de ça, d'après l'enquête de Wendy, elle a payé toutes ses dettes et elle lui offre une cure de désintox. Qu'est-ce que je suis censé penser ?

Bo mâche pendant plusieurs secondes avant de répondre.

– Tout ce que tu dis est vrai. Toutefois, ça ne veut pas dire qu'elle a dormi dans son lit ou qu'elle a couché avec lui. Tu crois que tu peux lui pardonner tout le reste s'il s'avère qu'il ne s'est rien passé entre eux ?

Je prends cinq bonnes minutes pour réfléchir à sa question, et Bo ne me presse pas.

Est-ce que je peux lui pardonner si elle ne m'a pas trahi physiquement ?

Oui. Je pense que oui. Ça ne change pas ce qui s'est passé, et je ne connais toujours pas les détails, mais la véritable blessure, la vraie trahison, serait qu'elle m'ait trompé. Le pourquoi du comment n'a pas d'importance.

Je pose ma fourchette, m'accoude au bar pour appuyer mon menton dans ma main.

– Ouais, je pourrais lui pardonner d'être allée le voir alors qu'elle aurait dû m'attendre. Selon moi, elle aurait dû éviter cet enfoiré coûte que coûte. Quelles qu'aient été ses raisons, c'était idiot de sa part.

– Ok. Alors, qu'est-ce que tu vas faire ?

– Je ne sais pas encore, je réponds en haussant les épaules.

– Il faut que tu lui parles. C'est la seule personne qui pourra répondre aux questions que tu te poses, frangin. Tu le sais bien.

– Ouais, je suis juste… putain. Honnêtement, l'idée qu'elle est allée là-bas, qu'elle a passé la nuit avec lui, même s'il dormait sur le canapé… mec… ça me ronge.

– Je te comprends. Ça se voit, c'est écrit sur ton visage, dans le trou dans le mur, dans tes points de suture, tes os cassés. Tu souffres. Mais le seul moyen d'aller mieux, c'est de connaître la vérité. Sans ça, tu ne pourras pas avancer.

Je me frotte la tête et les pulsations dans ma main se font plus vives. Je saisis mon poignet et le serre fort pour essayer de calmer la douleur.

– T'as mal ?

– Putain, oui, je grogne.

Bo se lève, va dans le salon et revient avec une boîte de médicaments. Il l'ouvre, en sort des cachets.

– Le toubib a dit que tu pouvais en prendre deux avant d'aller au lit, mais seulement le ventre plein et avec beaucoup d'eau. Bois, mange, avale ça et retourne te coucher. Je vais dormir sur le canapé, au cas où tu aurais besoin de moi.

– Tu n'es pas obligé de faire ça, je lui dis en le frappant dans le dos. Je peux t'appeler si ça ne va pas. T'es pas loin.

– Je préfère être là au cas où tu ferais une mauvaise réaction, ou ce genre de chose, répond-il en secouant la tête.

Je reprends ma fourchette et remue les pâtes dans mon assiette avant d'en avaler une bouchée.

– Ok, comme tu voudras.

– Alors, c'est décidé.

Je vide mon verre et je lève la tête vers Bo, qui éponge sa sauce avec un morceau de pain à l'ail.

– Merci, je marmonne. Je ferais pareil si les rôles étaient inversés. Tu le sais, n'est-ce pas ?

Il hoche la tête, mais ne répond rien. C'est ainsi qu'on fonctionne. Entre frères, on se soutient. On s'épaule quand ça ne va pas.

Si seulement les relations amoureuses étaient aussi faciles. J'ai l'impression de traverser un champ de mines, je ne sais ni quand m'arrêter ni quand avancer. La seule chose dont je suis certain, c'est que j'ai envie de fuir. J'ai envie de recommencer le travail dès que possible et de prendre mes distances avec tout ce scandale Johan/Skyler. J'ai besoin de recul.

– À propos de la mission à Montréal, je vais aller au bureau demain. Je vais demander à la P.-D.G. de venir nous expliquer la situation ici, en secret. Je me dis que c'est peut-être une mission pour toute l'équipe d'IG, t'en dis quoi ?

– Je meurs d'envie de bouger. Le Canada est idéal, en cette saison.

Idéal et… très, très loin de mes problèmes.

***

Lorsque Wendy fait entrer Alexis Stanton dans mon bureau, deux jours plus tard, elle n'est pas du tout ce à quoi je m'attendais. Elle est grande, avec un corps de rêve et des courbes somptueuses. Elle est l'incarnation même d'un mannequin *Wonderbra*. Or, d'après les infos de Wendy, c'est aussi un génie.

Je m'efforce d'ignorer la douleur dans ma main, même avec la dose maximum de médocs, et je prends le temps d'évaluer notre cliente tandis qu'elle s'assoit devant moi. Ses cheveux blonds bouclés lui arrivent aux épaules et semblent tissés de fils d'or. Contrairement aux miens, ses yeux bleus sont presque turquoise. Elle a un petit nez en trompette et des pommettes très hautes. Ses lèvres sont charnues et roses, si alléchantes qu'on a aussitôt envie d'y goûter.

Je me racle la gorge et fais de mon mieux pour ne pas baisser les yeux sur sa robe blanche ultra-moulante. Les manches longues lui arrivent sous les poignets et c'est bien la seule chose qui soit longue. La jupe lui arrive au-dessus du genou et elle remonte lorsqu'elle s'assoit, révélant de belles cuisses musclées. Elle porte des sandales à talons couleur chair qui donnent l'impression que ses jambes sont infinies. Et sur cette femme, elles sont fatales, car elle a déjà des jambes de trois mètres de long.

Je me masse les tempes et recule dans mon fauteuil, puis j'ajuste ma cravate d'une main maladroite ; en plus du bandage, mes deux doigts cassés sont strappés ensemble.

– Monsieur Ellis, merci de me recevoir. Je suis contente que vous soyez rentré plus tôt. La situation dans mon entreprise devient grave. Il n'y a pas une seconde à perdre.

– Et si vous commenciez par m'expliquer le problème ? Royce me dit que vous pensez que quelqu'un vole vos secrets de fabrication pour les revendre à vos concurrents. C'est exact ?

– Oui, mais c'est plus compliqué que ça, répond-elle en hochant la tête.

– Comment ça ? je demande en croisant les bras sur mon bureau.

– Non seulement les trois derniers produits ont été volés et commercialisés par mon concurrent deux à trois semaines avant nos dates de sortie… mais quelqu'un s'amuse en plus à saboter nos processus.

– De quelle façon ?

– Nos logiciels sont infectés par des virus, des dossiers sont perdus ou supprimés, comme par magie. C'est comme s'il y avait un fantôme dans le système.

– J'ai déjà entendu cette expression, je réponds en creusant dans mes souvenirs d'Harvard. Il s'agit d'intelligence artificielle ? De bugs informatiques qui entraînent des erreurs de codage, c'est ça ?

Elle hoche la tête et mord sa lèvre inférieure.

– Je ne suis pas certaine que vous puissiez m'aider avec cette menace-là. J'ai des développeurs hors du commun, et c'est mon frère et moi qui avons écrit le code originel. Ce dont j'ai vraiment besoin, c'est de savoir qui divulgue nos secrets de fabrication. J'ai passé des heures à enquêter et je n'ai pas avancé.

– L'explication la plus simple serait que les deux problèmes soient provoqués par la même personne, non ?

Elle soupire et se cambre pour se détendre, ce qui a pour effet de faire gonfler sa poitrine et de la faire avancer vers moi, comme une offrande. Elle recule dans son fauteuil et recroise les jambes, bon sang, j'ai l'impression d'entendre le tissu de sa robe remonter le long de ses cuisses. J'en ai l'eau à la bouche et je me réprimande aussitôt. Ça ne fait que trois jours que j'ai rompu avec Skyler, rompu étant un bien grand mot puisque, techniquement, elle attend toujours que je la rappelle.

J'étudie la femme assise devant moi, et ma queue se réveille d'une nuit de trois jours. Je me lèche les lèvres et me concentre sur son visage. Je suis tenté de la mater une nouvelle fois, mais je sais que c'est mal. Je n'ai pas l'intention de draguer une autre femme que Skyler.

J'ai beau avoir dit à Nate que c'était fini, il faut que je le lui dise en personne. C'est la seule chose juste et honnête à faire. Je ne peux pas demander à Skyler d'être sincère avec moi si je ne le suis pas avec elle. Le problème, c'est que je ne suis pas encore prêt à le faire, à lui dire au revoir. À la laisser partir. À tourner la page sur tout ce que nous avons vécu.

Mon ventre se noue et ma gorge se serre. Je soupire longuement, mais Alexis n'y prête guère attention et continue de me parler.

– Je suppose que ce serait logique, mais j'ai du mal à croire qu'un de mes développeurs puisse faire ça, me trahir d'une façon aussi flagrante.

– Eh bien, je peux vous dire d'expérience que les gens sont rarement ce qu'ils prétendent être.

Et c'est aussi vrai aujourd'hui que ça l'était lorsque Kayla m'a brisé le cœur, c'est seulement plus douloureux à cause de l'intensité de la connexion que je pensais avoir avec Skyler. J'ai été bête de croire que ça pourrait être différent. Quel idiot, bon sang !

– C'est une façon très sombre de voir le monde dans lequel nous vivons, Monsieur Ellis, dit Alexis en fronçant les sourcils.

Je penche la tête sur le côté tandis qu'elle me transperce du regard, comme si elle cherchait à lire en moi.

– Disons simplement que j'ai été déçu par un proche, récemment.

– Un proche ou une femme à qui vous teniez ?

– Ça change quelque chose ?

– Non, je suppose que non. Mais sachez que j'ai été loin dans mon enquête. Chaque employé a été soumis à un détecteur de mensonges, et ils l'ont tous réussi haut la main. Je ne sais plus quoi faire, c'est pour ça que je vous ai appelés.

Je suis tenté de m'appuyer sur les accoudoirs pour joindre mes index sous mon menton. C'est un geste que j'ai toujours fait sans m'en rendre compte, mais qui m'est désormais interdit à cause de mon bandage et de mon strap. Je grince des dents en me rappelant pourquoi ma main est dans un tel état. La femme que j'aimais m'a trahi et j'ai perdu le contrôle. Plus jamais. Je ne laisserai plus jamais mes sentiments contrôler mes décisions.

– Vous pensez pouvoir m'aider ? demande Alexis avec une petite moue sensuelle.

– Oui, je crois que oui, même s'il me faudra toute mon équipe.

– Pourquoi ça ?

– Si vous avez enquêté sur vos employés et que vous n'avez rien trouvé, le coupable doit être doué. N'importe qui, dans n'importe quel département, pourrait divulguer vos secrets commerciaux, mais seule une poignée de gens peuvent également lâcher des virus. Cela dit, peut-être a-t-on affaire à une équipe.

Elle grimace et se passe la main dans les cheveux. J'adorais passer la mienne dans ceux de Skyler. Ils étaient toujours doux comme du cachemire. L'espace d'une seconde, je me demande si les cheveux d'Alexis sont aussi soyeux que ceux de Skyler, puis je me fustige d'avoir pensé à elle.

Concentre-toi sur le travail, Park. Pas sur cette femme.

– Qu'avez-vous en tête ? demande Alexis.

– Mon assistante est la meilleure informaticienne que je connaisse. Elle se fera passer pour une nouvelle recrue dans votre équipe de développeurs, Royce pour un auditeur financier et Bo jouera un nouveau client très insistant qui veut une nouvelle application, peut-être quelque chose en lien avec la photographie. Vous pensez que c'est possible ?

– Bien sûr. On peut créer des tonnes d'applications pour des filtres, des éclairages, des montages instantanés, etc. Et vous ? Quel rôle jouerez-vous, Monsieur Ellis ? ronronne-t-elle d'une voix sensuelle.

J'ignore son ton séducteur. Il fut un temps où je me serais jeté sur cette femme. Or, avec tout ce qui m'arrive, je ne sais pas bien comment réagir face à ses signaux à la fois professionnels et séducteurs. Je ne suis pas à l'aise et je ne sais pas quoi faire.

Je respire un bon coup et me concentre sur la mission. C'est le travail qui compte, pour l'instant, pas les regards sulfureux que me lance la cliente.

– Je me ferai passer pour un consultant qui analyse la productivité des process. Il faudra que je m'entretienne avec chacun de vos employés pour leur demander ce qu'ils font, ce qu'ils pensent de leur travail, etc. Je suis doué pour lire le langage corporel des gens et leurs micro-expressions. Je sais toujours quand quelqu'un me ment. Et puis, le coupable commettra peut-être une erreur en stressant de voir un auditeur et un consultant arriver en même temps.

– D'accord, alors par quoi commence-t-on ?

Elle se penche et le tissu de sa robe semble se tendre encore plus sur sa poitrine.

Ne regarde pas ses seins, Parker. Ne regarde pas ses seins !

Pas cool, mec. Vraiment pas cool.

Cela dit, elle ne mettrait sans doute pas ce genre de robe si elle ne s'attendait pas à se faire mater. À mon avis, à voir à quel point elle semble à l'aise, elle aime attirer l'attention. Peut-être même a-t-elle besoin de ça.

Toutefois, je ne devrais pas la reluquer, même si j'ai l'intention de rompre avec Skyler. Pour l'instant, rien n'est officiel.

Mon estomac se noue de nouveau, mais je me force à respirer et me concentre sur le travail.

– Tout d'abord, je suggère que Wendy commence dès que possible, demain.

Elle écarquille les yeux mais comme elle ne dit rien, je poursuis.

– Vous la présenterez tout de suite à votre équipe, afin que personne ne doute de sa sincérité, et elle pourra aussitôt commencer à fouiner dans votre back-end.

– D'accord.

– Ensuite, Bo arrivera, et vous le laisserez expliquer ce qu'il veut à vos développeurs. Il insistera pour être présent lors du processus de création, et vous lui donnerez un bureau d'où il pourra travailler.

– Ça ne devrait pas poser problème.

– Je crois que Wendy a déjà enquêté sur vos employés. Combien sont-ils ?

– Vingt-deux, sans me compter.

Je prends mon téléphone et appuie sur le bouton pour appeler Wendy.

– Je t'écoute, boss, chantonne-t-elle.

– Est-ce que Royce t'a demandé de préparer un dossier sur Stanton Cybertech pendant qu'on était à San Francisco ? je demande en regardant par la fenêtre pour éviter de reluquer ma cliente.

– Oui, chef. J'ai les dossiers sur les vingt-deux employés, et un autre sur Alexis Stanton. Je me suis dit que s'il se passait quelque chose de louche dans sa boîte, tu voudrais toutes les infos possibles.

– Parfait, je réponds en souriant jusqu'aux oreilles. Il va aussi falloir que tu réserves des billets et des chambres d'hôtel pour nous quatre.

– Quatre ? demande-t-elle d'une voix tout excitée.

– Oui, ma p'tite dame. Demain matin, tu incarneras la toute nouvelle recrue de Stanton Cybertech. Il faut qu'on agisse vite.

– Waouh, c'est trop cool, boss ! J'ai hâte de le dire à Sir Mick ! Ma première mission secrète. C'est génial ! s'exclame-t-elle.

– Je suis ravi que tu le penses. On en reparlera quand j'aurai fini avec Madame Stanton, mais apporte-moi les dossiers, s'il te plaît.

– Tout de suite !

Je me tourne vers Alexis, qui est en train de me reluquer. Quand je dis reluquer, je veux dire à la manière d'un tigre qui regarde un steak cru. Elle se lèche les lèvres et agite ses seins en remuant dans son fauteuil. Je me pince la cuisse pour ne pas mordre à l'hameçon et éviter de dire quoi que ce soit de déplacé.

– Bien. C'est réglé. Maintenant, dites-m'en plus sur les produits qui vous ont été volés.

CHAPITRE 3

Les bureaux d'Alexis Stanton n'ont rien à voir avec les nôtres. Là où ceux d'*IG* sont minimalistes et aérés, ceux de *Stanton Cybertech* sont très décorés et… douillets. Le bureau d'Alexis ressemble davantage à un lieu de vie que de travail. Si le siège de l'entreprise n'était pas dans un entrepôt en banlieue de Montréal, j'aurais facilement pu croire que j'étais chez elle. C'est surprenant et un peu bizarre. Je me lève et fais le tour de la pièce tandis que Royce attend patiemment dans un des fauteuils placés devant la cheminée. Oui, une cheminée, devant laquelle on trouve un canapé, des fauteuils et une table basse.

Je regarde Royce, il sourit d'un air qui me dit qu'il a la même impression que moi.

– C'est bizarre, non ? je demande en haussant les épaules.

Je me tourne vers l'énorme écran plat qui est accroché au mur, encadré par une bibliothèque où sont disposés des livres, des cadres et quelques bibelots. Face à l'écran, il y a un bureau en bois ancien, avec un ordinateur portable extra-plat, un téléphone et une lampe en verre multicolore de style ancien.

– Des goûts et des couleurs… comme dirait Maman, chuchote Royce en ajustant sa cravate.

J'avance vers la bibliothèque et étudie les photos qui s'y trouvent. Elles sont toutes d'Alexis et d'un homme bien plus jeune, un frère peut-être, étant donné leur ressemblance.

Alexis entre dans son bureau avec deux tasses de café et un grand sourire.

– Bonjour, les garçons. J'ai pensé qu'un café vous ferait plaisir.

– Merci, je dis en prenant un des mugs.

Son pouce effleure le mien comme par accident, et quand je lève la tête vers elle, je découvre un sourire coquin sur ses lèvres. Elle me lance un clin d'œil et donne l'autre tasse à Royce.

Sa tenue est similaire à celle de l'autre jour, bien que son haut noir soit plus révélateur, avec un décolleté plongeant qui paraît tout juste contenir ses seins et laisse entrevoir un millimètre de peau au-dessus de son pantalon de tailleur. Sa ceinture noire et brillante attire l'attention sur sa silhouette en huit et, cerise sur le gâteau, elle porte des escarpins rouge foncé. Ma kryptonite.

C'est terriblement sexy.

Je grince des dents et respire lentement pour laisser passer ma frustration, et Royce me regarde par-dessus sa tasse en se raclant la gorge.

– Mademoiselle Stanton…

– Appelez-moi Alexis, je vous en prie. Le ton est informel, ici. D'ailleurs, tout le monde m'appelle Lexie.

– Très bien, Lexie, que sait votre équipe, pour l'instant ?

Elle se lève pour ouvrir son ordinateur. Elle appuie sur un bouton et l'écran plat s'allume, révélant les quinze points de vue des caméras qu'elle a placées un peu partout dans l'entrepôt.

– Eh bien, comme vous pouvez le voir sur le deuxième écran, Wendy est avec Kidd, qui lui explique le fonctionnement de notre système. D'après lui, elle apprend très vite. Il m'a même dit, hier soir, qu'il trouvait étrange qu'elle veuille travailler pour nous à un poste de simple développeur alors qu'elle pourrait avoir n'importe quel job. Il va peut-être falloir lui dire qu'elle est en mission secrète.

Je souris, fier d'avoir eu le flair d'embaucher Wendy sur un coup de tête.

– Qui est Kidd ?

– Mon petit frère, répond Alexis en souriant jusqu'aux oreilles.

– Il s'appelle Kidd ? ricane Royce.

Le sourire de notre cliente disparaît aussitôt.

– Oui, nos parents étaient hilarants, dit-elle d'une voix pleine de dédain.

– Non, pardon, Mademoiselle Stanton, Lexie, se dépêche de dire Royce. Je ne pensais pas à mal. Je m'appelle Royce, ce n'est pas très courant, non plus.

Le fait que ce soit votre petit frère et qu'il s'appelle Kidd[9] est ironique, c'est tout. Veuillez m'excuser, ce n'était pas très professionnel de ma part.

Elle secoue la tête et passe une main dans ses longues boucles, puis elle prend une des photos d'elle et son frère sur la bibliothèque.

– Non, c'est juste que… ce n'est pas de votre faute. Je suis très protectrice vis-à-vis de lui. Il est tout ce que j'ai et il n'a pas eu une vie facile. Nos parents le détestaient et se sentaient coincés d'avoir eu un autre bébé sur le tard alors qu'ils n'en voulaient pas. Plus tard, il a été harcelé à l'école et se faisait tabasser fréquemment. Je suis sa seule famille, et il est la mienne. Cela fait des années que nous avons renié nos parents, et maintenant, il s'en sort comme un chef et il n'a que vingt-trois ans.

– Royce ne voulait pas vous offenser, je dis en allant à ses côtés pour regarder la photo.

Alexis et son frère sont dos à dos, devant l'entrepôt, sous l'inscription *Stanton Cybertech*.

– Je sais, répond-elle en riant. Je suis désolée, Royce, il n'y a pas de mal. Vraiment.

Royce hoche la tête et met ses mains dans ses poches.

– Est-ce que vous avez informé votre équipe de notre arrivée ? je demande.

---

9. En anglais, *Kid* veut dire « gamin ». (NdT, ainsi que pour les notes suivantes)

– Oui. J'ai réuni tout le monde hier pour présenter Wendy, et personne ne semble avoir été surpris. Je leur ai également dit qu'un client arrivait demain, et que vous deux arriviez ce matin. Royce, je vais vous emmener voir le DAF[10] pour commencer l'évaluation de nos finances. Parker, je vais vous installer dans une petite salle de réunion où vous pourrez passer vos entretiens.

Oubliant mes doigts cassés et mes points de suture, je frappe dans mes mains sans réfléchir et je grimace en réprimant un cri de douleur. Alexis se précipite vers moi pour prendre mes mains dans les siennes.

– Pauvre chaton, que s'est-il passé ?

Elle se penche pour embrasser le dessus de ma main, comme le ferait une mère avec un jeune enfant. Cependant, lorsqu'elle a fini, elle ne se redresse pas tout de suite, levant les yeux vers moi pour me faire un sourire ravageur.

Mon Dieu, que vais-je faire de cette femme ?

Royce agite de la monnaie dans sa poche, ce qui semble ramener notre cliente à la réalité. Elle se redresse lentement en prenant soin de mettre sa poitrine en avant. Je dois faire appel à tout mon self-control pour ne pas mordre à l'hameçon. Cela dit, je peux regarder si je veux. Skyler et moi, c'est fini. Fini. En tout cas, moi je sais que c'est fini. Elle devrait le savoir, elle aussi, après m'avoir trahi, mais

10. Directeur administratif et financier.

je ne peux rien faire avec Alexis en sachant que je n'ai pas officiellement rompu avec Skyler.

Cela dit, je ne sais pas si je serais intéressé. Pour la première fois de ma vie, je ne suis pas certain de vouloir coucher avec une blonde canon.

Ma poitrine se contracte, je déglutis.

– Êtes-vous prêts à découvrir vos lieux de travail ?

– Après vous, Alexis, je réponds en désignant la porte.

– Oh non, après vous, j'insiste, répond-elle en souriant et en nous ouvrant la porte.

Lorsque nous passons devant elle, je regarde par-dessus mon épaule et j'ai la confirmation qu'elle mate nos fesses. Je m'arrête brusquement et la vois mettre son index dans sa bouche et le sucer en passant devant moi, sans manquer d'effleurer mon torse avec sa poitrine.

– Pardon, susurre-t-elle d'un ton faussement innocent en battant rapidement des cils.

Je me mords la joue jusqu'à sentir le goût du sang. La douleur me rappelle de ne pas réagir. Il ne se passera rien avec Alexis. Hors de question que je laisse encore une relation-client déraper de cette façon. Plus jamais. J'ai déjà fait ça deux fois, et si la première m'a permis de rencontrer ma première amie fille, la seconde m'a brisé le cœur.

– Alexis, on ne sait pas où on va… je lui rappelle gentiment pour ne pas entrer dans son jeu.

– Je sais où j'aimerais aller, moi, déclare-t-elle en me matant des pieds à la tête et en se dandinant assez pour faire rebondir ses seins.

– Mon Dieu, je m'exclame à voix basse en détournant le regard.

Royce hausse les sourcils et se couvre la bouche avec la main.

– Je plaisante, dit-elle en riant et en nous passant devant. Venez les garçons, la visite guidée commence. Je vais vous présenter à tout le monde et leur rappeler pourquoi vous êtes ici. Royce, je vous laisserai avec le DAF, et Parker, je vous montrerai votre bureau où vous pourrez passer la semaine, dit-elle d'une voix lourde de sous-entendus.

Jésus Marie Joseph ! Je ne suis pas assez fort pour supporter l'attention d'une telle femme. Pas maintenant, pas cette semaine.

Je frappe Royce dans le dos et le pousse devant moi pour m'éloigner d'Alexis.

– Je suis ton bouclier humain, maintenant ? chuchote-t-il alors que nous emboîtons le pas à Alexis.

– C'est un problème ?

– Jamais, frangin, répond-il en plongeant ses yeux gris dans les miens. Je te servirai toujours de garde, que ce soit pour te protéger de femmes d'affaires affamées ou de belles blondes célèbres. Je serai toujours là pour toi.

Je hoche la tête et fais de mon mieux pour ne pas accorder trop d'importance à la situation.

Je ne suis pas assez fort pour assumer les conséquences d'une relation avec Alexis, et je n'en ai pas envie. Je n'ai jamais été aussi faible et, pour être honnête, je me servirais d'elle pour oublier Skyler. Après Kayla, je m'étais juré de ne plus jamais traiter une femme comme un objet sexuel. J'ai mûri. L'homme que j'étais à la fac n'est pas celui que je suis aujourd'hui. J'aimerais croire que je suis plus fort, plus mûr, et que je respecte l'esprit et le corps d'une femme autant que le mien. Une nuit avec Alexis serait agréable, le temps de jouir, mais le lendemain, je serais dans la même position qu'aujourd'hui.

Tout à coup, mon téléphone vibre dans ma poche. Je le sors et regarde le nom qui s'affiche à l'écran.

De : Ma pêche
À : Parker Ellis

Il me suffit de voir son surnom pour que mon sang s'embrase. Je contracte ma mâchoire et je me force à respirer calmement. Je suis Alexis en tenant si fort mon téléphone que je ne serais pas surpris d'y voir la marque de mes ongles lorsque nous arriverons à destination. Toutefois, je ne lis pas le message et me contente de ranger mon téléphone dans ma poche.

Alexis nous présente à un tas d'employés avant de déposer Royce chez le DAF, puis elle me guide vers un bureau d'angle qui semble loin du brouhaha. J'ai le sentiment étrange qu'elle m'emmène à la guillotine, mais je crois que ça vient plutôt du message de Skyler dans ma poche.

– Nous y voilà, dit Alexis en ouvrant la porte d'une pièce qui ressemble plus à un salon qu'à un bureau.

– Vous plaisantez ? C'est une salle de réunion ?

– Je passe tellement de temps au travail que j'ai besoin d'être à l'aise. J'aime les choses qui me détendent et qui stimulent ma muse créatrice.

– Votre muse ?

Alexis appuie sa hanche contre l'accoudoir du canapé et elle croise les bras sous son énorme poitrine. Je ne peux pas m'empêcher de la regarder, en même temps, elle est dure à ignorer.

– Mmm… hmmm. Vous savez ce qu'aime ma muse, en dehors des canapés moelleux ? demande-t-elle d'une voix suave.

Ma bouche devient sèche et je suis pris d'une bouffée de chaleur.

– Je n'en ai pas la moindre idée, je réponds d'une voix râpeuse.

Elle ricane, consciente de l'effet de son corps, de ses paroles et de ses avances. Alexis Stanton est tout ce dont rêvent les hommes. Elle a un corps de mannequin, elle s'habille comme une escort de luxe et elle parle avec la franchise d'un homme. Je ne peux pas m'empêcher de me demander si tout ça n'est qu'une façade, un masque qu'elle porte pour déstabiliser le sexe opposé.

D'après les recherches que Wendy a faites sur elle, elle est hyperintelligente et elle a évincé sa concurrence qui n'était constituée que d'hommes. Elle a été vue en public avec deux d'entre eux, mais aucun n'a admis être en couple avec elle. Peut-être est-ce pour ça que son concurrent principal a mis la main sur ses produits pour les mettre sur le marché avant elle. Peut-être s'en prend-on à elle pour des raisons personnelles, cela mérite que je me penche sur la question.

– Asseyez-vous, Monsieur Ellis, et si vous avez de la chance, je vous montrerai ce qu'aime ma muse plutôt que de vous l'expliquer, dit-elle en se caressant la taille.

Je la contourne pour m'asseoir sur le canapé, et elle tend le bras pour effleurer mon torse de haut en bas, s'arrêtant juste au-dessus de ma ceinture.

– Mademoiselle Stanton, Lexie… je m'écrie en reculant et en levant la main. Écoutez, vous êtes une très belle femme…

– Je suis ravie que vous le pensiez, répond-elle en faisant un pas en avant, m'obligeant à en faire un en arrière.

– Je ne crois pas que ce soit une bonne idée.

– Oh, mais moi si, justement, ronronne-t-elle, et son regard s'illumine. Vous voyez, je suis la patronne, et vous le patron…

– Je… je sors tout juste d'une relation, je dis bêtement en secouant la tête.

– Oh, ce doit être dur. Peut-être qu'un bisou magique vous ferait du bien, comme j'ai fait pour votre main.

Elle continue d'avancer jusqu'à ce que je sois acculé contre la table ronde.

– Alexis, comme je l'ai dit, vous êtes… jolie…

– Alors, maintenant, je ne suis que jolie ? Je crois que vous essayez de vous retenir de me toucher alors que vous en mourez d'envie. J'ai vu la façon dont vous me regardez. Vous me désirez autant que je vous désire. Je me trompe rarement sur ce genre de chose. Ensemble, nos énergies seraient… explosives !

Elle me saisit par le cou et plaque ses seins contre mon torse, mais je me force à garder mes mains le long de ma taille.

– Doux Jésus !

Ma température augmente et mon sexe durcit, et je me sens étourdi, comme si j'avais bu un verre de trop.

– Une autre fois, dans un autre contexte, vous seriez… bon sang, c'est vous qui seriez contre le mur avec votre jupe sur les hanches. Mais je ne suis pas d'humeur. Je vous l'ai dit. Je sors d'une relation qui est… euh… très récente.

– Mmm… hmmm…

Le bout de son nez effleure ma joue et son souffle chaud me chatouille. Un frisson remonte le long de mon dos et ma verge durcit davantage, me suppliant d'accepter son offre.

– Votre tête a beau chercher des excuses, votre corps a envie de moi, je le sais.

Je me lèche les lèvres et son regard descend sur ma bouche. Bon sang, elle n'en perd pas une miette. Elle se met sur la pointe des pieds et se colle à moi. Je ferme les yeux et essaie désespérément de ne pas réagir à sa proximité, à son parfum de chèvrefeuille et de melon, à sa chaleur, à ses seins rebondis qui débordent tant de son décolleté qu'il me suffirait d'incliner la tête pour promener ma langue sur leur peau chaude.

Je pousse un grognement en saisissant ses hanches et elle sourit, si près de mes lèvres que je sens le café sur son souffle.

– Est-ce que vous me dites non ? demande-t-elle.

Je suis certain que je regretterai ce moment jusqu'à la fin de mes jours. Je suis désespérément en manque d'affection et d'attention, et rien ne me ferait plus de bien que de me laisser séduire et de tout oublier dans les bras d'Alexis Stanton. Toutefois, le poignard que Skyler a planté dans ma poitrine est toujours là et m'empêche de respirer.

Je la pousse en arrière et elle lâche enfin mon cou.

– Pas maintenant, je déclare d'une voix rauque.

– Alors ce n'est pas un non ? répond-elle avec un sourire séducteur. D'après mon expérience, c'est un peut-être. Ça me va. Le jour où vous serez prêt pour une partie de jambes en l'air sans attaches…

dit-elle par-dessus son épaule en se dirigeant vers la porte… je suis la femme qu'il vous faut.

Elle me lance un clin d'œil et s'en va, me laissant au milieu de la pièce, le cœur brisé, avec une érection dans le froc.

Dans quoi je me suis encore fourré ? Il faut que je lui dise de lâcher l'affaire.

Ça a été trop loin.

Pourquoi je n'ai pas été plus ferme ?

Parce que je suis faible. Je souffre. Pire encore, je ne sais pas comment remédier au vide qui m'envahit. L'ancien moi aurait couché Alexis sur cette table dix secondes à peine après avoir passé la porte. Or, je suis encore amoureux de mon ex et je suis anéanti de ne plus l'avoir dans ma vie. Je m'adosse à la porte, apathique, lorsque je me souviens qu'elle m'a écrit il y a une heure. Je sors mon téléphone pour lire son message.

Tu me manques. Sans toi…
je ne suis plus moi. Je t'attends.
Je crois que je t'attendrai toute ma vie.

– Putain !

L'envie de jeter mon téléphone est aussi forte que la dernière fois, lorsque j'ai explosé l'autre dans sa cuisine.

La tension s'accumule dans mes épaules et je me mets à faire les cent pas.

Elle m'a trahi. Moi ! Ce n'est pas moi qui l'ai trompée.

Est-ce qu'elle m'a trompé ?

Les questions sont nombreuses et chacune chasse la précédente, si vite que j'en ai le vertige.

Il faut que je l'affronte. Je dois lui parler, comme l'ont suggéré mes amis. Kayla avait essayé, elle m'avait raconté n'importe quoi pour me récupérer. Greg en avait fait de même. La femme que j'aimais et l'homme en qui j'avais confiance m'avaient trahi et avaient tout fait pour arranger la situation, pour me faire oublier leurs torts avec leurs excuses et leurs raisonnements.

Eh bien, je ne me laisserai pas faire avec Skyler.

Elle m'a trahi !

Fou de rage, j'ouvre l'application des messages.

À : Ma pêche
De : Parker Ellis

Arrête de m'écrire. C'est fini.
Tu m'as trompé. Notre histoire s'arrête là.

Je lis et relis mon message, et le poignard semble s'enfoncer un peu plus dans mon cœur. J'ai soudain trop de salive dans la bouche et je suis de nouveau sur le point de vomir. Je respire lentement et m'efforce de reprendre le contrôle de ma colère.

Ça y est. Tu lui dis au revoir. Il te suffit d'appuyer sur « envoyer ». Tu peux le faire. Il est temps. Tourne la page. Laisse-la partir.

Je rassemble mes dernières forces et j'appuie sur « Envoyer ».

Mon regard se voile et j'essuie mes yeux du revers de ma main.

Je l'aime, mais elle n'a jamais été à moi.

Mon téléphone vibre et je suis encore plus tenté de le jeter contre le mur.

De : Ma pêche
À : Parker Ellis

Notre histoire ne finira jamais.
Je ne t'ai pas trompé. Je vois
que tu as encore besoin de temps.

Elle ne m'a pas trompé.

Trompé.

Trompé.

Le mot remplit mon esprit jusqu'à ce que je ne pense plus qu'à ça.

– Espèce de menteuse ! je hurle en jetant si fort mon téléphone contre le mur qu'il se brise en minuscules morceaux, rouges comme la coque que j'ai achetée à l'aéroport et qui n'a rien pu faire contre ma colère.

– Tu n'es qu'une menteuse, je dis en piétinant ce qui reste de l'appareil. Comme Kayla ! Comme Greg ! Comme toutes les femmes de la terre !

Je me laisse tomber sur le fauteuil moelleux et appuie ma tête dans ma main.

– C'est forcément un mensonge, je dis en secouant la tête.

Elle essaie de sauver la face, mais pourquoi ? Pourquoi s'accroche-t-elle ainsi ? Pourquoi se bat-elle ? Skyler est une beauté rare. Elle est aussi parfaite dans la vie réelle qu'elle l'est à l'écran. Avec elle, il n'y a pas de mauvaise surprise.

– Quelles sont ses motivations ? je siffle en me levant pour refaire les cent pas.

Kayla avait besoin qu'on s'occupe d'elle. J'étais sa poule aux œufs d'or. Sa famille était riche, mais son père voulait qu'elle se marie pour qu'elle devienne le problème de quelqu'un d'autre. Et moi, j'étais prêt à signer, sauf que moi, c'était l'amour qui m'intéressait. Celui d'une femme qui me soutiendrait dans toutes les épreuves, qui fonderait une famille avec moi et m'aiderait à bâtir tout ce dont nous rêvions.

Kayla n'était intéressée que par l'argent et le style de vie auquel elle était habituée. Peu importait l'homme avec qui elle était, c'est pour ça qu'elle se tapait Greg en même temps que moi. C'est aussi pourquoi elle s'est battue pour moi plutôt que pour lui. Roy et Bo m'ont soutenu dans ma décision de le virer du projet d'*IG*, l'obligeant à trouver du travail dans une entreprise et à recommencer au bas de l'échelle. Il lui faudrait plusieurs années avant d'avoir un bon salaire et Kayla était loin d'être bête. Royce gérait nos investissements et nous étions déjà sur le point de devenir millionnaires. Kayla voulait sa part du gâteau et elle a tenté sa chance, mais elle a perdu.

Je suppose qu'en fin de compte, j'en suis sorti gagnant car j'ai évité de m'attacher à une chercheuse d'or. Bien évidemment, à l'époque, ce n'est pas ainsi que je voyais la situation.

Toutefois, Skyler est cent fois plus riche que moi. Que veut-elle ? Pourquoi se bat-elle autant pour sauver notre relation ?

Ma colère ne m'aide pas à trouver les réponses et je mets une demi-heure avant d'être capable d'accueillir la première personne à interviewer.

Il est temps de me noyer dans le travail, d'oublier toute ma peine et ma colère et de me concentrer sur le travail.

Concentre-toi sur le travail.

Concentre-toi sur le travail.

Je répète ce mantra plusieurs fois dans ma tête avant de rencontrer la secrétaire d'Alexis. Je découvre une toute petite femme qui ressemble à une bibliothécaire, ou à quelqu'un qui préfère se perdre dans les livres plutôt qu'affronter la réalité. Il me suffit de regarder Molly pour savoir qu'elle a peur de perdre son travail. Ce premier entretien va être rapide.

Molly n'est pas notre agent double.

CHAPITRE 4

Les griffes du sommeil se referment sur moi et je commence à voir flou. Cette pièce est trop confortable. Les fauteuils autour de la table ronde sont en cuir moelleux et si mou que je m'y enfonce. Pire encore, ils sont à bascule. Ce doit être idéal pour baiser ou faire une sieste, mais on ne peut pas dire que ça aide à être productif.

De l'autre côté de la pièce, il y a une télé et un canapé. Je suis surpris qu'il n'y ait pas de cheminée, on se croirait dans un salon. Les murs sont beige clair avec de jolis tableaux. Alexis a transformé un entrepôt en maison, et chacun de ses vingt-deux employés a son bureau tel qu'il le souhaite. Rentre chez toi, Google, c'est à *Stanton Cybertech* qu'il fait bon travailler.

Je cligne plusieurs fois des yeux et je me lève pour éviter de m'endormir. Je vois alors un chat roux qui marche le long d'une poutre, devant mon bureau. Il me regarde quelques secondes. Comment une femme qui travaille autant qu'Alexis a-t-elle le temps de s'occuper d'un chat ? J'arrive tout juste à m'occuper de moi-même, et encore moins d'un animal. Je ne suis pas assez à la maison, même les plantes qu'on m'offre finissent à la poubelle quelques semaines plus tard.

Le chat saute par terre et entre dans le bureau comme s'il était chez lui. Il bondit sur l'accoudoir du canapé puis il marche vers moi le long du dossier. Il s'arrête à une trentaine de centimètres, lève la tête et miaule.

– Qu'est-ce qu'il y a, mon grand ? je demande en tendant la main.

Il y frotte sa tête et je me laisse séduire. Après tout, c'est un petit être mignon et poilu qui se frotte à ma main. Je lui gratte la joue et il se met à ronronner.

– Je vois que vous avez rencontré Spartacus, dit une voix près de la porte.

– Apparemment, oui, je dis en me tournant vers le petit frère de ma cliente et en lui tendant la main.

– Kidd Stanton, dit-il en la serrant. Je suis le prochain sur la liste.

Alexis a fait en sorte que chaque employé introduise la personne suivante à la fin de son entretien.

– C'est ce que je vois. Entrez, asseyez-vous.

Je sors son dossier RH ainsi que ma tablette, qui contient les informations que Wendy a trouvées. J'ai tout lu durant le vol, donc je sais déjà ce que son dossier dit sur lui. Ma plus grande surprise a été de voir qu'Alexis a demandé la garde de son petit frère quand il avait quinze ans et que ses parents ont accepté sans contester.

Kidd s'assoit en face de moi, l'air parfaitement détendu, sans doute parce qu'il sait que sa sœur ne le virerait jamais.

– Qu'est-ce que vous voulez savoir ? demande-t-il en me devançant.

– Vous pourriez commencer par me dire ce que vous faites dans l'entreprise.

– Je dirige l'équipe de développeurs et d'analystes. Sous le regard affûté d'Alexis, bien évidemment, ajoute-t-il en riant.

– Bien sûr, je réponds en souriant, m'assurant que la conversation reste détendue.

– Je fais du code depuis que j'ai quinze ans, donc ça fait à peu près huit ans, comme vous pourrez le voir dans mon dossier, explique-t-il en hochant la tête en direction des documents que je tiens. Lex m'a embauché dès que je suis sorti de l'école. Je n'avais pas les notes pour aller à la fac, et je n'avais aucune envie d'y aller de toute façon.

– Alors, vous avez accepté le poste.

– Vous voulez dire que je me suis jeté dessus comme un ours sur un pot de miel ! répond-il en riant.

Il sourit beaucoup. Il semble bien dans sa peau et de nature joyeuse. Il ressemble à sa sœur, avec ses yeux bleus et ses cheveux blonds, même si les siens sont plus cendrés que dorés. Il a une barbe de trois jours, un anneau dans l'oreille gauche et plusieurs tatouages sur les avant-bras, un lion d'un côté et une épée de l'autre. Je vois un cœur rouge à l'intérieur de son bras gauche, avec les lettres LEX en majuscule.

– Jolis tatouages.

– Ouais, j'en suis plutôt fier, dit-il en remontant les manches de sa chemise. Je les ai dessinés moi-même, on peut dire que c'est un hobby.

Je regarde plus près et je vois des cicatrices horizontales au niveau de son coude. Je ne dis rien, car ce serait inapproprié, et puis, chacun a le droit d'avoir des secrets. Les blessures sont suffisamment vieilles pour que l'encre qui les couvre se soit estompée. Il a dû faire ça quand il était ado, avant d'être en âge de se faire tatouer.

– Lex ? je demande en désignant le cœur rouge.

Jusqu'à maintenant, son sourire était joyeux et confiant. Maintenant, il est éblouissant.

– Ma sœur. Alexis. La patronne.

– Vous vous êtes fait tatouer le nom de votre sœur ?

Il hoche la tête, toujours aussi ravi.

– Bien sûr ! Je sais que ça peut paraître bizarre, mais ma sœur est tout pour moi. Sans elle, je ne serais pas celui que je suis aujourd'hui, je ne serais pas moi-même. Je serais sans doute en taule ou mort après une baston.

Sans elle, je ne serais pas moi-même.

Sans toi, je ne suis plus moi.

Je ferme les yeux tandis que les paroles de Skyler reviennent me hanter. Des frissons remontent le long de mon dos et je contracte ma mâchoire pour supporter la tristesse qui m'envahit soudain. Je serre si fort mon crayon qu'il se brise en deux.

– Waouh. Est-ce que ça va ? demande Kidd en fronçant les sourcils.

– Pardon, j'ai une migraine terrible. C'est sans doute le trajet en avion. Je vais très bien. Continuez, je dis en attrapant la bouteille d'eau que l'on m'a apportée tout à l'heure.

– Ouais, je parlais de ma sœur. Elle est à la fois ma mère et ma meilleure amie. On est aussi proches que peuvent l'être deux frangins. Je me suis fait tatouer ça pour elle quand j'avais dix-huit ans. Vous voyez, si je rapproche mon bras de mon torse, il touche mon cœur et c'est là que sera toujours Alexis. Dans mon cœur.

– C'est beau, je dis, toujours perturbé que sa remarque ait autant ressemblé au message de Skyler.

Kidd recule dans son fauteuil et se met à se balancer, parfaitement détendu.

– Je trouve aussi, dit-il. Bref, pourquoi vous êtes ici ? On n'a pas de problèmes d'argent ni de productivité. Lex m'en aurait parlé, on a peu de secrets l'un pour l'autre.

Je décide soudain de lui dire la vérité, du moins, en partie. Je ne détecte chez lui ni peur ni mauvaise intention. Soit il est parfaitement innocent, soit c'est un très bon menteur qui se sert de sa relation avec sa sœur pour lui jouer un sale tour.

– Alors, vous savez que vos trois derniers produits ont fuité et qu'un concurrent les a mis sur le marché avant *Stanton Cybertech*.

– Ouais, quelle bande de nuls ! répond-il en fronçant les sourcils.

– Quoi qu'il en soit, on a besoin de voir ce qu'il se passe au niveau de la production. Peut-être que quelqu'un travaille en open source sans s'en rendre compte.

– Ou peut-être qu'on a une taupe ? propose-t-il.

Tiens, c'est intéressant qu'il pense tout de suite à ça.

– Qu'est-ce qui vous fait dire ça ?

– Eh bien, commence-t-il en grimaçant, c'est Lex et moi qui nous occupons de la sécurité. On est les seuls à connaître le back-end dans son intégralité, parce que c'est nous qui l'avons créé, au tout début. Le reste de l'équipe se contente de créer de nouveaux codes et de nouveaux programmes à l'intérieur du cadre originel, mais ils ne pourraient jamais passer mon pare-feu.

– Et s'il y avait une taupe, est-ce que vous avez une idée de qui ça pourrait être ? Des nouveaux employés ? Est-ce que vous savez quelque chose qui pourrait nous aider à comprendre comment votre sœur et votre héritage…

J'attends de voir comment il réagit, mais il hoche simplement la tête en regardant au loin.

–… vous est volé.

– Il y a une nouvelle nana, dit-il en secouant la tête, Wendy Pritchard, mais elle vient tout juste d'être embauchée. Je n'ai aucune raison de la soupçonner. En fait, on a très peu de turnover. En dehors de Wendy, ça doit faire deux ans qu'on n'a pas eu de nouvelle recrue.

Wendy Pritchard.

Alors, comme ça, ma petite souris a utilisé le nom de son fiancé, je parie qu'elle a adoré se présenter. Elle a dû s'inventer une toute nouvelle vie.

– Eh bien, je dis en me levant, si vous pensez à quoi que ce soit, je serai là toute la semaine pour évaluer les process, les flux de travail et la productivité de tous les employés, en espérant trouver comment l'information est transmise aux concurrents. Je crois pouvoir dire que vous ne craignez rien, je dis en souriant.

Il me tend la main et frappe mon bras en souriant.

– Si vous cherchez quelqu'un avec qui boire un verre après le travail ou visiter Montréal, je suis votre homme. Je connais un super-bar, *Brutopia*. Ils ont de super-bières, de la bonne bouffe et des groupes live, si c'est votre truc. Ma nana et moi serions ravis de vous accompagner.

– Votre nana ?

– Ouais, ma fiancée. Je viens de la demander en mariage il y a quelques mois. C'est la meilleure décision que j'ai prise de toute ma vie. Elle adore ma sœur et elle l'admire autant que moi. Elles sont comme deux adolescentes quand elles sont ensemble. J'ai hâte. On va se marier dans le vieux Québec, l'été prochain, aux beaux jours.

– Waouh. Le mariage !

Le mariage. Il a déjà trouvé la femme avec qui il veut passer sa vie. Moi, j'ai trente ans et je viens de perdre l'amour de ma vie.

– Vous avez quel âge, déjà ? je demande d'une voix rauque.

– Vingt-trois ans. C'est assez âgé pour avoir conscience de la chance que j'ai et pour ne pas la gâcher, mais assez jeune pour foncer tête baissée. On s'en fiche, on est des âmes sœurs.

Des âmes sœurs.

Je pensais que Skyler était la mienne.

– Et vous, vous avez quelqu'un ? Oh, je suis sûr que oui, un bel homme comme vous, ajoute-t-il en souriant.

– Eh bien, en fait… je commence en secouant la tête. On est en froid.

Il avance vers moi et empoigne de nouveau mon bras, comme pour me montrer qu'il compatit.

– Ça craint. Vous vous en sortirez. Si c'est la bonne, ça s'arrangera.

Je devrais mettre fin à la conversation et revenir sur un terrain professionnel, mais quelque chose en moi me hurle de continuer.

– Qu'est-ce qui vous fait penser que cette femme est votre âme sœur ?

– Eh bien, j'ai été amoureux d'une fille par le passé, mais j'ai dû rompre avec elle pour me concentrer sur le travail. J'étais un petit morveux et je ne faisais pas attention aux responsabilités que me confiait Lex. Mon travail en pâtissait, ma vie était sens dessus dessous, et je n'aimais pas la direction que je prenais. J'ai passé quelques années à me concentrer sur le travail, puis j'ai rencontré Victoria. Elle rend ma vie meilleure, sans rien y ôter.

– C'est ça. Elle améliore votre quotidien. Contrairement à la première femme avec qui vous étiez ?

– Non, répond-il en secouant rapidement la tête. C'est plutôt qu'Éloïse, mon ex, voulait tout mon temps et toute mon attention.

Je hoche la tête, suspendu à ses paroles comme si elles étaient les dernières que j'allais entendre, et je ne sais pas pourquoi.

– Or Victoria s'insère parfaitement dans ma vie, vous voyez ? C'est comme la dernière pièce du puzzle. Elle me complète. Quand je suis déprimé, elle me remonte le moral. Quand je ne suis pas avec elle, je sens son absence ici, dans mes tripes, dit-il en désignant son ventre. Mais je sais qu'elle pense à moi et moi à elle. Et puis, quand on est ensemble, c'est explosif.

Je me masse la nuque, essayant de me débarrasser de la tension qui s'y est accumulée depuis que je suis parti de San Francisco.

– Surtout, poursuit Kidd en allant à la porte, je ne peux pas imaginer vivre sans Vic. Elle est essentielle à celui que je suis aujourd'hui. Grâce à elle, j'aime qui je suis.

– Eh bien… accrochez-vous à elle et ne la lâchez pas. Je suis bien placé pour savoir qu'un amour comme ça est rare.

Quasi inexistant, en fait, mais je ne le lui dis pas, il n'a pas besoin que je gâche son bonheur.

– Je sais. C'est pour ça que je veux qu'elle soit officiellement à moi, dit-il en jouant des sourcils.

Je ris, et il tapote le cadre de la porte, comme sa sœur l'a fait tout à l'heure avant de partir. Je regarde le chat qui dort sur le dossier du canapé.

– Qu'est-ce que t'en penses, Spartacus ? C'est des conneries, les âmes sœurs ?

Le chat ouvre un œil qu'il dirige droit sur moi, puis il le referme.

– Ouais, c'est bien ce que je pensais. Des conneries. Mais je lui souhaite bonne chance. Ça a l'air d'être un bon gars.

***

Je viens juste de m'asseoir sur le lit et de me laisser tomber sur le dos lorsque la porte adjacente de ma chambre s'ouvre et que Wendy entre.

– C'est quoi ce bordel ? Deux téléphones en moins d'une semaine ? s'exclame-t-elle d'une voix aiguë qui m'agace.

– Je l'ai fait tomber, d'accord ?

– Mais bien sûr ! Si c'était le cas, il marcherait encore, boss. Il ne serait pas brisé en mille morceaux. Tu as de la chance que je sois entrée pour récupérer ta carte SIM. Mais tu as surtout de la chance que j'aie toujours un téléphone de secours dans mon sac.

– Ah bon ? je demande en m'asseyant.

– Ouaip, répond-elle en souriant et en me tendant un nouveau téléphone enveloppé dans une sorte de coque en caoutchouc.

Je promène mon doigt sur la surface rugueuse.

– C'est quoi ce truc ?

– C'est une OtterBox. C'est la plus solide, elle est faite pour les maçons et les ouvriers qui font souvent tomber leur téléphone. Je me suis dit que si leur téléphone survivait à une chute du deuxième étage, le tien devrait survivre la prochaine fois que tu le balanceras contre un mur. Ta mère m'a dit que tu étais un super-joueur de base-ball, mais sans rire, Parker, c'est ton troisième téléphone. Calme-toi un peu, tu veux ? Tu vas coûter une fortune à la boîte.

Je souffle bruyamment, mais elle me regarde en clignant des yeux, l'air ennuyé.

– Je ne m'en servirai pas comme ça. Enlève-moi cette connerie, il ne rentrera jamais dans la poche de mon pantalon.

Elle soupire longuement en prenant le téléphone.

– Très bien.

Elle sort alors une coque lisse et métallisée de sa poche arrière, comme si elle avait anticipé mon refus. Je la regarde enlever la coque pour enfant et mettre l'autre, bien plus sexy.

– J'y ai déjà téléchargé tous tes contacts, tes messages, tes mails, etc.

– Tu connais mon mot de passe pour le cloud ?

– Chéri, dit-elle en ricanant, je connais le code PIN de ta carte de crédit. Je parie que je pourrais ouvrir le casier de ta salle de sport plus vite que toi. Ne sous-estime pas ce dont je suis capable. Tu m'as foutu la trouille quand ton signal GPS a disparu tout à l'heure. J'ai dû passer devant ton bureau l'air de rien, comme si je cherchais les toilettes, juste pour m'assurer que tu étais bien dans ta salle de réunion.

– Wendy, sans rire, il faut que tu arrêtes de te faire du souci pour nous, je lui dis en me sentant coupable.

Elle rougit et me scrute du regard.

– Chaque fois que tu piques une crise de colère, tu fais quelque chose d'idiot. Tu détruis ton téléphone ou tu passes ton poing à travers le mur. Ce sera quoi, la prochaine fois ? Tu sauteras d'un pont ? Les gens qui t'aiment s'inquiètent pour toi. Je suis peut-être ton assistante, mais je suis aussi ton amie, et je t'aime comme un membre de ma famille. Ton comportement est dangereux et destructeur, Parker.

– Je suis désolé. Ça ne se reproduira plus, je dis sans en être certain.

– Il ne suffit pas d'être désolé, Parker. On s'inquiète pour toi, tous les trois. À tel point, d'ailleurs, que j'ai lu les messages que Skyler t'a envoyés. Si tu veux me virer, vas-y, j'assume.

J'ai l'impression qu'elle respire vite et je réalise qu'elle doit vraiment avoir peur que je la vire. Mais, honnêtement, je m'en fiche. Mes épaules retombent et je me rallonge sur le dos pour regarder le plafond blanc. Le néant, comme ma vie sans Skyler.

– Je ne vais pas te virer.

Elle s'assoit sur le lit et plie les genoux pour y appuyer son menton. Sky s'asseyait toujours comme ça. Bon sang, pourquoi je ne peux pas juste l'oublier, l'espace d'une journée ? Ou même une demi-journée… une heure !

– Super. Ça veut dire qu'on peut parler de ce qu'elle a écrit ? demande Wendy d'un ton plein d'espoir.

– Non.

– Parker, elle dit qu'elle ne t'a pas trompé. Elle te supplie de lui parler. Bon sang, elle me supplie, moi aussi ! J'ignore ses messages, et tu sais combien ça me coûte. J'ai toujours rêvé d'avoir une grande famille et un grand groupe d'amis. D'abord j'ai rencontré Mick, et maintenant j'ai la bande d'*IG*. Et, pendant quelque temps, j'avais aussi une nouvelle meilleure amie.

Super, maintenant mon chagrin est en train de faire du mal à Wendy…

– Ce n'est pas cool de me faire culpabiliser, petite souris, je dis en me frottant les yeux.

Elle laisse tomber ses genoux sur le côté et pose une main sur mon épaule.

– Fuir ses problèmes non plus, ce n'est pas cool.

– Je ne fuis rien du tout, elle m'a trahi !

Pourquoi j'ai l'impression de devoir rappeler à tout le monde que c'est moi qui me suis fait avoir ? C'est Sky qui m'a blessé, comme Kayla. Comme toutes les femmes dont je tombe amoureux !

– Elle dit pourtant que non, répond Wendy en haussant les épaules.

– Et toi, tu la crois. Alors que lui, il m'a dit qu'ils s'étaient rabibochés. Et elle était là, elle a passé la nuit avec lui, Wendy. Personne ne peut le nier.

– Parker, je crois que tu as envie de croire qu'elle t'a trahi. Pourquoi, à ton avis ?

– Parce que c'est le cas ! je m'exclame en m'asseyant pour regarder Wendy dans les yeux. J'allais lui dire que je l'aime !

Wendy retient son souffle et tend la main pour la poser sur mon genou.

– Park…

– Non, je grogne en enlevant sa main. Je suis allé directement à New York pour être avec la femme que j'aime. Pour le lui dire en face et lui annoncer qu'on avait trouvé comment résoudre le problème avec son ex. Et qu'est-ce qui m'attendait ?

Une larme coule sur la joue pâle de Wendy.

– Un appartement vide. Un lit vide, alors que la femme que j'aime aurait dû s'y trouver. Et quand je l'ai appelée à l'aube, c'est son ex qui a décroché et je l'ai entendue derrière. Qu'est-ce que tu penserais, toi ? En tant que femme ? Quelle raison tu aurais d'être dans la chambre d'hôtel de ton ex, au petit matin, hein ? Dis-moi !

– Je ne sais pas, répond-elle alors qu'une nouvelle larme dévale sa joue. Mais je sais reconnaître une femme amoureuse. Et Skyler t'aime. On l'a tous vu, au *Lucky's*. On l'a vu dans son regard et dans le tien. Une femme amoureuse ne tromperait jamais l'homme qu'elle aime. Et Skyler est quelqu'un de bien, Parker, sinon tu ne serais jamais tombé amoureux d'elle !

Je me lève et fais les cent pas avant de me servir un double scotch.

– T'en veux un ? je demande à Wendy.

– Bien sûr. Personne ne devrait boire seul.

Je la sers et lui tends le verre, qu'elle vide d'un trait.

– Waouh !

– Un autre, s'il te plaît. Cette fois, je le boirai lentement. J'aime que ça me monte un peu à la tête, c'est tout.

Je suis surpris de rire, je ne pensais pas ça possible, mais grâce à Wendy, ça l'est.

Je lui sers un autre verre et, cette fois, on trinque.

– Ça va aller, tu sais, dit-elle d'une voix si sincère que j'ai envie de la croire.

– Tu crois ?

Je bois une gorgée et laisse l'alcool détendre mes muscles.

– Si tu prends ton courage à deux mains et que tu lui parles, oui, je le crois.

– Je ne suis pas prêt, je réponds en secouant la tête.

– D'accord. Eh bien quand tu le seras, je serai là pour toi.

Je la regarde en lui souriant tendrement pour qu'elle sache combien j'apprécie son amitié.

– C'est vrai, n'est-ce pas ? je demande en réalisant que je ne suis pas seul.

– C'est à ça que servent les sœurs, non ? Pour vous aider avec les femmes, vous dire quand vous avez choisi la mauvaise et vous rappeler à l'ordre quand vous vous comportez comme des imbéciles.

Je ris de nouveau et je comprends que je me sens déjà mieux.

– Eh, Parker ? murmure-t-elle en buvant une gorgée.

– Oui, petite souris ?

– Tu te comportes comme un imbécile.

CHAPITRE 5

– Alexis, rien dans vos finances ne laisse penser qu'on vous escroque. Par ailleurs, notre petit génie a regardé les comptes de tous vos employés, et aucun n'a de rentrée d'argent louche, dit Royce en tendant sa tablette à Alexis.

Elle la prend et consulte les documents un par un.

Cela fait deux jours que nous sommes là. Royce n'a rien trouvé en épluchant les comptes de *Stanton Cybertech*, et mes entretiens avec seize des employés nous ont laissés bredouilles.

Alexis gonfle ses poumons et expire longuement. Elle est sublime, aujourd'hui. Ses cheveux dorés sont attachés dans un chignon fouillis, et sa bouche cerise est assortie à sa combinaison. Elle porte les mêmes sandales beiges à talons qu'elle avait quand on l'a rencontrée à Boston. Je me lèche les lèvres en remarquant que ses orteils sont peints de la même couleur que sa bouche. Cette femme est une bombe sexuelle.

Je viens à peine de formuler cette pensée lorsqu'elle met sa main sur ma cuisse et se penche en avant.

– Qu'en pensez-vous, Parker ?

Je me racle la gorge et enlève sa main en essayant d'être aussi subtil que possible.

– Je n'aime pas le dire, mais qui que soit le coupable, soit il n'y gagne pas d'argent, soit il ne travaille pas ici.

– Pourtant, les fuites enrichissent mon concurrent, il faut bien que quelqu'un soit payé pour ces informations, non ?

– En théorie, oui, je réponds en lissant les plis de mon pantalon. Il faut qu'on parle à Wendy, pour voir si elle a trouvé quelque chose, côté informatique. Peut-être qu'on en saura plus sur les fuites si on découvre d'où viennent les virus. Je peux la convoquer en entretien comme tous les autres, comme ça, j'aurai des réponses.

– D'accord, on ne sait jamais. Royce, vous êtes sûr qu'il n'y a rien d'anormal dans les comptes ?

Il hoche la tête et recule dans son fauteuil en posant sa cheville sur son genou.

– Oui, je suis navré, il n'y a rien de votre côté et j'ai analysé les comptes courants, l'épargne et les investissements de vos employés. Certains s'en sortent bien en Bourse, mais la plupart vivent de leurs salaires, que je trouve très généreux, d'ailleurs.

– Je veux que mes employés soient heureux, répond-elle en lui faisant un clin d'œil.

– Ça se voit et vous savez vous y prendre, dit Royce d'une voix rauque en ajustant sa cravate.

– Vous n'avez pas idée, susurre-t-elle en me regardant droit dans les yeux.

Je fais un effort surhumain pour ne pas réagir. On peut être séducteur, mais il y a des limites. Au risque de passer pour un ado coincé, je commence à en avoir assez de ses sous-entendus. On dirait un chien qui a vu un os. Lorsqu'elle a décidé qu'elle veut quelque chose, rien ne semble pouvoir l'arrêter. J'ai l'impression que me séduire est un défi qu'elle s'est lancé et qu'elle refuse de perdre. Cela dit, une femme comme elle ne doit pas être rejetée très souvent, voire jamais. Peut-être ne se rend-elle pas compte qu'elle joue à un jeu dangereux. Mais que se passe-t-il lorsqu'elle convainc un homme de la suivre chez elle ? Il n'y a aucun prix à gagner, quel est son but ?

– Bon, eh bien, je vais retourner auprès du DAF, dit Royce en se levant, on ne sait jamais, j'ai peut-être raté quelque chose. Bo devrait arriver d'une minute à l'autre, déclare-t-il alors que quelqu'un frappe justement à la porte.

– Lexie, un certain Bogart Montgomery est là pour son rendez-vous de quinze heures, dit la secrétaire d'Alexis.

Royce marche jusqu'à la porte et contourne Bo comme s'il ne le connaissait pas.

– Pardon, dit-il.

– Y a pas de quoi, répond Bo en faisant un pas sur le côté pour laisser passer Royce.

Bo se tourne vers Alexis et moi et il écarquille les yeux. Il prend son temps pour étudier notre cliente des pieds à la tête, et je sens déjà que les rapports entre Bo et Alexis vont être catastrophiques.

– Bien le bonjour, ma belle, dit Bo en fermant la porte derrière lui.

Il avance vers Alexis en lui tendant la main, qu'elle serre en haussant un sourcil, le regardant d'un air ennuyé lui faire un baisemain.

– Suis-je éveillé ? Vous êtes une véritable apparition, ronronne-t-il.

– Eh, tout doux, mon grand. Je te présente notre cliente, Alexis Stanton.

– Un prénom sexy pour une sirène sublime, poursuit-il en m'ignorant.

Argh !

– Tenez, Parker, voilà le genre d'homme auquel je suis habituée, dit Alexis en croisant les bras sous sa poitrine.

– Ignorez-le, c'est ce qu'on fait tous !

Bo joue avec son bouc, faisant tinter les boucles de son blouson en cuir.

– Bo, pour résumer la situation, Royce n'a rien trouvé dans les comptes bancaires des employés, qui indiquerait que le coupable se fait payer. Quant à moi, je n'ai rien découvert lors de mes entretiens avec les employés, mais il m'en reste encore sept, en comptant Wendy. Pour l'instant, personne n'a laissé entendre qu'il était malheureux ou qu'il avait une dent contre Alexis ou *Stanton Cybertech*. Ils sont tous ravis de travailler ici, et ils sont choqués de voir le concurrent voler les produits. Apparemment, vous êtes une patronne exceptionnelle, je dis d'un ton solennel qui ne laisse place à aucun sous-entendu.

Elle sourit et se mord la lèvre inférieure.

– Je suis exceptionnelle dans de nombreux domaines. Je pourrai vous montrer, si vous le voulez.

– Doux Jésus, je crois que je suis amoureux ! grogne Bo en posant sa main sur son cœur.

Je les ignore tous deux et poursuis mes explications.

– J'ai également passé en revue les résultats du détecteur de mensonges, et tous s'en sont sortis haut la main.

Bo rit en s'asseyant en face d'Alexis sans la quitter des yeux.

– Les détecteurs de mensonges sont faciles à berner. Les tribunaux les rejettent sans cesse comme preuve parce qu'ils ne sont pas fiables. Si tu veux mon avis, tu es bien meilleur qu'une machine.

– Merci, mais ça ne nous avance pas. C'est à toi de jouer, mon pote. Quand Alexis te présentera à son équipe de créateurs, tâche de scruter leur moindre geste et leur moindre parole. Tu sais quoi faire.

– Que ce soit mentalement ou physiquement, je sais m'y prendre avec les gens, ne vous en faites pas, répond-il en faisant les yeux doux à Alexis.

Je soupire et me dirige vers la porte.

– Sur ce, je vais retourner dans mon bureau pour finir les entretiens.

– Super, je craignais de ne jamais pouvoir me retrouver seul avec la plus belle femme du monde, lance Bo en souriant jusqu'aux oreilles.

Qui sait, peut-être qu'avec Bo, Alexis sera prise à son propre jeu ? En tout cas, ça ne peut pas faire de mal. Si elle se concentre sur lui plutôt que sur moi, je n'aurai plus à me préoccuper de cette superbe tentatrice. Non pas que je cherche à la fuir… enfin, peut-être que si. Pour l'instant, j'ai repoussé ses avances, donc c'est moi qui gagne à son petit jeu.

Alexis se lève en riant et s'avance pour m'ouvrir la porte.

Je regarde Bo, qui est déjà installé sur le canapé, les bras sur le dossier, jambes écartées, comme s'il était prêt à regarder un match de foot.

– Il est inoffensif. Cavalier, certes, mais inoffensif. Remettez-le à sa place, si besoin.

Elle saisit ma cravate et promène son index dessus tout en effleurant mon torse. Ma peau s'embrase au contact de ses doigts et une bouffée de chaleur se précipite entre mes cuisses. Ma queue le remarque et durcit légèrement. Mon regard s'arrête sur ses lèvres cerise et je me demande un instant si elles en ont le goût, aussi. Bon, peut-être ne suis-je pas gagnant, finalement ?

– Oh, mais je suis très à l'aise avec les hommes cavaliers. Ce que je veux savoir, c'est quand *vous* serez à l'aise à l'idée de vous et moi, répond-elle en se collant contre moi.

Vous et moi. Elle et moi.

Ses paroles me font l'effet d'un seau d'eau glacée, éteignant aussitôt la flamme qui s'était allumée en moi.

La seule personne avec qui je peux m'imaginer est Skyler. Nous avions beaucoup parlé d'elle et moi, de l'idée d'un « nous ». Et maintenant elle est partie. C'est fini.

Mon estomac se noue et je serre la mâchoire. Si je continue à souffrir autant, il va falloir que j'aille voir mon toubib, à Boston. J'ai désespérément besoin de répit.

– Je ne peux pas. Je suis désolé, je dis en la repoussant délicatement.

– Mais…

Elle se rapproche à nouveau, mais une main apparaît comme par magie sur son épaule.

– Il ne peut vraiment pas, ma belle. Moi, en revanche…

Il sourit, et elle dégage la main de Bo de son épaule.

– D'accord, d'accord, je vois que mon charme ne fonctionne pas, mais chérie, vous perdez votre temps avec Parker.

– C'est bon, Bo, je gère, je gronde en fusillant Bo du regard.

Il hausse les épaules et retourne s'asseoir. Je grimace et regarde de nouveau Alexis.

– Pourquoi ? chuchote-t-elle d'un ton inquiet qui semble sincère.

– C'est personnel. Et je vous l'ai dit, je sors tout juste d'une relation sérieuse.

– Vous savez ce qu'on dit ? ronronne-t-elle.

Je ferme les yeux, certain qu'elle va me dire « une de perdue, dix de retrouvées », ou quelque chose du genre.

– Un coup d'un soir guérit de tous les maux.

Bo claque des doigts et parle assez fort pour qu'on l'entende tous les deux.

– J'ai déjà entendu ça et j'en suis sincèrement convaincu.

J'éclate de rire face au ridicule de la situation. Si Skyler ne m'avait pas trompé, il me suffirait de dire à Alexis que je suis en couple pour repousser ses avances. Or, je lutte contre notre attirance mutuelle parce que je me sens coupable de ne pas encore avoir parlé à Skyler.

Bon sang, Skyler mérite que je couche avec Alexis. Elle mérite même que je prenne des photos et que je les lui envoie.

Voilà des photos de moi et d'une autre nana blonde et canon. J'espère que tu t'es autant amusée avec ton ex que je m'amuse avec cette bombe.

Ouais, c'est ça, c'est justement ce que je ferais pour lui faire autant de mal qu'elle m'en a fait.

J'imagine soudain Skyler apprendre que je l'ai trompée, et mon ventre se noue au point de me donner la nausée. Non, je vaux mieux que ça. Je ne suis pas un de ces gars qui se tapent la première venue juste pour blesser leur ex, ou leur future ex, selon le point de vue.

Bon sang, j'en ai marre de penser à ça. J'ai du travail.

– Écoutez, j'apprécie votre proposition, Alexis, et il fut un temps où j'aurais été ravi de tenter l'expérience avec vous. Je suis sûr que ç'aurait été spectaculaire. Mais je ne peux pas. C'est… ça n'arrivera pas.

Je tourne les talons et m'en vais, laissant Bo se débrouiller avec elle.

Lorsque je reviens dans mon bureau, je remarque que Spartacus dort sur ma chaise, roulé en boule.

– Salut, mon pote, qu'est-ce que tu fais ?

Je prends le chat et le pose sur mes genoux, surpris qu'il se laisse faire et qu'il blottisse sa tête contre mon ventre.

– Tu comprends toi, non ? je lui demande en le caressant. Tu sais ce que c'est d'aimer quelqu'un comme un fou et de ne pas savoir comment tourner la page.

Spartacus bâille et frotte sa tête contre mon ventre. Sa chaleur et ses ronronnements me font du bien et je sens que je commence à me détendre. Chaque caresse fait disparaître une partie de mon stress et mes yeux se ferment peu à peu. Je recule dans mon fauteuil et, pour la première fois de la semaine, j'ai enfin l'impression de respirer. Mon estomac n'est plus noué et je suis paisible.

Merde.

Il me faut un chat.

***

Deux heures plus tard, j'ai interrogé un autre employé, et Madame Wendy Pritchard entre dans mon bureau. Elle est vêtue d'un legging bleu roi, de bottines en daim beige et d'une chemise à carreaux noire et blanche ceinturée sur ses hanches grâce à une ceinture jaune. Elle porte des créoles, du rouge à lèvres rose pâle et des mitaines en résille.

Chaque fois que je la vois, je me demande si j'aime son style ou non. Quoi qu'il en soit, cela lui va toujours à ravir.

– Je vous en prie, fermez la porte, Madame Pritchard.

Je la vois se retenir de sourire en effleurant le cadenas à son cou.

– Salut, boss, ça gaze ? demande-t-elle en s'asseyant dans le fauteuil.

Elle fait un tour sur elle-même, puis elle s'arrête en se retenant à la table.

– Tu sais que je t'ai fait venir ici comme tous les autres pour qu'on puisse parler de cette mission sans que personne ne te soupçonne d'être une espionne, n'est-ce pas ?

– Bien sûr.

– Et… Madame Pritchard ? je dis en haussant un sourcil.

Un sourire resplendissant s'étend sur son visage et illumine la pièce.

– C'est génial, non ? Sir Mick m'a mis une sacrée fessée quand il l'a su.

– Pourquoi ? Il n'aime pas que tu utilises son nom ?

– Mais si, il a adoré, justement. C'est pour ça qu'il m'a mis une fessée, bêta. C'était ma récompense !

Je reste silencieux quelques secondes, ne sachant quoi penser.

– Mais oui c'est vrai, poursuit Wendy, j'oublie combien vous êtes prudes, Royce et toi. Je suis sûre que Bo aurait compris, mais je t'interdis de le lui dire. Le connaissant, il en profitera pour faire des sous-entendus toute la semaine. Ce type ne se lasse jamais. Parfois, j'ai envie de la bâillonner et de le faire taire pour toujours.

– Ok, ça roule.

Elle me sourit d'un air innocent, comme si nous ne parlions pas de fessées et de bâillons. À quel moment ma relation avec Wendy a-t-elle changé à ce point ?

– Comme on n'a pas beaucoup de temps, allons droit au but.

– Ok, boss, je suis prête.

Elle s'avance au bord du siège, appuie ses coudes et ses mains sur la table, et attend que je parle.

– Royce n'a rien trouvé côté financier, et je n'ai rien appris grâce à mes entretiens, même s'il m'en reste encore une poignée.

– Même avec Kidd Stanton ?

– Pourquoi tu me demandes ça ?

Elle respire un bon coup, comme si elle rassemblait ses pensées.

– J'ai analysé son travail. Chaque codeur a sa méthode, un peu comme une empreinte digitale. Par exemple, je peux voir les différences entre le travail d'Alexis et celui de Kidd. Le sien n'est pas aussi avancé ou sécurisé que celui de sa sœur, mais il est très bon.

– D'accord, et alors ?

– Eh bien, au regard de mes enquêtes, j'ai trouvé au moins trois lignes de codes qui sont étranges. L'une est un bug dans le système qui semble avoir été placé là exprès, et le code ressemble à celui de Kidd. Une autre est une maladresse, et qu'on soit d'accord, même les meilleurs peuvent se tromper parfois quand ils sont fatigués, ou je ne sais quoi. Mais ça…

Elle secoue la tête.

– Quoi ?

– Ça a l'air intentionnel. Comme s'il avait fait exprès d'écrire un code qui allait faire planter le système. Pire encore, c'est tellement flagrant qu'un développeur lambda passerait dessus sans le voir. En gros, c'est tellement amateur que c'est caché à la vue de tous. Tu vois ce que je veux dire ?

Je tapote ma bouche avec mon index.

Pour quelle raison Kidd Stanton écrirait une erreur de code que sa sœur pourrait trouver aussi facilement ?

Pourquoi mettrait-il un bug dans le système ?

– Ce n'est pas logique. Je lui ai parlé. Il a le nom de sa sœur tatoué sur le bras.

– Ouais, j'ai vu, c'est assez cool. J'aimerais m'en faire un avec le nom de Mick.

– Il y a autre chose ? Quelqu'un d'autre qui se comporte bizarrement ?

– Il y a une nana qui est un peu distante, dit Wendy en haussant les épaules. Elle a l'air déçue que j'aie été embauchée. Elle a même dit qu'elle ne comprenait pas pourquoi j'étais là alors qu'elle pouvait facilement rattraper le retard de l'équipe.

– C'est qui ?

– Éloïse Gagnon. Ça fait plusieurs années qu'elle travaille ici.

Je feuillette les dossiers restants sur mon bureau et sors le sien.

– Je ne l'ai pas encore interrogée.

– Elle a l'air froide, mais peut-être qu'elle voulait une promotion et qu'elle est juste dégoûtée que j'aie pris sa place, ou quelque chose comme ça.

– Peut-être, je verrai. Bon travail, en tout cas. Continue d'enquêter sur les autres développeurs, surtout ceux qui ont travaillé sur les produits volés.

– Ça roule. C'est ce que j'allais faire, dit-elle en se passant la main dans les cheveux.

– Super. Tu peux y retourner. Dis à Éloïse qu'elle est la suivante.

Wendy recule sa chaise, mais elle ne se lève pas.

– Comment ça va, aujourd'hui ?

– Wendy… pas au boulot, je réponds en la regardant dans les yeux.

– Pardon, dit-elle en rougissant. C'est juste que… tu l'as appelée ?

– Non.

– Je ne sais pas comment faire, répond Wendy en triturant ses doigts.

– Comment faire quoi ?

– Te faire accepter que tu as tort. Et que tu souffres. Je n'aime pas ça. Je déteste ça, parce que je sais que tout irait mieux si tu l'appelais.

Elle écarquille les yeux, comme si elle réalisait ce qu'elle vient de dire.

– Je suis… pardon. Je suis désolée. Je n'aurais pas dû…

Le poignard s'enfonce un peu plus dans ma poitrine et j'ai du mal à respirer. Mon cœur bat plus vite et mon sang s'embrase. Je referme ma main sur ma cuisse et fais de mon mieux pour garder le contrôle de mes émotions.

– Non, tu n'aurais pas dû.

– Parker… dit-elle d'une voix tremblante qui me brise le cœur.

– Wendy, je sais que tu ne penses pas à mal, et je suis ravi que tu aies rejoint l'équipe. Tu fais partie de la famille, dorénavant, et ça ne changera pas. Mais il faut que tu arrêtes.

Mon Dieu, faites qu'elle arrête. Je ne peux pas supporter son espoir en plus de mon appréhension.

Je réfléchis quelques instants et tente une approche différente.

– Écoute, je gère la situation de la seule façon que je connais. Ce n'est pas la première fois qu'une femme me brise le cœur, d'accord ?

– Quoi ? s'exclame-t-elle en portant ses mains à sa poitrine.

Merde. Je n'ai pas envie d'en parler alors que j'essaie désespérément de laisser tout ça derrière moi. De supporter cette nouvelle douleur et d'avancer.

Wendy est immobile en attendant que je poursuive.

– Très bien, je soupire, je te fais la version courte. J'étais fiancé à la fac. À Kayla McCormick. Elle s'est servie de moi et elle m'a trahi en se tapant mon meilleur ami, Greg, alors qu'elle portait ma bague au doigt.

– Quelle salope ! grogne Wendy en ouvrant de grands yeux.

– Absolument. Et depuis, je n'avais pas confié mon cœur à une femme jusqu'à…

– Skyler.

Elle ferme les yeux, comme si cette histoire lui brisait le cœur, à elle aussi.

– Ouais.

– Je ne savais pas.

– Tu ne pouvais pas savoir. On n'en parle pas, avec les mecs. C'était une période affreuse, pour moi. Et ce que je traverse en ce moment en est une autre.

Elle tend une main tremblante pour la poser sur la mienne.

– Je veux t'aider. Qu'est-ce que je peux faire ?

– Sois mon amie, tout simplement, je réponds en serrant sa main. Sois là comme tu l'as promis, mais n'essaie pas de réparer la situation. C'est impossible. Je dois trouver le meilleur moyen pour moi d'aller de l'avant.

– Mais… mais, si le bon moyen était de laisser une deuxième chance à Skyler ?

Son regard s'illumine et j'y vois tout son espoir, me donnant envie de frapper un autre mur ou de m'effondrer.

– Et si je te promettais d'y réfléchir ?

– Vraiment ?

– Vraiment, je réponds en serrant de nouveau sa main. Maintenant va-t'en. Je veux faire cet entretien et me détendre. Maintenant que Bo est en ville, on pourrait sortir tous les quatre, loin de ce quartier, bien sûr.

– Génial ! Je nous trouve un bar.

– On m'a recommandé le *Brutopia*, et comme on est mercredi, il y a peut-être un groupe live.

– J'adore la musique live ! s'exclame-t-elle.

– Je sais, chipie. Tu le dis aux mecs ? Je m'en vais dans une heure.

– Ça roule boss.

– À tout à l'heure, Wendy.

Elle sourit jusqu'aux oreilles en se levant.

– J'ai hâte de dire à Mick que je sors avec mes mecs préférés !

– Euh, tu crois que c'est une bonne idée ?

– Oh que oui, répond-elle avec un sourire machiavélique. Comme ça, je serai punie à mon retour. Il se pourrait bien que je ne puisse pas marcher pendant plusieurs jours. J'ai hâte ! s'exclame-t-elle en remuant les fesses.

Encore une fois, Wendy me fait éclater de rire.

– Espèce d'obsédée, je dis alors qu'elle ouvre la porte.

– Pour le plus grand plaisir de mon homme ! Allez, bang bang, je me casse ! dit-elle en imitant un pistolet avec sa main.

Je ricane en reculant dans mon fauteuil, et une boule de poils orange atterrit aussitôt sur mes genoux. Spartacus me regarde comme si j'avais volé son siège, et non l'inverse.

– Tu te crois le roi de l'univers, c'est ça, chat ?

Il me fusille du regard, et je cligne des yeux le premier, après quoi il repose sa tête sur mon ventre et se met à ronronner.

Je n'ai pas encore eu le temps de pousser le chat lorsque Wendy revient.

– Apparemment, Éloïse est partie plus tôt aujourd'hui. Elle avait rendez-vous chez le médecin. C'était dans son agenda, j'ai vérifié, chuchote-t-elle.

– D'accord. Eh bien, on dirait que j'ai fini ma journée, alors. Si ce chat veut bien me laisser me lever, je dis en désignant Spartacus.

– Oh, c'est trop mignon. Tu sais, les chats ont un sixième sens pour repérer les gens bien. Et il y a des études qui ont montré un niveau de stress plus bas chez les personnes qui caressent un chat.

– Va-t'en ! je m'exclame en souriant et en désignant la porte.

– Mais c'est vrai ! Bon, très bien. Ciao !

Elle s'éloigne et je regarde Spartacus en le caressant.

– Tu es pénible et tu mets des poils orange partout sur mon pantalon, mais… c'est vrai que je me sens mieux, je chuchote pour être sûr que personne n'entende. Merci de me tenir compagnie.

CHAPITRE 6

Lorsque nous arrivons au *Brutopia*, un bar branché au cœur de Montréal, il y a déjà du monde. La salle paraît petite, mais en approchant du bar, nous apercevons une scène, dans un coin, avec une petite piste de danse entourée de chaises et, au fond, une salle avec un billard.

– Ce bar est trop cool ! s'exclame Wendy.

– Je suis content de m'être changé, dit Royce en mettant ses mains dans ses poches.

Je souris en regardant sa tenue. Il a gardé son pantalon de costume, mais il a troqué sa chemise contre un t-shirt à manches longues blanc qui semble phosphorescent sous les néons du bar.

– Ouais, t'as bien fait. On commande un verre avant de trouver une table ?

– Ça roule, dit Bo en me frappant dans le dos et en étudiant toutes les femmes du bar. Un shot de tequila et une pression, s'il vous plaît ! dit-il au barman.

– Oh, pareil pour moi ! s'exclame Wendy en levant la main.

Je tourne la tête vers Royce, qui me regarde du coin de l'œil en souriant.

– La même chose pour nous aussi, dit-il.

– Ah bon ? Alors, c'est parti ? On se la colle ? demande Bo en haussant les sourcils.

Je passe ma main dans mes cheveux trop longs et les ébouriffe encore plus. Je devrais les couper, mais je m'en fiche, je me fiche de tout en ce moment.

– Ouaip !

– Je ne suis pas certain de vouloir me la coller, répond Royce, mais la soirée ne fait que commencer et j'ai vu qu'un trompettiste et un tromboniste s'installaient.

– Génial ! s'exclame Wendy. On va s'éclater !

Le barman pose quatre shots de tequila sur le comptoir, puis il sert quatre pintes et les pose à côté des shots.

– À quoi on trinque ? demande Bo en souriant et en nous passant les shots.

Je n'ai absolument rien de positif ou de motivant à dire, mais Wendy lève son verre et nous l'imitons.

– Je crois qu'on devrait trinquer à l'idée qu'il faut faire confiance à son cœur et le laisser nous guider vers le bonheur.

Ma poitrine se serre et je ferme les yeux pour me concentrer sur ma respiration.

– Bien dit, dit Royce en trinquant avec elle.

– À la vôtre, ajoute Bo à son tour.

J'ouvre les yeux et me concentre sur chacun de mes amis, fier d'être où je suis et d'avoir l'aide de ces trois personnes pour trouver mon chemin.

– Faisons confiance à nos cœurs, je dis à mon tour.

Je vide mon shot, l'alcool réchauffe ma gorge et mon ventre. Ma poitrine se desserre un peu et je rince la tequila en buvant une longue gorgée de bière fraîche.

– Allons trouver une table près de la scène, dit Wendy, tout excitée.

C'est agréable de voir quelqu'un s'amuser et apprécier les bonnes choses de sa vie.

– Parle-nous de toi, Wendy, je dis en m'asseyant sur la banquette.

Elle s'assoit au milieu, Bo à côté d'elle. Roy s'installe en face de nous, sur une chaise qu'il déplace sur le côté pour voir le groupe qui s'installe.

– Il va me falloir un autre shot si vous voulez tout savoir, s'exclame Wendy.

– Je m'en occupe, dit Bo en frappant la table.

Il enlève son blouson en cuir et le suspend au crochet près de la table.

– Waouh, ils sont sept, commente Royce en regardant la scène. Ça fait des années que je n'ai pas vu un groupe en live.

– Ouais, et ils ont tous un style très différent, je dis en étudiant les musiciens.

Un grand type noir est en train d'installer son micro. Il porte un pantalon 7/8e, un tee-shirt moulant blanc et un gant à paillettes argenté, il est habillé comme Michael Jackson dans les années quatre-vingt-dix. Même ses cheveux sont coiffés avec des boucles sur le côté.

– Ouais, je ne suis pas fan du look du chanteur, dit Royce, mais s'il a la voix de Michael, ça me va.

Bo revient avec quatre doubles shots de tequila.

– Des doubles ? je demande en riant.

– Je n'aime pas faire les choses à moitié, répond-il en souriant.

– Ouais, t'as raison, je dis en prenant un verre.

Bo donne le sien à Wendy.

– Pour vous, ma princesse.

– Quand vas-tu comprendre que je suis la princesse de Mick et pas la tienne ? gronde-t-elle.

– Et maintenant, on trinque à quoi ? demande Royce.

Je me dépêche de répondre avant que l'un d'entre eux puisse encore jouer au poète romantique.

– À l'amitié… et à la famille. Qu'elles soient récentes ou anciennes.

– À l'amitié et à la famille. Très bien, murmure Royce en trinquant avec moi.

– J'approuve, ajoute Bo.

– À la famille, dit Wendy d'une voix émue. Je vous aime, les gars, chuchote-t-elle.

– Beurk ! Wendy ! je grogne.

– Roh, les femmes ! marmonne Royce.

– Oh, pardon ! Vous êtes rabat-joie ! rouspète Wendy.

– Ma petite fée clochette, tu es avec les gars, tes frangins de cœur. On ne fait pas ce genre de déclaration entre nous, prévient Bo.

– Il a raison, ma p'tite dame. Si tu veux traîner avec les mecs, tu dois parler comme nous, d'accord ? ajoute Royce.

– Je dis juste que je vous aime ! Vous vous comportez comme si j'allais vous écrire des poèmes d'amour et appeler mon premier-né comme vous.

– Pourtant, Bo est un prénom parfait.

– Mais non, Parker est bien plus branché.

– Messieurs, Messieurs, c'est perdu d'avance. Royce est classe et élégant, c'est le prénom d'un vrai leader.

– Et Michael ? demande Wendy en buvant sa bière.

– Allez, bois ton verre ! je m'exclame alors que nous grognons tous les trois.

– Ok, d'accord. À la famille !

Nous vidons nos verres et je recule dans la banquette en promenant mon index sur le dessus de ma pinte.

– Très bien, petite souris, on a vidé nos tequilas, maintenant parle-nous de toi. Tu as grandi où ?

– À Sacramento.

– La Californie, le pays des folles. J'aurais dû m'en douter, plaisante Bo.

– J'ai rencontré Sir Mick alors qu'il séjournait dans un hôtel pour une conférence. J'avais été engagée comme serveuse pour l'occasion. On a passé la nuit ensemble, et deux jours plus tard, il avait fait mes cartons et il me mettait dans un avion pour le Massachusetts, d'où je n'ai pas bougé depuis.

– Waouh, ce type sait s'y prendre. Il lui faut à peine deux jours pour convaincre une nana de tout plaquer et de déménager à l'autre bout du pays ? dit Royce en secouant la tête d'un air impressionné.

– C'était le coup de foudre, répond Wendy en souriant. Et comme on adhère tous les deux au BDSM, ça a tout de suite marché. Avant lui, je n'avais rien. J'avais deux amis et un boulot merdique qui me permettait à peine de vivre. Je n'ai pas fini le lycée, mais il m'a aidée à avoir mon bac par correspondance. Et regardez-moi, aujourd'hui, je n'ai jamais été aussi heureuse.

– Waouh, Wendy, qu'est-ce qui est arrivé à ta famille ? demande Bo d'une voix douce.

– Je n'en ai pas, répond Wendy en haussant les épaules. D'après ce que m'a dit l'assistante sociale quand j'étais ado, ma mère était droguée et aucun père n'a été déclaré. À cinq ans, quelqu'un a appelé les services sociaux parce que j'allais et venais toute seule de chez moi à la maternelle et que j'étais mal nourrie. L'institutrice a porté plainte, les assistantes sociales sont venues, et je n'ai plus jamais revu ma mère. Elle n'a jamais essayé de me récupérer. Après ça, je suis passée d'une famille d'accueil pourrie à une autre, jusqu'à ce qu'à quinze ans je décide que j'en avais assez.

– Quinze ans ? je m'exclame en posant une main sur son épaule. Wendy…

Ma gorge se noue en imaginant une petite fille aux cheveux rouges se faire trimballer d'une famille à une autre. Comment ont-ils pu lui faire ça ?

– Ouais, j'avais déjà compris que j'étais plus intelligente que les autres. J'ai hacké les serveurs de la mairie et j'ai menti pour obtenir une pièce d'identité sur laquelle j'avais dix-huit ans. J'ai laissé tomber le lycée et j'ai trouvé un job. J'ai commencé à bosser comme serveuse dans un *diner* et je squattais chez des amis dès que je le pouvais pour économiser. Et puis un jour, enfin, mon sauveur est arrivé.

– Comment ça ? demande Royce en s'appuyant sur la table, fasciné par l'histoire.

Autour de nous, le bar se remplit des éclats de rire et des conversations des clients, mais nous sommes tous les trois collés à nos chaises et pendus aux lèvres de notre frangine.

Le sourire resplendissant que je suis habitué à voir chez Wendy réapparaît malgré le ton lugubre de la conversation.

– Je bossais au bar de l'hôtel, à vingt ans, et Michael est arrivé. Il a commandé un whiskey et a râlé parce que ce n'était ni une bonne marque ni une bonne année. Je gardais une bouteille de Macallan planquée sous le bar pour les moments où j'avais besoin d'un remontant.

– Meuf, la classe ! ricane Royce.

– Je sais, répond-elle en jouant des sourcils.

– Et après ? insiste Bo. Allez, raconte, le suspense va me tuer !

Elle se tourne et le frappe à l'épaule.

– Aïe ! dit-il en se frottant le bras. Je déteste que tu me frappes avec tes petites mains osseuses.

– T'as de la chance que j'investisse pas dans un coup-de-poing américain ! s'exclame-t-elle en levant le poing comme une mama italienne qui menace ses petits-enfants.

– Allez, continue ton histoire, petite chipie, râle Bo en se massant le bras.

– Eh bien, j'ai dit à Mick que je lui donnerais la bonne bouteille s'il promettait de ne rien dire à mon boss.

– C'était risqué, je dis.

– Ouais, mais il était beau, et quand il m'a regardée, j'ai eu l'impression qu'il pouvait lire en moi. Je n'avais plus qu'une envie, c'était de lui faire plaisir. Je voulais être tout pour lui et qu'il soit tout pour moi.

– Bon sang, mais pourquoi je n'arrive pas à trouver quelqu'un comme toi ? siffle Royce.

– Parce que tu ne cherches pas au bon endroit, espèce d'abruti, ricane Bo.

– N'importe quoi. Tu es mal placé pour parler, Monsieur le roi des poulettes… Tu n'as rien à dire à ce sujet. Au moins Parker en a trouvé une bonne.

– Tu parles, je ricane. Je n'arriverais pas à garder une nana même si ma vie en dépendait.

Je dois avoir un signe invisible sur le front qui dit « Trompez-moi » ou quelque chose dans le genre.

– C'est faux, répond Royce en secouant la tête. Je suis certain que Skyler ne t'a pas trompé, et plus vite tu lui laisseras une chance de s'expliquer, mieux on se portera.

Je grince des dents et regrette de ne pas avoir un autre shot pour ravaler la boule qui se loge dans ma gorge.

Bo regarde ailleurs et fait mine de s'intéresser au serveur qui apporte les plats de la table à côté de la nôtre.

– C'est ce que tu penses, toi aussi ? je lui demande. Wendy m'a déjà dit ça, aujourd'hui, autant jouer cartes sur table.

– Tu es sûr que t'es prêt à entendre ce que je pense ?

– Je sais que je n'ai pas envie de l'entendre plus tard, quand je ne m'y attendrai pas. On est tous là, vas-y, dis-moi ce que tu penses.

Frustration, irritation et colère m'envahissent, cherchant une porte de sortie.

Wendy pose une main sur le bras de Bo et le regarde dans les yeux comme pour l'encourager.

– Très bien. Je pense que tu as peur, dit-il enfin.

Je ne m'attendais pas à ça.

– Peur ? D'une belle blonde ? T'es sérieux ? je ricane en attendant qu'il continue.

– Tu as peur de ce que ça implique d'aimer quelqu'un à ce point. Tu as peur qu'elle fasse ce que Kayla a fait…

J'écarquille les yeux et pose brusquement mon verre sur la table. Heureusement, il est presque vide.

– Mais elle a fait la même chose, justement ! Sky a passé la nuit dans la chambre de Johan…

– Je sais. Sauf que tu ne peux pas te baser sur ce qu'a dit cet enfoiré. Écoute, tout ce que je dis, c'est que la femme que j'ai rencontrée à New York était dingue de mon meilleur ami. Ensuite, on l'a vue au *Lucky's* et elle a pris le temps d'essayer de tous nous connaître, de connaître ta famille. Elle a parlé de déménager à Boston. Pourquoi risquerait-elle tout ça ?

– Parce qu'elle aime le sexe ! Elle aime baiser, je suis bien placé pour le savoir, et elle est douée pour ça. Peut-être qu'elle voulait des retrouvailles avec la queue de Johan, je gronde alors que ma main se referme sur ma pinte.

– Mec, il fallait vraiment que tu dises ça ? râle Royce en secouant la tête.

Une nouvelle vague de colère jaillit dans mes veines et j'ai trop chaud.

Ils ne comprennent pas. Ils ne comprennent pas ce qu'elle a fait !

– Ben oui, il fallait que je le dise. Parce que j'ai besoin de savoir que mon équipe, ma famille, est là pour moi. Pour moi ! C'est moi qui devrais être votre priorité, pas la fille qui m'a trompé ! j'éructe d'une voix rauque avant de vider mon verre. Il me faut une autre bière, j'ajoute en me levant.

Je vais au bar pour avoir un peu d'espace et me calmer avant de risquer d'exploser.

Bon sang, ils la soutiennent vraiment ?

Ils sont censés être mes amis, ma famille. Pas la sienne ! C'est alors que je me rappelle que Sky n'a pas de famille, elle.

Je pense à elle en attendant que le barman prenne ma commande.

Je revois combien elle était nerveuse de rencontrer mes parents.

Plus tard, je la vois rire en regardant ma mère et mon père se chamailler.

Je vois ma nana prendre le numéro de mes amis en buvant des bières dans le pub de mon père.

Je la revois parler mariage avec Wendy.

Je l'entends promettre d'aller au mariage... avec moi.

Je me souviens du moment où elle a parlé de déménager à Boston.

Et si elle disait la vérité ?

Johan est un manipulateur hors pair. Il aurait facilement pu mentir à propos de leur nuit ensemble. Mon cœur se met à battre rapidement et mon estomac se noue. Je pose ma main dessus et me force à respirer lentement. Il me faut une bière. Et un autre shot de tequila.

– Bière ou tequila ? demande le barman.

– Les deux. Quatre pintes et quatre doubles shots. Est-ce que vous pouvez nous envoyer une serveuse ? Il va falloir qu'on mange.

– Bonne idée. Le groupe est sur le point de commencer, dit-il en désignant les musiciens qui montent sur scène.

Le guitariste prend sa guitare et le pianiste s'échauffe les doigts. J'attends nos verres en écoutant les cuivres s'accorder. Mon rythme cardiaque ralentit enfin, mais c'est sans doute grâce à l'alcool.

– Je suis désolé, frangin, dit Royce en venant à moi. Ce que tu traverses ne doit pas être facile, et ce n'est pas à moi de…

– Non mec, c'est cool, t'en fais pas, je dis en lui coupant la parole. J'avais besoin de l'entendre, et si ça ne vient pas de vous, de qui ça viendra ?

– Alors, tu vas écouter nos conseils ?

– Je ne sais pas encore ce que je vais faire. Tout ce que je sais, c'est que je veux me détendre avec mon équipe. C'est possible ?

– Ouais, c'est possible, répond-il en souriant.

Il empoigne ma nuque et se penche jusqu'à ce que nos fronts se touchent.

– Tu sais que quoi qu'il arrive, tu nous auras toujours, Bo, Wendy et moi. On est ta famille. Mais parfois, quand tu es aveuglé par tes sentiments, on doit te rappeler à l'ordre et t'aider à y voir plus clair. Comme quand tu crois que Skyler t'a trompé.

– Tu la trouves bien pour moi, c'est ça ? je demande.

– Ouais, je la trouve bien pour toi. Je pense même qu'elle est parfaite. Je veux te voir heureux, et je ne t'ai jamais vu aussi heureux qu'avec elle.

Ses paroles me font l'effet d'un coup de fouet.

– J'étais heureux. Plus que ça, j'étais amoureux.

– Mec, tu l'es toujours. C'est pour ça que tu souffres autant.

Il a raison. En dépit de ce que Skyler a fait ou non avec Johan, ça ne change rien au fait que je suis dingue de cette femme. Or, je n'ai même pas pu le lui dire en face. Peut-être que si je le lui avais dit, elle m'aurait attendu pour régler le problème de son ex. Peut-être qu'elle ne se serait pas crue seule.

– Bon sang ! je m'écrie en passant ma main dans mes cheveux. Mec, j'ai le cerveau à l'envers.

Royce se tourne vers le comptoir où le barman vient de poser nos verres.

– Oui, en effet, mais ça va aller. On est là.

Il prend deux bières dans une main, deux dans le creux de son coude, contre lui, et deux des shots dans l'autre main. J'attrape les deux derniers et les apporte à notre table. J'ai à peine posé les verres que Wendy se jette dans mes bras. Elle plaque sa joue contre la mienne et je sens son souffle dans mon oreille. Son parfum de noix de coco remplace l'odeur de gras du bar et je réalise soudain combien je me suis habitué à sentir son parfum près de moi.

– Je suis désolée, Parker. Je ne veux pas que tu croies qu'on n'est pas dans ton camp. Peu importe combien j'apprécie Skyler, tu seras toujours ma priorité, dit-elle en me serrant contre elle.

Je frotte son dos de haut en bas, profitant de son câlin et de la tendresse d'une femme.

– Merci, Wendy. Je suis désolé, moi aussi. Je me suis comporté comme un débile, mais je vais essayer de faire mieux.

– Je n'osais pas le dire… marmonne Bo assez fort pour qu'on l'entende.

– Et si on essayait de s'amuser ? Assez parlé de choses sérieuses pour ce soir. Buvons, mangeons et soyons heureux. Ok ?

Wendy recule, les larmes aux yeux, mais elle ne les laisse pas couler et je lui en suis reconnaissant.

– Allez, prenez vos shots, dit Royce en levant son verre. Jurons de ne jamais laisser quoi que ce soit nous diviser. L'équipe *IG* jusqu'au bout !

– À l'équipe d'*IG* ! disent Wendy et Bo.

– Ah, enfin une bonne raison de trinquer, je dis en souriant.

Le groupe se met à jouer, attaquant la soirée avec « Billie Jean », le plus grand tube de Michael Jackson.

– Woohoo ! s'exclame Wendy, toute excitée.

Roy se déplace encore un peu pour mieux voir la scène. Le pianiste se met à jouer, et lorsque le chanteur commence à son tour, nous chantons tous à tue-tête.

L'équipe d'*IG*, jusqu'au bout.

CHAPITRE 7

La porte de la salle de réunion s'ouvre avec un grincement qui me fait l'effet d'un coup de tonnerre. J'ai l'impression qu'un marteau-piqueur martèle mes tempes et je grince des dents pour ne pas vomir sous l'effet de ma gueule de bois.

– Apparemment, je suis la prochaine sur la liste d'entretiens, dit Éloïse Gagnon d'une petite voix.

– Oui, entrez. Asseyez-vous, Mademoiselle Gagnon.

– Appelez-moi Éloïse, je vous en prie.

Elle sourit, mais son geste manque de sincérité, comme si elle agissait par habitude ou parce que c'est ce qui est attendu lorsqu'on rencontre quelqu'un.

Elle est petite, avec très peu de courbes, et sa maigreur est accentuée par son slim, son tee-shirt à manches longues et ses ballerines. Ses cheveux sont attachés en queue-de-cheval basse et ses lunettes à bords noirs l'embellissent et lui donnent du caractère. Elle semble tout juste sortie de la fac, alors que son dossier m'indique qu'elle a presque mon âge.

– Je suis Parker Ellis. Je suppose que vous savez pourquoi je suis ici ?

Je pose la question que j'ai posée à tous les employés.

– Oui, pour parler de la productivité de l'entreprise. Mais j'imagine que c'est surtout en lien avec les fuites de secrets commerciaux.

– Qu'est-ce qui vous fait penser ça ? je réponds, sur le qui-vive.

– C'est logique, dit-elle en haussant les épaules. La boîte a perdu beaucoup d'argent, parce qu'un de nos concurrents a lancé, avant nous, un produit similaire à celui que nous développions. J'en déduis qu'il doit y avoir un problème en interne.

Je recule dans mon fauteuil et fais glisser mon crayon entre mes doigts jusqu'à ce qu'il tombe bruyamment sur la table, puis je recommence. C'est une technique que j'ai apprise à maîtriser en cours d'entretiens individuels, à Harvard. J'ai remarqué que ça agace les gens, ce qui peut les pousser à commettre des erreurs ou à faire des lapsus.

Son regard s'arrête sur le crayon alors que je répète le geste. Elle tressaute lorsqu'il frappe la table, mais je fais mine de ne pas le remarquer.

– Et que faites-vous, ici ?

– Je travaille avec les développeurs.

– Alors vous travaillez avec la nouvelle, Wendy.

Je lève la tête pour observer sa réaction. Une expression de dégoût se dessine sur son visage, mais elle se dépêche de le cacher de nouveau.

– Ouais, si on veut.

– Ça n'a pas l'air de vous faire très plaisir. Est-ce que vous avez quelque chose à me dire ?

– C'est juste que je ne comprends pas pourquoi ils l'ont embauchée alors que j'aurais pu combler le manque en travaillant directement avec Kidd.

– Kidd ?

– Ouais, le directeur informatique. On a toujours très bien travaillé ensemble.

Voilà qui est intéressant. Quelque chose me titille dans sa façon de parler, mais avec ma gueule de bois, je n'ai pas les idées claires.

– Ça fait longtemps que vous travaillez avec Kidd ?

– On a commencé en même temps. Je sortais tout juste de la fac et lui du lycée. Il est brillant. Il n'est même pas allé à l'université, et il est aussi bon que sa sœur. On formait une équipe géniale. On était parfaits ensemble, dit-elle en fronçant les sourcils. Et puis Alexis nous a séparés et on m'a mise au service de maintenance. Je n'ai plus travaillé en création de produit.

– Ça a dû être difficile à avaler. Il s'était passé quelque chose ?

– Non. Je suppose simplement que je n'étais pas aussi bonne qu'eux. Je ne pouvais plus traîner avec les grands. Mais j'ai de nouveau gravi les échelons et j'ai retrouvé ma place en création. Et maintenant, voilà que je dois rivaliser avec Wendy, la nouvelle.

Ah, je comprends, c'est à Wendy qu'elle en veut. Une douleur intense me traverse le crâne et je serre la mâchoire. Bon sang, j'ai beaucoup trop bu hier soir. La prochaine fois qu'on décide de faire la fête, il faudra qu'on attende que la mission soit finie.

Je déglutis et attrape ma bouteille d'eau.

– Ça va ? demande Éloïse. Vous êtes un peu pâle.

Je vide la moitié de la bouteille, laissant l'eau fraîche apaiser mon ventre vide.

– Je suis juste fatigué.

– On dirait que vous avez un peu trop fait la fête, hier, ricane-t-elle.

J'inspire bruyamment en lui faisant un clin d'œil, admettant ma faute pour voir sa réaction.

– Faites attention, elle pourrait vous virer. C'est une sacrée garce, quand elle le veut, chuchote Éloïse en se penchant sur la table pour se rapprocher. Ne vous laissez pas berner par son corps de rêve et sa belle gueule. Sous son look branché et glamour, cette femme est une sorcière.

Wouah, elle y va fort.

– Vous n'avez pas l'air de beaucoup apprécier Alexis. Si c'est le cas, pourquoi travaillez-vous ici ?

– Parce que Kidd est génial, et j'ai appris davantage avec lui qu'en quatre ans d'études. Je ferais n'importe quoi pour garder mon poste ici.

Elle semble beaucoup tenir à son patron… Je sens qu'il y a autre chose, mais mon cerveau sans doute encore alcoolisé n'arrive pas à mettre le doigt dessus.

Il faut que je dorme. Une semaine, ou même un an.

– Est-ce qu'il y a autre chose, Monsieur Ellis ? J'ai beaucoup à faire. J'étais en train de corriger les erreurs de code de Kidd.

– Ses erreurs ?

Wendy a mentionné hier qu'elle avait trouvé des erreurs qui ressemblaient à l'écriture de Kidd.

– Je crois que c'est à cause de sa nouvelle copine, murmure Éloïse comme si elle me faisait part d'un secret. Depuis qu'il a commencé à la voir, son travail en pâtit. J'essaie de corriger ses fautes pour que personne ne les voie. Il finira bien par se débarrasser de cette femme et il reviendra sur terre.

– Attendez, qu'on soit d'accord… je commence en me massant la nuque pour me détendre et y voir plus clair. Vous dites que vous repassez derrière Kidd pour revoir son travail ?

– Ouais, c'est n'importe quoi ! Il fait de très grosses fautes, le genre qui pourrait mettre en danger la sécurité de tous nos logiciels.

Ding ! Ding ! Ding ! Ding !

Une alarme retentit dans ma tête.

– Mais ne vous en faites pas, poursuit-elle. Je le couvrirai jusqu'à ce qu'il se débarrasse de sa copine.

– Sa copine ?

– Ouais, Victoria, dit-elle en grimaçant. Elle ne le mérite pas. Il faut qu'il la largue, et vite.

– Eh bien, il n'est pas près de la quitter, parce qu'il l'a demandée en mariage et elle a dit oui. Ils vont se marier l'été prochain. Je suis surpris que vous ne le sachiez pas.

Éloïse recule si vite que sa chaise tombe en arrière. Elle se tient droite comme un « i » et elle vire au rouge cramoisi, de la poitrine jusqu'au front.

– Eh… je commence en me levant et en tendant les mains vers elle.

– Il va épouser cette quiche ? s'écrie-t-elle.

J'essaie de déglutir, mais ma bouche est aussi sèche que le Sahara.

– Alors, il ne s'améliorera jamais ! Elle gâche son génie !

– Calmez-vous, Éloïse.

Éloïse.

Éloïse.

J'entends son prénom en boucle dans ma tête. Je connais ce prénom. Il est inhabituel, mais je l'ai déjà entendu. Récemment.

« *C'est plutôt qu'Éloïse, mon ex, voulait tout mon temps et toute mon attention.* »

Kidd.

Est-ce que cette Éloïse est l'ex dont il me parlait ?

– Il faut que j'y aille, dit Éloïse en secouant ses mains comme si elles étaient mouillées.

Elle sort de la pièce d'un pas rapide avant que j'aie pu la rattraper. Je me laisse tomber dans le fauteuil et Spartacus saute sur mes genoux, appuyant ses pattes sur mon ventre déjà trop sensible.

– Bon sang, mon pote, j'ai déjà assez envie de vomir comme ça, n'aggrave pas mon cas, je dis en le grattant derrière les oreilles.

Il miaule, puis il se roule en boule, prêt à s'endormir.

– Eh bien, je suis content de voir qu'au moins l'un de nous deux va pioncer, je déclare en vidant ma bouteille d'eau.

Je l'écrase et la jette dans la poubelle de tri, à la manière d'un basketteur qui marque un trois points. Je me pince le haut du nez, penche le fauteuil en arrière et ferme les yeux, essayant de comprendre ce que signifient toutes ces informations.

Éloïse répare les erreurs de Kidd sans rien dire. Pourquoi ?

Parce qu'elle est amoureuse de lui, peut-être ?

Kidd a dit qu'il avait une ex qui s'appelait Éloïse. Ce n'est pas un prénom commun. Et ils travaillent ensemble. Kidd va se marier et Éloïse a pété un câble. Peut-être que Kidd laisse fuiter les infos sans le vouloir, ça expliquerait que personne n'ait reçu de somme d'argent anormale.

Je prends mon téléphone et ouvre la fiche de Wendy.

À : La Meilleure Assistante Du Monde
De : Parker Ellis

J'ai une théorie à tester. Appelle-moi.

J'appuie sur « Envoyer » et je ferme de nouveau les yeux, cherchant à me reposer quelques minutes, lorsque mon téléphone sonne.

– Quoi de neuf ? demande-t-elle d'une voix essoufflée.

– T'es où ? je demande en entendant le bruit de la circulation en arrière-fond.

– J'ai dit à Kidd que j'allais me chercher un café. Je suis en route pour le *Starbucks* et tu ne devineras jamais devant quoi je viens de passer : une église gothique incroyable !

Je souris en entendant sa voix tout excitée. C'est bien qu'au moins l'un d'entre nous arrive à rester positif, ce matin.

– C'est la basilique Notre-Dame.

– Je croyais que Notre-Dame était en France ?

– Oui, mais toi tu as vu la basilique, pas la cathédrale qui est à Paris. La différence, c'est le statut que l'Église leur attribue. L'architecture est néogothique, comme beaucoup d'églises de l'époque. Si tu as le temps, tu devrais entrer voir les vitraux, ils racontent l'histoire de Montréal au lieu des scènes bibliques comme on a l'habitude de voir. C'est fascinant.

– Waouh, comment tu sais tout ça ?

– J'ai visité Montréal avec ma famille quand j'étais jeune. Ah, et j'ai lu quelque part qu'ils y font un spectacle de lumières incroyable en se servant de l'architecture et des peintures de la basilique. Apparemment, ce sont les mêmes techniciens qui s'occupent des concerts de Madonna. On pourrait peut-être y aller quand on aura fini la mission, je propose en me disant que ce serait super de montrer Montréal à Wendy.

J'ai toujours aimé cette ville, et j'adorerais l'emmener à Québec pour lui montrer la vieille ville, les hôtels historiques et pour prendre le ferry pour profiter de la vue depuis la rivière.

– Cool, je suis partante. Alors, c'est quoi ta théorie ? Je suis au *Starbucks*.

Je rêve d'un café, moi aussi, mais je ne peux pas lui demander de m'en prendre un, car cela éveillerait les soupçons.

– Eh bien, je soupire, je viens de rencontrer Éloïse.

– Elle est adorable, n'est-ce pas ? ricane Wendy d'un ton sarcastique.

– À peu près aussi agréable que l'est mon estomac ce matin.

– Oh, pauvre chaton, tu ne tiens pas l'alcool ! se moque Wendy.

– Comment tu fais pour être aussi joyeuse ? Tu as bu exactement la même chose que nous, hier soir.

– Ouais, mais la différence, c'est qu'entre chaque verre j'ai bu un verre d'eau et j'ai transpiré sur la piste de danse. Et j'ai aussi mangé dix kilos de frites et un énorme burger, alors que vous, vous n'avez fait que picoler.

Ah… Boire, manger. Ouais, ç'aurait été une bonne idée. D'ailleurs, ce serait une bonne idée pour maintenant, aussi.

– C'était une soirée géniale. J'ai encore « Man in the Mirror » dans la tête. Le groupe était extra.

Elle éloigne le téléphone et passe sa commande.

– Ouais, c'était cool. Bref, revenons à nos moutons. Éloïse m'a dit qu'elle corrigeait les erreurs de Kidd. À l'entendre, ça fait un moment qu'elle le fait.

– Ah bon ? Hmmm.

– Ouais, et je crois qu'ils sont sortis ensemble, à une époque. Quand je lui ai dit qu'il allait se marier, elle a pris ses jambes à son cou. On ne fait pas ça, à moins…

– À moins d'être amoureuse sans que ce soit réciproque. Merde !

Wendy remercie quelqu'un et j'entends de nouveau le bruit de la circulation ainsi que sa respiration rapide, comme si elle marchait vite. Wendy fait toujours tout très vite, je me demande si c'est parce qu'elle a peur de rater quelque chose.

– Ouais, exactement, je réponds.

– Mais ça ne résout pas vraiment notre problème. Pire encore, Kidd semble de plus en plus coupable.

– Oui, je sais, j'acquiesce en me massant l'épaule.

– Il faut que tu le dises à Alexis. Elle pourrait enquêter, elle aussi, ou lui poser directement la question.

– Ouais, mais c'est ça, le problème. Peut-être qu'il a fait ces erreurs sans le vouloir. Ça expliquerait qu'aucune somme d'argent anormale ne soit apparue dans ses comptes. Peut-être que quelqu'un pirate le système depuis l'extérieur et que les erreurs de Kidd lui facilitent l'accès ?

– Peut-être. Je vais analyser les pare-feu pour voir ce que je trouve.

– Merci.

– De rien, boss. J'adore être en mission secrète, j'ai l'impression d'être une drôle de dame !

– Dans ce cas, salut ma p'tite dame.

– Bye, Charlie !

***

Je sens une pression douce sur mon crâne et dans mes cheveux trop longs. Skyler adore passer ses doigts dans mes boucles naissantes. Je soupire et savoure la sensation, endormi, tandis que je la prends par la taille et l'attire sur mes genoux.

– Ooh ! glousse-t-elle d'une voix étrangement grave en se collant à moi. Parker…

Je penche sa tête en arrière pour l'embrasser sans ouvrir les yeux. Je souris en la serrant dans mes bras, puis je caresse son dos, profitant de sentir Skyler contre moi alors que je me réveille lentement. Bien évidemment, c'est la Bête qui se lève la première. Je soulève mon bassin et j'ai l'impression de basculer. Ah oui, je suis assis sur le fauteuil de bureau et je suis penché en arrière. Skyler s'empare de nouveau de ma bouche et m'embrasse langoureusement, et je lui réponds de tout mon être.

Mon Dieu, sa bouche m'a manqué. Je frotte ma verge contre son sexe chaud et elle gémit, mais cela semble lointain et différent. Sa voix est plus grave que d'habitude. Je remonte ma main dans son dos et remarque qu'elle est plus épaisse.

Comment est-ce possible ?

Les néons blafards m'aveuglent et réveillent enfin mon cerveau lorsque j'ouvre les yeux.

Merde, Alexis ! Assise sur mes genoux. Sa langue dans ma bouche.

Merde ! C'est moi qui ai fait ça, c'est moi qui l'ai attirée à moi. Je la prends par la taille et je la pousse pour qu'elle libère ma bouche.

– C'est quoi ce bordel ? je m'exclame en secouant la tête, essayant de me débarrasser des vestiges du sommeil.

Ma queue comprend tout de suite la situation et ramollit un peu.

– Tes lèvres sont aussi douces que je l'avais imaginé, dit Alexis en passant ses bras autour de mon cou.

Je déglutis et je sens son goût de café dans ma bouche. Elle est toujours sur mes genoux, et mon corps ne semble pas pouvoir lui résister.

– Alexis, tu es très belle et très sexy. N'importe quel homme te désirerait…

– Génial, parce que c'est toi que je veux ! s'exclame-t-elle en souriant.

Elle plaque sa bouche sur la mienne et j'ai une seconde de faiblesse. Ma langue trouve la sienne et elles se tournent autour. Elle gémit et colle ses gros seins sur mon torse tandis que ma main descend sur ses fesses. La Bête se réveille de nouveau et je me frotte à elle.

Je passe plusieurs minutes à embrasser Alexis en y déversant toute ma colère, ma haine et mon dégoût des actes de Skyler. Je reprends le contrôle. J'embrasse enfin cette femme superbe qui m'a tourné autour toute la semaine, et c'est moi qui ai les rênes.

Mais lorsqu'Alexis empoigne ma ceinture, la réalité me rattrape. Elle parvient à la défaire, à déboutonner mon pantalon et à baisser ma braguette. Je pousse un grognement et soulève mon bassin, me laissant aller. Toutefois, quand elle empoigne ma verge, j'ai comme un électrochoc. Je crie et pousse Alexis en arrière pour me lever et reboutonner mon pantalon.

Elle s'assoit sur la table, parfaitement détendue, un sourire en coin sur ses lèvres enflées.

Je passe ma main sur ma bouche, essayant de me débarrasser de son goût, mais il va me falloir plus que ça pour l'oublier.

Je fais les cent pas en me tirant les cheveux.

– Putain, putain, putain !

– Ne sois pas triste, on a encore le temps, ricane-t-elle

– Alexis…, je soupire en me tournant vers elle.

– Si tu es sur le point de dire que c'est toi, et pas moi, je vais pleurer, beau gosse. Les hommes ne me disent pas non. Jamais. Et ton érection prouve que j'ai raison.

Mon manque de sommeil pèse sur mes épaules et je rêve de me laisser tomber dans un lit. Mon corps souffre, mais c'est le vide dans mon cœur qui m'anéantit. Mon manque de Skyler me paralyse.

– Alexis, je suis désolé. Quand j'ai dit que je sortais d'une relation, je voulais dire qu'il y a une semaine, j'étais amoureux d'une femme et que c'était sérieux. Maintenant… merde, je ne sais pas. Je ne sais pas où on en est. Ce serait injuste de faire quoi que ce soit avec toi tant que ce n'est pas réglé avec elle. Tu comprends ?

Elle ferme les yeux et croise les bras, puis les jambes.

– Je suppose, oui, mais ce que je te propose n'est que physique, deux corps qui se réunissent pour une nuit de passion. Personne ne le saura…

Je pousse un grognement et pose ma main sur mon ventre.

– Moi si.

– Mince, je me suis vraiment trompée sur ton compte. Je ne sais pas pourquoi, je pensais que tu vivais pour le sexe. Tu transpires ça, en fait. Je suis déçue de savoir que toute cette énergie sexuelle est gâchée pour quelqu'un qui ne veut pas de toi.

– Ça ne change rien au fait que je l'aime toujours.

– Oui, mais tu es ici, avec moi, et pendant quelques secondes, tu bandais pour moi.

Je gonfle mes poumons et me force à respirer lentement pour me calmer.

– Comme je te l'ai dit, je te trouve belle et…

– Et je pourrais te faire oublier ton chagrin d'amour si tu le voulais, du moins jusqu'à ce que tu rentres chez toi.

– Je ne crois pas, non, je réponds en secouant la tête.

– C'est dommage, soupire-t-elle. J'espérais vraiment une aventure sauvage avec un bel Américain.

– Je suis désolé si je t'ai laissée croire que j'étais intéressé, je dis en souriant et en la regardant dans les yeux.

– Mais non, chéri, tu as été très clair, ne t'en fais pas.

Venant d'elle, le mot *chéri* me fait frissonner. La seule femme que je veux entendre dire ça est Skyler, et soudain, j'ai peur que ce ne soit plus jamais le cas. Mon estomac se noue et je déglutis, essayant de garder le contrôle de mes émotions. J'ai besoin de dormir, de boire de l'eau et de manger, et pas forcément dans cet ordre.

– Je suppose que je ne suis pas habituée à ce qu'un homme me dise non. Je suis désolée si j'y ai été un peu fort, dit-elle en souriant.

– Non, tu ne l'es pas…

– Non, c'est vrai, admet-elle avec un clin d'œil.

– Je peux te poser une question ?

– Est-ce qu'elle commence par « Tant pis, j'avais tort, est-ce que je peux te raccompagner chez toi ? ».

– Alexis, pourquoi tu fais ça ? Pourquoi tu joues à ce petit jeu ?

– Quel jeu ? répond-elle, faisant mine de ne pas comprendre.

– Tu n'es pas obligée de faire ça, je dis en désignant sa tenue. Tu n'es pas obligée de draguer de façon aussi éhontée et sans relâche.

– Et pourquoi je ne le ferais pas si ça me permet d'obtenir ce que je veux plus vite qu'avec mon esprit ? Et si c'est moi qui décide des règles, c'est moi qui choisis la récompense. Parfois, c'est une nuit torride avec un Américain canon, parfois c'est d'être perçue comme un objet. Comme ça, pendant que mes concurrents sont occupés à mater mes seins et mon cul, je rachète les parts de leur entreprise, je m'empare de leurs produits et, en fin de compte, je m'assure un avenir brillant !

– Alexis… ce genre de jeu n'est pas la meilleure façon d'y parvenir, je réponds en fronçant les sourcils tandis que je réalise que par le passé, j'aimais moi aussi m'amuser comme ça.

– Ah non ? Même si c'est toujours moi qui gagne ? Ce n'est pas de ma faute si les hommes me voient comme une poupée sans cerveau. C'est de leur faute s'ils pensent avec leur queue et pas leur tête pendant nos négociations commerciales. Et franchement, ça marche à chaque fois, dit-elle en désignant son corps des pieds à la tête. J'accepte rarement d'incarner leur fantasme au pieu, mais c'est toujours moi qui le choisis. C'est ma décision. Mon jeu. Et c'est toujours moi qui gagne.

– Pas cette fois, ma belle.

– Peut-être qu'il me faut revoir le déroulement de la partie pour comprendre où j'ai fait un faux pas… à moins qu'il y ait encore une chance que je l'emporte ?

– Aucune, je réponds en riant. Allez, sors d'ici. Va embêter un autre innocent.

– Ça ne sera pas difficile, ton collègue est loin d'être moche.

Je secoue la tête et prends ma veste sur le canapé.

– Non, c'est vrai, et il comprend parfaitement ton petit jeu, parce qu'il a les mêmes règles que toi.

Elle tapote sa bouche rougie, et ma poitrine se resserre en me disant que c'est moi qui ai effacé son rouge à lèvres.

– C'est bien moins amusant.

– Non, c'est vrai, mais c'est honnête, au moins. Penses-y la prochaine fois que tu choisis une nouvelle cible. Ils méritent de savoir dans quoi ils se lancent.

Son sourire disparaît et elle fronce les sourcils.

– J'y penserai, répond-elle d'un ton qui me paraît sincère.

Après avoir traversé l'entrepôt et être descendu dans la rue, j'appelle un taxi et je regarde défiler les immeubles en rentrant à l'hôtel. Wendy a raison d'être enthousiaste en découvrant la ville. Le mélange des styles anciens et modernes donne un aspect unique à Montréal qui est un véritable plaisir pour les yeux.

Je regarde par la fenêtre, mais ma vue devient floue quand je pense à Skyler.

Qu'est-ce qu'elle fait en ce moment ?

Est-elle triste ?

Est-ce que je lui manque encore ?

Ça fait des jours que je n'ai pas reçu de nouveau message.

Qu'est-ce je suis censé faire, maintenant ?

Arrivé dans ma chambre, je jette ma veste sur le fauteuil et j'enlève mon pantalon et mes chaussures. Je déboutonne ma chemise, je soulève la couette et je me glisse en boxer dans le lit. J'éteins la lumière et j'attrape la télécommande pour allumer la télé, tombant directement sur les informations people du jour.

Le visage de Skyler apparaît à l'écran aux côtés de Tracey. Quelqu'un met un micro devant sa bouche. Elle a des cernes et elle a l'air fatiguée tandis qu'elle dégaine le faux sourire qu'elle réserve aux paparazzis.

– Et comment va SkyPark ? demande un journaliste.

Je m'assois dans le lit et retiens mon souffle en attendant sa réponse.

– Merveilleusement bien. Il est en voyage d'affaires, en ce moment, mais j'ai hâte qu'il rentre.

Un brouhaha de questions retentit aussitôt et Skyler les laisse parler jusqu'à ce qu'un journaliste parle plus fort que les autres.

– Et que sera la première chose que tu lui diras lorsque tu le verras ?

Skyler ferme les yeux et je peine à respirer en voyant sa souffrance. Lorsqu'elle les rouvre, ils sont étincelants, je rêve de voir ça tous les matins en me réveillant. Elle plonge son regard sur la caméra et j'ai l'impression que c'est moi qu'elle voit.

– Quand je verrai Parker, je lui dirai combien il m'a manqué et que je l'aime plus que tout au monde.

Il me manque.

Je l'aime.

Plus que tout.

Je l'aime plus que tout au monde.

Elle m'aime. Skyler m'aime. Skyler m'aime, et elle vient de l'admettre sur une chaîne nationale, devant le monde entier.

Waouh.

CHAPITRE 8

J'ai la tête à l'envers. Je n'ai pas pu fermer l'œil depuis que j'ai vu Skyler à la télé.

Comment je suis censé réagir ?

Skyler m'aime.

Elle m'aime.

Le bonheur que suscite son aveu embrase mon sang et me réchauffe jusqu'à la moelle.

Skyler m'aime.

Ma nana a admis sur une chaîne nationale qu'elle était amoureuse de moi. Je me mets à faire les cent pas, vivifié, ne sachant pas quoi faire de toute l'énergie qui vrombit en moi. Je me sens électrisé.

La porte qui connecte ma chambre à celle de Wendy s'ouvre brusquement.

– Mon Dieu ! Il faut que tu regardes cette interview de… commence-t-elle en tenant son ordinateur ouvert, prête à lancer le segment.

Je secoue la tête et lève la main pour l'empêcher d'approcher.

– Je l'ai déjà vu. Je l'ai regardé hier soir.

Elle écarquille les yeux qui semblent encore plus bleus que d'habitude.

– Alors tu sais ? chuchote-t-elle d'une voix émue.

– Qu'elle m'aime ?

Le poignard planté dans mon cœur depuis une semaine semble avoir disparu, je respire enfin un peu.

Wendy hoche la tête et ferme son ordinateur.

– Oui. Mon Dieu, Park, c'est génial ! s'exclame-t-elle alors que son regard s'illumine. Tu vois, je t'avais dit qu'elle t'aimait, s'écrie-t-elle en souriant.

Quelqu'un frappe à ma porte et, comme ça ne peut être que mes collègues, je l'ouvre sans regarder et me remets à faire les cent pas.

Pourquoi admettrait-elle cela à la télé ?

En quoi ça change ce qui se passe entre nous ?

– Bon sang, frangin, commence Royce d'une voix douce.

Son expression pleine de pitié me dit qu'il a vu la télé, lui aussi, et qu'il s'attend à ce que je pète un câble. Cela dit, c'est bien ce qu'il se passe. Entre l'aveu de Skyler et la culpabilité que je ressens après ce qui s'est passé avec Alexis, hier, je n'ai aucune chance de rester zen.

– Frérot… tu n'imagineras jamais ce que je viens de voir ! s'exclame Bo en riant et en fermant la porte derrière lui.

Mes trois collègues me regardent comme s'ils attendaient que je m'effondre.

– Les mecs… je…

J'oublie ce que je voulais dire alors que la question la plus importante, celle qui m'a paralysé toute la semaine, revient à mon esprit.

– Est-ce qu'il se peut qu'elle ne m'ait pas trompé ? Vous connaissez mon passé… je dis en refaisant les cent pas dans le peu d'espace qu'il me reste après l'arrivée de mes amis.

– Euh, j'ai un aveu à te faire… dit Wendy en levant la main.

– Euh, ouais, moi aussi, frérot… ajoute Royce en se raclant la gorge.

Il bascule d'avant en arrière sur ses talons, les mains dans les poches. Je l'ai vu faire ça des centaines de fois et je sais ce que cela signifie : il a un secret et il est mal à l'aise.

– Il est hors de question que vous commenciez, gronde Bo d'une voix angoissée.

Ils se mettent à se chamailler devant moi, bruyamment, comme si je n'étais plus dans la pièce.

– C'est moi qui dois le lui dire avant, s'écrie Wendy en tapant du pied comme une enfant.

– Non, c'est mort. Mon pote mérite de l'entendre de ma bouche, n'est-ce pas ? répond Royce.

– Absolument pas, gronde Bo. Je le connais depuis plus longtemps…

– Tu l'as rencontré une heure avant moi, rétorque Royce en croisant les bras sur son torse musclé.

– Et moi, je suis la dernière arrivée, il pourrait me virer, s'exclame Wendy.

– On ne le laissera pas te virer, répond Royce.

– T’en fais pas, chipie, je prendrai soin de toi si tu es au chômage. Et tu pourras me remercier en nature, si tu vois ce que je veux dire, lance Bo en jouant des sourcils.

– T’es dégoûtant ! Ce n’est pas le moment de plaisanter, gronde Wendy en rougissant.

Je décide que j’en ai assez entendu.

– Vous voulez bien vous taire, tous les trois ? Bon sang, j’ai besoin de mes amis, là. La femme que j’aime et qui m’a trompé avec son ex, avec qui elle a passé la nuit, pour qui elle a mis sa vie en danger et dont elle a payé les dettes, vient d’avouer à la télé qu’elle est amoureuse de moi. Et… j’ai embrassé Alexis hier soir.

Dans un même mouvement, ils tournent la tête vers moi et me dévisagent. Wendy est choquée, Royce surpris et Bo agacé.

– Quoi ? s’exclament-ils à l’unisson.

– Comment t’as pu faire ça ? gronde Wendy, l’air aussi vexée que si c’était elle que j’avais trompée.

– Roh, mec… t’as merdé, ajoute Royce.

– Tu t’es tiré une balle dans le pied sur ce coup-là, dit Bo. Figure-toi que je voulais Alexis pour moi tout seul !

Je me laisse tomber sur le lit et prends ma tête dans mes mains. J’ai honte, je me sens coupable et j’ai peur. Mais soudain, sortie de nulle part, une vague de joie et d’excitation s’empare de moi lorsque je réalise ce que Skyler a dit. Elle m’aime aussi.

Je devrais être aux anges.

Je devrais crier ma joie sur tous les toits.

Je devrais tomber à genoux et remercier le Ciel de m'avoir aidé à trouver ma perle rare.

Mais je ne peux pas.

Comment peut-elle m'aimer et me tromper ?

Wendy se met à genoux devant moi et prend mon bras dans ses mains.

– J'ai échangé des messages avec Skyler, admet-elle d'une voix tremblante. Je… je lui ai demandé si elle t'avait trompé.

– Et… Et qu'est-ce qu'elle a dit ? je demande d'une voix faible.

Je me déteste d'avoir autant besoin de savoir, d'être aussi désespéré d'entendre sa réponse. Je ne peux pas m'empêcher d'espérer que j'ai eu tort et qu'elle ne m'a pas trompé. À ce stade, je suis tellement anéanti que je préférerais passer ma vie à supplier Skyler de me pardonner plutôt que de vivre sans elle et sans son amour.

Wendy se lèche les lèvres et plonge ses yeux dans les miens. Elle a l'air petite, fragile et sincère.

– Elle m'a juré qu'elle ne t'avait pas trompé.

Une larme coule sur chacune de ses joues. J'essuie l'une puis l'autre tandis que Roy se racle la gorge.

– Elle m'a dit la même chose. Sauf que je l'ai appelée.

– Tu lui as parlé ? je demande en levant brusquement la tête.

– Oui, hier. Après notre soirée dans le bar. Je n'ai pas pu m'en empêcher. Tu souffres trop, mon frère. Et ça me tue de te voir comme ça tous les jours. J'étais en colère de voir l'emprise qu'elle a sur toi. Et je lui en voulais de te briser le cœur. Je voulais qu'elle souffre, lui dire qu'elle a tout gâché.

– Et ?

– Elle a admis qu'elle a été à l'hôtel de Johan pour régler le problème elle-même. Elle m'a promis qu'elle ne t'avait pas trompé. Je la crois, mec, mais je ne vais pas te répéter ce qu'elle a dit. Tu dois l'entendre de sa bouche, directement.

Je ferme les yeux, soulagé à l'idée qu'elle ne m'a peut-être pas trompé.

– Toi aussi ? je demande à Bo en rouvrant les yeux.

– Ben, je me suis dit que comme elle était libre, je pouvais lui proposer un rencard, dit-il en mettant ses mains dans ses poches.

J'éclate de rire. Bo a toujours su qu'un des meilleurs moyens de me remonter le moral était de raconter des blagues. Royce le frappe sur la tête, si vite que personne ne le voit venir.

– Aïe ! gronde Bo. Je déteste quand tu fais ça, tu gâches ma coiffure parfaite.

– On verra si elle reste parfaite quand je t'aurai mis un bon coup de pied aux fesses ! Dis-lui la vérité au lieu de plaisanter, tu ne vois pas qu'il souffre ?

Bo se frotte la tête et plonge son regard dans le mien.

– Elle m'a appelé et j'ai répondu. Elle voulait savoir comment tu allais.

– Et qu'est-ce que tu lui as dit ? je chuchote.

– Je lui ai dit que tu allais très bien. Mieux que jamais, répond-il d'une voix hautaine.

– C'est vrai ?

– Mais non ! Je lui ai dit que tu souffrais. Que tu étais furax. Et je lui ai dit que si j'apprenais qu'elle t'avait trompé, je trouverais un moyen de le lui faire payer.

Je le fusille du regard et ferme le poing en me redressant, prêt à attaquer. Je sens la colère couler dans mes veines et une bouffée de chaleur m'envahit.

– Tu n'as pas vraiment dit ça à ma nana ? je m'exclame.

– Si, bien sûr que si ! Parce que quand elle t'a blessé, elle nous a fait du mal, à nous tous. On l'a tous accueillie à bras ouverts et elle nous a trahis. Je voulais qu'elle le sache et qu'elle souffre à son tour.

– Putain ! je gronde en me passant la main dans les cheveux. C'est une catastrophe.

– Absolument, acquiesce Royce. Maintenant, si tu nous disais pourquoi tu as embrassé Alexis Stanton ? À quoi pensais-tu ? ajoute-t-il sans pouvoir cacher sa déception.

– Il ne pensait pas justement, ricane Bo. En tout cas, pas avec sa tête.

– Laisse la Bête en dehors de ça, je gronde.

– Beurk… la Bête ? répète Wendy d'un ton dédaigneux en faisant mine de vomir.

Elle se met à caresser ma cuisse et un silence s'installe dans la pièce tandis que je réfléchis aux raisons qui m'ont poussé à céder.

– Je ne sais pas pourquoi je l'ai embrassée. Elle n'a pas arrêté de mc draguer depuis que je suis arrivé. Et sur le moment, j'étais vulnérable, d'accord ? Skyler me manquait, j'avais la gueule de bois, je me sentais perdu et fatigué. Bon sang, l'ancien moi lui aurait sauté dessus sans perdre une seconde. Cette femme est canon et elle respire le sexe…

– C'est vrai, admet Wendy en hochant vigoureusement la tête. Je ferais n'importe quoi pour avoir son corps. Et puis, elle est hyperintelligente.

– Je veux bien admettre qu'elle est belle, soupire Royce. Mais ce n'est pas une excuse pour lui céder, surtout si tu as l'intention d'appeler Skyler. T'aurais pas dû faire ça, frangin. Parce que si tu règles cette histoire avec Sky, et je suis sûr que ce sera le cas, tu vas devoir lui dire la vérité à propos d'Alexis.

Je pousse un grognement, horrifié de devoir admettre mon moment de faiblesse. En même temps, si Skyler ne m'avait pas trahi, ce ne serait jamais arrivé !

– Ouais, je sais. Je gérerai ça en temps voulu. Pour l'instant, je dois décider ce que je vais faire avec Skyler.

Bo soupire bruyamment en jouant avec sa barbichette.

– Surprends-la une nouvelle fois. Fonce à New York à la fin de la mission et réglez ça une bonne fois pour toutes. Et si, après lui avoir parlé, tu es encore convaincu qu'elle t'a trompé, alors dis-lui au revoir. On sera là pour toi.

Il me tend son poing et je le frappe.

– On te soutiendra, quoi que tu décides, ok ? dit Royce en imitant le geste de Bo.

Wendy se lève et prend ma main dans la sienne en se redressant sur les genoux.

– On est avec toi, dit-elle avant de m'embrasser sur la joue.

Je la serre contre moi et je la laisse m'aider à me relever. Je regarde mes trois amis, j'ouvre les bras. Wendy se blottit contre moi d'un côté, Bo vient de l'autre.

– Tu sais bien que je ne rate jamais une occasion de peloter quelqu'un, plaisante-t-il en tapotant mon épaule.

Quant à Royce, il lève les yeux au ciel sans bouger.

– Tu vas vraiment m'obliger à faire ça ?

– Allez, frangin. C'est un câlin de groupe. Sacrifie-toi.

– Ce fichu groupe. Je suis toujours en train de me sacrifier pour le groupe, marmonne-t-il tout en venant vers moi, baissant la tête de sorte que nos fronts se touchent.

Wendy le prend par la taille et nous serre contre elle, son parfum de noix de coco nous enveloppe.

– J'ai toujours rêvé de faire du football américain. C'est ce qu'ils font quand ils se mettent en cercle, non ? ricane Bo.

– Chut, tu gâches le moment, je gronde. Je voulais juste vous remercier. Du fond du cœur. Merci.

***

– C'est ridicule ! Mon frère ne pourrait jamais se tromper au point de mettre en péril un lancement de produit et nous faire perdre des millions de dollars.

– Je te dis seulement ce que mon équipe a trouvé jusqu'ici. C'est à toi de décider ce que tu feras de l'information. On n'a pas fini, loin de là, mais voilà où nous en sommes.

– Vous accusez mon petit frère ! s'exclame Alexis en faisant les cent pas dans son bureau.

Elle appuie ses mains sur le dossier du canapé où Bo est assis.

– Alexis, on ne dit pas que ton frère cherche délibérément à te faire du mal. Comme je te l'ai dit, nous n'avons rien trouvé dans les comptes bancaires de tes employés, y compris dans ceux de Kidd, qui pourrait indiquer que quelqu'un l'aurait payé pour commettre ce vol. Toutefois, je ne peux pas ignorer les bugs du système et les erreurs que Wendy a trouvées et qui ressemblent à l'écriture de ton frère.

– Je suis la mieux placée pour le savoir et il me faudra voir les preuves de mes propres yeux. Je veux connaître les localisations précises.

Pour la première fois depuis que je l'ai rencontrée, le regard d'Alexis est perçant et sa voix est stressée. Elle n'est clairement pas contente que l'on suggère que son frère puisse être responsable des fuites.

– On s'y attendait, je réponds en me levant pour poser ma tablette sur son bureau. Wendy t'a noté les endroits précis qu'elle a trouvés. Mais il y a un autre problème.

– Qu'est-ce que c'est ?

Elle allume son ordinateur portable et ouvre le back-end en regardant ma tablette.

– Apparemment, Éloïse Gagnon a trouvé un tas d'erreurs dans le système, et elle les a effacées sans rien dire.

– Pourquoi ferait-elle ça ? demande Alexis sans quitter des yeux l'écran noir sur lequel s'affichent des lignes de lettres et de chiffres.

– J'ai l'impression qu'ils sont sortis ensemble et qu'elle tient encore à lui. Elle n'a pas été ravie d'apprendre qu'il allait se marier.

– Bien sûr que non, rouspète Alexis. Je les ai séparés il y a environ deux ans.

– Comment ça ?

– Ils sont sortis ensemble quand Kidd a commencé à travailler ici, mais il était jeune et bête. Il pensait avec sa queue et pas avec sa tête.

– On ne peut pas lui en vouloir, pauvre jeune, ricane Bo.

– Pauvre jeune ? répète Royce. Tu es mal placé pour dire ça, non ?

– C'est vrai, répond Bo en riant. Mais j'ai mûri, quand même.

Royce grimace.

– J'attends de le voir pour le croire.

– On ne vous dérange pas ? je gronde en fusillant mes collègues du regard.

Ils écarquillent les yeux et Royce fronce les sourcils, agacé d'avoir été surpris manquant de professionnalisme. Il est fier de son sens du devoir et il est particulièrement sensible à ce sujet depuis l'histoire avec Rochelle. Cependant, je ne peux pas lui en vouloir, dans ces circonstances. Alexis fait tout pour créer une atmosphère détendue au travail et il ne faut pas oublier le nombre d'avances qu'elle m'a faites. Toutefois, depuis que nous avons parlé hier, elle semble avoir compris qu'il ne se passerait rien entre nous.

D'ailleurs, ça me fait penser que je dois encore parler à Skyler et j'ai hâte que cette mission soit finie pour le faire. Comme l'a suggéré Bo, je vais me pointer à sa porte, à New York, et exiger des réponses. Et si elle veut qu'on ait une chance d'avoir un avenir ensemble, je l'obligerai à m'écouter et à me raconter en détail ce qui s'est passé avec Johan.

Un avenir ensemble.

Mon cœur bat plus vite. Je suis à deux doigts d'avoir les réponses à mes questions. Il faut juste que je termine cette mission. J'ai déjà envisagé de laisser mon équipe finir sans moi et de prendre le prochain vol pour New York, mais ce ne serait pas bien. Je ne peux pas les abandonner alors qu'on est sur le point de boucler la mission et d'avoir un autre client satisfait.

– Quand tu dis que tu les as séparés, comment Kidd l'a-t-il pris ?

– Très bien, répond-elle en haussant les épaules. Il passait son temps à suivre Éloïse comme un petit chien. Elle est plus âgée que lui et elle avait une trop grande emprise sur lui, alors j'y ai mis fin. J'ai changé Éloïse de département et j'ai suggéré à mon frère qu'il la quitte s'il prenait son boulot au sérieux. C'est lui qui a pris la décision et il n'est jamais revenu en arrière. Pour être honnête, j'ai été fière de lui.

– C'est intéressant, je dis en penchant la tête sur le côté pour détendre mon cou.

– Pourquoi ça ? demande Alexis sans quitter son écran des yeux.

Je croise les bras en protégeant ma main. J'ai beaucoup moins mal, mais je vais devoir garder le strap encore un bon moment.

– Elle dit qu'elle corrige ses erreurs parce qu'elle croit qu'il est déconcentré par sa copine.

– Ah bon ? J'en doute, ricane Alexis. Kidd est encore meilleur depuis qu'il a rencontré Victoria et il fait tout pour ne pas faire les mêmes erreurs que par le passé. Je crois même qu'il est encore plus sérieux au travail parce qu'il veut assurer son avenir et être en mesure de fonder une famille avec Victoria.

– Est-ce que je me trompe en en déduisant que tu adores Victoria ?

– Pas du tout, elle lui fait beaucoup dc bien. Il est plus passionné et il a hâte de rentrer chez lui à la fin de la journée, ce qui satisfait sa muse. J'aime beaucoup cette fille, je la vois un peu comme une petite sœur. Je suis ravie qu'il l'ait rencontrée.

– Et toi, qu'est-ce qui satisfait ta muse ? je demande, conscient du risque que je prends.

– Le sexe sans attaches, répond-elle en souriant et en me regardant par-dessus son épaule.

A-t-elle retenu quoi que ce soit de notre conversation ?

Bo intervient avant que je n'aie le temps de répondre.

– Je veux bien me sacrifier pour la bonne cause, dit-il.

Royce et moi éclatons de rire, mais Roy me devance.

– Assieds-toi, espèce d'andouille. Tu ne l'intéresses pas.

Alexis se retourne sur sa chaise et regarde Bo des pieds à la tête.

– Oh, je n'ai pas dit ça, répond-elle en enroulant une mèche de cheveux autour de son index.

Je préfère courir après ma proie plutôt qu'on me la serve sur un plateau d'argent, mais comme il ne veut pas jouer… dit-elle en me désignant, je peux sans doute me laisser persuader.

– Alors je suis tout à toi, ma douce, ronronne Bo en soufflant un baiser à notre cliente.

– Que Dieu nous préserve… je soupire.

S'il y a bien quelque chose que j'ai appris à San Francisco, c'est à ne pas me mêler des histoires de cœur de mes amis. Ainsi, je ne dirai rien à propos d'Alexis et Bo. S'ils veulent baiser jusqu'à la fin de la mission, soit. Au moins, elle a compris que je ne céderai pas à son charme.

Alexis regarde de nouveau son écran et fronce les sourcils.

– Qu'y a-t-il ? je demande en posant une fesse sur son bureau.

– Le code ressemble à celui de Kidd, mais quelque chose cloche. Il va me falloir un peu plus de temps pour comprendre ce qui ne va pas.

– D'accord, alors on te laisse faire. J'ai encore deux employés à interviewer. Wendy est en train de voir s'il y a un lien entre les fuites et les virus. Royce, si tu veux rentrer à l'hôtel et travailler sur nos autres missions…

– Ouais, avec plaisir. On a une touche avec quelqu'un à Londres, sans parler des derniers résultats que Sophie m'a envoyés.

Sophie.

Merde. J'ai été tellement pris par le travail et par cette histoire avec Sky que j'ai complètement oublié de prendre de ses nouvelles pour savoir si Gabriel l'a demandée en mariage. Peut-être est-ce le cas, depuis le temps, mais j'ose espérer qu'elle m'aurait appelé pour me le dire.

– Bo, à toi de jouer. Lâche ton côté taré pendant la réunion avec l'équipe marketing. Pcut-être que quelqu'un commettra une erreur.

Bo sourit et ajuste sa veste.

– Avoir l'air taré est ma spécialité.

CHAPITRE 9

– Explique-moi ce que tu as trouvé qui a scotché Alexis à son clavier.

Je me masse le front en penchant mon fauteuil en arrière. À la fin de la journée, je suis descendu au département informatique et j'ai trouvé Bo et Wendy en train de se chamailler à propos de notre mission. Apparemment, nous sommes les derniers, avec Alexis, à être encore au travail.

Deux jours ont passé et nous n'avons guère avancé. Royce rentre à Boston demain, car sa partie est finie. Bo a rendu fous les gars de l'équipe marketing en exigeant une application impossible, donc tout le monde ici le déteste. Tout le monde, à part Alexis. Apparemment, une fois que Bo est rentré avec elle, elle a complètement oublié qu'elle voulait me séduire. Maintenant, elle passe son temps à draguer Bo pour remettre le couvert. Il faut croire qu'elle aime les tarés comme lui.

– Je ne suis pas d'accord, dit Wendy en fusillant Bo du regard.

Il soupire et appuie son menton sur le dossier de la chaise qu'il chevauche à l'envers.

– C'est quoi le problème ? je demande en posant mes pieds sur le bureau devant moi.

– Je pense que c'est Kidd le coupable, déclare Wendy, et je me base sur le code qu'il a rédigé aujourd'hui. Il a laissé de sérieux vides, si gros que n'importe quel pirate qui se respecte pourrait les exploiter et voler tous les logiciels de la boîte.

– Comment ça ?

Elle désigne l'ordinateur et je me lève pour étudier les lignes de chiffres et de lettres. Hélas, j'ai fait des études de commerce, pas d'informatique.

– Ma petite souris, il va falloir m'expliquer ce que je suis censé voir.

– Je te dis, Wendy, insiste Bo, que Kidd n'a rien fait. Plus vite tu me croiras et tu commenceras à chercher ailleurs, plus tôt on trouvera le vrai coupable. Tu as parlé de cette nana bizarre, Élo quelque chose…

– Éloïse, je réponds.

– Ouais, elle, acquiesce-t-il en claquant des doigts.

– Son code n'a rien à voir avec celui de Kidd, grogne Wendy.

– Écoute-moi, tu veux ? Je comprends qu'elle n'ait pas la même empreinte, mais voilà ce que je pense. Elle sortait avec Kidd, avant, n'est-ce pas ?

– Ouais, je t'écoute, soupire Wendy en tapant sur son clavier.

– Tu ne me regardes pas, rétorque Bo.

– Je fais deux choses à la fois, espèce d'abruti, râle-t-elle. Allez, dépêche-toi de dire ce que tu veux dire.

– Eh bien, Alexis a dit qu'elle a poussé Kidd à rompre avec Éloïse, et qu'il l'a fait. Peut-être qu'après tout ce temps, elle est toujours amoureuse de lui. Or toi, Parker, tu lui as annoncé qu'il épousait sa nouvelle copine, qu'elle a avoué ne pas apprécier, et elle est partie aussi vite que possible.

– Je t'écoute, je dis en fronçant les sourcils, mais je ne vois pas le rapport.

– Peut-être qu'elle a encore une dent contre Alexis et qu'elle aime toujours Kidd, conclut Bo en tirant sur son bouc.

– Si c'était vrai, elle ne nous aurait pas parlé de ses erreurs, je réponds.

– Sauf qu'elle n'en a parlé que lorsqu'on est arrivés et qu'elle a eu peur pour ses fesses. Sans nous, Alexis n'aurait rien su des prétendues erreurs de son frère. Est-ce qu'il te semble capable de faire les fautes dont Éloïse l'accuse ?

– Pas vraiment, non, dit Wendy en se tournant vers nous. Il est très concentré et passionné. Et il adore sa sœur. Je ne pense pas qu'il soit capable de se donner à moins de cent pour cent, mais ça ne change rien au fait que l'écriture informatique ressemble à la sienne.

Mon cerveau envisage toutes sortes de possibilités, mais aucune ne me semble crédible. C'est comme si la réponse était juste sous nos yeux mais qu'on ne la voyait pas. Je n'ai qu'une seule pensée : rentrer à New York et affronter Skyler à propos de sa nuit avec Johan.

Le téléphone de Wendy sonne et elle décroche en mettant le haut-parleur.

– Parker, Bo et moi vous écoutons. Vous avez trouvé quelque chose ?

– Plein, en fait, répond Alexis. Le code ressemble à celui de Kidd, mais pas tout à fait. Il y a une différence subtile que j'ai du mal à identifier mais que je n'ai jamais vue auparavant. Je crois que quelqu'un fait tout pour que les erreurs aient l'air de venir de lui.

– Chipie, envoie-lui un morceau de code d'Éloïse pour qu'elle compare les deux, dit Bo.

– Ça roule, répond Wendy en tapant à toute vitesse sur son clavier.

– Je te déconseille de faire ça, espèce d'idiote ! gronde une voix menaçante près de la porte.

Nous nous tournons tous les trois et découvrons Éloïse dans l'embrasure de la porte. Ses bras sont tendus devant elle et elle tient un pistolet dans les mains. Elle tire sur un des ordinateurs qui vole en éclats.

– Tout le monde debout ! hurle-t-elle.

On se dépêche de se lever et j'essaie de faire le tour du bureau pour me mettre devant Wendy.

– Ne bouge pas !

Je me fige sur place, mon cœur se met à battre la chamade.

– Excuse-moi, Éloïse, je ne voulais pas t'énerver.

– Toi ! aboie-t-elle en pointant le flingue sur moi.

– Non ! crie Wendy.

– Ferme-la ! hurle Éloïse en agitant le pistolet dans sa direction.

– Eh, ma belle, inutile de nous menacer avec ton flingue, dit Bo de sa voix la plus charmante.

Éloïse écarquille les yeux et rougit, furieuse. Sans prévenir, elle pointe le flingue sur Wendy et tire.

– Non ! je hurle alors que Bo se jette sur Wendy pour intercepter la balle, mais c'est trop tard.

Elle est touchée sur le côté droit de la poitrine et son chemisier jaune se couvre aussitôt de rouge. Elle écarquille les yeux et, une seconde plus tard, elle tombe contre le bureau et s'effondre par terre. Elle reste immobile, sa main pâle sur sa blessure, d'où coule un flux continu de sang. Bo se précipite à ses côtés et s'agenouille pour appuyer sur sa poitrine et ralentir le saignement.

– Wendy, bébé, non ! s'écrie-t-il en se penchant sur elle.

Je m'apprête à les rejoindre, mais Éloïse tire de nouveau et je m'arrête net, stoppé par une vive douleur à l'épaule.

– Putain ! je m'exclame en me tenant le bras.

Je baisse les yeux et vois une éraflure horizontale où la balle m'a touché, arrachant des bouts de ma veste, de ma chemise et de chair. J'appuie la main dessus, reconnaissant qu'elle ne m'ait touché qu'au bras.

– Je t'ai dit de ne pas bouger ! Pourquoi vous ne m'écoutez pas ? Personne ne m'écoute ! D'abord Kidd, puis Alexis, et maintenant vous trois ! s'écrie Éloïse en agitant son flingue comme la cinglée qu'elle est.

Je lève les mains en signe de capitulation et j'essaie de lui parler d'une voix douce alors que ma seule envie est d'aller voir Wendy.

– Allez, chipie, reste avec moi… marmonne Bo d'une voix angoissée. Il lui faut une ambulance ! Elle perd beaucoup de sang et elle a du mal à respirer.

Je tourne la tête et vois de la mousse rose sortir de la bouche de Wendy, je n'ai jamais eu aussi peur de ma vie.

– Je t'écoute, Éloïse, je dis calmement.

Elle éclate d'un rire vide de toute émotion.

– Faut croire que vous m'avez percée à jour, hein ?

– Pas vraiment non. On a seulement compris que tu étais impliquée d'une façon ou d'une autre.

– Vous êtes qui, d'ailleurs ? Comment vous vous connaissez, tous ? demande-t-elle en pointant de nouveau son flingue sur moi.

Je fais de mon mieux pour me concentrer et répondre, même si je crains pour la vie de Wendy.

– On travaille tous les trois à Boston. Alexis nous a appelés pour enquêter sur les fuites.

– Waouh, alors cette pimbêche a engagé toute une équipe pour comprendre ce que moi, pauvre petite développeuse, je faisais à son système informatique. Eh ben, c'est un sacré compliment ! s'exclame-t-elle en éclatant de rire.

Je fais quelques pas en avant et me penche sur le bureau pour me rapprocher d'elle. Il faut que je trouve un moyen de lui enlever ce flingue et d'appeler de l'aide pour Wendy.

– Park… Elle va mal. Il nous faut des secours ! s'écrie Bo d'une voix anxieuse.

– Je t'ai dit de te taire ! siffle Éloïse en tirant sur le bureau juste au-dessus de la tête de Bo.

Il se baisse, couvrant Wendy de son corps. J'interviens.

– Eh, eh, j'ai très envie de savoir ce que tu as à dire. Raconte-moi comment t'as fait, et pourquoi.

Elle lève la tête et ses pupilles se dilatent.

– Pourquoi ? Je vais te dire pourquoi. Par vengeance.

– Par vengeance ? je chuchote.

– Kidd m'a larguée comme une vieille chaussette il y a quatre ans. Alexis lui a dit de rompre avec moi, puis elle m'a bougée dans une autre équipe pour que son petit frère ne souffre pas. Beurk, grince-t-elle en faisant mine de vomir, appuyant sa main armée sur le bureau à côté d'elle.

– Mais tu n'as pas vendu les secrets commerciaux, je réponds pour continuer de la faire parler.

– Pourquoi je ferais ça ? ricane-t-elle. Je ne veux pas son argent. Je veux qu'elle perde tout ce qu'elle a au profit de ses concurrents. Et je voulais impressionner Kidd et lui montrer ce qu'il a perdu, lui montrer à quel point je suis douée et ce qu'il pourrait encore avoir s'il s'excusait auprès de moi.

Je profite qu'elle soit distraite pour faire un autre pas vers elle. Wendy émet un gargouillis et du sang gicle de sa bouche lorsque Bo la tourne sur le côté pour qu'elle ne s'étouffe pas. Mon cœur bat fort dans mes oreilles et je me couvre de sueur, je peine à respirer.

– Ensuite, tu m'as dit qu'il allait épouser cette nana au lieu de moi, poursuit Éloïse. On aurait été si heureux ensemble ! On était parfaits. Et moi, pendant tout ce temps, j'attendais qu'il se rappelle notre potentiel et qu'il voie que c'était encore possible, qu'on pouvait encore travailler et vivre ensemble. Victoria ne le mérite pas !

– Non, tu as raison. Elle ne le mérite pas. Quant à toi, tu vaux bien mieux que lui. Je suis expert pour ce qui est de trouver un partenaire aux femmes de ton calibre. On l'a fait à San Francisco, juste avant de venir ici. N'est-ce pas, Bo ?

– Ouais, c'est le meilleur, chuchote Bo, mais ses yeux se remplissent de larmes.

Je regarde Wendy et vois qu'elle a perdu connaissance.

– Elle respire encore ? je demande d'une voix pleine d'angoisse.

– Ouais, tout juste.

– Et si on allait te trouver un partenaire, toi et moi, hein ? je propose à Éloïse.

Elle penche la tête sur le côté et tapote le pistolet sur la table.

– Ça pourrait être fun, ouais. Et t'as raison, Kidd ne mérite pas une femme de mon calibre, avec mes talents, déclare-t-elle d'une voix hautaine alors que mon amie se vide de son sang à ses pieds.

Une vague de colère et de haine parcourt mes veines.

Je remarque alors que les renforts sont arrivés. Le mur derrière Éloïse est entièrement vitré et deux policiers lourdement armés passent dans le couloir. Comment ont-ils su qu'on était ici ? Peut-être qu'Alexis a entendu les coups de feu ?

Je regarde le téléphone de Wendy et vois qu'elle n'a pas raccroché avant de s'écrouler. Alexis a tout entendu.

Je retiens mon souffle et fais en sorte qu'Éloïse reste concentrée sur moi.

– Alors, qu'est-ce que t'en dis ? je demande tandis que la porte s'ouvre. Je serais ravi de te trouver un homme. Ce serait tellement facile…

Les deux flics se plantent derrière elle, armes pointées sur elle.

– Les mains en l'air !

Elle me fusille du regard avant de se tourner vers eux en levant les mains.

– Non ! hurle-t-elle.

Elle agite la main qui tient le pistolet, mais chacun des flics lui met deux balles dans le ventre et elle s'écroule.

Je me baisse et rampe jusqu'à Bo, qui a pris Wendy dans ses bras.

– Allez, ma fée Clochette, ne nous abandonne pas, chuchote-t-il contre son front.

Elle ne réagit pas.

***

Quand on est arrivés aux urgences, l'état de Wendy était grave. Les ambulanciers ont parlé d'un affaissement pulmonaire et ont dit qu'elle avait perdu beaucoup de sang. J'ai parlé à Royce et je lui ai dit de nous retrouver à l'hôpital et d'appeler Michael.

À présent, je suis assis sur un lit et un interne recoud ma blessure en m'informant que je suis en état de choc. Je ne sens même pas la douleur. Je ne sens rien. Bo est debout à mes côtés, comme s'il montait la garde. Une heure s'est écoulée depuis que Wendy a été emmenée d'urgence au bloc opératoire.

Royce entre en courant et son manteau vole au vent, comme s'il était un des *Men in Black* et qu'il venait sauver la planète.

– Frangin, soupire-t-il d'une voix encore plus grave que d'habitude en posant sa main sur mon épaule. Ça va ?

Je hoche la tête, incapable de parler.

– C'est une blessure superficielle. La balle lui a frôlé l'épaule, répond Bo.

Roy hoche la tête et écarquille les yeux en le voyant couvert de sang.

– Merde, t'es blessé, toi aussi ? Qu'est-ce qui s'est passé ? On en sait plus pour Wendy ? demande-t-il à toute vitesse.

– Ce n'est pas mon sang, répond Bo en secouant la tête. Wendy a été emmenée au bloc. Elle avait un poumon affaissé, elle a pris une balle dans la poitrine. T'as appelé Mick ? demande-t-il d'une voix rauque.

– Il sera là dans une heure ou deux, répond Roy en passant sa main sur son crâne rasé. Comment ça a pu arriver ?

– Je n'ai pas vu à quel point elle était fragile. Je n'étais pas concentré sur la mission. J'aurais dû comprendre tout de suite. Il y avait quelque chose qui m'échappait…

Ma tête se remplit de tout ce que j'aurais dû faire et qui aurait évité ce drame.

– Je t'interdis de te sentir responsable, gronde Bo en posant une main sur mon dos. On était tous les quatre sur cette mission et on était à deux doigts de tout comprendre quand elle a pété un câble. C'est cette tarée qui est coupable, pas toi !

– Si Wendy meurt…

Je tremble de la tête aux pieds et mes yeux se remplissent de larmes.

– Elle ne peut pas mourir, je chuchote.

Bo appuie son front sur mon dos et Royce empoigne mon épaule.

– Frérot, il faut que tu gardes espoir. Que tu croies en notre nana. Elle est forte. Elle va se réveiller et elle aura une sacrée histoire à raconter.

Je ris malgré mes larmes et je m'essuie le nez sur mon bras. Wendy adore raconter des histoires.

– Ouais, gardons espoir.

– Exactement.

***

– Où est-elle ? rugit Michael Pritchard en déboulant dans la salle d'attente des urgences.

Il vient à moi, le visage marqué par la colère et l'angoisse. Il n'est pas beaucoup plus âgé que nous, mais il dégage un tel pouvoir que j'ai l'impression d'être un enfant qu'on va punir. Il ferme la mâchoire et parle en montrant ses dents.

– Où est ma femme ? grogne-t-il si fort que je sens sa voix vibrer dans mon torse.

Je plonge mon regard dans le sien et ses yeux deviennent noirs.

– Si elle meurt, je t'en tiendrai personnellement pour responsable, prévient-il.

– Elle ne mourra pas, je réponds en hochant la tête. Wendy est forte…

– Tu crois que je ne le sais pas ? aboie-t-il. C'est moi qui l'ai sortie de son affreux studio infesté par les rats et de ce boulot merdique qui était bien en deçà de ses capacités et de ses talents. C'est moi qui l'ai aidée à obtenir une éducation. Et en retour, elle m'a ramené à la vie. Sa vie est ma vie. Elle est peut-être votre assistante, votre amie, mais elle est tout pour moi. Mon univers tourne autour de ses désirs, de ses besoins, de son amour. Alors, je sais que Wendy est forte. Ma Wendy, et chaque millimètre de sa perfection est à moi, n'est que force.

Royce pose une main sur l'épaule de Michael, qui grimace.

– Le médecin est là… dit-il en désignant la porte de la salle d'attente.

– Vous êtes la famille ?

– Oui, nous répondons tous les quatre, faisant grincer Michael davantage.

– Je suis son fiancé. S'il vous plaît, dites-moi comment elle va.

– Elle s'en est bien sortie, dit la doctoresse en joignant ses mains devant elle. La balle a pénétré sa poitrine et a perforé son poumon avant de rebondir sur son omoplate. Son poumon s'était affaissé quand elle est arrivée et elle a perdu beaucoup de sang. On a réparé son poumon, retiré la balle, et on l'a mise dans un coma artificiel, le temps que ses constantes vitales reviennent à des niveaux rassurants. Les prochaines vingt-quatre heures vont être cruciales, mais si ses signes vitaux continuent de s'améliorer, et je n'ai aucune raison de douter que ce sera le cas, alors elle s'en sortira très bien.

– On peut la voir ? demande Michael.

– Lorsqu'elle sera sortie de la salle de réveil et qu'elle sera en soins intensifs, quelqu'un viendra vous chercher.

– Merci, Docteur, dit Michael d'une voix tremblante.

Derrière la doctoresse, une infirmière avance vers lui avec un sac transparent qui contient la bague de fiançailles de Wendy et son collier en cuir.

– Euh, j'ai pensé que sa famille devrait garder ça pour elle.

Michael prend le sac dans ses grandes mains, et une larme coule sur sa joue tandis qu'il tombe à genoux.

– Ils ont coupé son collier.

Royce et moi nous baissons et l'aidons à se lever et à s'asseoir sur une chaise en plastique.

– Ils l'ont coupé, sanglote-t-il, alors que d'autres larmes ruissellent sur son visage stoïque.

Le collier en cuir noir a été coupé près du cadenas.

Je tends la main pour effleurer le sac, mais il le plaque contre son torse en me fusillant du regard.

– Pardon, je ne pensais pas à mal, je dis en retirant ma main comme s'il m'avait brûlé.

Michael sort le collier du sac, puis il desserre sa cravate et défait le premier bouton de sa chemise. Il en sort une chaîne dont le pendentif est une petite clé sur laquelle est gravé le prénom de Wendy. Il la prend, la met dans le petit cadenas et l'ouvre. Il l'enlève du collier en cuir, le referme sur sa chaîne, et remet le tout sous sa chemise, contre sa peau.

– Elle va s'en sortir, je dis en serrant son bras.

Il ravale sa salive et regarde le mur blanc devant lui.

– Y a intérêt, sinon malheur à vous, grogne-t-il d'une voix assassine.

CHAPITRE 10

– Pourquoi elle ne se réveille pas ? gronde Michael d'une voix furieuse.

La doctoresse reste immobile, elle attend qu'il se calme.

– Ça fait deux jours qu'elle dort, dit-il.

– On a essayé de la réveiller ce matin, répond-elle. Elle n'est plus sous sédatif, donc rien ne l'empêche de sortir du coma. On pense qu'elle a subi une commotion cérébrale lorsqu'elle est tombée à terre après avoir été touchée. Son corps et son cerveau se remettent du traumatisme. Son activité cérébrale est normale, donc on ne craint rien de ce côté-là. Toutefois, le cerveau peut être capricieux. Votre fiancée se réveillera quand son cerveau et son corps le lui diront. D'ici-là, on ne peut qu'attendre et soigner ses blessures.

La jeune femme tend la main pour toucher le bras de Michael.

– Je comprends que vous soyez impatient de la voir ouvrir les yeux. Nous le sommes tous. Hélas, elle n'est pas prête. Parlez-lui, dites-lui que vous êtes là et que vous êtes prêt à ce qu'elle se réveille.

Michael grimace en entendant les paroles du docteur.

– Très bien, grogne-t-il en serrant les dents.

Il se tourne vers Wendy et s'assoit sur la chaise à côté d'elle, où il est posté depuis deux jours sans s'être douché ni changé. Il porte le même costume rayé que quand il est arrivé, même si son assistante est arrivée hier avec sa valise et qu'elle l'a installé dans une suite de l'hôtel qui jouxte l'hôpital.

– Eh, Michael, pourquoi tu n'irais pas manger, te doucher et te changer ?

Il secoue la tête et porte la main de Wendy à sa bouche en la suppliant du regard.

– Mec, elle a besoin de toi. Plus que jamais, j'insiste.

Je réprime les émotions qui menacent de jaillir en la voyant. Sa poitrine est entièrement bandée, un tube d'oxygène sort de son nez et sa peau est si pâle qu'elle en est transparente. Toutefois, elle semble paisible, contrairement à nous, quatre hommes sur le point de devenir dingues si cette nana n'ouvre pas bientôt ses beaux yeux bleus.

– C'est pour ça que je ne pars pas… rétorque Michael.

– Mick…

– Ne m'appelle pas comme ça, aboie-t-il en se tournant vers moi. Jamais !

– Pardon, je murmure en déglutissant. Mais je vois que tu es beaucoup trop fatigué pour lui être d'aucune aide. Tu devrais aller à l'hôtel, manger un bout, te doucher et te changer. Ce serait encore mieux que tu fasses une sieste. Tu ne lui es d'aucune utilité dans cet état. S'il te plaît, mec, fais ça pour elle.

– Je ne peux pas la laisser seule, répond-il en prenant sa main contre sa joue.

– Elle ne sera pas seule. Je suis là. Les mecs arrivent bientôt pour prendre le relais pour que je me repose aussi. Que tu le veuilles ou non, on est sa famille, maintenant, et on prend soin des nôtres.

– Mais pourquoi elle ne se réveille pas ? murmure-t-il d'une voix rauque. J'ai besoin de voir ses yeux et d'entendre sa voix pour savoir qu'elle va s'en tirer.

– La toubib a dit qu'elle allait s'en sortir sans problème. Toi, en revanche, tu ne l'aideras pas dans sa convalescence si tu es épuisé. Allez, va manger un bout et douche-toi. Tu pues.

– C'est faux, rétorque-t-il.

– Oui, c'est faux, j'admets en riant pour qu'il sache que je plaisante, mais tu vas bientôt puer si tu portes ce costume encore un jour.

Il soupire longuement et se penche au-dessus de Wendy. Mon ventre se noue et mon cœur bat la chamade. Je me sens mal à l'aise d'être témoin de la souffrance de cet homme, mais sa dévotion pour Wendy est belle. Il est perdu en mer et Wendy est son ancre. Sans elle, il errera dans les océans et laissera le courant l'emporter.

Comme moi, sans Skyler.

– Tu as raison, déclare Michael en se levant brusquement. Tu restes avec elle ?

Je hoche la tête.

– Je reviens vite, ma chérie. Je vais prendre des forces et me changer.

Il l'embrasse sur le front, puis sur la bouche avant de se tourner vers moi.

– Tu as mon numéro s'il y a le moindre changement. N'importe quoi. Si elle remue le petit doigt, je veux le savoir.

– Tu as ma parole.

Il hoche la tête et tourne les talons, me laissant seul avec elle.

– Salut, petite souris, je dis en m'asseyant à ses côtés.

Je lui serre la main et attends une réponse, mais il n'y a rien, elle est perdue dans ses rêves.

– Si seulement tu pouvais te réveiller. Ton homme est sur le point de faire une crise cardiaque en attendant que tu ouvres tes jolis yeux bleus.

Je la dévisage en retenant mon souffle. Rien. Pas le moindre mouvement.

– Je suis désolé, Wendy. Je suis tellement désolé que tu aies été blessée. Ce n'était pas censé se passer comme ça.

Je secoue la tête, laissant parler la culpabilité et la honte qui bouillonnent en moi et menacent de jaillir maintenant que je suis seul avec elle.

– Oh, Wendy, tu ne veux pas te réveiller ? J'ai besoin de voir que tu vas bien. J'ai besoin que tu me dises que tout va bien se passer, parce que je me noie, ma belle. Je me noie dans un océan d'incertitudes. Tu es blessée, Bo et Royce sont anéantis, ton mec est sur le point d'étrangler la prochaine personne qu'il voit et moi j'ai la tête à l'envers. Je crois que je suis devenu fou. Je n'ai pas parlé à Sky, même si je sais que tu veux que je le fasse. Je lui ai écrit, en revanche. Je lui ai dit que tu étais hospitalisée à Montréal après avoir été blessée par balle. Elle n'a pas répondu, et je ne sais pas pourquoi. Peut-être parce qu'elle me déteste de ne pas l'avoir appelée plus tôt pour parler de cette histoire. J'ai besoin que tu te réveilles, sœurette. Réveille-toi et crie-moi dessus. Dis-moi quoi faire. Dis-moi comment arranger la situation.

– Je ne te déteste pas, Parker, chuchote une voix douce.

Je me tourne lentement vers la porte. Elle semble couronnée d'une auréole dorée. Ses cheveux blonds tombent sur ses épaules et ses yeux caramel transpercent ma poitrine pour s'emparer de mon cœur.

– Skyler… je chuchote en me levant.

Des larmes coulent sur ses joues.

– Je ne pourrais jamais te haïr. Je t'aime.

– Mon Dieu, viens ici.

J'ouvre les bras et elle court jusqu'à moi. Elle me serre fort contre elle et sa chaleur m'enveloppe.

Son parfum de pêche et de crème embaume la pièce, remplaçant celui de Javel et d'antiseptique. J'enfouis mon visage dans ses cheveux et je gonfle les poumons. Son corps tremble contre le mien et elle plante ses ongles dans mon dos. Ils me griffent l'épaule et cela me brûle, mais je m'en fiche. Rien ne pourrait m'empêcher de la tenir dans mes bras.

– Chéri, je suis désolée… pour tout… sanglote-t-elle contre mon cou, et ses larmes mouillent ma chemise.

Je plonge ma main saine dans ses cheveux, sur sa nuque, et je la tiens serrée, profitant de la sentir collée contre moi, en chair et en os.

Comment j'ai pu vivre sans ça ?

Sans elle ?

Je la serre plus fort et je ferme les yeux, laissant nos corps se retrouver l'espace d'une minute, ou deux, ou dix. Je ne sais pas combien de temps nous restons dans les bras l'un de l'autre. Cependant, au bout d'un moment, la réalité nous rattrape.

Je me rappelle combien elle m'a blessé.

Ses mensonges.

Sa trahison.

Je grince des dents et la fais reculer en ravalant la bile qui remonte dans ma gorge. Je suis partagé entre le besoin de l'enfermer dans une pièce pour l'interroger et de la prendre par-dessus mon épaule pour la jeter dans un lit et lui faire l'amour comme jamais.

– Park…

– Qu'est-ce que tu fais ici ? je demande d'une voix rauque avant de me racler la gorge.

Elle croise les bras et les frotte, comme si tout à coup elle avait froid. Mais je crois, ou j'espère, que cela a davantage à voir avec la distance qui nous sépare désormais.

– Comment ça ? Tu m'as dit que Wendy avait été blessée, répond-elle en souriant. Wendy est mon amie. Elle est comme une sœur pour toi. Bien sûr que j'allais tout laisser tomber pour être à ses côtés. À tes côtés.

– Je ne m'attendais pas à ce que tu viennes jusqu'ici.

– Parker, il faut qu'on parle. Je ne suis pas ton ennemie. Je suis la femme qui t'aime.

La femme qui t'aime.

Ses paroles viennent à bout de ma volonté, et les dix derniers jours me rattrapent.

La colère que j'ai vis-à-vis d'elle pour avoir retrouvé Johan.

L'amour que j'ai pour elle d'affronter ce qu'elle a affronté.

Les avances incessantes d'Alexis.

La blessure quasi-mortelle de Wendy.

C'est trop, et je suis sur le point d'exploser, mais c'est justement le moment que choisit Bo pour entrer.

– Waouh, salut, dit-il en regardant Skyler, puis Wendy, puis moi. Euh… est-ce que tu veux que je revienne plus tard ?

Je contracte ma mâchoire et dévisage Skyler, notant sa robe ample, son pull large, ses cuissardes en daim. Elle est à la fois le plus beau des rêves et mon pire cauchemar.

– Reste avec Wendy jusqu'à ce que Michael revienne. Et appelle-le s'il y a le moindre changement. Je le lui ai promis. Moi, il faut que je m'occupe d'elle, je grince d'un ton dédaigneux en saisissant la main de Skyler pour la traîner hors de la chambre de Wendy.

– On va où ? Tu m'emmènes où ? demande-t-elle.

Elle s'agrippe à ma main saine, ce qui tire sur les points de mon épaule, mais je me contente de la tenir plus fort en grimaçant. Il est hors de question que je la lâche. Je ne peux pas m'arrêter. J'ai la tête à l'envers et j'ai besoin de calme pour gérer les émotions qui se battent en moi.

– À l'hôtel, juste à côté. Tu voulais parler, on va parler.

Elle fait en sorte de me suivre, mais je ne marche pas, je cours.

J'ai à peine ouvert la porte de ma chambre que je la pousse à l'intérieur et que je referme la porte avec un coup de pied. Elle me fait face et me regarde, inquiète. Son regard est un mélange de brun et de caramel, et ses joues sont roses. Elle n'a jamais été aussi jolie.

Putain !

– Parker…

Elle se lèche les lèvres, et j'en perds la tête.

Je perds tout contrôle.

Je la saisis par la taille et la plaque contre la porte. Elle pousse un petit cri aigu et j'en profite pour m'emparer de sa bouche. Elle a un goût de menthe et de folie, mais peut-être est-ce moi. Quoi qu'il en soit, je plonge ma langue dans sa gorge et suce la sienne en avalant chacun de ses gémissements. Sa langue danse avec la mienne sur un rythme effréné qui embrase mon sang et chacune de mes terminaisons nerveuses.

Je me frotte contre elle et empoigne ses fesses pour plus de friction lorsqu'elle rompt brusquement le baiser.

– Mon Dieu… dit-elle en penchant la tête en arrière tandis que mes lèvres parcourent sa gorge.

Je la mords sans me soucier de laisser une marque, elle mérite la douleur que je lui inflige. Je veux qu'elle ressente la même chose que moi.

– T'aimes ça, ma pêche ? T'aimes que je perde la tête à cause de toi, je dis en enfouissant mon nez dans son cou et en palpant ses seins malgré la douleur qui surgit dans ma main.

Je mords son globe ferme et elle pousse un cri de joie.

– Oui. Oui, tu m'as rendue folle ! s'exclame-t-elle en se débattant avec ma chemise pour caresser mon ventre.

Elle promène ses mains sur mes abdominaux et une décharge électrique se précipite dans mon sexe. La Bête se dresse et enfle un peu plus chaque fois qu'elle soupire, chaque fois que ses doigts effleurent mon torse.

Je recule et me dégage de ma chemise avant d'ôter son pull. Sa robe prendrait trop de temps à enlever. Elle se débarrasse vite de mon pantalon avant de plonger ses mains dans mon boxer pour me tripoter.

Quelle extase.

C'est le paradis.

Son toucher a l'effet d'une coulée de lave chaude sur ma peau.

– S'il te plaît… supplie-t-elle d'une voix désespérée que je connais trop bien.

Je glisse ma main sous sa jupe et découvre un string en dentelle.

– T'as mis ça pour moi ? je grogne en m'emparant de nouveau de sa bouche.

La dentelle est suffisamment fine pour que je la déchire en tirant dessus d'un coup sec. Elle pousse un cri lorsque le tissu brûle sa peau, et je le mets dans ma poche, appuyant fort ma queue contre elle en remontant ma main sur sa cuisse.

– Tu mouilles pour moi ? je demande en léchant son cou.

– Toujours, gémit-elle.

– Hmmm, je vais devoir le vérifier par moi-même, je réponds en posant ma main entre ses cuisses. Est-ce que tu mouillais autant pour Johan ? je gronde en plongeant deux doigts en elle.

– Jamais, susurre-t-elle en secouant la tête.

Je la doigte plusieurs fois en frottant son clitoris avec la paume de ma main.

– Il t'a touchée comme ça quand tu étais dans sa chambre ? Il t'a doigtée jusqu'à te faire crier son nom ?

Je retire mes doigts et les replonge lentement, conscient que ça va l'exciter sans la faire jouir.

– Non ! s'exclame-t-elle en me frappant le torse. Je ne te ferais jamais ça. Je ne pourrais jamais nous faire ça !

Son regard est noir de dégoût et de rage, et ça ne me laisse pas insensible. J'en avais besoin plus que je ne le pensais. Ça me donne de l'espoir.

Je retire mes doigts de sa fente et elle gémit.

– Non !

– Tiens-toi à mes épaules et grimpe sur moi, j'ordonne.

Elle n'hésite pas une seconde avant d'obéir. Je la soutiens en mettant ma bonne main sous ses fesses et je la plaque contre la porte. Elle s'accroche à moi et je remonte sa robe.

J'effleure sa fente avec mon gland, et si ça me tue de ne pas m'enfouir en elle, j'ai trop besoin de savoir. Elle contracte ses jambes pour me faire avancer, pour me faire plonger en elle, mais je ne peux pas. Pas encore.

Je plonge mon regard dans le sien et je ne cligne pas des yeux.

– Tu as couché avec lui ?

– Non, répond-elle en grimaçant, tandis que ses yeux se remplissent de larmes.

– Tu m'as trompé, Skyler ? Dis-moi la vérité.

– Je te jure que non, rétorque-t-elle d'une voix furieuse. Je t'aime, ajoute-t-elle d'un ton plus doux.

– Putain !

Je m'enfouis en elle, laissant deux semaines de colère, de haine et de doute rejaillir à la surface.

– Tu es à moi, je grogne en frottant mon bassin contre le sien, essayant d'aller encore plus profond, jusqu'à ce que je sois entièrement perdu en elle, enveloppé par la femme que j'aime.

– Chéri… Putain, tu m'as manqué, crie-t-elle.

C'est trop. Je ne tiens qu'à un fil, qu'à un seul de ses cheveux dorés.

– Jouis avec moi, je gronde en accélérant les va-et-vient alors qu'elle se contracte sur ma queue.

Des étincelles et des picotements parcourent mon corps tandis que je réalise le potentiel que Skyler et moi avons.

Je sens son entrejambe paradisiaque qui accueille chacun de mes allers-retours.

Je sens ses bras qui me tiennent fort contre elle, comme si elle ne voulait jamais me lâcher.

Je me sens de nouveau serein en goûtant ses lèvres sur les miennes, son souffle dans ma bouche.

Je sens son âme qui retrouve la mienne.

– Je ne serai plus jamais le même, je chuchote contre sa bouche en nous rapprochant de l'orgasme à chaque nouveau coup de bassin.

– Chéri… gémit-elle en se léchant les lèvres.

Une nouvelle vague de plaisir se précipite dans mon sexe en sentant sa langue et j'y vois flou alors que mes cuisses se verrouillent. Je me couvre de sueur et une euphorie violente se propage dans le bas de mon dos, faisant remonter mes testicules qui frappent ses fesses.

Je tiens son visage dans ma main blessée, son menton entre mon pouce et mon index.

– Tu m'as détruit. Je ne peux plus être sans toi. Sans ça. Je t'aime, Skyler. Je t'aime, putain, tellement que ça me ronge.

Des larmes coulent sur ses joues et son sexe se contracte autour de moi alors qu'elle s'agrippe à mes épaules et plante ses talons dans mes fesses. Elle plaque sa bouche contre la mienne et m'embrasse avec tout son amour, sa sincérité et sa vérité. Ça me guérit, à l'intérieur comme à l'extérieur, et je m'envole au septième ciel.

***

Ses cheveux sont doux lorsque j'y passe la main. Après avoir baisé, on a atterri sur le lit, à moitié habillés, moi dans mon pantalon défait et torse nu, et elle avec sa petite robe. À mon grand regret, elle a enlevé ses bottes.

Je regarde le réveil et réalise que cela fait plus de deux heures que nous sommes là et que nous n'avons rien réglé en dehors de notre appétit sexuel.

– Il faut qu'on y aille. Wendy pourrait se réveiller à tout moment.

Je laisse tomber ses cheveux entre mes doigts, mèche par mèche, et je m'assois en posant les pieds par terre.

– Chéri, il faut qu'on parle. Vraiment.

Elle pose sa main sur mon dos nu et ma peau s'embrase.

Je hoche la tête et me lève, incapable de supporter sa caresse. Si je la laisse faire, je céderai à mon désir et j'oublierai tout le reste.

– On parlera, ne t'en fais pas.

– Mais… tu me crois ? demande-t-elle en s'agenouillant sur le lit.

Sa voix tremble et elle s'appuie sur ses talons, comme un petit chiot qui attend sa récompense.

– Ouais, je te crois, je réponds en plongeant mon regard dans ses yeux tristes. Mais ça ne veut pas dire que je ne suis pas blessé et que je ne t'en veux plus d'avoir été le voir.

– Il fallait que je répare la situation… se dépêche-t-elle de dire.

– On ne peut pas faire ça maintenant, Sky. Il faut que je retourne auprès de Wendy. Elle a besoin de nous. De nous tous. Tu comprends ?

Elle se mord la lèvre et descend du lit en rampant pour remettre ses bottes.

– Il faut que je récupère ma valise, dit-elle en désignant sa robe pour me rappeler qu'elle n'a plus de culotte.

– Oui, d'accord.

Elle regarde pour la première fois le bandage sur mon épaule.

– Qu'est-ce que c'est ?

– Une éraflure. On m'a tiré dessus le même jour que Wendy.

Elle écarquille les yeux et ils se remplissent une nouvelle fois de larmes. Elle saisit mon poignet, juste au-dessus de ma main bandée que l'interne a dû recoudre après que j'ai arraché les points durant la semaine.

– Et ça ? demande-t-elle d'une voix rauque.

– Laisse tomber, Sky, je réponds, honteux.

– Et ça ? insiste-t-elle en embrassant la paume de ma main.

– Je me suis battu contre un mur et une bouteille de bière, j'admets en fermant les yeux. Mais tu n'as pas encore vu le mur.

– Quand ? demande-t-elle alors qu'une larme coule sur sa joue.

– Sky…

– Quand ?

– Le jour où tu t'es réveillée dans le lit d'un autre homme, je gronde.

Elle ferme les yeux et laisse couler ses larmes.

– Parker, je n'ai pas dormi avec lui.

Ses paroles sont encore plus convaincantes maintenant que je ne suis pas enfoui en elle.

Je me redresse pour me tenir plus droit et je plonge mon regard dans le sien.

– Je te crois.

SKYLER

Parker tient ma main et me guide le long des couloirs de l'hôpital. Je regarde son beau visage de profil et rêve de caresser cette mâchoire puissante et sa barbe de trois jours, de promener un doigt sur ses pommettes hautes et sur son nez aquilin. Cependant, ses beaux yeux bleus, ou plutôt les cernes qui les soulignent, m'inquiètent. Je serre sa main pour lui rappeler que je suis là, remerciant le Ciel qu'on soit ensemble.

Cela fait presque deux semaines que je prie pour ce moment. Nous nous sommes retrouvés à l'hôtel dans un méli-mélo de bouches et de mains, dans une fièvre qui a atteint son pic de la plus belle façon qui soit. Toutefois, cela n'a pas apaisé mes doutes quant à l'état de notre relation. Je ne peux qu'espérer que cela suffira jusqu'à ce qu'on ait le temps de parler et de rétablir la vérité sur ce qui s'est passé.

Lorsque nous arrivons dans la chambre de Wendy, Michael est en train de parler à une femme et un homme blond. La nana semble tout droit sortie d'une pub *Wonderbra* ou d'une version plus classe d'*Entrevue*. Ses cheveux tombent sur ses épaules en grosses boucles et elle porte une robe bleu roi si moulante qu'elle semble avoir été cousue directement sur elle, tout l'inverse de ma robe ample et de mon pull. Elle porte des escarpins avec des talons de dix centimètres et ses lèvres sont roses et brillantes. On dirait qu'elle sort de boîte alors qu'il n'est que midi. Étant donné leur ressemblance, j'imagine que l'homme assis à côté d'elle, vêtu d'un jean et d'un tee-shirt, doit être son frère.

– Parker ! s'exclame-t-elle en se levant d'un bond pour se jeter dans les bras de mon homme.

Parker lâche ma main et lui tapote le dos en guise de soutien, heureusement, il ne fait rien de plus. Cela dit, ça ne m'empêche pas de grincer des dents.

– Alexis, qu'est-ce que tu fais là ? demande Parker avant de saluer le jeune homme.

– On est venus le premier jour, et hier aussi, mais on ne s'est pas croisés. On est horrifiés de ce qui est arrivé à Wendy, et encore plus qu'une de nos employées soit responsable.

Elle renifle, et ses yeux se remplissent de larmes. Elle appuie son front sur le torse de Parker et sanglote ouvertement. Il caresse son dos et je le vois déglutir. Il me regarde, puis il fronce les sourcils. Je ne sais pas ce que cela signifie ni pourquoi il fait cela. Peut-être parce qu'une inconnue pleure contre lui. Peut-être qu'il ne veut pas que je le voie la consoler.

– Ça va, Wendy va s'en tirer, chuchote-t-il contre ses cheveux.

Il fait signe à l'homme de venir et il lui laisse prendre le relais. Un dernier sanglot échappe à la femme, puis elle lève la tête et accepte le mouchoir que Michael lui tend. Quel gentleman, celui-là.

– C'est qui ? demande-t-elle en me pointant du doigt et en essuyant ses yeux et son nez.

Pas une goutte de son maquillage n'a coulé et je la déteste d'être aussi parfaite, même en pleurant.

– C'est la copine de Parker, répond Michael comme si c'était une évidence.

Elle écarquille les yeux, un sourire machiavélique se dessine sur ses lèvres.

– Elle est jolie. Je comprends, maintenant, pourquoi tu n'as pas accepté ma proposition, dit-elle à Parker en me reluquant de la tête aux pieds.

Accepté sa proposition ?

Quel genre de proposition lui a-t-elle fait ?

Une vague de jalousie déferle dans mes veines et je la fusille du regard en fermant les poings. Mon cœur bat si fort dans ma poitrine que je peine à respirer, et mon ventre se noue à tel point que je crains de vomir mon petit déjeuner.

– Waouh, ton regard est meurtrier, me lance-t-elle en se passant la main dans les cheveux avec une nonchalance que je n'ai jamais su maîtriser. Ne t'en fais pas, il n'a pas accepté ma proposition. Enfin, pas tout à fait, conclut-elle avec un clin d'œil.

– Qu'est-ce que ça veut dire, Parker ? C'est qui cette femme ? Tu as quelque chose à me dire à propos de Barbie ?

– Je te présente Alexis Stanton, répond Parker en se frottant la nuque, et Kidd, son petit frère. Ce sont nos clients et la fusillade a eu lieu dans leurs locaux. Ils sont venus voir Wendy et non, je n'ai rien à dire. On parlera du reste plus tard.

Son ton ne laisse de place à aucune discussion et je me tais, même si je bous de rage et d'angoisse.

– Ton visage me dit quelque chose, tu ressembles comme deux gouttes d'eau à l'actrice Skyler Paige, dit la blonde.

– C'est parce que *c'est* Skyler Paige, soupire Parker en regardant ses pieds, clairement embarrassé par la situation.

– Waouh, répond Alexis en clignant rapidement des yeux, comme si elle avait du mal à le croire.

Prends ça, espèce de garce !

Michael vient vers moi et je serre sa main dans les miennes.

– Merci d'être venue, Skyler. Wendy serait ravie. Tu devrais lui parler, je pense qu'elle t'entend. Qu'elle vous entend tous, ajoute-t-il en regardant par-dessus son épaule tandis qu'il me guide au chevet de sa fiancée.

Mon estomac fait un saut périlleux en la voyant immobile et bandée, avec des cercles noirs autour des yeux et la peau grise. Je m'assois à côté de sa tête et prends sa main.

– Wendy… c'est moi, Sky. Ta nouvelle meilleure amie, tu te souviens ? Eh, réveille-toi ma belle. Tu as un mariage à organiser et on a des robes de demoiselle d'honneur à choisir. On allait se faire une virée en ville entre filles !

J'appuie mon menton sur son bras et je fixe son visage en priant pour qu'elle se réveille.

– Réveille-toi, je t'en supplie, je chuchote d'une voix rauque.

Deux mains chaudes se posent sur mes épaules. Parker.

– Je ne savais pas qu'elle t'avait demandé d'être sa demoiselle d'honneur.

Mon nez se met à couler et je renifle, peu importe que Barbie Gros Seins me voie craquer. Mon amie est dans un lit d'hôpital et elle se bat pour survivre, le reste n'a pas d'importance.

– Ouais, quand tu es parti à San Francisco. Elle m'a appelée et j'ai dit oui. J'ai dit que ce serait un honneur pour moi de jouer un rôle dans ton mariage, j'ajoute en dévisageant Wendy et en espérant qu'elle entendra ma sincérité, où que divague son esprit.

Le temps passe et je reste à ma place en tenant la main de Wendy, priant pour qu'elle ouvre les yeux.

Ouvre les yeux.

Je répète la phrase en boucle dans ma tête, mais elle ne bouge pas d'un iota.

Un peu plus tard, les mains chaudes de Parker réapparaissent sur mes épaules. Il se baisse pour m'embrasser sur le crâne et je regrette qu'on ne puisse pas rester ainsi plus longtemps, dans ce moment plein d'amour et de tendresse où on forme un couple qui s'aime et qui n'a pas de secrets.

– Il est temps de rentrer à l'hôtel, les visites sont finies, chuchote-t-il.

Je cligne des yeux, comme si je me réveillais brusquement après avoir été hypnotisée. Michael est assis en face de moi et il tient l'autre main de Wendy, les yeux rivés sur son visage. Je ne me souviens pas de l'avoir vu s'asseoir là et je ne sais pas depuis combien de temps je suis assise, mais j'ai mal au dos et mes jambes sont raides.

– Allez, viens, dit Parker en me prenant la main pour m'aider à me lever.

– Réveille-toi, je t'en supplie, je dis une dernière fois à Wendy.

Bo et Royce sont postés de chaque côté de la porte, comme des gardes du corps, et mon estomac fait de nouveau un saut périlleux en voyant les amis de Parker. Le visage de Bo est froid et celui de Royce impassible, mais je ne sais si c'est à cause de moi ou de Wendy.

– Salut les gars, je dis en avançant, tirée par Parker.

– Skyler, répond sèchement Bo en regardant nos mains.

– Salut, répond Royce d'un ton qui laisse entendre qu'il n'est pas ravi de me voir.

Je ferme les yeux et baisse la tête, les yeux rivés sur le lino blanc du couloir, glacée jusqu'à la moelle par leurs réactions. Est-ce qu'ils me pardonneront un jour ma maladresse ?

***

Parker ne dit pas un mot pendant que nous récupérons ma valise à l'accueil et retournons à sa chambre d'hôtel.

Pensive, je pose mon sac sur le canapé et fouille dedans pour en sortir un short et un caraco ainsi que ma trousse de toilette. Je m'enferme dans la salle de bains pendant que Parker commande à manger au room service. Il sait ce que j'aime, alors je le laisse faire et puis, je n'ai pas faim, de toute façon.

Entre mon angoisse pour Wendy et mes doutes quant à ce qui s'est passé entre Alexis et Parker, j'ai la tête à l'envers. J'ai le cœur lourd et la poitrine serrée tandis que je pose mon pyjama sur la coiffeuse et que je me regarde dans le miroir. Mes longs cheveux tombent dans mon dos et le peu de maquillage que j'ai mis aujourd'hui a disparu. Néanmoins, je me lave le visage et me mets de la crème, prenant du temps loin de celui qui m'attend dans la pièce voisine.

Je ne sais pas quoi lui dire ni comment lui faire comprendre que je ne l'ai pas trahi. Il dit qu'il me croit, mais si c'est vrai, pourquoi ne me parle-t-il pas ? Pourquoi évite-t-il la conversation ? Et que s'est-il passé avec Barbie Gros Seins ?

Une idée me vient, et je décide de la suivre, même si je ne sais pas comment il le prendra. J'ai l'impression d'être sur le toit d'un gratte-ciel. Les voitures circulent en contrebas, les citoyens continuent leur journée, et moi je suis là, au bord du précipice, ne sachant si je préfère être sauvée ou tomber dans le vide.

Je revois soudain les yeux tendres de ma mère et un souvenir me ramène plusieurs années en arrière, quand j'avais seize ans et qu'un garçon qui me plaisait dans le film que je tournais m'avait vexée. J'étais devant un miroir, et ma superbe mère se tenait derrière moi en passant ses mains dans mes cheveux. Ses yeux chocolat étaient rivés sur moi et me transmettaient tout son amour et sa compassion.

« *Tu sais quoi faire, trésor*, avait-elle dit en me souriant tendrement.

Je secouai la tête, les larmes aux yeux.

– *Non, justement, Maman. Il m'a fait du mal, et je ne sais pas si on peut être plus que des amis.*

– *Oh, mais je n'ai pas enseigné le pardon à ma fille pour rien.*

Je fermai la bouche et fronçai les sourcils.

– *Il s'est excusé ?*

– *Oui, mais je ne suis pas sûre de le croire*, avais-je répondu d'une voix tremblante.

– *Eh bien mon trésor, on dirait que tu vas devoir suivre le meilleur conseil que ma mère m'a donné quand j'avais à peu près ton âge. Surtout avec les garçons.*

– *Que t'avait dit Mamie ?*

Ma mère était la femme la plus sage et la plus aimante que je connaissais et je rêvais de devenir comme elle en grandissant.

– *Tu dois suivre ton cœur. Il te montrera toujours le chemin.* »

Avec le conseil de ma mère dans ma tête et dans mon cœur, je fouille dans ma trousse de toilette pour en sortir un rouge à lèvres rose foncé. Je l'ouvre et me mets sur la pointe des pieds pour écrire mon propre message à Parker. J'espère qu'il comprendra et qu'il gardera ça à l'esprit.

Fais confiance à ton cœur.
Je t'aime,
Ta pêche

Lorsque j'ai fini, je mets mon pyjama et ouvre la porte de la salle de bains, aussitôt assaillie par l'odeur des hamburgers et des frites. Mon estomac gargouille et Parker rit en désignant mon assiette.

– C'était rapide.

– Ma pêche, tu as passé une éternité là-dedans. Je pensais que tu prenais un bain.

– Je n'ai pas vu passer le temps, je marmonne.

– Ah oui ?

Je hoche la tête.

– Bon, viens manger, dit-il en reculant une chaise pour moi.

Je laisse mes jambes me porter jusqu'à la table et je m'assois. Il avance ma chaise puis il regagne la sienne, où il se laisse tomber en poussant un long soupir, comme s'il portait le poids du monde sur ses épaules. Je meurs d'envie de le soulager, mais je crains de faire partie du problème.

– Est-ce qu'on va parler ? je demande, ne pouvant plus me retenir.

Il repose son burger sans y avoir touché.

– Oui, bébé, on va parler. Après le dîner, au lit, quand je pourrai te tenir dans mes bras, on parlera.

– Tu me le promets ?

– Est-ce que je t'ai déjà menti ?

Sa question semble avoir un double sens, comme s'il suggérait que j'avais menti, alors que ce n'est pas le cas. Il faut qu'il le sache et qu'il comprenne que je ne lui mentirai jamais.

– Non, jamais, je réponds en espérant ne pas me tromper.

Même si j'angoisse à propos de ce qui a pu se passer avec Alexis, nous devons d'abord parler de Johan. C'est la priorité, même si j'ai du mal à contenir mon angoisse.

– Et je ne suis pas près de commencer, dit-il.

– Est-ce que tu as couché avec Alexis ? je demande, incapable d'attendre qu'on ait fini de manger.

Il soupire et appuie ses doigts sur ses tempes.

– Je croyais qu'on allait attendre d'avoir mangé.

– J'ai besoin de savoir, je réponds d'une voix rauque et désespérée.

– Non, je n'ai pas couché avec elle. Maintenant, mange ton burger. Je crains que la nuit soit longue.

– Du moment que je sais qu'au final, on sera encore ensemble. Tu peux me le promettre ?

Une larme coule sur ma joue et mon cœur bat la chamade. Ma peau se couvre de chair de poule et je regrette qu'on ne soit pas déjà au lit pour qu'il puisse me tenir contre lui et me rassurer.

– Parker… je supplie.

Il lève la tête et plonge ses yeux bleus dans les miens.

– Je ne sais pas ce que nous réserve l'avenir, Sky. Tout ce que je sais, c'est que je veux que tu fasses partie du mien.

FIN… POUR L'INSTANT

INTERNATIONAL GUY
UN HOMME AU SERVICE DES FEMMES

#1 PARIS
#2 NEW YORK
#3 COPENHAGUE
#4 MILAN
#5 SAN FRANCISCO
#6 MONTRÉAL
#7 LONDRES
#8 BERLIN
#9 WASHINGTON DC
#10 MADRID
#11 RIO DE JANEIRO
#12 LOS ANGELES

Composition et mise en pages
Nord Compo à Villeneuve-d'Ascq